瓜饭集

冯其庸 著

商务印书馆

二〇一一年·北京

图书在版编目(CIP)数据

瓜饭集/冯其庸著．—北京：商务印书馆，2009
ISBN 978-7-100-06225-1

I．瓜… II．冯… III．散文-作品集-中国-当代
IV．I267

中国版本图书馆CIP数据核字（2008）第179935号

责任编辑 柴剑虹 江远

GUĀ FÀN JÍ
瓜 饭 集
冯其庸 著

商 务 印 书 馆 出 版
（北京王府井大街36号 邮政编码 100710）
商 务 印 书 馆 发 行
北京瑞古冠中印刷厂印刷
ISBN 978-7-100-06225-1

2009年1月第1版　　开本 787×1092 1/16
2011年7月北京第4次印刷　　印张 29½ 插页 2
定价：39.00 元

作者近照（丁和摄影）

目 录

自序

——永不忘却的记忆

1

自　序

——永不忘却的记忆

我家老屋的西墙下，有一片空地，长满了杂草，面积不大，倒有个名字，叫“和尚园”。每到秋天，大人在这里种的南瓜就会丰收，那硕大的金黄色的南瓜，一个个在南瓜叶底下露出来，它就是我们一家秋天的粮食。

尽管我儿时的生活贫困到了极点，但我的精神生活却觉得非常丰富。我因抗战开始，小学五年级就失学，在家种地。当时我有个同伴，与我年纪一样大，小名叫“阿桐”。我们自己摸索到了一个办法，就是读书。起先我们读《三国》、《水浒》一类的书，后来像《唐诗三百首》、《古诗源》这类的书也读，而且我们还一起讨论，不懂的句子还一起揣摩，特别是唐诗。我们还一起背诵，连《古诗源》上的一些诗也背。这样的日子我们延续了有二三年，自觉其乐无穷。但有一天，阿桐却告诉我，他妈妈给他找到了工作，到很远的地方去当学徒，这样，我们就不得不依依分手了。临别时，我居然还写了一首五言古诗送给他，反正都是孩子，像不像诗也没有考虑，诗较长，我一直能背诵。后来，我读完农村初中，到无锡读高一，我还把这首诗抄给顾钦伯老师看，不料竟得到他大大的夸奖。我疑心是老师哄我，我给顾老师说，这是我好多年前小学五年级失学后在农村时瞎写的，不是现在写的。哪知顾老师反而更加夸奖，说我十多岁就写出这样的诗来，真了不起，他没有瞎夸奖；他特别指出诗中“簇上春蚕老，垄头麦油油”等好几处的诗句，说确是极好的古诗格调。我每想到儿时的这一段生活，总是要让我为之神往。所以至今我虽然86岁了，但我终觉得自己还是一个农民。

上初中时，丁约斋老师告诫我们，写好了作文自己必须读三遍到五遍，才许交上去，最好能背诵。每到交作文时，他都要问你读了几遍。这对我来说，一点也不是难事，因为我与阿桐一起读书时，就经常背诵古诗，自己学写了诗，也反复背诵，所以丁老师的这个要求，非但不难，我还很乐意这样做。由此养成了我的一个习惯，无论写什么，写完后总要读好多遍，即使是后来写很长的论文，我也坚持反复读。我自己想，自己写的文章如果连自己都不想再读，那别人是一定不会感兴趣的。后来我读鲁迅的书，才得知鲁迅先生也是这样谆谆嘱咐青年们的。

1954年我到北京时是30岁，实在是知识贫乏得很，我感到北京是一个大学校，我要不到北京来，我肯定不是现在这个样子。我刚到北京时就担任了大一的国文，那时压力真大。生怕讲不好课，就拼命读书，认真备课，天天总要到深夜一二点甚至二三点才睡。我当时孤身一人到北京来，背着这么重的压力，真有些凄然的感觉。那时我在西郊人民大学，为赶头班校车进城上课，早上5点必须起来。上校车时天还黑着，深秋的北京已经很凉了，头顶上的月亮却很亮。我有一首诗说：

一别故乡三万里，归心常逐白云飞。
酒酣始觉旧朋少，梦冷正怜骨肉微。
月上高城添瘦影，风来塞北薄秋衣。
茫茫南国秋风起，日暮高堂望子归。

这首诗，正是我当时孤凄心情的写照。

在重重的课程压力下，我克服了凄清的心情，勤奋读书，每天到深夜，数十年如一日。1959年国庆节，我写的剧评在《戏剧报》发表，得到了田汉老的赞赏，为此而请我吃饭，还有吴晗、翦伯赞等几位老专家同席，这对我是极大的鼓励。之后，我主编的《历代文选》又得到毛主席的赞扬，吴玉章校长为此而专门找我谈话，把他的书送给我，给我鼓励，更使我觉得要自觉的奋勉谨慎。后来，郭沫若院长因为讨论《再生缘》作者陈云贞的事，约我见面，我直说了我的疑点，他反而签名送给我书。还在他的文章里提到了我，特别是“文革”最艰危的时刻，郭老让人带信向我问好。他是知道了我已在受批斗的消息后才让人带话给我的，这当然含着很深的厚意。记得上世纪60年代初，周扬有一次召集了一个小型座谈会，与会的有张光年、何其芳、蔡仪、王朝闻和我，还有一位我记不起了，连周扬一共只有七个人。会议是讨论文风问题，他批评了当时的文章连篇累牍地引马克思、恩格斯等人的话而没有自己的意见，说这种文风要改革。说着说着，他却转过身来指着我说：你的文章好，写得畅快。这使我非常紧张，觉得当着这么多大家的面，怎么好这么说呢？会议是一次轻松的座谈，与会专家也各抒己见，都是赞成他改革文风的意见的。

我最难忘的是“文革”后期，社科院的李新、黎澍两位老人下决心要把我调到社科院历史所去，而且终于调成了，我也去上班了一段时间，后来因为人大被“四人帮”解散的事，又把我扯了回去，但两位老人对我的拳拳爱护之心，我是永远铭记在心头的。

所以，我每到夜深不寐的时候，想想前尘往事，觉得当时重大的课程压力和社会上许多专家领导的爱护关怀，是使我奋发努力的一种巨大力量。直到今天，我依然不敢懈怠。

几十年来，我还有一种乐趣，是与学界的好友论学，早些时候是杨廷福、江辛眉、祝肇年等几位，还有戏曲界的不少朋友，稍后又得到启功、周绍良、许麐庐、周怀民、刘海粟、朱屺瞻、唐云、谢稚柳、徐邦达、杨仁恺诸老的交游，特别是启先生还专程到我家里来聊天作客，在学问和艺事上不断给我鼓励，使我在生活中，又展开了另一个领域，我至今还仍旧乐此不疲。

上世纪80年代中，我开始了中国大西部的考察，从1986年到2005年，20年间，我十次去新疆，三次上帕米尔高原红其拉甫和明铁盖达坂，其海拔高度是4900米和4700米。两次穿越塔克拉玛干大沙漠，并积数年之功，绕塔里木盆地走了一圈。还穿过原始胡杨林到了塔里木河边，同去的人还在塔里木河里洗澡。特别是2005年我已83岁，我于8月15日到明铁盖达坂，为玄奘立东归之路的碑记，并且终于到了玄奘记载的公主堡，弄清了玄奘下明铁盖后确切的路线。同年9月27日，我又从米兰进入罗布泊，穿过罗布泊到达了楼兰，然后又从楼兰再穿罗布泊到龙城、土垠、LE遗址，再到白龙堆、三陇沙，入玉门关到敦煌。全程历时17天。在罗布泊、楼兰、龙城宿营7天。这是我最为快意的一次考察，也是收获最大的一次考察。这20年，在我的学术领域里，真正开辟了一个新的天地。

我对《红楼梦》的研究，从1975年开始至今已历30多年，始终没有间断，这当然有更多的学术知友和同好，因为这个领域可说的人和事太多了，不是短短的篇幅可以尽其大概的，所以这里只好暂时不谈。

总之，我30岁到北京，今年86岁，在北京半个多世纪，是北京培育了我，是北京老一代的和同代的学者们教育了我，是这半个多世纪以来的风云激荡了我，风雨洗涤了我，我收在这本书里的一些人和事，应该说都是助我成长的力量，当然还有更多的无法收进书里的人和事，有的已在另外的书里铭记了，有的是永远藏在我的心头，譬如我幼年的书伴阿桐，我那长满南瓜的和尚园，我的好多位启蒙老师，这一切，我是永远不会忘记的。

2008 年 9 月 13 日于瓜饭楼

我的母亲 2

我的母亲

天下最伟大的爱是母爱，天下最无私的爱也是母爱。

唐代孟郊的《游子吟》说："慈母手中线，游子身上衣。临行密密缝，意恐迟迟归。谁言寸草心，报得三春晖。"

我就是从我母亲的身上，深深体验、感受这种伟大的、无私的、寸草春晖般的爱的。

我的母亲姓顾。我们家，除了父亲以外，谁也不知道她的名字，所以至今我仍不知道她的名字，姨母和舅舅，都叫她大姐，因为她在姐妹兄弟中是老大。村里人都叫她某某妈。这某某就是我们弟兄三人的名字。

母亲非常能干，能做宴席，村上邻里有什么婚丧喜庆活动，都来请她去办宴席，她都乐于帮忙。母亲还善缝纫，我们兄弟三个和姐姐的衣服都是她自己做的。她还会纺织，家里有一架织布机，我小时常看她织布，我也曾学着织过几次，但她不让我学，说这不是男孩学的。母亲特别热心于邻里亲友的事情，乐于尽力，所以村里的人对她特别亲热。

我的家，是一个贫穷的家，全村四五十家人家，我们属于贫困户。但与一般的贫困户还不同，因为我的曾祖父是有功名的——不知是秀才还是举人。我家老屋的大厅柱子上贴满了纸条，是用官方的模子印的，老人说这都是报录，是考中功名的报单。我家老屋的大厅上还有两块匾额，其中一块是“馨德堂”，另一块是当时的无锡知县官裴大中写的，是“谊笃桑梓”四个字，可见我家的贫困户与一般的贫困户还不一样。

还有一点不一样，是我常听堂叔在酒后说：别看我现在这样，我堂上的匾是谁家也没有的！这无异是说，我现在虽然不如你们，可我的祖宗却比你们强。这种没落子弟的思想意识，也与一般的贫困户不一样。

从我有记忆起，头一件记得的是我母亲的啜泣声。

我小时，跟母亲一起睡。常常是半夜里被母亲的啜泣声惊醒。一般的小孩都是睡得很死的，我也一样，但母亲的啜泣声却常常把我惊醒。后来才知道，母亲有时竟是终夜啜泣！什么原因呢？我初时不能理解，后来慢慢地知道了，母亲的啼哭，总是因为第二天断粮了，揭不开锅了，眼看着一家人都要饿肚子了，或者因为明天又有要债的来了，她无法躲避，也无法对付，所以只能独自啜泣了。

这种啜泣的声音并不高，但是母子连心，我虽然幼小，只要一听到母亲的哭声，我的心就像针刺的那样，非常难以禁受，更不用说睡觉了。后来，只要听到类似的声音，就会引起我强烈的心跳或别种痛苦的感觉。所以，从小我就多感多忧，我也很少有开心的时候，我从不记得我有过大笑。因为我的家只有忧愁，没有欢乐。而这忧愁的重量，却多半是由我母亲一人承担着！

我的父亲从来不管家事，他与我的曾祖父已隔了两代，我们家与曾祖父时的门庭早已大不一样了，但他却仍旧以世家子弟自居。抽鸦片，玩乐……

他与我家的一个亲戚华子远极为要好，华也是一位没落的世家子弟，通文墨，能吹箫、笛，能饮善酿，善看茧。每到春、秋季收蚕茧时，茧行请他看茧，他只要用手一抓，就能知道茧里边已经成蛹还是没有成蛹，然后以他的话来定茧的收价。如卖主不信，可以当场剪开来验看，总是百试不爽。他还善算，可以闭着眼睛打算盘，尽管数字极大，也不会错。他还会斗蟋蟀，他掌牵草，引导蟋蟀打斗，可以使败者转胜。所以每到秋天蟋蟀开斗时，人们下赌注总要下在华子远这一方，以保证能赢。

我小时曾到华伯伯家去过，记得他还特别称赞我，说我有慧心，说将来能读书。他送给我不少古代的信笺，都是空白的，解放后我还保有一部分，后来我才稍稍懂得这都是极名贵的信笺；他还送给我好多个红泥白地的精美蟋蟀罐，内有描金盏，我一直珍藏着。解放初期还在我的老家，现在当然早已不存在了。华伯伯不幸早世，我未能多向他请教。据说，他是酒痨死的，他喝的酒都是自己专酿的、隔了若干年的陈酒，所以他每年都酿酒，储存着，按着年代喝。因为他的酒特浓醇，他又是以酒为命，终于得了酒痨。我记忆中一位绝顶聪明风雅的父辈就这样消逝了。

我只听过父亲吹过几次笙和箫，也听他偶尔吹过笛子。有一次，是一个月白风清的良夜，他忽然兴发，吹起笛子来了，一曲《梅花三弄》，穿过我家篱边的竹林，飘向远处，顿觉周围环境、境界特别清幽，月亮也仿佛格外亮了。这时我仿佛觉得父亲还是有两下的。养蟋蟀是每年秋天看他养的。自华伯伯去世后，再也不见他有这些活动了，但鸦片烟却一直抽着。家里仅有的几亩薄田，都被他抽鸦片卖光了。有一年，我的老祖母领着我到地里去采桑叶，却碰到有人来说，这田已经卖给他了，我们不能再采桑叶了。这件事当场把我的老祖母几乎气倒，回到家里，祖母把父亲痛骂一场，她自己也伤心地哭了！

还有一次，父亲与母亲打架，目的是逼母亲给他钱。我母亲哪有钱，只得去向亲友邻里借贷，让他抽烟。而这一次次的债务，都要由我母亲来偿还。

所以，我母亲的终夜啜泣，一部分原因也是为了父亲。那时，我两个哥哥都在外当学徒工，一个姐姐在家里，上了几年学就无钱上了，后来她又患肺病，很重，又无钱吃药，只能耗着。面对着家里的这种状况，我母亲哪能不忧伤呢？

我9岁上小学，在镇上，离家约2华里，每天背着书包上学，中午还回家吃饭，饭后再去，傍晚回来。每到交学费的时候，也总是我母亲最为难的时候。我那时还不能尽知母亲的苦，所以每到学校催交学费的时候，我也回家催，母亲总是好言安慰我，说过不几天就能交了。但是母亲到哪里去找这两块银元的学费呢？有一次，我看到母亲为拿不出学费而哭了，我幼小的心灵突然也悲痛起来，竟放声痛哭，母子俩竟哭在一起。但我不是为母亲不给我学费而哭，我是为母亲而哭。我觉得我的母亲太苦了，太没有人疼惜她了！我对母亲说，我就不上学吧，在家里多干点活，还可稍稍减轻家里的负担。我母亲坚决不答应，她说，再过几天就能想到办法了。其实，当时亲友家也都借过钱了，前债未还，不可能再借新债了。后来还是母亲回娘家找我外祖母弄到的钱，交了这次学费。所以，这次交学费的事，是我毕生难忘的事。

那时，家里实在穷，每到秋季青黄不接的时候，家里就断粮。抗战刚开始的时候，两个哥哥都失业回家，那时，哥哥都已成家，所以家里凭空增加了四五个人口，已是十口之家了，生活更艰难了。

抗战爆发的一年，我刚上到小学五年级，学校就停办了，老师也逃散了，我也不再交两元钱的学费，完全在家种地了。

到了秋天，我家真正的断粮了。记得有一天做早饭时，老祖母坐在灶前哭泣，因为锅里没有米，无法举火。而母亲还在张罗，最后只好用麸皮、青菜一起煮了一锅，还不能每人吃饱。我母亲总是不先吃，等孩子们吃饱了她再吃。这样的日子不是一天两天，而是每到秋来经常如此。

为了度过困难，我家自己种的几亩水稻地里，有一部分就是种的籼稻。什么叫籼稻呢？就是成熟得早的稻，也叫早稻，我家常常是连早稻都等不及，当它在八九成熟的时候，就把稻穗割下来，脱粒后放在灶上焙干，再脱壳煮成稀粥；或者大部分用南瓜，加几把米一起煮，这样的饭，已经是最好的饭了，根本不用菜，就可以吃得非常满意了。

我有一位邻居叫邓季方，他早先也是较困难的，所以他的姐姐很早就出外打工，后来一直失去音讯。我80年代到台湾去，却得知他在台中已相当富裕，他看到报上的消息知道我到了台湾，特地约我见面。总算见了一次。真是“相对如梦寐”！——这当然是后来的事情。季方家里后来渐渐好转，因为他家人口少，只有季方和他的母亲（一个弟弟在外），所以他们每天都能吃饱，用不着吃南瓜了。每到他看到我家断粮时，就抱着南瓜来救济我们，有时还送一两斗米来，共同支撑着渡过难关，人们说“患难见真情”，只有经过危难，饿过肚子的人，才能真正体会到这“人情”之可贵！

我的生活中，春天也是一个难关，真是“年年春荒人人愁”。春天的缺粮比秋天还难过，因为秋天是收获季节，缺粮还可以找到南瓜等替代，况且地里的稻子也快熟了，总是有指望了。而春天却只是开花的季节，不是结果的季节，什么吃的都找不到。我家每到春荒时，只能吃地里种的和野生的“金花菜”，一种开黄色小花的菜，它属苜蓿科。还有与它同科的“荷花浪”，学名“紫云英”。那是农民种了沤肥用的，常常大片地种植。春天开形如荷花而特小的红色小花,远看如烟似浪,所以习惯叫它“荷花浪”。它的味道与“金花菜”稍有不同，但它却是遍地都能长的“菜”，所以，我家几乎每顿都吃“金花菜”，有时稍稍加点米一起煮，没有“金花菜”时就用“荷花浪”,因此,我一直管“金花菜”及“荷花浪”叫救命菜。

前年，我侄儿从老家给我带来久违的“金花菜”，我吃着仍是当年的滋味，尽管它已作为一味野菜给人尝新了，但在当年靠它活命的人眼里，它仍是我们当年活命的菜，它比一般的野菜更加滋味无穷！

当时，母亲让我做的还有两件事，也是我永远忘不了的：一是上当铺当当。家里实在没有什么可当的了，为了生活，只能勉强凑一些去换钱，当铺里的老人有的是认得我们的，所以母亲感到实在拿不出手，只好让我去了，因为人家不认识我。当铺的柜台高，我人小，站在柜台前还到不了柜台那末高，上面如不认真看的时候，还看不到我。所以只要我踮着脚递上去，上面喝多少钱，你说“可以”，就可以拿着钱走了。尽管这样，我每次去当铺时，这份心情是难以形容的。

另一件事是母亲让我去买米。那时，人家买米总是几担（以百斤为“担”）一买的，而我家买米，最多也只能买一斗两斗，经常是几升，因为实在没有钱。有一回，好容易得了一点钱，足够买二斗了，母亲让我到街上去买，又怕我身体瘦小背不动，又怕背着二斗米（太少了）在街上走，熟人看见了太难为情了，母亲让我买了米，就从胡同里往街后走，她在街后的小道上等我，然后接了我由她背着回家。那时我太小，不能体会母亲的这一份苦心，尤其怕我瘦小背不动的怜子之心，还觉得我已背得动了，何必母亲自己背呢！现在想想，那时我如果再懂事一点，也许能给母亲增加一些希望和欢乐，减少一些痛苦和忧愁，只恨我当时太不懂事了！

记得日本鬼子第一次进村时，我与母亲正在厨房里，从厨房的漏窗通过虚掩着的大门的门缝，可以看到门外的情景。那天，全村死静，一点别的声音都没有，气氛有点不对。我从漏窗中往外张时，刚好看到一个日本鬼子扛着上了刺刀的枪在走，前面是一个领路的翻译，后面好像还有什么人。我大吃一惊，告诉母亲鬼子进村了，现在正由东往西走。母亲急了，忙忙的给我两块面饼，一双鞋子，叫我赶快逃走。她说：你从村后走。我说家里没有人，你和祖母怎么办？她说你快走罢，别的管不得了，再晚就走不掉了。说着把我一下推出后门。我也不敢多想，真是慌不择路，我从后门外的小路直向西北面的荒地里走，一直钻进了一个大甘棵（一种像芦苇似的陆生植物）岗，躲在一个茂密幽深的甘棵丛里。稍稍喘过气来，却发现左边就是一条通行的大路，我的藏处离路太近，但要想换地方已经晚了，远处已有脚步声来了，我只好藏着一动不动，但心里却直惦记着母亲和祖母的安危，也弄不清父亲、哥哥、姐姐怎么不见？脚步声过去后，整个周围是一片死寂。一直躲到傍晚，忽然听到有人叫喊，说鬼子走了，躲着的人出来罢！一连听了几遍，像是村里人的声音。偷偷往外一望，原来其他甘棵丛里也躲着人，都纷纷出来了。我赶忙出来，匆匆往家里跑，仍从后门进去，看到我母亲、祖母平安无事，父亲、哥哥、姐姐也都回来了，心里落了一块石头。我母亲看我回到了家,那一份欢喜的心情更无法形容了！后来知道，我父亲和姐姐他们被隔在村东头，不敢再往家里走，总算这一次大家都平安。

抗战进行到第三、四年的时候，我家里连续死了三个人。先是我姐姐的去世，她一直患严重的肺病。那一年日本鬼子清乡，到村里来抓女人，久病在床的姐姐，受到极大的惊骇，顿时就昏过去了，后来病势愈来愈重，终于不治。我母亲既无比地伤心，又要尽力筹措殡葬，最大的问题是买不起棺材，好不容易买了一口薄皮棺材把姐姐埋葬了，这对我的母亲无异是雪上加霜，既伤痛姐姐，又愁生活，我看她一天天的消瘦……，我除了心里着急以外，可就是没有一点办法！

这时，幸亏我的大哥能做些小买卖，帮助母亲解决些困难。当时唯一可做的就是到苏北去挑一担花生回来卖，算能赚几个钱，但对我的家来说，也是杯水车薪，解决不了根本问题。不久，二哥又弄了一台缝纫机，能做些活，这样也略略有些收入。

不幸就在此时，我的祖母又去世了。祖母终年 83 岁，她是全村最受尊敬的老人，她一辈子从未与人发生过争执，她总是教我们做人要能吃亏，千万不要占人便宜，这好像是她的格言。她小时还见过“长毛”，即太平军。祖母的去世，无异又给母亲加了重压，我不知道她当时怎么张罗过去的，只是觉得自祖母去世后，家境更加堕入困顿了。

哪里想到，第二年的夏天，我的伯母又因精神病发作，乘人不防时半夜里投水死了。我的伯父是很早就去世的，我没有见过。他留下一个女儿，在上海家里。大哥是过嗣给伯父的，所以伯母和她的女儿一直和我们亲如一家，伯母的女儿出嫁后，伯母就完全与我们一起住，有时也到上海女婿家住。这次犯病，就是从上海回来犯的，她硬说她的外甥女被她毒死了，她不小心误把毒药当调料做菜，所以闯了祸。她说与其等着来抓，不如自己死罢。我们给她百般解释，她总是说她说的是事实，我们的解释是骗她。有一天她竟服了大量的安眠药，幸亏被我母亲发现得早，请医生来抢救，总算抢救过来了。养了一段时间慢慢恢复了，为了防意外，母亲就与她同睡。不料有一天夜里，她竟用剪刀企图剪断喉管自杀，剪刀把颈部剪开后，弄得满地是血。母亲听到声音起来点灯看时，发现她还在剪，母亲大惊，连忙夺下了她的剪刀，叫醒我们连夜请医生来抢救，把伤口堵住，总算又一次抢救了过来。不想隔了些时，正是大伏天，下半夜人们正熟睡的时候，她却走出了大门，跳到后门外的河里自杀了。我母亲一觉醒来发现她不见了，连忙叫醒我们，我们便四出寻找，都找不着。那时我已大了，就独自一人跑到后边的河边去看，却发现她在河里半浮着。我吓得心头乱跳，连忙大声呼叫，父亲听到立即赶来，毫不犹豫地跳到河里，把她驮上岸来，但已经气绝了，再也救不过来了。于是我家又遭到一次意外的灾祸。只好把剩下的田地卖了一些，稍稍从优地殡葬了伯母，我上海的姐姐也赶了回来，一起料理了丧事。

从伯母去世后，我们家真正已山穷水尽了，我不知母亲如何张罗的，仍旧保持着以瓜菜代饭的生活。父亲眼看家里已贫无立锥了，也就下决心戒了鸦片，事实上不戒也没有任何办法了。

我们的生活，就靠我们弟兄三个拼命种田，苦苦干活，有时也靠大哥二哥做点小买卖以帮助糊口，勉强过着风雨飘摇的日子。中间又碰到一件大事：我的三舅父被日本鬼子活活打死了。

三舅父是个小学教师，自己也种田。那年，日本鬼子扫荡，洗劫了我外祖父的村子——浮舟村。大腊月，把村民都投入河里摸枪，鬼子说游击队的枪都藏在河底下了，但哪里摸得着什么枪，村民们在冰冷的水里耽不住，浮出水面，鬼子就用竹竿把他们顶下去，所以不少村民很快就被淹死冻死在水里了。三舅父是个知识分子，日本鬼子就说老百姓都是与游击队一气的，知识分子都是暗通游击队的，怎么会不知道游击队的行踪？怎么会不知道他们把枪藏在什么地方？于是就把三舅父吊起来毒打，三舅父就是不开口，鬼子就在他嘴里塞了两个煮熟的鸡蛋，又用一把毛竹筷子打进他的嘴里，再继续打，很快三舅父就被咽死打死了。

正在毒打三舅父的时候，就有人送信来了，我母亲急得不得了，不顾危险，拉着我就往舅父家走。浮舟村离我家约十几华里，快走也要一个来小时，到我们赶到时，鬼子已不在了，村民有的出来了，母亲赶着与村民一起把三舅父放下来，拔出了嘴里的筷子，抠出了嘴里的鸡蛋，但人早已死了。正在这时，听说鬼子又来了，母亲连忙拉着我钻到一个大草堆里，叫我尽往里钻，她在外面把草堆弄好，看不出一点痕迹，就嘱咐说不是她来叫就别答应，说完，她也就走了。不多一会，我听到鬼子的皮鞋声来了，我一动都不敢动，听到他们说里头有人罢？有人说没有人。一个鬼子用刺刀直往里捅，我屏住气一动也不敢动，鬼子捅了两下，见没有动静，也就走了。我仍不敢动，怕他们走原路回来，直到傍晚我母亲来叫我时，才从草堆里出来，总算又一次逃过了灾难。母亲知道我躲过了鬼子的刺刀时，也为我捏一把汗。

这整整八年在日本鬼子刺刀下的生活，实在是惊涛骇浪、惊心动魄的生活。这血与火的生活，一时是写不完的，日本鬼子犯下的滔天大罪，虽罄南山之竹，也是写不完的。……

抗战胜利后，我就离开了母亲，上了无锡国专。毕业后几个月，无锡就解放了，我也入了伍。不久又被留在无锡第一女中工作，这时我还常常能回家看母亲，我还把母亲接到无锡城里住过一段时间。1954年8月，我被调到北京中国人民大学，这一下，我就与母亲离得远了。初到北京，人生地疏，我很不习惯，往往为了搭校车进城上课，早晨四五点钟就要起床，那时月亮还在天上，秋末冬初的风已经刺骨的冷了，况且我只身一人远离家乡，举目无亲，更加增加我思念母亲，思念亲友的思绪。我有一首《远别》的诗，就是抒发我的这种情绪的，诗云：

一别故乡三万里，归心常逐白云飞。
酒酣始觉旧朋少，梦冷正怜骨肉微。
月上高城添瘦影，风来塞北薄秋衣。
茫茫南国秋风起，日暮高堂望子归。

记得1958年，曾回去过一次，那时母亲还很健康。

1963年正是三年困难时期，我的家乡饿死了人，家里来信，说母亲病了，我连忙请了假，带了些大米、面粉（当时在农村有钱都买不到），特别是知道农村闹蛔虫，我特意买了不少杀蛔虫的药，准备送给村里人用的。到家后，看到母亲骨瘦如柴，我不禁失声痛哭，原来医生说她的病弄不清楚，不敢用药，哪知我到家的前一天，母亲嘴里忽然吐出来几条大蛔虫，因此确知母亲的病也是闹蛔虫，于是把我带回去的"驱蛔灵"先给母亲服下。很快，母亲就一连几天，腹泻出来的都是蛔虫。这一下，病情明白了，就是因为饥荒，吃青菜萝卜，吃一切勉强可吃的东西。况且有一段时期，农村刮共产风，把家家户户自己的锅灶都砸了，全村吃大锅饭，我家也不例外，母亲每天到食堂排长队吃饭，食堂又不卫生，所以不少人肚子里长了蛔虫，有些人就是被蛔虫穿破肠胃而死的。我母亲总算还没有被穿破肠胃，因而得救了。蛔虫杀尽后，又到医院诊治。开了点药，一边吃药，一边吃米汤、稀粥。过了几天，母亲就渐渐好起来了，脸色也转过来了，也能下地走动了。这时我已在家耽了半个月了，母亲知道我快走了，就对我说，我嘱咐你两件事：

一是我为了抚养你们，解放前借了一些高利贷的债，现在政府是不许放高利贷了，可这是现在，不是当初。当初如果没有这些高利贷我是养不活你们的，你们就只有饿死。我是用借高利贷债把你们养活的，现在长大了就不认账了，这样的事我不能做。你仍要依当时言明的高利贷连本带利给我还清，否则我没有面目见人。何况借钱给我们的都是村上的劳苦人，她们在上海工厂做工，积了点钱，借给了我们，能不还吗？你只要给我把全部债还清了，我就死也瞑目了，这就是你对我的真正的孝！到我死的时候，你不回来也不要紧，我仍旧会很高兴的！

二是你不能看着你嫂子、侄儿、侄女饿死。你们搞运动，说你大哥参加国民党、二哥参加三青团，你们要划清界线。但我一辈子种地，与你嫂子他们在一个锅里吃饭，他们又没有参加国民党、三青团，他们也是种地人，他们有什么罪？划清了界线就让他们饿死吗？总之你寄钱养活我，我只能与他们一起吃饭，我不能自己吃饱了让他们饿死！

母亲的话，深深刺进了我的心里。我就是因为每月给母亲寄生活费，母亲一直是与大嫂和侄儿、侄女一起生活，于是每逢政治运动或支部会就要批判我，说我划不清界线，说我包庇反革命分子家属。事实上，大哥于50年代初去香港经商，后又到了台湾，大概在60年代初死在台湾，由台湾同乡会为他殡葬。这是我前几年去台湾时由我同村旅台60多年的乡友告诉我的，而且他离开大陆后一直是经商，没有任何别的活动。但这些情况，50年代到60年代的我们怎么能得知呢？那个时候，我们的政治是越“左”越革命，所以面对着这样的批判，我只有作检讨，但检讨并不能解决真正悬在我心里的问题，这就是我母亲提出来的：难道要让他们饿死吗！

当时我面对着垂暮之年的母亲、毕生在苦难中的母亲，她的这两点嘱咐，我是从心底里紧记的，所以我就对母亲说我一定记住你的嘱咐，遵你的嘱咐办。

到1965年末，我终于把母亲的全部高利贷债还清了，为此，她老人家高兴得特地让大嫂给我来了封信，说她从此心里舒坦了，再也没有什么牵挂了！

我本想请几天假，回去再与她老人家过几天心情舒坦的日子的，谁知还没有等我安排好，一场“史无前例的文化大革命”爆发了，我是最早被打入“刘少奇、陆定一、周扬”这一所谓的“黑线”的，从此我被投入了黑暗和灾难的深渊！

1966年的秋天，一个大雨滂沱的日子，红卫兵正在声嘶力竭地批判我的时候，却飞来了我母亲去世的电报，我几乎为此晕倒，我向红卫兵请假奔丧，他们是铁石心肠，断然拒绝了我的请求，只准我发电报回去，而且还要经审查！

长夜难眠，我不知道我的母亲怎样去世的？又怎样成殓安葬的？那时，“文革”风暴正在席卷天下，一切正常的、正当的人间关系都被破坏了，我却正当此风暴的前端，我一辈子所有的痛苦加起来，也没有这一次的痛苦深，没有这一次的痛苦剧！

悠悠苍天，曷其有极！

2002年6月6日于京东且住草堂

大块假我以文章

——往事回忆

3

大块假我以文章

——往事回忆

我并没有学写过散文，也不懂得散文的定义。我读李白《春夜宴桃李园序》，其中有一句说：“大块假我以文章”，私心领悟，觉得此意甚是。

我从小生长在农村，自有知识起，就与庄稼打交道，十岁左右，就下地劳动，整整劳动了十多年。我每年要播谷、育秧、拔秧、莳秧，一直到秋天收获。我也每年要锄地、种麦、排水、壅麦，一直到五月炎天冒暑收麦。我的家乡是养蚕地区，每年春蚕秋蚕两季，因此，我也熟悉养蚕的全过程，从采桑喂蚕到蚕老上簇，这一切，在我的儿童时期和青少年时期，都是习以为常的事。

想起了童年的往事，常常使我心酸，还在我十二三岁的时候，家里穷得无米下锅，也无钱买米，母亲好容易借到一点点钱，最多只能买一斗米。那时米店里卖米，都是几担几担卖的，你去买一斗米或几升米，真是羞于启齿。母亲每次都叫我去买，有时买一斗或两斗，买了米不敢走街上的大路，因为怕碰见熟人，不好意思，母亲就叫我走街后的田间小路；又怜惜我年小瘦弱，背不动两斗米，她自己往往跑到半里路外去等我，等我买了米回来，她就接着背回家去。

最令人伤心的是我十五岁那年，秋收农忙，家里劳动力少，又雇不起短工，父亲、哥哥和我一起下田劳动，收割稻子。从弯腰割稻到担稻回家，整整有一个月的紧张劳动。连续挑了好多天稻，我瘦弱的身体实在支持不住了。稻担是连稻草带稻穗一起挑回家的，大人一次可挑一百多斤，我当时只能挑七八十斤。稻田离家远的有一里路，也有半里路的。肩上挑了稻，中途不能停歇，因为一停歇，稻穗就会折落在地上，所以挑稻担必须一肩到家，最多是左右肩换挑，换肩时担子也不能落地。我连续挑了一星期以后，一天晚上到家就病倒了，浑身发烧，大腿两内侧肿胀剧痛，禁不住在床上呻吟。我祖母坐在床前看着我心疼得落泪，可大哥却说我偷懒装病。当时我听了真是满腹含冤和伤心，祖母为此狠狠责备了大哥。第二天总算烧退了，我负气仍然去地里劳动。

也是这一年的夏天，正是耘稻的季节，我的两腿和脚上生了五个大疖子，红肿溃烂，化脓。右脚的脚背上一个，右腿和左腿膝盖内侧关节处各生一个，左小腿外侧一个，都有铜板那么大，连走路都不好走。但耘稻的季节是不能错过的，那时稻叶已长得高过膝盖，我仍要下地劳动，直立在稻田里用耘耙来回推拉除草。一天劳动下来，我腿上的五处溃烂的伤口被锋利的稻叶割得流血不止，收工后到河边把脚洗净，但伤口疼痛有如刀剜，我只能强

1949年4月参军时的照片

忍着回家。我满以为这次这些伤处将要不可收拾了，谁知躺了几天，因为伤口的腐肉被稻叶割净了，反倒一天天好起来了，至今我的腿上和脚上还留着这五个大疤痕。它记录着我童年的这一段最辛酸最艰难的生活。

最使我难忘的还有两件事，一件是我养了几头山羊，每天要放羊和给山羊割草。有一年母羊生了一只小羊，这是独生的，长得特别好。小羊生下来只要一会儿就能走路，到养了个把月时，就像小孩一样的淘气了，走路经常蹦着横着走，有时爬到母羊的背上，有时拼命去撞奶吃，那股天真无邪的劲，我至今不能忘记。就是这只独生的小羊，正在最淘气的时候，还没有给他系上绳子，就被过路的人“顺手牵羊”地牵走了，我无限痛惜的感情至今犹新。

为了割草喂羊，我常拿着镰刀、竹筐到荒坟上去割草。有一回，发现茅草丛里有一个云雀的窝，眼看着云雀飞进去了，我悄悄地走过去一把将草窝抓在手里，用镰刀将草窝齐地面一割，草窝就

1964年在终南山下马河滩参加“四清”工作队

离地而起，云雀在窝里无法出来，终于被我捉住了。但是看着这小东西惊慌得急剧喘气的样子，我实在不忍心害它，还是让它飞走了。当我一放手时，只听“雀”的一声，云雀已经飞到半空中了，再听到“雀”“雀”两声，就飞得连影也没有了，那时我感到很痛快。

还有一件使我一直负疚的事。有一次，也是在割草的时候，我看到一只野兔蹿进岸洞里去了，那是两头通的洞。我在一头对准洞口张了一个麻袋，把进去的洞口用土块堵死了，然后在岸洞上边用棍子使劲地敲，兔子受惊后蹿出来，一下就蹿入了我的袋中。当时我不假思索地拿起麻袋就地扑打，不消几下，兔子自然就死了，成了我的猎获物。但当拿回去剥开皮来时，却发现肚子里有三只已经长成的小兔，这等于是让我一下杀了四只兔子。当此时，我心里泛起了一阵极不好受的感情，这种感情我无法形容，但至今也一直不能忘掉。

还有一年，家乡发大水，水漫到我的家里，床底下，桌子底下，都有四五寸深的水，大人急得不得了，我却坐在春凳上当作乘船，玩得很带劲。水稍稍退后，我就光着脚到水沟里去捉鱼，那一回竟被我捉到半桶鲫鱼，全家大吃了一顿，真是乐不可支。

我幼时，最爱捉蟋蟀，而且也颇懂此道，不仅能识别蟋蟀的优劣，还能做很好的蟋蟀草，用来引逗蟋蟀搏斗。每到秋天晚上，篱豆花开，我拿了一盏灯，钻到篱畔屋角，循声而往，乐此不疲。有时翻开砖瓦，却爬出来蜈蚣，即使这样也不退却。我清楚地记得当时我有一誓，誓曰：儿时一切可玩的事，将来长大了可能就不感兴趣了，就要抛弃了，但唯独这捉蟋蟀、斗蟋蟀的乐趣，我发誓不能抛弃！现在想想当时的这些誓愿，真有点好笑。

我家的后门外，就是一望无际的田畴，每到春天，景色是很迷人的。你可以看到大片大片望去像紫红色绒毯似的紫云英，我们俗称它叫“荷花浪”，因为它的花虽很小，样子却像夏天的荷花。因为它一望无际，远看颇似红色的波浪，所以这个俗名我觉得很

1964年在终南山下马河滩参加“四清”工作队

有意思。与荷花浪相间的是大片的金黄色的油菜花，还有更加无边无际的绿油油的小麦苗以及白的萝卜花、李子花，红的野桃花等等。当你站在田塍上或地势较高的土冈上放眼望去，真是红、黄、绿、白、紫五彩缤纷的一片锦绣天地、彩色世界，然而最最令人难忘的是我们一群孩子，在割草之余，往往到地里采了许多青豌豆和嫩蚕豆，到荷花浪地里躺着吃，其味道真是清香而又鲜嫩。蚕豆的花也是很好看的，浅紫色，花瓣中心还有一点黑色，样子远看就像一只只合翅停留在豆叶上的紫蝴蝶。

我小学五年级时，就碰到抗战爆发。眼看着我的三舅舅被日本鬼子吊起来活活打死。我的堂房姑妈为了保卫她的女儿，用粪勺狠狠砸了一个日本鬼子的脑袋，日本鬼子当时吓得以为遇上了游击队，立即逃跑了。但事后却开来了大队人马，烧杀抢掠，全村的人都跑了，就只有我的姑妈没有跑，等着鬼子来将她残杀，以换取全村老百姓的生命和房子。结果她被开了膛，砍成了四块！多么残暴的侵略者！多么伟大的母爱！多么伟大的民族气概！这一切，永远是我不能忘却的记忆。

抗战时，我家实在穷，无力逃难，只是听说日本鬼子打来了，我眼望着无锡城里熊熊的火光，彻夜通红，虽然我家离无锡城还有三四十里，但火焰的气势，真是急如燃眉。隔了两天，有人说日本人已到了离我家十华里的青旸了，我们手无寸铁，更没有国家政府来发布什么命令或指示，只能在家坐以待毙。大哥为了弄清情况，壮着胆半夜里起身去青旸看个究竟，我那时虽然还只有十三岁，但也不敢睡觉了，一直坐着等待消息，到天快亮的时候，大哥气急败坏地回来了。他说他到了青旸，只见满地是死尸，枪支也散了一地，日本人还在远处搜索，死的当然都是中国人，但也不是正规军，是当地的民兵（商团）。

这之后，我就哪里也不敢去。过了几天日本鬼子果然来了，我把大门紧闭，从门缝里看到了一个日本兵，肩上扛着枪，枪上刺刀闪亮，前面走着一个翻译，那时整个村庄像死一样的静寂。我母亲从门缝里看到了日本鬼子，吓得不知如何是好，忽然去拿来一双鞋，两块饼，说赶快逃罢。鞋子走路要穿，我不知所措，拿了鞋，揣了两块饼，就从后门逃出去了。但十几岁的孩子，孤身一人，逃到何处去呢？我只好往我经常割草的荒坟堆里跑，我藏在一丛甘棵丛里，一直蹲到天黑，也不见动静。这时我好像冷静些了，我不知道父亲和两个哥哥跑到哪里去了，更不放心家里还有80岁的老祖母和母亲、姐姐。我决定趁天将黑的时候悄悄回家，好在我走得并不远，很快就到家里，此时全家人都已回家，正在惦记我不知藏在何处？我们庆幸这次总算没有大难临头。这是我第一次见到日本鬼子，也是日本鬼子第一次进我们村子的情景。但这之后就惨了，村上的妇女被污辱，被劫走，我的堂房姑妈被惨杀，总之每隔一段时间，就要来劫掠一次，真是鸡犬不宁，人命危浅，朝不保夕！

后来，我家更加穷困了，全家十口人，种地地太少，经商没有钱，我只能看见母亲的哭泣。每到开饭，总是让我和两个哥哥、父亲先吃，实际上我的母亲、祖母、大嫂、姐姐都没有可吃的了，我发现了这种情况，到手的饭也不忍下筷了。到了春天，我们就吃金花菜，大锅的金花菜，稍加几把米粒，就勉强充饥了，金花菜真是我的救命菜啊！所以至今我仍爱吃金花菜。今年春天，家乡的侄儿忽然给我带来了一篮子金花菜，我对着碧绿的金花菜，想起了以往的岁月，我的眼泪仍然无法控制。

我最害怕听到我母亲的哭泣声，因为我小时一直随着母亲睡，经常在半夜以后，被母亲的啜泣声惊醒。我深知母亲因为明天又没有下锅的米了，或者明天又要有要债的来了！这样呜咽的声音，整整听了好多年，以至于形成了我心理的一种反应，只要听到类似的这种声音，我就会心跳、就会哽咽。

我的母亲，是一位伟大的母亲，慈祥的母亲。我家的全副担子，父亲从来不管，全是母亲担的。父亲为了抽大烟，把仅有的几亩地都卖光了，母亲为了抚养我们，到处措债，那时借钱有多困难啊！我上学一直交不起学费，老师催我交学费的时候，我总是不敢回家告诉母亲，但母亲总是会知道的。有一次，为了两块银元的学费，母亲暗暗地流了好多天的眼泪，后来我也不知道是从哪里来的钱，我终于交掉了学费，但我始终没有敢问母亲是从哪里借来的。

1963 年，家乡大饥荒，不少人饿死了，我母亲也病重，我立即从北京赶回家里，带了一点面粉和粮食。到家后，见到母亲骨瘦如柴，我情不自禁地失声痛哭。医生说，她的病弄不清楚，不敢随便用药，但忽然从母亲的嘴里吐出来了几条很粗的蛔虫。这一下明白了，就是因为饥荒，吃青菜萝卜，吃一切勉强可以吞食的东西，这样肚子里就长满了蛔虫，有的人就是被蛔虫穿破肠胃而死的。幸亏我早听说农村有这种情况，在北京买了杀蛔虫的药回去，立即就用了这种药，一连几天，母亲腹泻出来的都是蛔虫，幸亏我大嫂耐心地收拾侍候，三天以后，情况才逐渐好转。

这回，我在家一直耽搁了半个多月，直到母亲脸色有些好转，能吃粥饭了，能下地走了，我才离开。临别时母亲对我说，我嘱咐你两件事：一是我为了抚养你们，解放前借了一些高利贷的债，现在政府是不许放高利贷了，可你仍旧要按当时言明的高利贷连本带利给我还清，否则我没有面目见人。因为他们也是劳动得来的钱，当时如果不借给我高利贷，你们就只好饿死。我是用高利贷把你养活的，现在长大了就不认旧账了，这样的事我不能做。你只要给我全部债还清了，那么我死了也瞑目了，这就是你对我的真正的孝顺！到我死的时候，你不回来也不要紧，我仍然会很高兴的！二是你不能看着你嫂子、侄儿、侄女饿死。你们搞运动，说你大哥参加国民党，二哥参加三青团，你们要划清界线。但我一辈子种地，一辈子是与他们在一个锅里吃饭的，你侄儿、嫂子有什么罪？划清了界线就让他们饿死吗？为什么吃饭要划清界线！总之你寄钱养活我，我只能与他们一起吃饭，我不能自己吃饱了让他们饿死！母亲的话，句句刺到我的心里。当时，我每个月要给母亲寄生活费，因为家里人口多，大哥参加过国民党，早在50年代初就到香港，后来到了台湾，病死在台湾了；二哥因为参加过三青团被长期隔离审查，失去工作，于是全家人的生活，就只有指望我给母亲寄的一点生活费来维持了。也因为这样，我每月总是尽量多寄一些钱，然而，就是因为这件事，每逢政治运动，我就要受到批判，就说我划不清界线，甚至说我包庇反革命分子家属。我虽然不得不作检讨，但是心里却一直回答不了一个问题，就是我母亲提出的：难道划清了界线让他们饿死吗？

当我在受批判无法寄钱时，我要感谢我的妻子，她总是悄悄地代我把钱寄了，有时没有钱，就寄点衣服或什么的，让他们卖了救急，或让他们冬天御寒。

母亲的两点嘱咐，我一直没有敢忘记，终于到“文革”前夕，把全部高利贷还清了，母亲为此高兴得让大嫂给我写了一封信，说她从此心里舒坦了，再也没有什么牵挂了！然而，万万没想到，就在这时，史无前例的"文化大革命"爆发了，我是最早受到冲击的，我的名字被划入周扬、陆定一、刘少奇这一条所谓的"黑线"上了。我第一次受大会的批斗是1966年的秋天，那天是倾盆大雨，我的衣服尽湿。我没有回答任何问题，听着那些声嘶力竭的批判发问，心里只觉得可悲、可痛。我知道那一天全国有不知多少知识分子在遭殃，中国的历史竟会逆转到如此程度，这是谁也想不到的。我心里认为这场滂沱大雨是天在哭，老天爷在为人民的大劫大难痛哭！我当时心想，有些人的名字，是永远也无法与这场置国家、人民于千古奇灾的暴行分开来了。我一直默默地念着"卫律之罪，上通于天"这八个字。这是它自动地从我的记忆里跳出来的。我认为即使倾长江之水，也无法洗清这场暴行对我们的国家、民族、人民、历史所犯下的滔天罪孽。这真正是"史无前例"的，人民和历史将永远永远地记住这场空前的浩劫！

正当批斗我的时候，我家里的电报来了，像晴天的霹雳一样，我的母亲去世了！这个打击，比起当时对我的"批判"来说，要重千万倍，那种"批判"，除了表明无知、野蛮、不人道以外，还能有什么呢？这对于一个精神健康的人来说，虽然痛苦，却不值一哂。然而，我母亲去世的消息，却真正让我痛不欲生。我要求回家奔丧，但造反派们是铁石心肠，不可能被"批准"的。"哀哀父母，生我劬劳"，"欲报之德，昊天罔极"！我这一辈子所尝的人生最深最剧的痛苦，莫过于此了！为人子者不能报父母养育之恩于万一，那么与动物何异？然则谁为为之？彼苍者天，曷其有极！

我童年的时候，除了伟大的母爱外，还有我的老祖母的特殊的慈爱。人们都说我很笨，那时我自己也觉得真是很笨，似乎我什么也不懂。但是，每当我遭到责骂或责打时，老祖母就会挺身而出，并且说，我不是笨，是还没有开窍！那时我也不明白我究竟是笨，还是没有“开窍”，只是对老祖母的疼爱，真是刻骨铭心地不能忘记。全村的人没有一个不说我祖母好的。我从未见她与任何人争执过，她总说人要能吃亏，不要占便宜。然而，这样的好人，却生了恶疾——皮癌。那时人们并不认识这种病，只是满身的溃疡，总有几十处。我母亲和大嫂总是轮流为她洗疮口，敷药，到后来满屋子不仅是药味，而且还有一种溃烂的味道，这样躺在床上整整三年。我当时正上初中，除了去地里干活外，就是上学，每天也总到祖母的床前看看，但我毫不懂得忧愁，只是痴痴地看着慈祥的祖母，这样不知不觉地竟过了三年。有一次，祖母听见我走过，就叫我过去，抚摸着我的手，叫我做农活时不要太重，要好好读书，说完她颤抖的手从枕头底下摸出两块银元，说这是上海韵华姊姊给她的，一直舍不得花，现在用不着了，给你上学罢。祖母的话声仍是那么平稳，我当时竟笨得一点也没有想到会有其他变化。我接了这两块银元，从祖母房里出来，将银元交给了母亲。母亲叫我上学去，当我转身的时候，却看见母亲的眼泪簌簌地落下来了，我当时竟没有能觉察这潜伏着的悲剧，仍旧上学去了。哪知还没有等到放学，家里的人就来叫我赶快回去，祖母病危了。我顿时觉得如五雷轰顶，拼命地往家里狂奔，当我奔进大门时，只见满屋的人都在哭泣，我抢着跑到祖母的床前，她似乎已经没有知觉了，但她的眼睛没有完全合上，也许她是在等我，我多么希望她能看到我啊！

祖母去世后，我的心神一直飘忽着，有一次，我忽发奇想，要画一张祖母的像，因为祖母只有一张二寸的照片。但是我从来没有学过人像画，居然相信只要虔诚，就一定能画像。我在房里默默地祝祷，向祖母的照片磕了几个头，紧闭房门，我真的开始画起来了，整整画了半天，总算画完了，自己端详着，觉得起码有七八分像，于是我把这张像一直珍藏着，直到家乡解放，我离开家乡后，才不知道怎么失落的。

正如我祖母所说的，可能我后来真的慢慢地“开窍”了，我特别喜欢读书、写字和作画，每当下地干活刚刚回来，连脚上的泥也顾不上洗，就走到房里写字或读书。我经常早读和晚读，早读就是早晨四点钟左右醒来后，躲在帐子里点了蜡烛读书，一直到天亮起床后下地劳动，干早活。两个钟点早活后才回家吃早饭，然后再下地。晚读就是晚上秉烛读书到深夜。我用这种方式，读完了《论语》、《孟子》、《左传》、《战国策》和《史记精华录》、《东莱博议》、《古文观止》等书，还读了《三国演义》、《水浒传》、《西游记》、《聊斋志异》、《西厢记》、《秋水轩尺牍》、《雪鸿轩尺牍》、《唐诗三百首》、《古诗源》等等，后来又读到了张岱的《陶庵梦忆》、《西湖梦寻》、《嫏嬛文集》，还有史震林的《西青散记》、《华阳散稿》，以及沈复的《浮生六记》，我对张岱的文笔以及晚明的小品简直欣赏到了极点，我还搜集了明末吴江叶氏一家的诗文集，沈宜修、叶小鸾的诗文，真是秀气逼人，令人爱不释手。总之，十来年的种地，也等于是我上了十来年自修大学，我觉得书籍是一个广阔天地，什么知识都可以从书本里找到。我常常拿着书到地头去读，或者在放羊时、割草时读，因为总有休息的时候，这就是我读书的机会。我读《古诗十九首》，有些诗句似懂非懂，我也不求甚解，因为当时也无法求甚解，但是读久读熟了，有时也能自己领悟。有一次，我在地里锄地的时候，脑子里想着“胡马依北风，越鸟巢南枝”的句子，忽然悟解这是写思乡之情，胡地来的马依恋着北方吹来的风，越地来的鸟，筑巢也要择南枝，因为可以稍稍近家乡一点。还有“相去日已远，衣带日已缓”，这个“缓”字，我长期不得其解，后来也忽然想通了，“缓”与“宽”的字义可通，“宽”就是“松”，“松”的同义就是“缓”。当然这些都是我后来读书找到的根据，当时只是一时的触机领悟，只是直觉地感到“缓”作“宽”讲，这句诗就完全可以通了。其意就是说，离家的日子久了，因为想念亲人，以致于身体消瘦，所以衣服和带子也都显得松了。当我一旦解悟到这些诗意以后，我真正感到无比的高兴，真有点陶渊明说的“每有会意，便欣然忘食”的味道。在我幼年读书的过程中，这样的解悟是有不少的——当然其中也有解错了的。我深深感到读书或读诗，一是要有功力，文字、音韵、训诂之学不可不治，史学不可不治，这是大厦的基础；二是要能解会，要能领悟。如果只有死读书，不能贯通融会，不能妙悟，缺乏灵气，那么也终究不能有所发明的。我每每回想起童年时自得其乐的读书之乐，常常为之陶醉，这可以说是我童年的赏心乐事。

可是我的命运太悲惨了，日本鬼子打进来后，我的两个哥哥失业回家，生活无着，也常常引起家庭的不愉快。特别是一连三年死了三个人，先是我的姊姊素琴去世，去世时才只有 20 岁左右，她是长期患病，家贫无力医治，日本鬼子闯入我村，她受了惊骇，病情日重，不久就去世了。姐姐的死，加重了家庭的经济困难，第二年又遭伯母之死。伯母是患精神病死的，她年轻时就守寡，一直与上海的女儿一起生活。回到农村后，就与我们一起生活，我们生活得很和谐，但她却日夜想念她的小外甥女，竟致精神失常，硬说她做菜时不小心误用了毒药，外甥女已被毒死。因此她痛不欲生，采取了种种手段自杀，都被我母亲发觉后救止了。但最后有一天夜里，却趁我母亲熟睡，她悄悄出门投河死了。那是一个大伏天，母亲醒来发觉伯母失踪，就连忙叫起我们四处寻找，这时正当是半夜里，终于我发现了她的尸体浮在后门外的河里，那时我还只有 15 岁，吓得慌忙跑回来叫我父亲，父亲立即洑水把她救起，但已来不及了。伯母的死，我家更加显得窘迫万状了，谁知第三年又遭祖母之死，这样我的家庭确实已经无力承受这连续的打击了，可以说，从此我们一直过着半饥饿的日子，每到秋天青黄不接的时候，全家人就常常会挨饿。所以，每年秋天，等不及稻熟收获，为了解决全家的挨饿，不得不到地里将已熟的稻穗割下来，然后放在锅里焙干，再脱粒、去壳、去皮，勉强拿来煮粥。但这样的方式只能救一时之急，且谷穗未熟透，就有一部分谷粒不能去壳去皮，所以这个方式不能让我们度过整个早秋的饥饿。幸亏在地头、屋边的空地上种了不少南瓜，常常丰收，可以用南瓜来当饭吃。南瓜还有一个好处，长老了熟透的南瓜固然好吃，就是因为缺粮急于要吃，那么没有熟透的南瓜也一样可以充饥，所以一个秋天，在稻子登场以前，我们有一大半时间是靠南瓜来养活的。但我家人口多,自种的南瓜也常常不够吃。我永远忘不了我的邻居邓季方，他常常采了他家种的南瓜给我们送来，有时还送一点米来，这样我们才勉强度过了几个秋天。我现在给我的书房取名“瓜饭楼”，就是为了不忘记当年吃南瓜度日的苦难的经历，同时也是为了不忘记患难中给我以深情援助的朋友，可惜他不幸早已去世了。

我生平所经历的坎坷，特别是童年和青年时期所受的苦难，是写也写不完的。我常常这样想，从另一个意义来说，每一个人的经历，也就是自己写的一篇文章，或者甚至是别人或别种社会原因强使他写的文章。当然，有的人是欢乐的文章，有的人是苦难的文章，有的人是富贵的文章，有的人是飞黄腾达的文章，有的人是帝王将相的文章，有的人是侠客义士的文章，有的人是坎坷终生的文章，有的人是含冤莫白的文章，也有的人是甜酸苦辣、尝尽人间各种苦味的文章，甚至有的人是漆黑一团的文章，有的人是负罪累累的文章。至少在我的眼里已经看到了各种各样的人的文章了，已经看到了我的不少有才华的朋友，写完了他们的辛酸的文章、含冤的文章或者五彩缤纷的文章，奇功殊勋的文章，或者像戏剧一样的文章，像诗一样的文章，像梦一样的文章而交了他们的卷了！

至于我自己呢？现在还在写这篇充满艰难困苦、甜酸苦辣和充满着人生的热情、人间的友情和爱情，充满着学术上的探奇和幻想精神的文章。

总之，我现在写的是一篇暂时还写不完的文章。

1988年4月29日写于京华瓜饭楼

1988年5月2日写毕于淞滨旅馆

我的读书

4

我的读书

我出生在江苏无锡北乡前洲镇后面的一个农民家庭里，家境贫寒，我虚龄九岁上小学。记得第一天上小学是我的堂姐带我去的，堂姐叫冯韵华，在小学里当老师。校长是刘诗堂，大家习惯叫他诗堂先生。诗堂先生办事认真而又和蔼可亲，大家都很尊敬他，我至今还能清楚地记得他的面容。

后来，诗堂先生不知为什么走了，也许是年龄太大了吧？可学生还一直想念着他。后来来的一位校长叫俞月秋，一来就推行“新生活运动”，只记得一项内容是靠左走，其他都忘记了。有一次上国文课，这位俞老师出的作文题目是“上张学良、杨虎城将军书”。那时正是“西安事变”，张、杨扣押了蒋介石，迫蒋抗日。内容是让学生写信给张、杨两将军，劝他释放蒋介石。其实那时我们年龄都很小，对于时局根本不懂，一个小学生，能懂什么呢？后来才明白，这个写在黑板上的大题目，实际上是写给上面看的。

还有隐约记得的一件事，是我们正在上“纪念周”的时候，突然传来消息，说日本人炮轰沈阳城，炮轰北大营。那时沈阳在哪里，我根本不知道，但日本鬼子侵略中国这是清楚的，虽然还都是小学生，却群情愤激，以至于我现在还历历在目。

小学里的事，我搜尽枯肠，也只剩这两件事永远忘不了了。当然后一件事情时间比前一件更早一点。

我小学上到五年级，抗日战争就爆发了。有一天我背着书包上学，忽然日本飞机在头上转，撒下来大批传单，拣起一看，上面印着“暴蒋握政权，行将没落”。走到学校里，学校却早已关门了，老师一个也不见了，我只得转身回家。可我书包里还装着一本《三国演义》，是学校图书馆的，也无法还了，这就成了我失学后的一本最佳读物。从此这本书伴随了我好多年，我读了一遍又一遍，因为无书可读，只好反复读这本书，到后来有许多段落的文字，许多人物对答的精彩语言，许多回目，我都能背得出来。一部《三国演义》，培养了我阅读古典小说、古典文学的兴趣。

我失学后就在家种地，那时我虚岁 14 岁，眼看着镇上有钱的人家都逃难了，但我们村子——冯巷，是有名的穷巷，没有一家能逃难的，我的亲友，也没有一家能逃难的。农家的孩子从小就与土地和庄稼打交道，我那时已经天天下地干活了。

我从《三国演义》开始，后来又借到了《水浒传》，看了真带劲。我看的是金圣叹的评本，仔细读金圣叹的评，启发我边读边品味。我读的《三国》也是带评的,是毛宗冈的评。可开始我急于看故事情节，往往把评跳过去了，后来才知道看评更能让你领会书中的意思，特别是让你注意欣赏文章的佳处，细微到用字用词，有时也有醒人的批语，这样我读得更入神了。就这样，我除了农活以外便沉浸在读书里，千方百计到处借书看，后来我又借到了《西厢记》，也是金批本。我一读《西厢记》的文辞，真是满口生香，尽管还似懂非懂，但越读越爱读，以至于拿来熟读背诵，有不少精彩的段落和词句，我都能背诵,《西厢》这部书也一直不离手。后来我又借到了《古诗源》，这本书连封皮都没有了，可能前半部分已经丢失了，我特别爱读里面的《古诗十九首》，虽然仍是半懂不懂，但觉得意味醇厚缠绵，可以味之又味。还有《孔雀东南飞》，即《古诗为焦仲卿妻作》。读后使我十分震动，恰好我二舅父顾仲庆在芜湖工作，他到我家来，我问他芜湖离庐江有多远？他非常奇怪，问我为什么问这个问题。我告诉他我读了《孔雀东南飞》，上面写着是在庐江发生的事。他虽然没有读过这首诗，但觉得我小小年纪就这么喜欢读书，就这么喜欢追根究底，很是难得，因此就特别喜欢我，与我讲了庐江有周瑜墓，有小乔墓等等，更加引起了我的兴趣，可惜我至今也没有到过庐江。

这段时间共约三年,我真读了不少书,连《论语》、《孟子》、《古文观止》、《东莱博议》、《聊斋志异》、《西游记》、《夜雨秋灯录》、《浮生六记》等等都读了。有一次，我二哥到苏州去，给我带回来《西青散记》、《西青笔记》，还有《陶庵梦忆》、《西湖梦寻》、《嫏嬛文集》等等，还有叶天寥、沈宜修、叶小鸾的书，这一直是我想读而找不到的书，我开了一个书单给二哥，想不到竟能买回来，当时我如一朝暴富，天天夜以继日地沉浸在这些书里。尤其是张岱的《陶庵梦忆》等书，使我废寝忘食，有不少文章我都能背诵，连《自为墓志铭》这篇长文我也能背。我觉得《西青散记》文有仙气。而《陶庵梦忆》、《西湖梦寻》则有逸气。我读《浮生六记》也是全神贯注的，因为我的家离书中所写到的东高山、江阴都很近。尤其是东高山，只有数里之遥。有一次我有便经过那里，还特意去东高山，但事隔二百多年，世事梦幻，到哪里去寻找呢？

我这一段时间，生活很艰苦，家里常断炊，祖母、母亲、大嫂常对着空锅哭泣，没有东西给我们吃。每到秋冬，经常吃南瓜度日。而日本鬼子又不断到乡间来扫荡，清乡，抢掠、杀人。我的亲姐姐素琴，从小就一直领着我、爱护我教导我的，她有心脏病，可家中无钱可医，就是日本鬼子来扫荡时受了惊骇，心脏病发作而去世了。我的堂房姑妈因为日本鬼子强暴她的女儿，她拿起粪勺当头猛击日本鬼子，鬼子以为游击队来了，就逃跑了。她的女儿是一时得救了，她却被重来的大队鬼子开膛破肚，砍成四块，壮烈牺牲了！我的三舅父是小学老师，是当地有名的书法家，日本鬼子把他吊起来毒打，要他说出游击队的行踪，他就是不说，被活活地打死了。不久，我的老祖母得癌症去世了，我的亲伯母又得疯病去世了，我的家真正的破碎了，我天天面对着母亲的哭泣，自己无法安慰她，我们的生活真的在水深火热之中。

但是，不管怎么艰难，总得生活下去，我与两个哥哥一起，天天起早落黑在家种地，我还养了四五头羊，就这样苦挨着。我幸亏有这些书，其他脑子里都不去想，一有空就读书，最好的时间就是夜间，我往往点着油灯或蜡烛，天天夜读到深更半夜，而且早晨还早起早读，这样几年中间，我把借来的和买来的书都读完了，我感到真是开卷有益，读书是能开启人们的心灵的，虽然我对古书仍是半懂不懂，但我觉得比以前似乎多懂了一点了。不过，我当时的读书是杂乱无章的，只好拿到什么就读什么，既不懂得系统地读书，更没有老师指导，只是暗中摸索而已。所以我非常羡慕别人能读中学、大学。总算，我17岁那年，镇上办了中学，我得到家里的支持，就去考了中学，入一年级。国文老师叫丁约斋，十分器重我，说我书比他们读得多，领悟得快。但丁老师当时究竟教我读了些什么，我真的一点也想不起来了。丁老师有四件事是永远不能让我忘记的：一是他坚持要去看看我的家，说我是书香门第。天晓得，我父亲仅能写信，究竟识多少字我也不知道。祖父是老早就去世了，我都没有见过，更没有听说他读书，连他的名字至今也不知道。曾祖父冯秬香，倒是读书的，可能中过举，只记得我住的老屋厅堂里的柱子上、屏门上贴满了报录，老人说这是考中后来报喜的，厅上的匾额叫“馨德堂”，是当时的知县老爷裴大中写的。过去还有一篇曾祖父的寿序，刻本，红字印刷，文章是四六骈文，写得极为精彩，朗朗上口，我以前也能背诵，本子也一直在身边，可后来一次次的运动，本子早丢了，连脑子里记得的也早已没有了。丁老师说我是书香门第，此话用来说我的曾祖父，大概还可以，用来说我当时的家，早已是稻香门第甚至是饥寒门第了，哪里还有一丝书香味道？可丁老师还是要去。结果到了我那虽大而破落不堪的家里，真是让他失望。但他从我的旧书架上找到了一部《安般簃诗钞》，一部《古诗笺》，清初刻本，可能还有其他几种书，他就大为高兴，说这种书，一般人家是不可能有的，好像证明了他的“书香门第”的说法。其实这几种书，都是我的一位朋友送给我的，他倒是真正的“书香门第”，几间屋子里堆满的都是古籍，零乱地堆砌着，任凭鼠咬虫蚀。他说你喜欢古书，随意拿罢，不拿也就全毁了。我看着真心痛，又无法进去仔细挑，只好在门口拿了几种。想不到这几种书却证明了我这个早已不存在的“书香门第”。

二是丁老师对我说：“读书要早，著书要晚。”这句话深深地影响着我。“读书要早”，可是我已经晚了，而且是无师自读，暗中摸索，已经无法弥补了，再也早不了了！“著书要晚”，这句话倒是他说得过早了。一个初一的农村孩子，离开著书还远着呢！我心想我能著书吗？也许晚到最晚最晚也未必能著书。但丁老师的意思是早读书，可以多读书，早开启智力；晚著书是让自己的思想更成熟，见解更可靠，不致贻误后人。丁老师的话是非常宝贵的，所以至今我一直铭记在心。

三是我在旧书摊上买到一册《水云楼词》，曼陀罗华阁刊本，刻得很精，著者是蒋春霖，字鹿潭，是咸丰时期的大词人。这本书好用古体字，如“夢”字刻作“㝱”，“花”字刻作“荂”，“散”字刻作“㪚”，“瘦”字刻作“痩”等等，我开始不认识这些古字，但反复琢磨，也就慢慢地认识了。可是词是长短句，押韵的规律不像诗，所以一时无法准确断句，那时我还不知道有万红友《词律》，也不知道有简易的《白香词谱》，只是自己反复推敲，寻求韵脚，然后琢磨着断句，结果有不少算是蒙对了，有一些却搞错了。为了明白究竟，我又去请教丁老师。丁老师一读这本词集，就说好，是大家。那些难认的古字，我一一读给丁老师听，居然都读对了，他大为高兴，说识字是读书的第一步，一定先要学好“小学”。然后把我不会断句的一些句子教我断句，经过这一番教导，《水云楼词》都能依词律正确断句了。后来我又得知有万树《词律》，又是请我二哥去苏州时买到了，木刻书一大套，我好不欢喜，随即将《水云楼词》逐阕与《词律》对照断句识韵，至此，一部《水云楼词》算全部读通。我非常喜欢《水云楼词》，所以差不多整本词我大部分能背诵。这是我喜欢读“词”的开始。至今我还保存着我启蒙时期读过的这本词集，不但如此，经过50多年的搜求，我现在拥有的《水云楼词》的版本，可能是最多者，连蒋鹿潭钤自己的“水云楼”章的本子都被我搜集到了。解放前，我连《水云楼词》的原刻板的下落都弄清了，记得有一位姓周的老先生，是蒋氏的亲戚，刻板在他手里，他愿将全部词集的板子卖给我，我一个穷学生，如何有力买，只好望板兴叹！

因为《水云楼词》的古字，丁老师说“读书要先从识字始”，我就一直记着这句名言。所以我更加爱好和注意这类篆写的古字。又过了多年，我才读到《说文解字》这部书，读甲骨文和金文的书，那是更晚了。

四是我上初中一年级时，丁老师就教我们写文章。丁老师每次都嘱咐，写好的文章，自己必须读三遍到五遍，方可交卷，自己没有反复读过的文章，不准交卷。我对这一规定，特别赞成。因为我上初中前，一直自己学写文言文，我是喜欢边写边念的，每完成一篇文章，自己就背得出了。上初中后写的是白话文，但我的习惯不改，也照样反复读，甚至能背。我自己觉得文章多读几遍，有些不必要的字词，自己就会感觉出来，意思好不好，畅通不畅通，也可以通过自己的阅读有所发现。所以至今养成了我写文章的习惯，自己写的文章，总要反复读五遍到十遍，就是给人写信，我也总要重读一遍到二遍，看看有没有落字，有些话说得妥不妥。我自己觉得这是一个很好的习惯，是非常有益的习惯，其实这一点，过去鲁迅就早已说过。可见这确是一条宝贵的经验。

丁先生只教了我们一年就辞去了，后来再也没有能见面。

我初中毕业后，就考入无锡城里的省立无锡工业专科学校，录取的是染织科，功课以数理化为主。这可与我的爱好大大相反，所以我的数理化功课成绩很差，有时还不及格。可我的语文课的成绩总是最好的，作文尤其突出，常受老师表扬。还有我的图画成绩也是最好的，我也常常练习写字和作画。我的国文老师是张潮象老先生，他是无锡有名的词人，别号"雪巅词客"，书法也很好。有一次，他在课堂上讲《圆圆传》，讲到吴三桂开山海关迎清兵入关时，竟痛哭流涕，大骂吴三桂叛国投敌。学生听了，非常感动，大家心里明白他是在骂与日本人合作的汪伪汉奸。但大家都为他捏一把汗，因为我们的课堂上，经常有日本人穿便衣坐在后排"听课"的，老先生年龄已很大，根本不知道这些情况。幸好那一天没有日本人来"听课"，总算没有出事。当时学校有好多位著名的语文老师，还有一位叫顾钦伯，诗作得好，与张潮象老师也是好友，我是住宿的学生，顾老师也住在学校里，所以我常去请教他，听他讲诗。还有一位讲印染学的范光铸老师，写一手《麓山寺碑》，当时给我写了好多幅字，我一直珍藏着。是他告诉我，《红楼梦》里都是讲做诗的，劝我快读《红楼梦》，这是我第一次听到《红楼梦》的名字，也是第一次读它，但却没有能读完。那是1942年的下半年，我虚岁20岁。我在无锡工专读了一年，就读不下去了，因为家里实在负担不起，加上我又不喜欢数理化。虽然我非常喜欢张老师、顾老师和范老师，但我无法继续下去，所以1943年的夏天，我又失学回到了家乡种地。不久，就被聘当小学老师，但仍没有脱离种地。所以我老家与我差不多年纪的农民，都是与我一起干过活的，家乡的农活，我也件件能拿得起来，包括挑担、插秧等等。

不过，还有一件事我始终没有脱离，这就是读书。我一直记着丁老师说的话："读书要早，著书要晚"，"读书要从识字开始"，"写好了文章自己要多看几遍。"

我现在快到80岁了，回过头来想想，丁老师的这几句话，仍旧是对的，我现在无论是读书和写作，总是不敢忘记这几句话。而且总是觉得自己读书太少，自己的古文字学的功夫太差，自己写好的文章更要多读几遍，五遍到十遍才敢放手！

如果能加我一倍年寿的话，我一定从现在开始再从头学起，以前学的，实在太少太浅了！我感到中国的学问实在太深太广了，如果真的让我再从头学起的话，现在我可能知道该如何学习了！

2001年11月16日夜12时于京东且住草堂

稻香家世

5

稻香家世

近来，我读了不少学术名家的传记或回忆录，发现他们大多数都有很好的学术家世，有的则是官宦之家和学术之家的结合，有的则是几代人都是著名的学者或藏书大家，因此他们从小就得与学者名流相接，从小就得薰沐于前辈学术风流之间，对于他们得天独厚的家世，我真是艳羡不已。

读了这许多前辈名家的传记，想想自己，真觉得是一穷二白，一无所有。

我家世世代代都是种田的，如要说家世，则倒可以说是“稻香家世”。

听我祖母讲，我的曾祖父算是有功名的，但是什么功名，是秀才还是举人？则不清楚。我小时还见我家老屋的屏门上和柱子上贴了不少报录，据说这就是考中后由报子送来贴上的，但那时我年纪小，看了也不懂，所以分不清楚是秀才还是举人。但也有人说，这是捐的，不是考中的，是秀才，不是举人。究竟如何，谁也说不清楚。

我的曾祖父名锡瓒，字秬香。我读中学的时候，还从家里的箱子里找到一篇秬香公70岁的寿序，只剩了开头几页，封面也没有了，文章的后部也没有了，但印得很讲究，是用红色的八行笺印的。文章是四六骈文，读起来朗朗上口，那时我还能背得出来，可惜现在我竟一个字也记不得了。至于这篇断尾巴的文章，则经过近六七十年的风风雨雨，早就不存在了。作为先人的遗泽，我家老屋大厅上，还有三个匾额，一个是“馨德堂”，是谁写的已记不清了，但书法堂皇而端庄，是极具典范性的。另一个是“谊笃桑梓”，是当时的知县裴大中写赠的，这块匾一直是家里的传家宝。据说这块匾是光绪五年（1879），知县裴大中捐资兴修水利，以杜绝家乡的水患，秬香公也出资出力，助成其事，乡里皆传颂，所以由裴大中写赠的。另有一块匾，是“宾筵望重”。是谁写的，是什么来历，我已经不清楚了，但其辞意，也是称赞秬香公好接宾客，望重乡里的意思。这三块匾，我小时候是常见的，而且一直保存到“文革”前破四旧才被统统破掉，同时破掉的还有一直挂在厅堂正面的一幅六尺整幅的文徵明的青绿山水，据说也是祖宗所传，至于真假，那时根本不懂，也不知道值钱，所以根本没有人问真假，最后是一火了之。

我距离我的曾祖父已经有百年以上的历史了，我连我的祖父和伯父都未能见到。我不是出生在老屋里的，我是出生在祖父分家时分得的一所普通的农村住房里的。常听祖母说，曾祖父有三个儿子，长名济瀛，即我的祖父，次名湘瀛，三名環瀛。三个儿子各分老屋的一部分，另外再各起一幢新屋。我祖父是老大，就要了原来堆柴草杂物的一所房子，没有另建新房，房子甚简陋。祖母说，祖父是忠厚老实人，又是老大，不能争，分了这幢房子他就满足了。其他两个弟弟都另建了新屋。

我只记得小时祖父的堂屋里也有一幅四尺中堂，是边寿民画的芦雁，上面题的是“鸿雁于飞”四个字，还有款字。我那时哪知道边寿民是扬州八怪一流的人物，是画芦雁的名家。后来我读《西青散记》，里面还记到边寿民的事。但这时这幅画早已化灰了，因为不懂，谁也没有觉得可惜。与这幅画相配的是一副四尺的对联，联语是集禊序，文曰：“不期而遇，清风故人；相喻无言，流水今日。”这是谁写的，我已记不起了，反正这对子也早已与中堂一起化灰了。

祖母说，我祖父并不认识多少字，一直是自己种地的。在我的住房的最后面，是一所猪圈和一所牛圈，那时祖父养了一头牛，常用以耕田。有一次，我祖父到牛圈边喂牛，竟被牛愤怒地用角挑了一下，把他的胸挑伤了，穿的一个棉背心也挑破了。祖父的伤养了很久才好起来，后来就将牛卖了。以后就再也没有养牛。因为祖父没有多少文化，我父亲也只是能写信，家里从没见有什么藏书，所以堂上挂的边寿民的画和那副对联，也可能是曾祖父传下来的。不仅我的祖父没有多少文化，就连我的二位叔祖，也从未听说过读书识字，他们留下的房子虽比我祖父的好，但也未见留下一本书，更没有听父祖辈讲起上代有谁是读书的。

我的曾祖父虽然有过功名，但从未听说他著书立说，也没有留下他的手迹，更没有当过什么官或长，大概只能算是当地的一位乡绅，而且也只有到他本人为止，他的三个儿子一个也没有继承的，更没有读书的。

现在在我的手里，总算还保存着一点秬香公的遗物，那就是当时的知县裴大中亲笔写的一副对子，句子是：

家藏瑶草香延客
人与梅花淡接邻
秬香四兄大人属
浩亭裴大中 中臣印大 亭浩

这副对子不知什么机缘，我一直带在身边，至今还完好无损。这算是我家百年前的一点故物了，其他所说的老房子，和我出生的房子以及两位叔祖的房子，都早在十几二十年前就统统拆毁了，我现在回到家乡，真正是“所遇无故物，焉得不速老”！

我的家世，从真实的情况来说，实在是一个种田的家世。说文一点，就叫作“稻香家世”。正好，我曾祖父字“秬香”，倒也是对劲的。因为我的曾祖父有那末一点点功名，大厅上又有三块匾额，其中有一块还是知县老爷写的，所以子孙们都自已觉得高人一头，我亲自听我的堂叔醉后常说的一句话是：我堂上的匾额是可以压死人的！虽然从他这一辈起早已败落得几乎一无所有了，但那种鲁迅说的阿Q意识却还是很浓烈的。

我没有见到我的祖父一辈，但我亲眼见到了我的堂叔一辈和我的父亲一辈，他们一辈的情景，无论从我的家世和那个时代来说，我觉得都还是值得一谈的。

我曾祖父的次子是住在老屋里的，他的名字叫湘瀛，我没有见过。但他的儿子，也即是我父亲一辈的堂兄弟，我是见到的。他叫祖武，可能比我父亲小一点，所以我称他祖武叔叔。记得我上小学的时候，他生活得还比较好，穿着也较整齐，但到抗战开始后，他的生活就愈来愈坏了。也不知道他是做什么的，只知他每天往街上跑，到天黑了才回来。他有三个儿子，长名宗焕，次名宗煜，三名宗志。宗志与我年纪差不多，比我略长，我们俩常在一起，而且感情很好，我母亲也很喜欢他，他已没有母亲，所以对我母亲很亲。他后来到上海当学徒，不久就参加革命。到了苏北在陈毅的部下。但家里都不知道他的踪迹，都一直很惦记他。上海解放后不久，我突然收到了他的信，他已到了上海，在华东军管会工作。他让我去上海，我见到了他，还见到了与他一起的陈丕显同志。他的两个哥哥，据说抗战前就在上海参加了黑道，在上海沦陷时期就已经不在了。

祖武叔孤身一人在家里，后来沦落到衣食不周，我经常看到他穿一件破烂的黑大衣，满头乱发，一脸胡子。有一次，他忽然摔倒在老屋的厅堂上，等到我们去扶他起来时，人已经疯癫了。他说屋顶上匾额背后祖宗藏有财富，他是爬上去取财富摔下来的，之后，就一直疯疯癫癫。但只要有钱，就拼命喝酒。终至在一个严冬，他死在了他家的后门边。我母亲因为有几天不见他了，怕他没有吃的，到老屋去看他，才发现他已经死了。

我的另一位堂叔叫祖寿，他的父亲叫環瀛，住在我家的紧西边，他有两个女儿，两个儿子，都是我很熟悉的，他的小儿子与我差不多年纪，大约略小一点。

祖寿叔一生嗜酒，一日三至四次喝酒，喝醉了就骂人。他的妻子早已死了，两个女儿在上海工厂里做工，每月寄钱给他，他把钱都买酒喝了。他经常说的一句话就是：我家的匾额是可以压死人的！尽管喝酒的钱不愁，但后来酒愈喝愈多，钱终于不够了，有一次为了找钱，几乎把房子都拆坏了，他硬说房子的墙壁里有钱，其实他已经疯了。那是1942年左右，抗日战争正在艰苦的时候。

有一次，他忽然大吐血，真是吓人，总算抢救过来了，但不久，就完全疯了，完全没有理智了。不久也就死了。

我这两位堂叔的死，都是在我小时候，我还都亲眼见过。都是拼命喝酒，想钱想得发疯，最后疯癫而死。

听说，祖寿叔的两个女儿都参加了中国共产党，他的小儿子也工作得不错。

这是我亲眼见到的两个家庭的毁灭和新生，其时间都是在抗战后期。

我没有能见到我的祖父，也没有见到我父亲的哥哥，即我的伯父。他们都死得早。但前面说过，我祖父是一直种田的，到我父亲手里，家里只能靠种田过活，所以我很小就下地干活了。但我父亲抽鸦片，把家里的田地卖掉了一大半，本来一共才十多亩地，卖掉了一大半，只剩几亩地了，田里的收获养不活全家，所以债台高筑，有的还是高利贷。

我父亲与两个堂叔排名，他叫祖懋，字畏三。也像两个堂叔一样，整天在离家三里路的前洲镇上茶店里喝茶、聊天。此外就是泡烟馆，抽鸦片，我小时，他还曾带我去过一次烟馆，那时我根本不懂。只是等他抽完烟后一起回去。后来，他就在家里的小阁楼上躺着自己抽了。

农忙时，父亲也下地干活，有时请点散工，我是天天下地劳动的。母亲虽然舍不得，也只能让我去干，因为实在没有钱雇工。有一次，母亲让我姐姐素琴也下地，姐姐一直有肺病，很瘦弱，虽干不动活，眼看着农活要抢季节，也不能不下地。但干了两天，就病倒了，母亲、老祖母为此痛哭，我也很难过。我对母亲说，不要再让姐姐下地了，让我多干点罢，其实我那时才十来岁，又能干多少呢？

姐姐就是因为这样，病情加重，母亲无法，雇了一条小船，送姐姐到江阴去求医，我也一起去了。那次花了不少钱，但病却未有丝毫好转。

姐姐与两个哥哥一样，都只有初小毕业。那时，两个哥哥都在外当学徒，家里只有父亲、母亲、祖母、姐姐和我，平时姐姐很爱护我，管教我也很严。她自己喜欢画画，常常自己练习作画、写字。可惜家里贫穷，连饭都吃不饱，她的病就一天天拖着。有一次，日本鬼子下乡杀人放火，抢女人，村上的几个年轻女孩子都被抢去糟蹋了，我姐姐正病在床上，受此一惊，病情更重。因为家中没饭吃，母亲怕我饿坏了，就把我送到外祖母家，在舅舅家吃饭，干点零活，母亲也随着住几天。不想，突然，我大嫂从家里赶来，说我姐姐病情不好，要我母亲赶回去，于是我就跟着母亲急忙赶回家里。到家时，姐姐已经断气了。我母亲、祖母都痛哭失声，我更是第一次遭遇这样痛心的事，眼看着天天与自己在一起的姐姐没有了，这种悲痛的心情我简直无法形容。成殓的时候，要亲弟弟捧她的头，我父亲抬着她的脚，母亲扶着她的身子入棺。当我扶着她的头抬起来时，她的鼻孔里流出来许多白色如豆汁一样的东西，我急忙把她安放到棺材里，全家悲痛欲绝。后来，别人说姐姐实际上病重已经很久了，所以去世时自然就熄灭了，而鼻子里流出的白色液体，是内部早已坏了的结果。

总之，这是贫苦人家的悲剧。姐姐死时才 22 岁，我以往从来没有认真写到过她，但姐姐的样子，永远浮在我的眼前。现在，我已经过 80 岁了，但一想起姐姐，我那童年的悲惨生活，全部又回到了我的眼前。

抗战开始后不久，两个哥哥都失业回家了，有钱的人家都逃难了，我们村是有名的穷巷，没有一家逃难的。这时全家唯一可以谋生的就是种地，但这时家中已只有四五亩地了，其中还有几亩桑田，所以种地也无法解决全家的生活，但也只能拼命干了。这时，父亲已戒掉了鸦片，与两个哥哥和我一起下地种田。我已经十四五岁了，已是一个全劳力了。一年四季的农活我全能干，春秋两季要忙着养蚕，可以增加点收入，我与哥哥、嫂嫂、母亲都下地采桑叶，桑叶最好是半嫩不老的，如是下过雨或露水太重就不能采，采了也要晾干。太湿的桑叶蚕吃了容易致病。有时碰到雨天，蚕不能停叶，只能采回来后，一叶一叶地把它擦干，再喂蚕。蚕吃叶时，沙沙有声，听着别是一种滋味。蚕要经过三眠，最后一次叫大眠，大眠以后蚕就长大了，成熟了。你可以看到蚕头和蚕身都是发亮透明的，再不是通身青色的了。这时的蚕都要仰起头来四面摇晃，实际上是在寻觅可以吐丝结茧的环境。这时就要赶快采蚕上簇，蚕一上簇，就忙个不停地吐丝结茧，经过几天的时间，茧就可以结成，封闭在茧里的蚕就慢慢地变成蛹。到蚕成蛹后，茧就算成熟了，可以采下出卖了。这时蚕农总希望茧行有个好价钱，那就一春的忙碌辛苦不算白费了。我每年采茧后，总要挑着茧随父兄到茧行去卖茧，有时卖到较好的价钱，全家都很高兴。我家因为春秋两季都养蚕，所以养蚕的全套活我都能干。特别是我母亲和大嫂是养蚕的能手，全村如发现有蚕瘟的苗头时，都要请她们去观察，采取紧急措施以避免酿成损失。

春秋两季的养蚕，虽然有些收入，但收入不大，只是借以补贴而已。我家的主要生活来源，还是靠种地，夏秋两季的麦子和稻子的收获，才是全家生活的依据。

我从六七岁开始下地干活，一直到1949年无锡解放，我参加解放军，才离开农村，其中有十六七年一直没有离开农活。家乡一年四季的农活，我不仅能干，而且都是在行的。水稻的活，从育苗，做秧田到拔秧、插秧、耘稻、摸草，一直到秋收割稻、担稻、脱粒、牵砻（脱壳）、舂米（去皮），我都全能干。麦子方面，从锄田、做麦垅，到播种麦子，麦子出青以后的培土、施肥，第二年五月麦黄季节，从割麦、抢收到脱粒，我也全能干。老农说：种田要学会三缩退：莳秧、绞绳、固田岸。这三缩退第一个就是莳秧，因为莳秧是在水田里向后退着插的，一次自右至左横插一排六棵秧，右脚外两棵，两脚之间两棵，左脚外两棵。莳秧时必须弯着腰，左手执秧把，右手插秧，从右到左横插过去，插完一横行，右脚先退后一步，再插第二个横行，插到左边，左脚再往后退一步，如此轮流。而插好的秧，横看，要是一条横线，竖看要是笔直的六根直线。所以每一棵秧，前后要对直，左右要看齐，不能歪斜。高手插秧，不停地往后退，直到插完，直起腰来一看，眼前是笔直的六条竖线，横里是一行行的横线，我经过一二个插秧季节的学习，也就完全熟练了。每年农忙，我三舅和小舅都来帮忙，总是我三舅占第一行（每行是六棵秧的位置），小舅占第二行，我占第三行。因为他们快，我刚插完半竖行，他们第一、二行就插完了，紧跟着就插第四、五行，到我把第三行插完时，他们的第四、第五行也插到末尾了。我经过他们不停的追赶，后来也就熟练而快起来了，也就能赶上他们了。农活中的绞绳、固田岸都是粗活，可以说不学就会。

农活中的挑担，也是要磨炼的，我不仅能挑担，而且能左右换肩。因为无论是收麦子或稻子，一担上肩，都只能直挑到家，中途不能停歇。因为一歇，麦穗或稻穗就折断在地上，所以必须学会左右换肩。我在家，经常要从一二里外的地里把稻麦担回，中途必须换肩。换肩时将右肩一耸，身子略侧，左肩往后一凑，扁担就从后背转到左肩上了，既不着地，也不费力。“文革”后期，我在江西余江干校，采茶季节，我就负责担茶。采下的茶叶尤其不能着地，着地就会沾泥土气。一百多斤的担子，我总是能一肩到底，这就是靠中间的换肩。农活中还有戽水，也是费力而要训练的。我小时常去学戽水，水车转动慢的时候没有什么难处，最难的是大家使劲发力，脚步飞快，而要脚脚踏在车槌上，一脚不虚。如一脚跟不上，随之而转过来的车槌就会打在你的脚背上，所以有时候跟不上时，只好两手把住横杆，两脚悬空地吊起来，这样就被讥笑为“吊田鸡”。但这也只要训练几次，胆子放大，快步往前赶，也就能脚脚踏实了。我到后来，经常与他们一起赶车，轻快如飞，毫不在乎了。

回想起年青时种田的情景，真是一言难尽，当时的许多苦活，现在想想都是乐趣。所以，我每次回乡，都要去看望青年时与我一起干农活的朋友，想想当时天真而无拘的情景。

回顾我的家庭，从祖父经父亲到我，这三代人从未断过种田，如再往上数，实际上我曾祖父和他的上辈，也是一直种地的。经过这么多代人，家里从没有传下一本藏书来，也没有传下一个人的手迹来。我曾祖父可能是读书的，但估计也不会很深。据说有一部记载家乡水患和治理水灾的书，叫《治湖录》，里面记载着他治水的业绩。我家乡古称芙蓉湖，是一大片湖泊。故书名《治湖录》。他的功名，有说是捐的，有说是因治湖有功，清廷赠的，我觉得这可能更近乎事实。

另外，上数四五代，我家的亲戚中也没有一家是以读书为业的，在古代讲究门当户对，所以这也是值得注意到的。

因此，实实在在，我的家世，是一个真正的“稻香家世”！

2002年8月22日写毕

乡思

6

乡 思

阔别故乡已经30多年了。

虽然近年来也常有机会回去，但毕竟来去匆匆，如同过客。正因为如此，反觉乡思撩人，每当午夜梦回，明月入怀之时，就更容易引起对故乡的追忆。

我童年时最早认识的山是故乡的龙山，也就是大家习称的无锡惠山，那青青的山色，挡着我家的大门，虽然远隔30华里，但却是开门见山，朝夕相伴。现在惠山已建成了“锡惠公园”。惠山寺“不二法门”下的那棵古银杏，还有躺了一千多年的“听松石”，至今还安然无恙。那古银杏树的半圆形的叶子，每到秋深，就会变得金黄透亮，分外衬托着浓郁的秋意。

常常引起我回忆的还有惠山南面青山弯里的“贯华阁”，那是清初著名词人纳兰性德与词友梁溪顾贞观去梯玩月，共同填词的地方，原建已毁，现存的是清末重建的。“竹炉山房”，即南宋尤遂初藏书的“万卷楼”，已大变其样，无复当初的风貌了。令人差堪告慰的是大词人秦淮海秦观的墓依然还在，只可惜锦树林明末秦淮名妓下玉京的墓已经毫无踪迹了。

当然惠山最重要的名迹是“天下第二泉”，这是经过唐代品茶专家陆羽评定的，现在故泉依然，壁间“天下第二泉”的擘窠大书也完好无损，这实是一大快事。

回忆起故乡，当然除惠山外，首先是太湖了。记得有一次，我清早在太湖边上，湖水浸岸，晨雾很重。面对着白茫茫的一片，正在遐想之际，忽然远远看到天边轻轻飘来了两片布帆，我分明感觉是从天上飘来的，这时我才悟到杜甫的“春水船如天上坐”名句多么缥缈，这眼前的景色多么朦胧啊！

还有一件事使我永远怀念。有一年秋天，老友巫君玉、杨甲留我在湖边农舍中过夜。晚上，杨甲提马灯，携竹篓，邀我们一起到湖边坐下。一边喝酒，他一边说：看我捉螃蟹明天下酒。果然，不到一刻钟，螃蟹就朝着灯光爬来了，杨甲伸手就抓，手到擒来。如此这般，不到一小时，竹篓已装满，足有二三十只，可备一顿丰盛的蟹宴。更令人向往的是，清早我们乘小机船穿过五里湖向太湖那边驶去，这时机船的引擎声一响，吓得湖里的鱼直往空中乱蹿，那一尺多长甚至两尺长的鱼，不断在船头船尾掠过，有时竟在我们头顶飞过，有时被吓昏的鱼也竟会自动跳到船舱里来。这样生动活跃的情景，确是生平所仅见。

太湖的美，美在浩淼无际，使您到了她的身边，觉得天地是那么宽敞！世界是那么澄澈！

而春天的太湖又是另一番风光，那长春桥畔樱花烂漫如锦，一走到这条花团锦簇的堤上，就自然而然地要吟诵起诗僧苏曼殊的名句“踏过樱花第几桥”来，尽管他写的不是长春桥，然而，人们联想的翅膀是可以自由飞翔的哟！

我拿起了这支笔，乡思就奔腾而来，我多么愿意沉醉在乡思里啊！

7

访青藤书屋

访青藤书屋

我曾两次到绍兴，访问过明代的大画家、大文学家徐文长的故居——青藤书屋。第一次是1970年夏天，那时我被下放到江西余江红石山冈上的干校里，我利用探亲的机会，绕道到绍兴，想一赏山阴道上的风光，寻访一下绍兴的古迹。但是实在令人丧气，在那里，我所见到的只是一片劫后的荒凉，会稽山麓著名的大禹庙被拆毁了，高大的大禹像被砸烂了，真是“似这般、都付与断井颓垣”！我到了兰亭，那里该不至于遭劫罢，然而我到兰亭一看，依然是一片荒凉，“鹅池”碑已推倒，当年东晋名士们“修禊”的曲水流觞，连水也没有一滴，而后面的“流觞亭”里，却拴着一头大水牛，对我瞪着牛眼睛摇耳喷鼻，真使我有点哭笑不得。我仍旧不死心，决定去找“青藤书屋”，一看究竟。这回我先作了点思想准备，准备再来一次煞风景的遭遇。果然，这回更巧，正碰上在折毁这四百年的名迹，据说是要改成工厂。只见青藤已经砍去，“天池”已改为“地池”，石栏砸碎，池子填平用土埋掉，廊下的那棵大树被修得像根电线杆。这一下，我实在再也没有勇气去看别处了，心想除了东湖的水估计不会被庠干外，其他所有的名迹，怕都难逃此劫。

第二次是去年十月，我又因事到了绍兴，我仍旧关心着这些名迹，我虽然不是绍兴人，但心头却有点“近乡情更怯，不敢问来人”的滋味。我怕一问起这些地方，让人不好意思。然而，出乎意料之外的倒是文管会的领导主动邀请我去看看这些地方，我当然十二分的愿意了。为此，我又一次到了“青藤书屋”。一进门，就是一个空旷的园子，中间鹅卵细石铺道，直通书屋。路北是一片青翠欲滴的竹林和绿影如云的芭蕉，路南是几树枝叶扶疏的花木。穿过这个园子,就是“青藤书屋”。只见“天池”已经恢复了原样,石栏依然，清泉一泓，旁边已补植了一棵不算太小的青藤，据说是从深山里移植来的。进了书屋，一边悬着徐文长手书的“一尘不到”的匾额，草书清逸洒脱，确实无一点尘俗气；另一边悬着“青藤书屋”的匾额，书法瘦劲古拙，确是陈老莲精心所作。据说，这间书屋传到陈老莲的时代，老莲慕青藤的风仪，特地迁居此屋，并手书匾额。难得的是这两块匾额名迹，竟能逃过劫难重见世面，这实在也可以算是“奇迹”了。书屋的里进是一间不大的陈列室，也是当年的旧建修复。室内陈列着一些徐青藤的复制书稿，复制得相当成功。两边的墙上挂着一些字画。现存的书屋，就是这两间，再加上外面的这个园子。书屋的面积虽然不大，但确使人有“一尘不到”的感觉。总之是雅洁得宜，清淡有如徐文长的人品。

徐文长于诗文书画戏曲，无一不精，而且逸笔草草，格调高古。但其一生坎坷，曾七年坐牢，九次自杀。他的那首画葡萄诗：“半生落魄已成翁，独立书斋啸晚风；笔底明珠无卖处，闲抛闲掷野藤中。”实际就是他一生的写照。徐文长在书画上是一个创新派，他给后世以极深远的影响，郑板桥刻了一方图章，文曰：“青藤门下走狗”，齐白石则有诗云：“青藤雪个远凡胎。老缶衰年别有才。我欲九原为走狗，三家门下转轮来。”可见他们对徐文长心折至此。这次我竟意外地能看到重修后的“青藤书屋”，而且保持了它的原貌，实在是最大的高兴，最大的安慰。这不能不归功于文管部门的努力，因为当年我看到正在拆毁的情景时，无论如何也没有想到还能恢复起来，而且恢复得能令人满意。

早些年，我曾写过一首题画诗，是关于徐青藤的，抄在下面，作为本文的结束：

青藤一去有吴庐。传到齐璜道已疏。
昨夜山阴大雪后，依稀梦见醉僧书。

1983年5月9日

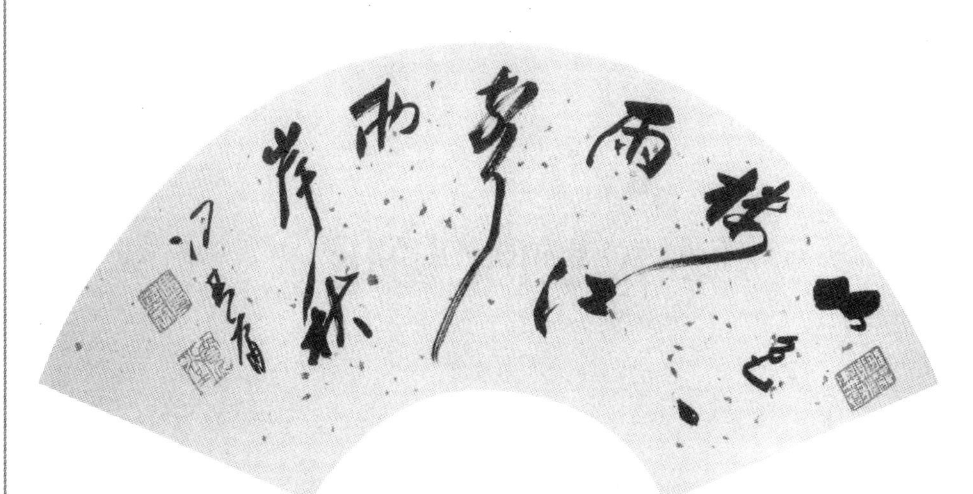

8 绿杨城郭忆扬州

绿杨城郭忆扬州

我最早认识扬州，是从诗词里认识的。杜牧《寄扬州韩绰判官》："青山隐隐水迢迢。秋尽江南草未凋。二十四桥明月夜，玉人何处教吹箫。"大概是给我以扬州的美好印象的第一首诗。后来读姜白石的《扬州慢》词："淮左名都，竹西佳处，解鞍少驻初程。过春风十里，尽荠麦青青。自胡马窥江去后，废池乔木，犹厌言兵……"这首词，虽然给我以兵后扬州荒凉的景象，然而，我对扬州的印象却更深了。

在我的印象里，扬州是美，扬州是诗，扬州也是芍药、牡丹和琼花。总之，扬州确实美得不得了。

但是，在我印象里的扬州，也有悲剧的一面，最有名的鲍照的《芜城赋》，就是写的扬州，那是一片荒凉的景象；其次就是上面提到的姜白石的那首词了，也是一片战火下的扬州。

我从小就爱读《浮生六记》，记得作者沈三白的妻子陈芸——一位非常可爱的中国古典美的女性，她在坎坷中死去后，就埋在扬州，仿佛给扬州立下了一个悲剧的标记。

我还未到扬州，脑子里就已经装满了扬州的各种各样的印象了。

扬州确实是美的，那瘦西湖的纤影，既窈窕而又清雅，你如果从虹桥漫步过去，如果是初春的时节，你可以看到柳回青眼，桃报红靥，春波漾绿，岸草铺碧；真是，你会感到春从所有可以冒出来的地方一齐冒出来了。特别是湖上的一抹轻烟，仿佛山水画家将眼前的画面淡淡地染上了几笔，使得这些景色，都带上了一层朦胧的美， 缥缈、空灵、清淡、幽雅……当你跨过虹桥，眼见到这幅江南早春的画面时，我保证你会被陶醉，你会驻步不前，仔细品味。

然而，当你展眼往远处看去，你会看到这袅袅婷婷的瘦西湖，身材确实是那么婀娜多姿，湖面曲曲弯弯，有时是掩映半面，似断还续，两岸古树垂柳，加上隔年的枯苇干，还有偶尔露出水面的新芦笋尖，甚至在曲折掩映的湖面上，有时还露出半篙扁舟，湖畔也可能碰到垂钓者。总之，一眼望去，分明是一幅水墨画，一卷山水图，而且满纸是烟水野渡的气息。

这样的景色，才是瘦西湖的本色。她不同于杭州的西湖，西湖多少有点人工味和富贵气；也不同于南京的玄武湖，玄武湖似乎略少姿态。瘦西湖我觉得有点像《西青散记》里贺双卿，粗服乱头，雅秀天成，不假雕饰，完全是诗人本色。

当然，你走过了徐园，走过了小金山，到五亭桥时，则又是一番景色。五亭桥黄瓦朱柱，桥上五亭，桥下十五个券洞，洞洞相通，每到月中，则十五个券洞中洞洞见月，成为奇观。五亭桥南为莲性寺，寺中白塔高耸，与五亭桥似相揖让，最难得的，无论是五亭桥还是白塔，都无富贵态，都还保持着朴雅的风格。五亭桥以巧胜；白塔以秀胜，远望亭亭玉立，如白衣大士，恰好与瘦西湖相配。如果此处的白塔也如北京北海的白塔或阜成门内的白塔一样庄严隆重，那么，就会把瘦西湖压得抬不起头来，就会产生不协调之感，我深深佩服当时设计师的识力和巧妙的匠心。

扬州使我常挂在心的当然还是平山堂。每次到平山堂，总要令人想起这位文章太守六一翁和天才诗人东坡居士。我记得在平山堂后厅有一横匾，题曰："远山来与此堂平。"每次去平山堂，总要找到此匾饱看一回。我觉得此匾题得实在妙极了，尤其是那个"来"字，简直写活了。不是堂与山去平，而是"远山"来与"此堂"平，字面上写的是山与堂平，读者的实际感觉上却是堂比山高，堂是主，山是宾，堂是端然不动，山是远处趋来。请看这简单的七个字，寓意多么丰富，感情色彩多么强烈！比之伊秉绶的"过江诸山到此堂下，太守之宴与众宾欢"一联，显然有上下床之别。伊撰联句上联显得太实太死，且失去了平山堂之意，下联则毫无新意，只是截取《醉翁亭记》的陈辞，这就无足观了。当然伊秉绶的书法是一代名家，可称银钩铁画，每当我遇见他的书法，总是低徊流连，不忍遽去。可惜原书不存，现在已是后人补书的了。

最可惜的是平山堂后石涛和尚的坟墓，已在"文革"中湮没，莫可踪迹，一代大师，竟然与烟云俱散，可胜浩叹！

石塔寺的石塔，现在已经在马路中间了，一头是石塔，另一头是一棵古银杏，一条直线，居于马路正中，恰恰把马路一分为二，成为上下道的分界。石塔是唐代旧物，共五层，四面有雕像，古银杏大概也是唐代的遗物，看它那婆娑龙钟的气派，显得是一位历史老人了。石塔寺最引人入胜的当然是王播的故事。王播《题惠昭寺木兰院》诗："上堂已了各西东。惭愧阇黎饭后钟。二十年来尘扑面，如今始得碧纱笼。"王播微时，在此寺乞食，和尚们讨厌他，在饭后打钟，使他扑空，因而才有上面这首诗，而且"饭后钟"从此就成为故实。谁能想到当年的这座石塔，竟然会保存到现在。扬州是有名的兵火之城，历劫甚多，此塔能巍然独存，阅世千年，实在不易！也许是造物主特地把它留下，作为人情冷暖的见证，以警世人的吧？

我每次到扬州，必去梅花岭史公祠。记得第一次到扬州时，还是"文革"后不久，梅花岭的史可法墓已破坏，梅花岭的题额也已不存。这样一位顶天立地的英雄，历史的脊梁骨，就连当年他的敌人也不敢不尊敬他，谁料三百年后的今天，竟还会让他遭受浩劫，连他的衣冠冢都不能保存。历史潮流的颠倒，是非的颠倒，一至于此！幸而现今梅花岭已经全部复原，史公墓已修好如初，我在陈列室里看到了史公的手迹：两副对联。其书法的遒劲飘逸，迥非一般文人可比；就是当时的书家，也很难有他的这种气势。三百年后，对此手泽，我们可以想见其胸襟气度。这两副对子的联句是：

自学古贤修静节
唯应野鹤识高情　可　法

涧雪压多松偃蹇
崖泉滴久石玲珑

下面的款识云："辛已宿焦山寺，书赠大明禅友，兼友（？）好，山水清奇，颇不相负耳。道邻可法。"两副对子都是草书，真是逸笔草草。第二副对子的跋语，因原迹狂草，可能有个别字识读不确，但我仍愿把它记下来，以飨读者。我们从两副对子的联语中，也可以感受到这位"古贤"的高怀逸致，下一联联语似更可看出他当时艰危的处境和坚韧不拔的毅力。

扬州，可看的地方太多了。我还到过蜀冈上的炀帝迷楼旧址，现在的楼台当然不是当年的迷楼了。我也到过扬州郊区埋葬这位中国历史上最荒淫无耻的暴君的雷塘。在田野里，有一小片荒冢，只有几亩地，陵墓早已不像样子，只是仍高出于地面，在墓地隆起处，有一方歪斜的墓碑，书"隋炀帝陵"四字，为伊秉绶书。相传炀帝陵本已湮没，清嘉庆间为浙江巡抚、金石家阮元所发现，因请扬州知府伊秉绶书碑以为标志，一直保留到现在。想当年"紫泉宫殿锁烟霞，欲取芜城作帝家"的隋炀帝，意旨所至，锦帆天涯，何等的权力威势。谁知到头来只剩雷塘半丘，比起取代他的唐太宗之昭陵简直是讽刺，这就是对历史人物的公正的历史结论！

最使我难忘的是有一次，由老友钱承芳同志陪同去西山寻找《浮生六记》作者沈三白的妻子陈芸的坟墓。我们跑了很多路，虽然接近西山，但终因暮色太重，一片苍茫，无从寻觅，只得回车。虽然没有找到，但我却记下了这位悲剧女性的埋骨之处，我希望有一天能重新将它修复，让人们凭吊。

我每次到扬州，总是住在西园宾馆，老友杨礼莘总是热情接待，使我到扬州，不仅是宾至如归，简直可以说是到了第二故乡。那大门外的水码头，据说是当年乾隆到扬州的御码头，右手是“冶春”的水阁。我清早起来，晓色朦胧的时候，一钩春月，倒影入池，而水阁茅檐下的灯火，映在水里，拉出一条长长的曲折动荡的光影，连同水阁的倒影，简直是一幅绝妙的春晓图。

人们常常喜欢说《红楼梦》里的菜肴，我认为“红楼”菜实在是扬州菜的体系。西园宾馆的扬州菜是有名的，每次都能让我回味无穷。

扬州，给我精神上的慰藉太多了。春天的花，秋天的月，还有团团的螃蟹；到了冬天，还可以看到盛开的腊梅。那瘦西湖上“月观”后面一个小园子里的一丛腊梅，我曾欣赏过她盛放的丰容。旁边是一丛天竹，园珠垂丹，艳然欲滴，与黄色的腊梅相映成趣。这样的庭园景色在北方是无从领略的。

扬州，是美的化身。扬州，到处都是美。

至今我念着虹桥畔瘦西湖的瘦影，念着西园宾馆庭院里中天的月色，念着小丘上萧萧的修竹，念着御码头旁茅檐下早起的灯火，念着春雨迷蒙时扬州的朦胧面庞，念着朋友们的深情……

我深深地怀念着这座绿杨城郭。

1986年12月13日夜1时于宽堂

秋游扬州

9

秋游扬州

扬州的秋天，是金色的，也是银色的。

我爱春天的扬州，但也爱秋天的扬州，其实，扬州一年四季都可爱。我今年已经是第四次来扬州了，这连我自己都没有想到。

今年第一次在扬州，还是从去年延伸下来的。我在扬州西园过了阴历的除夕，那么今年的元旦自然是在扬州了。1988年的除夕，是一个令人难忘的除夕，碰巧西园宾馆接待了六十多位日本朋友，他们就是选择了除夕到扬州平山堂大明寺来撞钟度岁，以祈求一年乃至永久的幸福和长寿的。扬州大明寺的钟与苏州寒山寺的钟一样的闻名遐迩，所以来撞钟的客人都是十分虔诚的。那天晚上，扬州外办的姚伟鼎、丁章华、朱家华、左为民同志，还有国旅的王兰，他们都邀请我去随喜撞钟，他们说撞钟可以得到一年的吉祥。多灾多难的中国人，听到“吉祥”两个字，自然是很有吸引力的，何况我的老友杨礼莘正充当这次撞钟活动的组织者，我看他忙得那样起劲，更不忍不去领取这份“吉祥”了，我看大明寺的僧众都是朱红色的袈裟，在大殿里虔诚诵经，一时钟磬和木鱼声齐作，香烟缭绕，确是一派祥和的气氛。

撞钟是有时间规定的，就是从除夕之夜23时59分到第二天的1时降临，也就是从1988年的最后一分钟到1989年的最初一分钟开始，这正是一个送旧迎新的时刻，到了这一珍贵的时刻，于是噇噇的钟声就鸣响了。我跟随着家华、章华和王兰等，依次地如法撞钟，我想我撞的这钟声似乎比别人响，因为我想多得到一份“吉祥”。于是我们披着1989年的最初的星光，照拂着1989年的最初的春风，满装着“吉祥”的心意回到了西园宾馆，到餐厅吃一碗吉祥如意的面。

当时，我虔诚地相信，我们用大明寺的钟声和佛号迎来的1989年，必定是一个吉祥和平的好年头，至今我回忆到这一时刻，心里还不断地泛出暖意。

我在扬州迎来的这个新年，是够令人陶醉回味的了罢！但是，我今年在扬州还度过了最美好的秋天。

10月1日下午，我到了扬州，这正是一个金色的秋天。四周田野一片金黄色的稻穗，西园宾馆里馨香四溢，桂花，还有结得垂垂满枝的银杏和那婆娑的黄叶，迎风翻飞，在在都是金黄色的秋意。第二天，丁章华和朱家华同志安排我去参观重新复建的二十四桥，由吴戈同志陪同，这是多么有趣的活动，杜牧的诗说：

青山隐隐水迢迢，秋尽江南草未凋。

二十四桥明月夜，玉人何处教吹箫。

同样是这个季节，同样是这个地点，是同样名字的桥，这一切激发着我的游兴，我们一早就到了虹桥，这是一座满载着诗意的桥。在康熙年间，诗人王渔洋经常在这里结社吟诗，这里也是曹雪芹的祖父曹寅诗酒活动的地方。我们步行过这座已经经过扩建的虹桥，不免使我想起了桩桩的旧事。我们在小金山雇了一条手扶小汽船，船小仅容二人，看来与李清照词里讲的舴艋舟差不多。我们的小舟穿过五亭桥，我在桥下又一次地仔细鉴赏了这座匠心独具的古建筑。今天是10月2日，国庆放假，沿瘦西湖两岸及五亭桥上，游人如长龙，蜿蜒数里，煞是壮观；尤其是五亭桥上，人头拥挤，看上去已经不像是一座桥而倒像是一条大龙船了。这种场景，使我想起了欧阳修的词：

堤上游人逐画船，拍堤春水四垂天。

只要把“春水”改为“秋水”就完全适用了。我们就在两旁蜿蜒如游龙般的人群的目送下，小舟如穿梭般地穿过五亭桥。我们的左岸就是有名的莲性寺，瘦愣愣的白塔，亭亭玉立，分外显得丰姿绰约；我们的右岸，则是一片茂密的芦林，芦花翻白，在阳光的照耀下，不时泛出银白色，再加上湖面有如银鳞般的波纹，索索瑟瑟，闪烁不定，真是一片银色的世界，所以我说扬州的秋天也是银色的，是一点也不夸张。

小船驶出不远，就望见逶迤曲折的折带桥和桥上的白石栏杆，再向右手边看去，远处用白石建造的一座圆拱桥，其姿态煞像颐和园昆明湖西岸的玉带桥，这就是新建的二十四桥。我远远品赏着这座桥，觉得就桥而论，它与旁边的熙春台等自成一个建筑群，桥本身建造得比较精致。但就它周围的自然环境而论，似乎有点不够协调，有点富贵气，有点皇家园林的气魄，而这里的周围，恰恰是一片山林野趣，芦花翻白，绿畦纵横，流水曲折，萍草映碧，这个自然环境是十分珍贵的，务必保护，因此最好是使新的建筑能与此大环境相协调。但是回过来说，如果作为从五亭桥连绵而来的一处古典园林，那么也还差可人意。假如这座桥改成老式的民间拱桥，不用白石而用黄石，这边的折带桥和它的栏杆也是如此，可能反倒显得古朴而自然一些——但这也不过是我的书生之见，未必见得真有道理。不过，对熙春台的这个名称，我却一直不解。据说是原来乾隆南巡时的名字，但不知究竟何据？按我的浅见，此处既然是以二十四桥为主系，那么这些配合的建筑自应与此相呼应。杜牧的诗早已脍炙人口，“二十四桥明月夜，玉人何处教吹箫”，这分明是写的秋天，为什么却偏要来一个“熙春台”？如果改为“明月台”或“明月楼”有多天然！旁边的亭子干脆就叫做“吹箫亭”，不更浑成一体了吗？何况听说不久在对面还要重建“望春楼”，那么何必再偏爱这个“熙春台”的名字呢？

我们在小船里胡吹乱说，瞎议论一通，不知不觉已穿过了二十四桥的桥洞。这边的景色更显得清幽，不仅瘦西湖显得更纤细、更婀娜，而且疏林黄叶，断岸古柳，在右手的田头上还有一架牛车，正在草亭里转圈。左手的菜畦里都是整齐的豆棚，上边翠生生的藤蔓，开着紫色的扁豆花。大片大片的紫扁豆，已垂满架。而我们的小船，却已被湖面碧绿碧绿，并且长出水面五寸多高的茂密的水草包围住了，水草开着鲜艳的、生气勃勃的黄花，远看好像一对对炯炯有神的眼睛在望着你，我骤然进入了这样的境界，几乎怀疑自己是武陵渔人误入了世外桃源了。我们面对着这广阔的大自然，清新朴素的田园风光，扁舟欸乃，一直到了平山堂下。至此我才真正游完了瘦西湖的全程，真正欣赏了瘦西湖的特殊风味。这半日的游程使我得到了最大的收获和最大的满足。

大家知道，西园饭店和扬州宾馆合作研制的红楼宴，已经赢得了很大的声誉，去年由我们在新加坡举办的"红楼梦文化展"，其中就有两家合作的红楼宴，在新加坡得到了非常热烈的反映，我这次在扬州，碰巧又再度品尝了红楼宴，同时还品尝了三头宴。

从人类的文明发展和文化发展来说，毫无疑问，饮食是人类文明和文化的一种标志。扬州的宴席，一向是闻名于世的，现在的红楼宴和三头宴，自然是在传统基础上的继承和发展，据我所知，他们新近又发掘了乾隆御宴。对于《红楼梦》里所描写到的饮食，我一向认为主要是扬州菜的体系，书中提到的糖鹅掌、火腿炖肘子、荠菜炒野鸡、豆腐皮包子等等，都是常见的扬州菜。

特别是那席螃蟹宴，更足以说明问题。螃蟹自然不只是扬州有，但在北方决不是秋天宴席必备的食品，但在江南，尤其是在南京、扬州一带，秋老黄花时的清蒸蟹，佐之以嫩姜和陈醋，再酌以绍兴佳酿，就是一席既雅致而又及时的佳宴了。何况曹家世居南京和扬州，对这样的诗人之品，是决不会缺少的。况且作家描写，总要有生活依据，自然不会舍弃自己非常熟悉的生活而去不必要的杜撰或猎奇。因此这顿螃蟹宴，自然也可能是作家自己繁华生活的追忆，起码也是秋天江南时令的剪影。《红楼梦》里并未按照宴席的要求来写一道道的菜,因此今天研究红楼菜,自不必尽抄书,书中有的菜，自然应该尽量有，书中没有的，也不妨适当增补，决不可拘泥于书本。例如《红楼梦》里写小吃多，写大宴席的大菜少，但不能办红楼宴而没有大菜。还有《红楼梦》里极力描写的“茄鲞”，作者让刘姥姥说好吃到连一点茄子的味儿也吃不出来了，其实，这句话，只是写刘姥姥的“村”，写刘姥姥的极力奉承和加意夸张而已，而有的朋友在研制这道菜时却拼命去追求“吃不出茄子味道来”，这样的做法，必然会弄巧成拙。西园饭店和扬州宾馆研制的红楼宴，其聪明处，就是第一不死掉书袋，第二重点在好吃，其次才是好看。我品尝了他们的上述宴席，深深感到他们是既能认真钻研书本又能不拘泥、不执著于书的。在宴会以后，我曾有诗题赠云：

天下珍馐属扬州。三套鸭子烩鱼头。

红楼昨夜开佳宴，馋煞九州饕餮侯。

我今秋第三次来扬州的时候，还遇到一桩奇事。一天晚间，我正在与章华、家华同志商谈事情的时候，于青山同志忽然来提起平山堂的大棵琼花忽然枯死，而西园的琼花却于今秋意外地结满了红色的果子。琼花结果，这对我来说是一件十分新鲜的事，当时大家也有点不大相信，一时找不到手电，青山同志就去点燃了一对大红烛，于是我们手持大红烛，一齐去秉烛看花。进入园林，走到几棵琼花树的下面仔细攀枝观看，果然是红子累累，煞是好看，回到住处，我写了两首诗：

秉烛看花有几人？风流苏李古仙真。
而今我也笼纱去，为照飞琼睡态新。

零落琼花有几枝？西园忽报绽新姿。
飞琼也厌高寒处，移向人间乞好诗。

据说西园的琼花，是百年老树，有的甚至说是乾隆时西园作为行宫的御花园时栽的，这当然是一时雅谈，不足为据。但西园宾馆的东隔壁却是“敕赐天宁禅寺”，乾隆时曾作为行宫，现在的西园，就是当时的西花园，西园的名称就是由此而来的。如果要再往前推，则这座天宁寺，就是曹寅当年修《全唐诗》

的地方，这样说来似乎又要与《红楼梦》发生间接关系了，似乎在西园宾馆里重开红楼宴就更为有理有据有情有趣了，实际上这也不过是一种谈兴而已，切不可用书呆子的习气来对待这个现实!

今年我意想不到的因为种种原因，又第四次来到了扬州，西园宾馆已翻建一新，原来空旷幽雅的园林，就更显得精神抖擞。刚刚住下来，我听家华说，传为石涛手笔的“片石山房”已修复了，这是一个十分好的消息。在修复以前，我曾多次到过此地，观看和凭吊过石涛和尚遗存下来的“残山剩水”。扬州是以园林出名的，论年代，可能这个片石山房是最早或较早的了。

片石山房就在何园内，居何园的东部。何园也是一座名园，又名“寄啸山庄”，以楼阁的回廊复道和水榭胜，廊间的墙壁上，还有许多古代名人的碑帖石刻，其中有颜真卿的行书石刻，也有苏东坡的“海市”诗石刻，全都是旧刻，刻工甚高，且残损不多，至为难得。

我这次重游片石山房，自然重点在此而不在彼。现在一入东院，就可见到坐北面南的一个新修的园门，上嵌一匾，书“片石山房”四字，而且是用的石涛的字迹，颇觉清雅可观。进门右边，就是新建的回廊厅事，一律本色，不施彩绘，更觉素雅。进门的左手廊间，嵌着两处石涛的诗迹，行书楷书都有，每处各有十数帖，虽是复刻，也还可观。园子中间就是一片不大的池沼，上铺石板桥，以连接进门后左右两边伸展开来的建筑，在池沼的西北角，就是仅存的石涛手笔，迤逦一片的假山，现在已是残迹，很难想象当初完整的构思，但仅就现存的数处来看，也仍旧是妙造自然，曲折有致，且山石奇峭，而中腹灵透，有盘旋上下之势，登高则可以舒啸，可以纵览，即此残山剩水，亦当可见大家的风范。

在园子的北边墙上，有石刻大字“片石山房”四字；仍用门匾原字放大，放在此处，亦可起点睛之意。

总之，原先一个零落不堪的破园，如今经过整修，居然有丘有壑，石桥流水，名人字迹，在在都可令人驻足，这对我来说，已经是够快意的了，何况全国各地，要览石涛的遗迹，恐怕也仅此一角了，如此看来，就更为难得了。因此，它不由得令人想起平山堂后面已经湮灭的石涛墓，今原墓已不可得，可否就在左近建一纪念性的墓，并立一碑，以为永久的纪念！

最近我又听说，扬州的有关方面，拟在片石山房建立石涛纪念馆，对这个计划，我十分赞成。我认为也只有扬州最有资格建立石涛纪念馆，看看南昌青云浦的八大纪念馆，就会感到这个计划已是刻不容缓了。

我不知道今年我是否会再来扬州，但是我可断言，扬州是写不完的，扬州的湖光山色写不完，扬州的春花秋月写不完，扬州的园林古建写不完，扬州的文化遗迹写不完，扬州的红楼盛宴、淮扬佳肴写不完，扬州的崭新面貌写不完，扬州的深情厚谊写不完……

总之，我不仅会再来扬州，而且我也会再拿起笔来，写这个写不完的扬州。

1989年11月23日于西园宾馆

原载《人民文学》1990年第3期

10 锡州大楼赋

锡州大楼赋

太湖之滨，龙山之阴，有楼巍然，高出层云。斯楼也，远而望之，如阆苑琼宫之下临；近而察之，如雕梁画栋之连云。烟雾霏霏兮人间仙境；玉宇琼楼兮光耀日星。

登是楼也，曲房洞达，椒室温馨，幽兮寂兮可以养性；雅兮文兮可以延宾。乐奏天钧，妙韵自成，林鸟和鸣，渊鱼潜听。宴开玳瑁，陆海山珍；舞作天魔，醉魄销魂。佳宾赏其妙味，贵客恋其奇馔。于是宴排百席，乐张洞庭。熙熙乎满堂佳宾；攘攘乎欢笑盈盈。酒熏熏兮启窗，情脉脉兮照镜。

南望苍梧，郁郁菁菁。东望泰岱，旭日蒸蒸。北望长江，大河奔腾。西望太白，连天雪岭。览气象之万千，叹宇宙之无垠。

春之日兮，桃花灼灼，灿若霓云。夏之日兮，菡萏香浓，翠盖消熏。秋之日兮，丹桂摇金，丹枫成林。冬之日兮，琉璃世界，白雪乾坤。四时之佳卉无穷，一年之景色常新。

斯楼也，据天地之中，扼交通之津，南来北往，流水无停。且夫滨泰伯之梅里，依梁鸿之故郡。在晋则有画痴顾虎头，在唐则有诗豪李绅。在宋则有书隐尤遂初，在元则有高士倪云林。在明则有清流东林，在清则有绳孙梁汾。在今则有钱、陈、薛、秦。蔚一代之人文，传万世之英名。

故斯楼也，得天时之顺，据地理之正，拥人和之灵。

予乃为之作歌曰：

琼楼玉宇兮窗明万镜。四海风云兮荟萃精英。
人文之蔚兮人杰地灵，浩浩荡荡兮百代流芬。

甲申孟春，宽堂冯其庸撰并书时年
八十又二，客京华五十年

扬州散记

11

扬州散记

不到扬州已经好多年了，去年10月，因为国际《红楼梦》研讨会在扬州召开，所以我又去了扬州。

这次是乘火车去的,这是我第一次乘坐从北京直达扬州的火车，可以说踏上火车，睡一夜，睁眼就到扬州了。可我这次看到的扬州，却是与以前的扬州大不一样了，火车停在扬州新开发的西部，这是一片广阔的新区，高楼林立，一望无际，我感觉扬州似乎凭空扩大了一倍,我本来也可算是“老扬州”了,这一下却完完全全成了“新扬州”，眼前所见到的可说件件是新的。

我这次在扬州，除了参加隆重的国际研讨会，会见了许多老朋友和新朋友外，却有几件令人难忘的事，值得一记：

第一是以往一直听说有一块曹寅的画像石碑，故友耿鉴庭大夫说有拓片要送给我，但却一直没有找到。但他告诉我原碑在瘦西湖小金山堤岸一带，可能砌在堤岸上了。我以前多次去小金山查看，却毫无影踪。这次有人告诉我已有了确切的消息，是在月观的后墙里。我们到月观仔细查看，并有数人用凿子敲凿墙壁，却仍是毫无影踪。之后，老友朱懋伟告诉说在月观后面的墙里，他还亲眼看过，于是约好日子，他带领我们进入月观后面的一小片杂草杂树丛生的小园里，在围墙上又认真地凿敲一番，仍是毫无影踪。据朱兄回忆月观后的这个小园似已经变动，与原先的印象不一样了，但他确是在这里看到的，画像上还有题记。此石最多是被砌设在月观的哪一面墙里，不可能被毁坏。好在月观不久就要拆建，等到拆建时，总能拆出这块令人系念的曹寅的画像石碑来。

这次虽然没有找到这块曹寅碑，但总比以前渺茫的传说踏实多了，而且希望在即，不能不说是一桩值得一记的事。

第二是我青年时读《浮生六记》,对书中的“芸娘”即“陈芸”，沈三白的妻子，印象很深，也令人非常同情。书中记到芸娘死后，埋在扬州西部的金匮山。有一年，我到扬州，与老友地委书记钱承芳同志谈起此事。他是一个扬州通，他说他知道这个地方。当时说话就走，我们驱车到了扬州西部的西山地区，这里是一片荒坟，荒草离离，无数坟堆，加之天已薄暮，暮色苍茫，又无碑记，哪里去找？只好废然而返。但这一次，却是金林同志告诉我的，说陈芸墓已发掘，棺中女尸完好，还随葬有带“芸”字的玉镯。这消息当然使我大为惊喜。我们随即开车到西山，但这里已非当年面貌，当年的坟地大部已变为楼房，楼房旁还有一条宽阔的公路。我们又面临了疑点，不知往何处去寻找？大家犹豫不决。我说只有向附近的乡民打听，我们即把车开到一排楼房前，选择有一条较宽的胡同前停下来，就进去打听这一带原来看守坟墓的人。真巧，进去碰到第一个老人就是当年看坟的人。我们向他打听有一个沈家的坟墓，并已发掘，从墓中挖出了带“芸”字的玉镯，可知此墓在何处？想不到他竟说他就是看这个坟墓的，墓地已挖平一半，一半还在。说着他就把我们带到房后的一片空地上去，指着一座中间已挖平，两边还留着两个圆边的坟堆，中间挖平的一片则与周围的平地已相连成一大片菜地。他指着留有两个圆边的坟堆说，这就是沈家的坟墓。墓里挖出的“芸”字玉镯则已不知去向，但当时确有此事。似乎除玉镯外，还有些别的什么，但都早已无影无踪了。

这次，虽然没有见到玉镯，但却见到了残存的芸娘的坟墓，也就算有了结果了。

第三是我读《扬州十日》，特别是读全祖望的《梅花岭记》，说扬州城破之日，史可法“为诸将所拥而行，至小东门，大兵如林而至”,诸将皆战死,史可法“乃瞠目曰:‘我史阁部也！’被执至南门，和硕豫亲王以‘先生’呼之,劝之降。忠烈大骂而死”。幼时读《梅花岭记》至此,常为之掩卷太息。因此心中一直记着这个“小东门”。这次，我偶然问起“小东门”还在不在？朋友竟说“小东门”旧址仍在，城门已拆掉，但城门外护城河及河上的桥梁仍在，可以一看。于是我们就急赴“小东门”，果然行不多久，就到了扬州东边的护城河。沿护城河边马路前行，不久就到了大东门。桥尚存，据说当年沈三白、陈芸即住大东门桥对岸。再前行数十步，路右，即为石涛大涤草堂旧址，惜已无存。再前行，即到小东门。城门毁于抗日战争时，今小东门桥尚在，此即史可法当年被执处。我们在小东门徘徊多时，不忍离去，护城河依然，但两岸房屋则已完全改观，欲觅当时的旧迹，除流水依然，小东门桥尚存外，其他就渺无可寻了。

第四是我听前人说，画僧石涛和尚的墓，在平山堂后，“文革”前扬州有一位老人每年清明节，总去祭扫，但“文革”中老人去世，遂无人知石涛墓址。我多次去平山堂，也多次到堂后去寻找，总未得踪迹，这次我又到平山堂，访“仙人旧馆”、“文章奥区”，遇栖灵寺方丈，方丈盛情接待，我无意中问询，石涛墓有无踪迹？方丈却告诉我他们确知其地，正在重建，并将于明年（按：当即是今年）召开石涛的国际研讨会，希望我能参加云云。这当然是我的意外之喜，我一直以为石涛墓已被淹没了，现在居然能在原址重建，真是令人高兴。

第五是唐代王播遗迹的石塔寺，原塔依然完好地矗立在马路中心，旁边的一棵古银杏树，也依然婆娑其姿，紧依石塔，仿佛是互为依存。石塔寺我曾去过多次，“饭后钟”的故事也早为人知，所以这次只是路过，没有再下去参观。

扬州可记的地方还有很多，如金冬心住的西方寺，我也曾多次去看过，听说也已修复。而曹寅当年修《全唐诗》的天宁寺，也依然完好地存在，据丁章华同志告诉我，市里已决定将此天宁寺作为“曹雪芹纪念馆”。这真是一个令人振奋的消息。我想用当年曹寅修《全唐诗》的旧建作曹雪芹的纪念馆，这是任何地方都不可能有的“胜地”，真希望能早日见到它的落成。

至于扬州的园林名胜，如瘦西湖、个园、何园等，因都是往日旧游，这次日程匆促，未能再去游观。

其实，扬州是不可能一二次游完的，如留下了著名诗句：“天下三分明月夜，二分无赖是扬州”的徐凝的“徐凝门”，如太平天国的遗迹“四望亭”，还有乾隆游览扬州的“御码头”，“御码头”旁每天清晨灯火摇曳的临河茅屋“冶春”水阁，再稍前走几步就是康熙年间王渔洋等诗人咏诗的“大虹桥”，还有长江口上“三汊河畔筑帝家”的康熙行宫高旻寺,杜牧诗中提到的“二十四桥明月夜”的二十四桥等等，都是令人牵情挂念的地方，也都是我的旧游之地，虽然都已久违，理应再访，但迫于时间，竟未能再游，如过故人之门而未有一茶之敬，心中殊觉歉然。山灵有知，只好容我再访了！

2005年5月22日 夜12时30分

梅村四记

12

梅村四记

一、吴梅村墓重建记

1983年秋，叶君远学弟从予著吴梅村年谱，证明梅村葬地。是年10月予乃至吴，由老友徐文魁陪同至邓尉。先至司徒庙看清奇古怪四汉柏，随询寺僧梅村墓葬处，云在潭东高家前顾鼎臣墓附近。时天雨，寺僧不能作导，予乃与文魁兄冒雨前往，至高家前，得顾鼎臣墓，墓濒太湖，在山之阳坡。予寻遍四周山坡，惟闻桂香扑鼻，惟见太湖浩淼而已，欲觅梅村墓，则渺不可得。因为诗云：

飘蓬万里觅君坟。百树梅花对旧村。
鸣咽犹闻太湖水，茫茫何处着吟魂。

临行，嘱花农周德忠君留心附近路、桥之石，是否有“诗人吴梅村之墓”字样，有则保存之，并嘱细访周围梅村墓地。

予返京月余，即得来书云，梅村墓及碑均已找到，并将墓碑照片寄予，则赫然“诗人吴梅村之墓”七字也。予大喜过望，因于同年12月初，再至吴县，时文魁兄外出，乃由崔长灿君陪同，直至高家前晤周德忠，验看墓碑，则当年故物也。因同至梅村墓地，即在高家前村后，墓已平为梅林，但墓基砌石依然如故，可略见当年规模。墓在青山绿水之间，离太湖甚近，其西南则为石壁寺，吴中胜迹也。至此淹没百年之梅村墓，终于重现人间。

按自梅村去世（康熙十年辛亥，公元1671年）至此墓发现，已历314年。梅村身当明清易代之际，不能如夏允彝、夏完淳、陈子龙、瞿式耜、顾炎武、黄宗羲、王夫之那样“慷慨多奇节”，在除死以外无可逃避的情况下，被迫出仕，不足三年即乞归离京。但“一失足成千古恨”，诗人自责“为当年沉吟不断，草间偷活”，“竟一钱不值何须说”。他在临终时“自叙事略曰：吾一生遭际，万事忧患，无一刻不历艰难，无一境不尝辛苦，实为天下大苦人。吾死后，殓以僧装，葬吾于邓尉、灵岩相近，墓前立一圆石，题曰：诗人吴梅村之墓，勿作祠堂，勿乞铭于人”。诗人当时的处境是艰难的，其自责也是真实的，他虽没有“慷慨奇节”，但也没觍颜迎敌。读他的临终自叙，可见他确是葬在与邓尉、灵岩相近的高家前。

我在发现了吴梅村墓后，联系他的自叙，曾有诗云：

天荒地老一诗翁。独立苍茫哭路穷。
千古艰难惟一死，伤心岂独属娄东。

当时我就呼吁重建吴梅村墓，近年来，我常去吴县，又谋之于钱金泉君，在钱君的努力下，又得到吴县市文物管理委员会、太湖镇人民政府的大力支持，最后又得顾三官先生的慷慨解囊，独任建墓的全部经费，因此吴梅村墓才得以重建。

回顾自此墓发现至今，荏苒已十有七年矣！梅村诗，影响后世至深，后人亦低徊思之。今值其墓重建，爰为记其始末云尔！

2000 年 3 月 7 日，宽堂冯其庸撰于

京东且住草堂

二、梅村墓考信记

前不久，收到了徐文魁兄的来信，告诉我说，有人说前些时候修复的吴梅村墓是假的，是后人为了纪念他而修的衣冠冢云云。这真是无稽之谈，文魁兄也力辨其非。文魁兄信中说：

> 你和我访墓时先后都有看墓人带领去看的。当时年已七十余岁（1982 年）的老好婆告诉我："高家前村北面偏西方向有座大坟，原有树木高大，面积广阔。当地人叫它'吴家大坟'。"

这信里说的，完全与我调查时地方一样。我记得这位老太太正在墓地上的梅林里锄草，墓地确实面积很大。这位老太太是吴家的看坟人，她还指点给我看坟被平掉时残留下来的砖砌墓基，这段墓基至今还在。我询问老太太她是否是为吴家看坟的，她点点头，我

想给她拍张照片，她避开了，不愿意照相，后来我趁她不注意时还是照了一张。

信中还说：

> 李根源先生曾访过吴墓，《西山访古记》书中说：“吴梅村墓在光福潭西村高家前西北百步位。”“有墓地广十七亩。”
>
> 民国《吴县志》也有记载：
>
> 吴梅村墓在潭西高家前。
>
> 上述几点，有潭西字样，这是行政区划分造成的误解。光福镇（现名太湖乡）原有潭东、潭西两村，合并为潭东村，故吴墓现在潭东高家前，不叫潭西高家前。

文魁兄在信里说得够清楚的了，引起误解的是原称“潭西高家前”，现在是称“潭东高家前”了，好像地方不对了，殊不知两个东西高家前已合并成为一个“潭东高家前”。何况不论如何，你到当地去实地调查，只有一个高家前，并没有第二个高家前，可见高家前只是合并了，其本身的地理位置一成不变。

信里还说：

> 石壁山下，有梅村泉，李根源题。石壁山上的石壁下面有摩崖记载，原文：“戊辰春，祭扫先七世祖梅村公墓，路过来游。太仓吴诗永志”字样，至今完整无损。

这两条材料也很重要，证明梅村墓离石壁山很近，这完全是事实。我去年到修复的吴梅村墓去，看完了吴墓，文化局的同志就陪同我游石壁山，很近，没有走多少路就到了石壁山。本来还可在石壁山多看一点地方，不幸碰着大雨，我们只好在庙里躲雨。等雨稍过，怕再下大雨，我们就匆匆下山回去了。

所以现在重修的梅村墓，是确切无误的，决不是什么后人修的“衣冠冢”，这是毫无根据的。必须认识到，吴梅村墓是苏州的一个名迹，也应该是全国的一个名迹，应该百倍珍惜，而不应该将真的说成假的。

但有一点是应该承认的，即花农周德忠发现的那块吴梅村墓碑，确实已不是原碑，而是民国时期“吴中保墓会会长吴荫培竖立的”（见徐文魁兄来信）。这一点说得很重要，我开始曾误认为就是当年梅村墓上的“圆石”，因为现在不是“圆石”，而是长方的墓碑形的。我所以误解，一是不知道吴中保墓会有重修之举，二是看到这块墓碑上部两角都是圆的，因此我误以为就是“圆石”了。这个错误，必须郑重声明纠正。但这并不是说那块发现的墓碑毫无意义，至少它曾是吴墓的一个重要标志。

以上是关于吴梅村墓的一点说明。

2001年7月1日夜至2日晨

三、梦苕师石壁山拜墓记

去年秋天，我到苏州拜候钱梦苕（仲联）师，说到多年前我曾在邓尉石壁山下找到了清初大诗人吴梅村的墓地，后来又在朋友的捐助、吴县文化局的主持下，重修了久已湮没无闻的吴梅村墓。梦苕师听后，非常高兴，说：明年春天你来，我们一同到梅村墓上去看看。梦苕师的这一动议，我当然求之不得。梦苕师是当今词坛的祭酒、诗国的盟主。他当时已 94 岁，能去三百年前大诗人吴梅村的墓园，那当然是当今诗坛、词场的佳话了。

不料我自去冬一直到今春，都在病中，直到六月初，才觉稍稍好些。我原曾接受南京东南大学的邀请，去作一次讲演，就趁此机会到南京完此任务，随即转道去扬州、无锡。

我在无锡，给钱金泉兄通了话，请他转告梦苕师，我于 6 月 16 日清晨到苏州，在虹桥饭店吃早餐，然后即去拜望先生。请他问问先生是否能去梅村墓。很快金泉兄即来电话，说："先生说去！"可见先生不仅记忆好，而且兴致甚高。

6 月 16 日清晨，我准时到苏州，早餐后，即同内子夏菉涓和钱金泉先生一起到钱老家。钱老早已端坐等候，见我去非常高兴，坐定后，钱老即将香港天地图书公司新出的由钱老选注的《近代诗三百首》送我，并认真地说："书是天地图书公司送的，要我签名送你，现在已签好名哉！"我当然欢喜无量，没有想到他说："还有一件东西送你，是我赠你的一首词，已写成小幅。”说完，他就把词幅展开，原来是先生写的一首《水龙吟》，词云：

飞天神女何来？明珰翠羽全身宝。东流不尽，一江春水，较才多少。红学专门，画禅南北，慧珠高照。看鹏图九万，风斯在下，有斥鷃，供君笑。　昆阆早曾插脚，下天山，气吞园峤。碧霄下顾，苔痕帘室，几人来到。挹拍儒玄，步君趋尚，聆君清教。望所向，诗城蹴踏，踢千夫倒。

词后落款云：“水龙吟，敬贻　其庸学人两正。壬午夏，钱仲联，时年九十五。”这完全是我意想不到的厚赐。特别是去年先生患病入院手术，手术后一星期，竟自己坚持回来，说还有一件事要做。不想他竟用两个晚上写了一首赐我的七百余字的长诗，并为我写成了手卷，现在又赐词，真是无上之赐了。尤其是诗中对我的夸奖，使我十分汗颜，这是长者对晚辈的勉励和厚望，还有先生的自谦和对我的赐称，也只能作为晚辈学习的楷模，我自己当然不能当其一二的。

我在拜领了先生所赐后，即将新出的《剪烛集》奉呈给先生斧正。另外，我的学生纪峰前不久特地到苏州为先生作了一尊塑像，极其传神。塑像是铜铸的，先生深为满意。我为先生的像题了一首诗，诗云：

诗是昆仑郁苍苍。文是黄河万里浪。
平生百拜虞山路，今日黄金铸子昂。

此诗未按诗律，所以事先我寄给先生请教。先生复信说：“诗极好，只是我不敢当！”这次我用绢本写成一个小幅装裱后带来，一并奉献给先生，先生看后极为高兴。因为要到邓尉石壁山下去看吴梅村墓。从先生住处到石壁山，约有一小时汽车行程，所以我们不敢多耽搁，很快由先生的研究生陈国安君扶先生上车，直开石壁山。到吴墓前已接近中午，大家簇拥先生踏上通吴墓的小路，直到墓地。墓在万树丛中，是在吴梅村旧墓的墓基上重建的，旧墓周围原有很大的墓地。80年代我来调查时，周围还很宽畅，现在墓地都已种满梅树了。先生到梅村墓前时，立即对着墓碑后的圆坟深深地三鞠躬，我们也随着先生行礼。礼毕，先生仔细看了由我新题的墓碑和两旁新刻的《吴梅村墓重建记》和《吴伟业传》。后两碑只是匆匆一览，事毕我们就扶先生登车。先生说：应该建议开一墓道，立一墓门，便于后人凭吊。我想，先生的建议是十分中肯的，我还想应该将墓地适当扩大，现在，实在太小了！车子回程时，竟直开苏州的老松鹤楼，原来先生已命人安排在松鹤楼吃饭，先生还嘱咐说一定要在苏州最好的菜馆请我吃饭，我得知后，深为不安，但也只好恭敬不如从命了。

到了松鹤楼坐定后，我侧坐陪侍先生。先生忽然问我说：“你认为吴梅村的《圆圆曲》哪几句最好？”对这突如其来的问话，我竟不知如何回答。因为“冲冠一怒为红颜”是当时就盛传的名句，连吴三桂都“赍重币求去此诗”，可见这句诗的分量了，先生当然不会是问此句，必定是先生另有妙解。所以我只好问先生是哪几句最好，先生随口就回答说是“当时只受声名累，贵戚名豪竞延致。一斛明珠万斛愁，关山飘泊腰支细。错怨狂风扬落花，无边春色来天地”这几句最好。我怕先生95岁的高龄，长途归来太累了，不敢再问。以免他再讲下去。但这六句，尤其是最后两句，实在是全诗的转折点，上句是悲，下句是喜，上句是合，下句是开。我这样理解，不知是否能得先生之意，只好等下次再拜先生时叩问了。

到饭罢，已近两点了，我问先生累不累，先生却说：“不累！”看他的神态也确实不像累，但不论如何，该让先生休息了，于是送先生上车，我也回虹桥宾馆休息。第二天清早我即去上海，一宿即回北京。

去年，先生约我去看梅村墓时，我曾对先生半开玩笑地说：“先生拜吴梅村墓，应有词以纪其盛！”这次从吴墓回来时，我又提此事。果然，到7月1日，先生就寄出他的新作《贺新凉》词，但此信我一直未收到。7月9日，我又因急病住进医院，我在医院里十分惦记先生的新词，打电话告诉先生他寄的信没有收到。先生在电话里说：“没有关系，我再寄，你一定要好好治病！”我真为先生的这种精神所感动，果然，没有多久，重写的信托钱金泉兄快件寄来了，词云：

贺 新 凉

其庸诗人偕谒吴梅村墓。墓为君新考定核实重建者，颇为壮观。

诗派尊初祖。数曼殊、南侵年代，梅村独步。姹紫嫣红归把笔，睥睨渔洋旗鼓。彼一逝、早如飞羽。东涧曝书差捋拍，问他家、高下谁龙虎？输此老，自千古。 娄东家衖吴东旅，诉衷情、淮南鸡犬，不随仙去。遗冢堂堂斜照外，今有冯唐频顾。

把当日、丰碑重树。我客吴趋同拜谒，仰光芒、石壁山前路。伟业在，伟如许！

其庸方家两正

壬午夏九十五岁钱仲联未是草

我在病床上拜读这首词，心情非常激动。我情不自禁地反复诵读，很快就背熟了。更可喜的是原寄的那封信，也收到了，而且后寄的对初稿略有改动，于是这首词的两种版本都在我手里，这正是意想不到的喜事。

这几天来，我为先生的词所感动，不能安眠，竟也用先生的韵，学填了一首《贺新凉》。词云：

贺　新　凉

壬午夏，从梦苕师谒梅村墓于石壁山前，墓为予考定后募资重建于原址之上者。梦苕师作《贺新凉》词赐寄，因用原韵勉成此阕。

底事冲冠怒。为红颜、天惊石破，只君能语。魑魅魍魉同一貉，忍见故宫狐兔。天已堕、臣心如剖。故旧慷慨都赴死，问偈翁、何处逃秦土？天地窄，寸心苦。　一枝诗笔千秋赋。捧心肝、哀词几阕，尽倾肺腑。我叹此翁天欲丧，幸有文章终古。更认得、松楸故堵。重树丰碑石壁下，仰词翁、百岁来瞻顾。

魂应在，感知遇。

二〇〇二年七月十六日作，七月二十二日
改毕于三〇五医院

我这首词当然是呈给先生的作业，所谓“白头门生”，我去年已过了虚岁八十的生日，头发也确实白了，面对着老师，自然是名副其实的“白头门生”了！

梦苕师以95岁的高龄，不辞辛劳，远至邓尉石壁山下参拜诗人吴梅村墓，这是当今文坛的一段佳话，何况他还有词作。我在医院里病榻岑寂，因援笔作记，以谢世之关切钱梦苕师者！

2002年7月24日夜，写于三〇五医院

四、梅村书画记

吴梅村不仅是清初的大诗人，而且是一位书画家，在当时的画坛上他与王时敏、王鉴等娄东画派诸人都有交往。他的书法，亦颇有可观，我所见到的都是行楷，结体用笔，端庄凝重而流动，书风近于欧字而又有自家风范。他的画是清初四王的画风，原是从董源、巨然发展到赵子昂、黄公望、董其昌，后世南派的山水画，基本上是这一风范，而各人又有自家面目。梅村的画也是如此，继绪前贤以外，与同代的四王有大同亦有小异。今查《中国古代书画图目》，全国各大博物馆所藏吴梅村书画合计共十七件，但实际是我知道远不止此数。上博登录的是三件:《南湖春雨图》、《松风万籁图》、《丹青宝筏图》。但实际上上博还有两件,一是《东皋草堂歌》,二是《后东皋草堂歌》，因为这两件是写在董其昌的山水长卷后面的，登录的时候，总目只登了董其昌。遗落了梅村的前后歌。另外，上博近年又收到吴梅村的《爱山台歌》长卷，加在一起，应是二十件。我知道私人收藏的一定还有，昔年朱屺瞻先生就借我一幅吴梅村的书法扇面拍照。可见其他人手里也还有收藏。值得一提的是清初大画家王鉴对吴梅村画的评价，这段评价是题在《丹青宝筏图》上的，文云：

> 画分南北宗，南以右丞为祖，自董巨二米元季大家以及沈石田、董文敏得传正脉，故南宗为盛。董文敏后，几作广陵散矣。近时独吾娄吾大司成、王奉尝（常）执牛耳，为笔墨宗匠，海内尊为模楷。此帧乃司成公游戏三昧，如不经意，然元气灵通，参乎造化，即苦思岁月，不能到此，真丹青宝筏，不可作寻常观也。
>
> 王　鉴

从王鉴的题跋，可见他对吴画推崇备至。吴梅村的前后《东皋草堂歌》，是写抗清领袖瞿式耜的，写前歌时瞿还未被祸，写后歌时瞿家已全部败落，故其诗后有跋文云：

余以壬申九月游虞山，稼翁招饮东皋草堂，极欢而罢。已，稼翁同牧斋先生被急征于京师，予相劳请宣，为作前歌，又十余年再游虞山，值稼翁道阻不归，过东皋，则断垣流水，无复昔时景物矣，乃作后歌。其长公伯申兄出董宗伯卷并书其上，登高望远，云山邈然，俯仰盛衰，掷笔太息。

梅村吴伟业

读这段跋，颇有隐词，“俯仰盛衰”云云，已露其意，若再对照清初史实，就可体会其含蓄不尽之意了。吴梅村所作的《南湖春雨图》，也是一件含有深厚历史内涵的作品，以往对《鸳湖曲》的题旨如程穆衡、靳荣藩等都以为是“痛昌时见法”“以吊昌时为主”，这些都是误解。吴昌时人品极坏，梅村在《复社纪事》一文里，对吴昌时早有峻评，《鸳湖曲》亦未改其旨，叶君远著《吴伟业评传》有确论。

所以梅村的书诗画，既是艺术，也是政治，研究梅村，不应该忽略这个课题。

2005 年 6 月 13 日于大唐碑楼

13

颐和园之美

——《颐和园长廊彩画故事全集》序

颐和园之美

——《颐和园长廊彩画故事全集》序

颐和园，是世界上保存得最好的皇家园林之一，它已被列入世界文化遗产目录。颐和园的总面积达290公顷，其中水面占四分之三。从全局来看，它的北面是高耸的万寿山，而以佛香阁为顶峰。它的南面是浩瀚无际、空旷开阔的昆明湖，而 以十七孔桥为与佛香阁相映照的视点，形成了山与水的映衬，高耸与平宽的互补。尤其是昆明湖北岸沿湖的汉白玉石栏杆和金碧辉煌的长廊建筑，使山与水有了一个最富诗意、最具备园林美的线条。然后从白玉栏杆到彩绘长廊、到气势宏伟的排云殿，再到高耸入云的佛香阁，层层升高，形成了山与水的自然联接，自然谐和。你如果以佛香阁、排云殿为中心，向南展望，则可以俯瞰万象，再沿昆明湖东西两岸环视，则如展开双臂，拥有一切。这些设施自然是体现了封建帝皇的审美观念，但难得的是处理得自然天成，不显做作。特别是造园者善于用线，湖南端的十七孔桥一线和湖西边的月形拱桥一线，使你感到湖外有湖，水外有水，使原本一片平波、一览无余的水面，顿分内外，有里外湖之别，使人顿生有余不尽之意。尤其是巧妙地利用远处西山起伏的群峰，近处玉泉山高峰和玉峰塔的瘦影，使游人恍然如在烟峦重叠之中。眼前所见，似乎只是大好园林的近景一隅。

颐和园最美之时，是在夕阳衔山，游人散尽，或者朝暾初上，湖上雾气迷蒙，游人未到之时，这时满园朝晖夕烟，静妙无极。此时你如能坐对湖山，独领清景，你会觉得你与大自然融合一体，得无上妙谛。我有幸于 1963 年到 1964 年,在颐和园佛香阁西侧的“云松巢”住了一年，天天居高俯视，每到夕阳西下，就与同伴们一起在湖畔散步，有时就在长廊里徜徉。

颐和园的长廊是一个独特的景观，从园林的全局来看，它是山与水的一条纽带，一条界线，一种巧妙自然的装饰。从它自身的建筑来说，它是一组地地道道的独特景观，是一道特殊的风景线，是园林设计家的一次惊人之笔。长廊东起邀月门，西至石丈亭，全长 752 米（含四个亭子的长度），共 273 间。1990 年，它作为世界最长的画廊，被载入吉尼斯世界纪录，外国人又称它为“千柱廊”。长廊共绘有大小彩画 1.4 万幅，其中包括 540 幅乾隆时期的西湖风景古建画和数千幅山水、花鸟、博古画，特别是数百幅历史人物故事的彩画，最受人关注。我住在颐和园的时候，几乎天天要走长廊，天天要看到这些彩画，有时在长廊里小憩，对那些举目即见的人物故事画，也有意无意地琢磨过，只觉得画笔极好，不愧为皇家园林，但它究竟是画的什么历史人物故事，又是谁画的，是什么时候画的，一概没有深究，只是随意观赏、赏心悦目而已。后来知道，关于这些故事画，也出过几种书，但既不完备，考证人物故事也不确切，甚至张冠李戴，以讹传讹。作为一座世界古典名园，对于它的文化内涵，不仅应该详尽地解释，而且更应该准确地解释。

那末，由谁来做这件既枯燥无味而又难度很高的事呢？“世上无难事，只怕有心人”，偏偏就有这样一个有心人，他就是易明。他就住在颐和园附近，与名园结邻。他从小就在颐和园玩，长廊就是他的游玩之地，是他的儿童乐园，而且他从小就爱琢磨，尤其爱琢磨长廊里的历史人物故事。这样一种历史文化情结，促使他认真读书，提高文化修养和研究水平，他除从书本里寻找这些历史人物故事的情节外，还访问了颐和园的老园工，长期搜集清末以来的人物故事画画集，用来与画廊的故事画相印证，他从1990年起，花了16年的工夫，终于把画廊的历史人物故事画认真考证确切了，他纠正了以往不少幅误解的画面，使人们得到准确的认识。他还把历史故事按历史的时代作了系列化的编排，使读者在阅读中更加深历史的概念，他把同一题材的不同画面也编集在一起，使读者易于检读。

不仅如此，他还考查出了一批清末著名画家的作品，例如其中有任伯年、任预、钱慧安、潘振镛、吴有如等名家的作品，由此可见，画廊上的这一大批作品，都不是等闲之作。这一发现，也解决了我当年的一个疑团。当时我常在画廊观看这些作品的时候，就曾产生过一个想法，觉得这批画出笔都很不俗，现在才明白，其中有著名画家的作品。那末与这些著名画家的作品配合在一起的其他画作，自然也必是高水平的画工了，甚至还有其他著名画家的作品，因为年代久远，画面剥落，他们的名字也因之不易查考了。总之整个画廊画作的水平，都比较高雅而统一，这也显得皇家园林的文化内涵毕竟是处处高人一头的。

易明对谐趣园也作了认真的研究，这也引起了我的兴趣，因为谐趣园是仿照我家乡无锡的名园“寄畅园”修建的。“寄畅园”原名“秦园”，因其主人姓秦。我青年时期，常到“寄畅园”去玩，当时还保留着始建时的风貌，也就是康熙乾隆时的风貌。“寄畅园”面积极小，临街（街面仄如里巷）开门，门极平常，一进门就是屏风，挡住了视线，屏风左右是游廊，一进游廊，就可以看到屏风后的大池塘，右侧游廊可通平铺池面的曲折平板石桥，可达对面的假山和八音涧，更奇的是从池塘对岸横卧过来一棵千年老树，斜卧半池（古树于数十年前已枯死，现在新植已非旧貌），池的对岸便是假山，即古树根部所在，更前便是八音涧等景点。而多种古木，树影婆娑，掩映于假山和池塘之间，假山后面稍远处是横蔽半空的遥峰叠翠，惠山头茅峰远影，给人以此园无尽的感觉。这种即小见大，借景补景的手法，是园林艺术中的大手笔。颐和园的谐趣园，虽是仿照“秦园”，但建筑匠师也是高手，因为那棵横卧池上的千年古树是无法模仿的，而后面的遥峰叠翠也是无从搬移的。所以匠师既从小、巧、趣上着笔，又饰以江南民间彩画，使此园自具别趣，成为园中之园。

颐和园是世界仅存的皇家园林之一，其建筑艺术所包涵的文化内涵是极为丰富的，而长廊彩画是此园的重要文化内涵，现在得到易明先生的精心研究和阐述，更得到中国旅游出版社的大力支持、精心印制，则这部长廊画册与颐和园这座皇家园林的辉煌建筑，自将相互辉映，使这座古典园林大放异彩！

2008年3月1日晚10时于瓜饭楼

西域纪行

14

西域纪行

我一直没有到过新疆，但是对新疆却向往已久，因为它就是古代西域的主要部分和古代丝绸之路的重要地段。

我与司马迁一样，有好奇好古之癖，我也像司马迁一样喜欢游历，在十年动乱期间，把所谓的“游山玩水”也当作坏事来批判，但是我却趁在干校之机，每年探亲时，总是单身独行，借此游历了许多地方。我把这种游历，看作是读书，是读一部文化、历史、山川、地理、政治、经济……综合在一起的大书，而且我越读兴趣越浓，所以，一提到新疆或者西域，在我的脑子里，大沙漠里的楼兰、米兰古城，古龟兹的石窟艺术，吐鲁番盆地里的高昌古城、交河古城，带有神话色彩的火焰山，以及诗人岑参笔下的西域风光，也就纷至沓来，令人遐想了。

西域在我的脑子里，始终是一个带有神话和传奇色彩的地方，我确实已经向往了很久。

今年（1986）夏天，我承新疆大学的邀请，于9月11日到新大去讲学，至10月6日回北京，虽然为时很短，且主要的时间都

冯其庸在库车克孜尔尕哈烽火台前

是在讲学，但我也利用讲学之余和假日，尽可能地游历了新疆的一部分地方，正是见所未见，闻所未闻。总的印象我觉得新疆太好了，关于新疆的学问太大了。我坚信伟大的祖国一定会富强，广阔的西北地区一定要开发，关于研究我国西部地区的学问——我叫它作“西域学”——也一定会大发展。

趁着我对新疆的印象很新鲜的时候，我急忙记下这次到西域游历的见闻。

初到乌鲁木齐

乌鲁木齐市，在我的印象里，是一座正在现代化的城市。从机场到市中心的那条友谊路，宽敞而整洁，汽车分上下道，两边的人行道也是上下道，道旁树木已将合抱，枝柯交结，形成一条绿色的林荫大道，无论行走或坐车，走在路上，感到心胸舒畅，天地广阔。我去的时候，已是九月中旬，所以两边的树叶，已开始由绿转黄或红，更增添了一番秋色。

尤其是矗立在市中心的红山，像昂首长啸的龙头，石色赤红，在太阳光照射下，简直是条赤龙。乌鲁木齐河就在龙头下流过，附近就是人民公园，园内有为纪念清乾隆时的大文人纪晓岚而建的“阅微草堂”。纪晓岚曾于乾隆三十三年（1768）被革流放到乌鲁木齐，当时居处在乌鲁木齐老满城所在地西九家湾。纪晓岚在新疆虽然只有短短的两年，但对新疆的影响很大，他自己对新疆也有很深的感情，他在《乌鲁木齐杂诗》中写道：

万里携家出塞行。男婚女嫁总边城。
多年无复还乡梦，官府犹题旧里名。

他在另一首描写天山打猎的诗中写道：

> 白草粘天野兽肥。弯弓爱尔马如飞。
> 何当快饮黄羊血，一上天山雪打围。

我曾进公园去游览，园门是三座牌楼式的古典建筑，进门隔湖对面就是纪念性的“阅微草堂”，这个湖也叫“鉴湖”，为什么与绍兴的“鉴湖”同名，我就不知道了。园内老树婆娑，景色清幽，尤其是湖边的树叶，丹黄相间，再加上绿色，颇有斑斓之感。园中有小摊卖烤羊肉串，导游者教育学院的某君要我试试，果然鲜嫩异常，决非北京街头的烤羊肉串所能比拟。

我因为事忙，根本没有时间去参观市容，只是每次车过市内的大街，看到正在新建的建筑，完全是现代化的，看了乌鲁木齐市的马路和建筑，再看看上海，那种拥挤不堪的情景，简直是不可相比了。

我离乌市的前一日，朋友们请吃饭，宾馆的对面就是人民大会堂，自治州机关事务管理局的局长侯海云兄和旅游局主管天池的董学商兄坚请我看看他们的人民大会堂。我心想北京的人民大会堂我已看得多了，更何况我在纽约、旧金山和莫斯科、列宁格勒等地都曾看过一些世界闻名的大建筑，区区自治州的大会堂又会怎么样呢？——这就是我当时的真实思想活动，但由于他们的热情邀请，我又觉得不去不好，所以才勉强去了，但是当我一进大

冯其庸在克孜尔后山画家洞洞口

会堂以后，立即被眼前的情景迷住了，我只觉得非常歉疚，非常惭愧，我刚才的思想多么可笑啊！眼前的这座大建筑，真可以说是千门万户，金碧辉煌，或者说晶莹澄澈，一片琉璃世界。可惜我不懂建筑学，讲不出那么多名堂，只是觉得设计是那么匠心独运，结构是那么天然浑成，建筑是那么细腻精致，它的总面积当然比北京的人大会堂要小，但它的精致程度却远胜人大会堂，新疆是多民族地区，大会堂各个民族厅则又是各具特色，无不精工妥帖。可惜由于时间的限制（因为我要赶回去整理行装），不能充分地仔细欣赏。当我走出大厅时，觉得仿佛是从一座艺术的迷宫里出来一样，我深深佩服设计师的才华和匠师们精工的建筑艺术。

我住在新疆大学的招待所，招待所给我留下了极其美好的印象，我住在里头，简直就像在家里一样没有任何一点做客的感觉。新疆的瓜果实在太好而又太便宜了，西瓜只有八分钱一公斤，因此每天我们总要吃好几个瓜，而服务员总是及时地帮我们收拾得干干净净。

我卧室的窗户正对着南面的天山主峰——博格达峰，天山顶上终年积雪，抬头就可以看见山顶上的皑皑白雪。陶渊明说“采菊东篱下，悠然见南山”，我在这里不需采菊，也可以天天“悠然见南山”。但要见博格达峰，却需要碰巧，最有机会看到的是清早太阳将升的时候和傍晚日落的时候。尤其是傍晚，那博格达峰披着满身的银装，真是一位青女或者素娥，亭亭玉立，独出云表，她没有巫山神女峰那么缥缈，但却如庄子描写的藐姑射仙，真是肌肤若冰雪，绰约若处子，其美不可方物。

我在乌市短短的三周，除了在新大讲课外，还到新疆师大、新疆教育学院、新疆职工大学和昌吉师院等学校去讲了学。我感到边城的师生，是那么热心于学习和教学事业，每次我讲课的时候，他们总是全神贯注，我深深被他们的好学精神所感动。有一回，一位与我差不多年纪的老同志，带着两个儿子，在新大听我的课出来，赶上了我，特地告诉我，他是放弃了这个月的奖金来听课的，他第一次听过后，就将两个儿子找来，以后每次我讲课都来听。我在新疆师大讲课时，听讲者热烈的神情真使我感动。我讲这些情形，一点也没有别的意思，我只是希望内地的老师们，能抽空多到新疆去讲讲课。其实，这决不是单方面的单纯的讲课，我们自己也可以学到不少新的知识。这一点才是我写这篇“纪行”的目的，这我当然要在下面慢慢地细说。

我有幸刚下飞机后，就与一位维吾尔族的女排教练卡玛尔同车到新大，因为是中午，新疆的时间比北京晚两小时，所以当地的人还未吃饭，卡玛尔就把我带到她的亲戚家里，这家当然也是维吾尔族。我是头一次到民族朋友家作客，而且思想毫无准备，我进屋刚坐定，他们就搬出茶果来。那位女主人看了我的名片，马上就说“《红楼梦》！”她用颇为流畅的北京话问我：“您就是研究《红楼梦》的冯先生？”我说：“是。”我问她：“你读过《红楼梦》吗？”她说：“读过一点，我是教小学的。”问答之间，他们已摆上了午饭，给我一大碗南瓜、白菜、羊肉、土豆一起烧的菜，又拿上来一大盘馕。这当时，我根本分不清哪是菜，哪是饭。连“馕”这个名字也是后来才知道的。我心想，在民族朋友家作客，据说不能客气不吃，不吃就易误会。所以当一大碗四色合作的食品送来时，我也不管它是菜还是饭，拿起来就吃开来了。谁知一吃南瓜，却特别好吃，细腻而又甜糯，我忽然想起我的书斋取名叫“瓜饭楼”。因我小时候抗日时期，家里穷得没有饭吃，就常常用南瓜当饭，因此我也吃过不少南瓜，深谙南瓜的品种，那种细腻可口的南瓜也吃过不少，但全国解放后的30多年来，我再也没有机会吃到它了，想不到到了几万里外的西域，却吃到了地道的“南瓜”。我是多么高兴啊，我一下子就把整碗连南瓜带土豆一起吃个精光,他们对我的“表现”颇为满意，又让我吃馕，我也依样拿了一小块醮着茶水吃，觉得颇为可口。我这个不速之客的这一顿民族饭,吃得真是够有兴味的，正当我们吃完的时候，新大中文系的领导夏庭冠、张广弟教授就来接我了，我们谢了主人，起身告别，走了不多远，我们的老朋友郝延霖教授也来了，他们高高兴兴地把我送到了招待所。

我特别感到新疆的天似乎比别处高，天空也特别蓝。我的感觉不是没有道理的，因为新疆气候干燥，空气里没有水分和杂质，所以每当夜晚尤其是午夜，仰望天空，只见星汉灿烂，长天一碧，如果不是在庭院里而是走出市区到旷野里，那就更加气象辽阔，碧海青天，月明万里，又是另外一番景色了。

我在新疆共 26 天,其中去天池和吉木萨尔 1 天,去吐鲁番两天，去库车 7 天，实际留在乌鲁木齐的时间只有 16 天，而且主要的时间是讲课，所以对乌鲁木齐市了解得还很少，但是乌鲁木齐却给我留下了美好的印象。乌鲁木齐教育界的朋友更使我深深怀念他们。他们在祖国的最西边，辛勤地从事培养人才的工作，他们的辛勤劳动与新疆未来的发展是有直接的关系的，他们的工作是神圣的，我衷心愿意有较长的时间到新疆去从事教育工作和文史研究的考察工作，我期待着我的愿望能有机会得到实现。

天 池 秋 色

我到乌鲁木齐的第十一天，也即是9月21日（星期日），新大的朋友和新疆军区的朋友安排我去天池游览，由于事先有郝延霖兄的建议，决定这一天从天池下来后，再向东到吉木萨尔去考察唐代的北庭都护府故城。

我对游览，特别是带有访古性质的游览，从来是最感兴趣的。自从在两三天前作了这个安排后，我就紧张地翻阅资料，并把照相机、胶卷重新检点，作了充分的准备。事先确定星期天清早6时即来车接我们，乌鲁木齐的早晨6点，还是人们熟睡的时候，距离天亮还有两个多小时，但是我和萘涓早在5点半就一切就绪，待命出发了。6时整，郝延霖兄和李忠跃君来招呼我们到校门口上车，军区的车早已等在门外了。这天是刚过中秋两天，我们抬头看天上，只见好月当头，清辉万里，银河耿耿，分外明亮，而满天的星星，也并不因为月色的照耀而有所隐没，我感到仍然是"一天星斗焕文章"，正是迢迢良夜，耿耿星河，看着这一番夜色，也已够迷人的了。

上车以后，似乎心就定了下来，因为昨晚睡得太晚，今晨又起得太早，所以一定下心来，睡魔就趁虚而入，不知不觉，我就在车上睡着了，一觉醒来，发现车子停着，我还以为车还未出城呢？哪知已到了阜康，即将转入去天池的山道了。这时天还未亮，直到车子向南驶了将近半小时，才看到大戈壁上一轮红日，喷薄而出，其壮丽的场面，我觉得也别具特色，与我在华山、泰山、黄山所看者都不同。在山上看日出，有云彩掩映衬托，画面显得绚丽而富于变化；在大漠上看日出，既无云彩，也无水气，而且四野空阔，一望无际，茫茫有如大海，一无遮拦，只见一颗巨大无比，其红亮有如熔铁，光芒四射，使人不可逼视的巨轮，从地平线上渐渐升起，转瞬间就跃出地面，渐渐上升了。要说单是看日出的话，那是要算大漠里看日出最为清楚，最为逼真了。当太阳刚离地平线的时候，车子已开始进入山道，而初升的太阳也就被山峦挡住了。

天山，是横亘于新疆中部的一座大山，也是亚洲最大的山系之一，它古有北山、雪山、白山、阴山等名称，整个新疆就因为天山在中部地区东西横贯，因而就分为南疆和北疆。天山本身，又是由三列大致平行的山峦所组成，天池所在的天山，是属于东天山的博格达山，博格达山最高处三峰并立，终年积雪，其主峰博格达峰，高达 5445 米，满身冰甲，高耸入云，天池就在博格达峰下半山腰，海拔 1980 米，被称为“天山明珠”。

我们的汽车进入山区以后，两旁皆是山峦，路旁一条大溪，流水不断淙淙作响。据我游山的经验，凡是大山，必有大溪，愈是山大，其溪必大，而且必定是溪中乱石纵横，我走过的华山、庐山、黄山、雁荡、泰山、五台、秦岭、终南等等，莫不如此。南方的许多大山，如逢雨季，有时几里路外就可以听到水声轰响，仿佛是先声夺人。现在我们进入天山，虽然是在西域的大戈壁上，也仍然是山水相连，流水淙淙。我们愈往前走，两旁的山峦愈显得陡峭，山路也愈显得狭窄，仿佛是仅能通车。一路上我细看溪中急流，感到水色洁白如雪，其平静处则又是一碧如蓝，后来我悟出因为这都是从天山上流下来的雪水，所以喷溅时有如雪花，渊积时有如凝碧。我正欣赏着一路的淙淙流水，车子忽至一窄狭处，抬头见右壁山崖上刻着两个大字:“石门”。确实此处两山陡峭高峙如门，而路边溪水突然落差增大，有如瀑布倾泻，而水色洁白如匹练，大非南方山水之可比。可惜此处路窄，又急于去天池，不可能停车，所以只好注目而过。汽车循着盘旋的山道蜿蜒前进，至半山，迎面飞瀑自空而下，颇有“银河落九天”之势，其下有一小池，池水澄碧，人们呼之为“小天池”。再上山势愈高，回首俯视来时路径，已只剩一条曲曲弯弯的长绳了。我正在估量已到达何种高度的时候，汽车一下就停下来了，抬头一看，只见眼前一片潋滟的波光，水波澄碧，四围山峰重叠，树木森立，面对着这个高入云际的大湖，自然而然地人们会称它为“天池”了。

天池，是一个半月形的高山湖，她长 3400 米，最宽处约 1500 米，面积 4.9 平方公里，最深处有 105 米，湖形南北长，东西窄，南端靠近博格达峰，湖的周围都是高山，就是我们进口处较低，有如一道拦水的巨坎。纵观天池周围，群峰林立，云杉、雪松漫山遍岭，我们去的季节已是深秋，所以在一片苍翠之中，又夹杂着一树树的黄叶，特别是远处山坡上向阳处有几树红叶，经太阳光一照，一团火红，点缀得湖面更是秋色一片。南望博格达峰，清晰如在眉际，其侧面一峰，满身是冰，有如一根巨大的冰柱，在太阳光下，闪闪发光，还看得出她洁白的全身，似乎已经被磨擦得光滑到连一粒微尘也搁不住了。《红楼梦》第五回里写到《金陵十二钗正册》上有一幅画，画面上是“一片冰山”，现在我算真正看到了冰山！

天池，很早就被人们看作是西王母的瑶池。唐贞观二十二年（648），在今阜康以东190华里的莫贺城设立了瑶池都督府，可见人们把天池看作是瑶池是由来已久了。无怪乎现在天池的东北面山坡上，还留有王母娘娘庙的遗址。关于瑶池和西王母的传说，是富于神话色彩的，《山海经》里说她是“其状如人，豹尾虎齿而善啸，蓬发戴胜”，这个西王母的形象，还是相当可怕的。最富于故事性和人情味的要算是《穆天子传》里的西王母了，《穆传》卷三说：

> 吉日甲子，天子宾于西王母。乃执白圭玄璧，以见西王母，好献锦组百纯、□组三百纯。西王母再拜受之，□乙丑，天子觞西王母于瑶池之上。西王母为天子谣曰：“白云在天，丘陵自出。道里悠远，山川间之。将子无死，尚能复来。”天子答之曰：“予归东土，和洽诸夏。万民平均，吾顾见汝。比及三年，将复而野。”……天子遂驱，升于弇山，乃纪丌迹于

弇山之石，而树之槐，眉曰“西王母之山”。①

这里的西王母，不但会赋诗，而且对穆天子缱绻深情，“将子无死，尚能复来”，多么富于人情味啊！在古籍里关于西王母的记载，一般都是与昆仑山、玉山、流沙等联系在一起的。最早把西王母与瑶池联系起来的，据我所知，就要算是这段文字了。后来，唐代李商隐的《瑶池》诗：

瑶池阿母绮窗开。黄竹歌声动地哀。
八骏日行三万里，穆王何事不重来。

显然是从《穆天子传》取材的，诗人在这里一开头就把瑶池作为西王母所居之处了。按贞观年间甚至更前，就已经把天池作为瑶池了，那末李商隐诗里所指的瑶池，究竟仍然是就《穆传》取材呢？还是他心目中的瑶池已有所指，指的就是这个天池呢？这就颇费寻思了。

因为我们在乌市出发得早，所以到天池是第一批游客。我们四望天池，一片寂静，唐人说“一鸟不鸣山更幽”，倒确实是“一鸟不鸣”，幽静之极。我们在临湖的餐厅里吃了早饭，眼看着早已出来的太阳再出来一遍，因为她虽然早已离开地平线，却被高耸的天山挡住了光芒，我们在天池耽了好一会，太阳才爬上天山，

① 据1934年影印黄荛圃校本《穆天子传》。

霎时间，天池就显得“半江瑟瑟半江红”，波光粼粼，有如万盏银灯，在星眸闪烁，真是别是一番风光。

我们早餐毕，天池管理处的主人董学商兄一定要邀我们游天池，我们趁兴登上游艇，往天池的南端驶去。俯视池水，蓝如碧玉，两旁众峰肃立，远看南面一排雪峰，高高耸立，参差错落，真可以说是群玉山头，特别是游艇到天池南端时，我发现池边是一片树林，地势平坦，有小径可向东进山，地上还有积雪未融。正南面高处，则是原来看见的博格达峰，现在则更为清楚了，我感到近看博格达峰，则雄壮挺立，满身银铠，有如顶天立地的勇士，也像是擎天一柱，在支撑着青天，显出一副英雄的气概！

我们的游艇从南端沿天池东边折向西北，有一处向池里突出的山峰，上有新筑的小亭。我们登亭远眺，则又是一番景色，近看可见附近山坡上有一废址，即为原王母娘娘庙遗址，而对面山峰上，即是东岳庙遗址，迤北，则是铁瓦寺遗址。限于时间，我们不能久留，随即登舟回到船埠。我原想登岸后随即告辞，上车赶路，哪知学商兄早有安排，把我强引至一处，进去一看，只见笔墨纸砚俱已齐备，就等我动手写字了。我见势不可免，只好赶快动笔，以免耽误时间。我为临湖厅题了一匾，书“瑶台”两字，又书一联：

若非群玉山头见

会向瑶台月下逢

用李青莲现成诗句，学商要我为新筑的小亭题名，我为书“迎仙亭”三字，以附会瑶台也。我们上山时路过小天池，旁有一亭，亦新筑，学商要我题名，我为书：“听松亭”三字，复为学商作一幅泼墨葡萄，这才算完事。我们终于告别了天池，依旧路下山，车中我口吟一诗云：

群玉山头见雪峰。瑶台阿母已无踪。
天池留得秋波绿，疑是浮槎到月宫。

北庭都护府故城

从天池下来，途经石门，我要求司机停车，在石门稍事逗留。我下车至溪边，溪流甚急，喷珠溅玉，奔腾不息，远望有如白龙蜿蜒，仰视“石门”两字，正在两山合龙之门口，其势甚壮。因赶路，不敢久停，即登车去阜康午餐，在一家维吾尔族的村店里，搬来了满桌菜肴，个个皆是羊肉，做法不同，而味皆大同小异，草草吃毕，继续登车向东奔驰。中午大家已困倦，即闭目在车中酣睡，约息半小时，四顾皆大戈壁，古称碛砂，右侧为天山支脉，向前看，则是笔直的公路，极目无际，直到与天相接，所以我说：新疆的公路条条可通天。虽是戏称，实为实景。我们的汽车如脱缰的奔马，拼命向东飞驰，但总是到不了吉木萨尔，我们疑心已走过了头，停下来问道旁行人，才知还在前面，当时已近5点，我们也顾不得时间有多晚了，继续快速往前奔驰，又过了半小时，终于到了吉木萨尔。

因为时间紧迫，我们没有进城（当地也早已无城），只是在城区的西边叉道口，问明了道路，据告：从吉木萨尔再往北走11公里，就可到老乡所说的“破城子”了，也就是我们要去的唐代的北庭都护府故城。为了节省时间，我们又请了两位家住“破城子”的老乡和一位家住吉木萨尔城区但熟悉古城的老乡，做我们的向导。关于吉木萨尔和位于它的北面的“破城子”（北庭都护府故城），文献记载是很多的，道光年间徐松的《西域水道记》说：

> 济木萨，西突厥之可汗浮图城，唐为庭州金满县，又改后庭县，北庭都护治也。元于别失八里立北庭都元帅府，亦治于斯（注略）。故城在今保惠城北二十余里，地曰护堡子破城，有金满县残碑。

又说：

> 余归程宿于保惠城。日已西，衔驰往护堡游访。孤魂坛有败刹，悬铁钟厚寸许，剥蚀无文，形如覆釜。土人戒不得使有声，误触而鸣，立致黑风发地，每有唐朝铜佛，余收得二铺，高逾四寸，背皆有直孔。保惠城南十五里入南山，山麓有千佛洞，绀宇壮丽。山南通吐鲁番。

乾隆年间的纪晓岚，对吉木萨尔和“破城子”，也有颇为详细的记载，可以参看。他在《阅微草堂笔记·槐西杂志》（三）里说：

> 吉木萨有唐北庭都护府故城，则李卫公所筑也。周四十里，皆以土墼垒成；每墼厚一尺，阔一尺五六寸，长二尺七八寸。旧瓦亦广尺余，长一尺五六寸。城中一寺已圮尽，石佛自腰以下陷入土，犹高七八尺。铁钟一，高出人头，四围皆有铭，锈涩模糊，一字不可辨识。惟刮视字棱，相其波磔，似是八分书耳。城中皆黑煤，掘一二尺乃见土。额鲁特云：“此城昔以火攻陷，四面炮台，即攻城时所筑。”其为何代何人，则不能言之。盖在准葛尔前矣。城东南山冈上一小城，与大城若相犄角。额鲁特云：“以此一城阻碍，攻之不克，乃以炮攻也。”庚寅冬，乌鲁木齐提督标增设后营，余与永馀斋（名庆，时为迪化城督粮道，后官至湖北布政使。）奉檄筹画驻兵地。万山丛杂，议数日未定。余谓馀斋曰：“李卫公相度地形，定胜我辈，其所建城必要隘，盖因之乎？”馀斋以为然，议乃定，即今古城营也（本名破城，大学士温公为改此名）。

上面两段文字，虽然互有出入，但大体上是符合实情的。徐松的《西域水道记》把吉木萨尔（济木萨）认作就是护堡子破城，也就是北庭都护府故城，而把现在的吉木萨尔称作是保惠城。徐松说："保惠城南十五里入南山，山麓有千佛洞，绀宇壮丽。山南通吐鲁番"，这也是对的，我们将到吉木萨尔时打听古城时，乡人就告诉我们南山里有千佛洞，离公路很近，可以去看，我们后来游吐鲁番过胜金口到柏孜克里克千佛洞去时，也听人说，说这个山口有路可直通吉木萨尔，大约三百多华里，至于徐松和纪晓岚所写的北庭都护府故城的情况，与我们现在看到的，仍然大体相似，这下面我可以叙述。

当我们找到了三位可靠的向导以后，我们的车子就放心地向北急驰了，在路边我见到了不少卖蒜头的乡民，路边的蒜头堆砌得如同一堵堵厚墙，蒜头大如小儿的拳头，看来，这里的蒜头确是特别好。汽车向北急驶的时候，我还看到了一口自流水井，地下水从管子里直喷出来，永不止息。在大戈壁里能出现这样的自流水井，真是奇迹！

汽车大约走了 30 分钟，车上的老乡就指着前面说，已到了"破城子"了。我们依着他手指的方向往前方右手看，果然见土墙林立，范围相当大，公路就紧挨着城墙，我看公路左手也还有林立的土墙，看来公路是穿过这个古城的边缘了。车到城墙边，我急忙下车，背着相机直往城墙处赶，三步两步就赶到城墙下了。城墙是南北走向，高约六七米，中间有通道，看来是西门，门外护城河的遗迹还十分清楚，河床内低洼处芦苇丛生。我爬上城墙顶，顶部尚宽，约有二三米的宽度。我从墙顶向东面和东南面、东北面四周巡视，极目所至，可见这个城面积极大，远处但见墙垣林立而已。据说此城是新疆现存北疆地区最大的古城之一，东西长约 1000 米，南北约 1500 米，呈长方形，城分内城和外城，城墙的建筑都是干打垒。内城较小，外城的北端墙厚达 7 米，现北墙一带还较完整，内城的北门尚在，城西南角发现，那里是模仿唐长安大明宫的结构。在内城还有一块高台地带，有古城的残砖碎瓦甚多，可能是官署所在地。可惜实在迫于时间，我们不可能再深入古城腹地作详细调查，加之向导们急于回家，不断地催我到马路的西边，我们一直被他引导到公路西边不远处的一座早已废弃的古寺，这就是著名的西大寺。

西大寺，是一座高昌回鹘佛寺，寺址距北庭故城不到一公里，所以我们的车子向西开一会儿工夫就到了。这个寺是近年发现的（1979 年）。据说，这座规模很大的佛寺，原来外观像一座土山，整个大寺被泥土覆盖着，老百姓因为取土，挖出了一条佛腿，才发现此寺。

此寺的建筑面积为长方形，南北长约 70.5 米，东西宽为 43.8 米，佛寺的台基高出于地面甚多，我们被导者从东面一个门引入，买了门票，即让我们看一溜向东开门的 8 个洞窟，因时值薄暮，不敢耽搁时间，匆匆随入参观洞窟。洞窟中有一个台座，也有有三个台座的，台座上的佛像有的已无存，有的已残损，但在洞壁上可以看到色彩很鲜艳的壁画，其残存部分鲜艳如初画。看完了这 8 个洞窟后，又走到上面一层，共 7 个洞窟，其损毁情况与下面差不多。

因为有的洞窟的门锁住了，钥匙也开不开，所以只看了几个洞，起初看管人员不让拍照，后经再三商量，允许拍几张以作研究，因此我还拍得了几张照片。

我们到了顶上以后，才看清楚了全貌，原来我们参观的是寺的东厢向外的两层，全寺如凹字形，中间是空旷的庭院，大概当初从正门进去后，就是一个大院落，东西两边是配殿，院落的北面是正殿，东、西、北三面朝外部分皆如我们已看过的洞窟，朝内部分除正中是正殿外，东西两侧即是东西配殿。我们从东配殿的上层下来后，又被引进东配殿，内有一卧佛，全长 8 米，头朝北脚朝南，这正好是卧佛的头部靠近正殿。卧佛尚较完好，准对着卧佛的墙壁上是一幅规模宏大的《八王分舍利图》，图画基本完好，画面北端为王者出行图，王者交脚横坐于白象之上，穿铠，头部有圆形顶光，白象前后簇拥骑士，皆全副武装，腰悬宝剑和弓箭，手持长伞或旌旆，状如行进于山峦间；画之南端为攻城图，画中城墙高耸，城门洞开，中立一佛，城墙外之武士则作攻城之势。在北端王者出行图之下端，有供养人一对，画甚清晰，男著圆领紧袖长袍、戴桃形帽，女戴桃形凤冠，下垂步摇，穿翻领紧袖长袍，在供养人之头侧，各有回鹘文题记。管理人员对我特施优待，告诉我可以允许我拍照，我非常高兴，但时已很晚，光线暗淡，又不让用闪光灯，我勉强拍了两张。

从东配殿出来，太阳已将下去了，据介绍正殿残存佛像一躯，上部已毁，胸以下尚有 6 米高，则可见此佛像亦甚高大，因为要赶回去，司机催促，故只得离开。

回到乌鲁木齐，天已经很黑了。

1986 年 11 月于瓜饭楼

15

我与刘海粟大师

我与刘海粟大师

大鹏一日忽垂翅。四海风云为凝迟。
坎坷平生一百岁，惊雷起处有吾师。

海阔天空老画师。江山万里一挥之。
今来古往谁能似，只有富春黄大痴。
——哭海老

我听到海老去世的消息，已经不止一次，那时我没有辨别谣言的能力，骤听之下，确实心伤欲绝。向朋友打听，也都不得要领，那是80年代末。后来幸亏有一位老画家干脆向美国海老的住处打了一个电话，电话正好是夏师母接的，夏师母说海老身体很好，一切如常。这样其他的话也就不用再问了。这是第一次的谣言。

前些年，我在上海，一位老友在鸿运楼请我吃饭，言谈甚欢。忽然间，又传来了海老在海外逝世的消息，顿时满座为之黯然，终于未能终席。尽管已经有了上次谣言的经验，但“关心”者乱，一到消息袭击到感情深处，就理智不起来了。一连多日，心头如压巨石，最终还是香港海老的来信，一下扫除了阴霾。

两次的海外东坡之谣，却迎来了1994年3月16日的海老百岁华诞大庆，庆祝的会场在上海虹桥宾馆。我是15日到上海的，下午就去海老的住处衡山饭店拜望，但为了保证海老的健康，守门的人一概不给通报，不准进入海老的住处，我只得将一张放大的我去年在香港海老住处为海老拍的照片托他们转交；待到海老见到这张照片，赶快叫人出来追我时，我已经离开衡山饭店了。

第二天在虹桥宾馆会场，正是盛况空前，来祝贺的中外来宾共有五百多人。我走到海老座前向他祝贺，海老紧紧握住我的手说："昨天追你没有追着！"我知道海老太累，不敢多讲话，随即与朱屺老招呼问候了一下即退下来。那天许多来宾发表了热情洋溢的祝辞。海老致答辞时，声音洪亮，随口而谈，情致殷殷。他说他要把百岁当作重新学习的起点，还要再上黄山。他说他个人无所求，一切为了国家和民族。海老的话，感人至深，赢得了全场最热烈的掌声。

出席大会的人太多，海老不可能一一接谈，我与夏师母约好，到秋天再来上海看望海老，这样我在第二天就回北京了。

8月7日，我在南京上"游一"车，经上海换车去绍兴。7日中午一直在上海车站等车，因为进城去看海老时间来不及了。我想反正秋天我要专程来看海老的，所以一直耽搁在上海车站整整有三四个小时，直到晚间才到绍兴，住绍兴宾馆。8月8日晚，无

刘海粟大师在黄山题画

意中打开电视，却看到了海老在沪逝世的惊人消息。

我看了这消息，一下震惊得说不出话来，我希望这是第三次谣言，但这是不可能的，国家电视台播出的消息，不可能有半点差错。那么，海老真的去世了！你就是再有一万个不愿意，一万个不相信，也是无法改变这眼前的事实了！我真的感到了现实是无情的，就像天上的殒星一样，它的殒落是不可改变的。海老，也真像一颗殒星，当他殒落的时候，还发出了照亮整个太空的光芒！

整整一个晚上，我不能合眼。是悲痛、是辛酸、是悔恨我在上海站白白耽搁了半天，没有进市里去看看海老——尽管我到上海站时，实际上海老去世已半天了，但我能进市去看看也好啊！无穷的悔恨袭击我……

我与海老的交往，记得是在70年代后期。那时海老到北京来举办画展，有一天，海老同夏师母突然到我办公处来看我，但我恰好不在。后来我到饭店去看望了海老，这是我们第一次见面。海老是从老友江辛眉处了解我的，并由辛眉兄给我写了信。海老嘱咐我为他的画展写一篇序。辛眉兄的信也是这么说的。海老的画展，是何等的分量。我自觉惶恐，但海老的殷殷嘱咐，我又不能推辞，好在时间还早，我可以认真准备。——谁知那时“文革”的余风未尽，为了阻止海老的画展暗地里的潜流很多，幸而在文化部部长黄镇的支持下，画展终于胜利开幕，序言则由江枫同志来写。这次画展，轰动了京城，轰动了中国画坛，尤其是在“文革”过去不久，即举办海粟大师这样世界艺术大师级的画展，怎么能不产生强烈的震动？当时有一位美国朋友，对画展中的几幅荷花喜欢极了，提出来不论多少价钱，他要把这几幅荷花统统买下来。这意见告诉了海老，海老婉言辞谢了。但这位朋友苦苦要求，不肯放弃，弄得黄镇部长非常为难。终于在黄镇部长的协调下，海老同意将一幅小幅荷花给他，而对方所付的一笔巨款，海老都全数交公，自己分文不受。这是当时传遍京华的美谈。

1981年夏天，海老来京开政协会议，住国务院第一招待所。我去看他，相见之下高兴极了，恰好晚上是中山公园露天剧场李小春主演的《闹天宫》。海老酷爱京戏，约我晚上看戏，记得还有沈祖安兄。我们晚上都如期到了,夏师母陪同海老与我们坐在一起。戏确实不错，海老看得全神贯注，不料天空却下起雨来，开始是小雨大家不理，接着雨愈大，不少人纷纷离座了，我们怕海老淋雨着凉，劝他离座，他却说："只要台上演，我就看！"这样我们就一直坚持下去，但终于雨愈来愈大，台上也不能演了，我们才不得不陪海老离座。回到住处，海老的衣服已经很湿，但他却不以为然，换了外衣，依然谈笑风生，我深深感到，海老的整个精神世界里，全部是艺术！

1982 年 8 月 4 日，我到黄山，同行者有袁廉民、刘祖慈、王少石。第二天我就登上天都峰，次日登莲花峰，后经西海转北海，住散花精舍。8 日下山，得知海老已到黄山，住小白楼，晚间我们即去拜访，在黄山意外相见，倍加欢乐。海老约我再留三天，共同作画，我因事迫，决定先行，不想 9 日清晨汽车出故障，不能成行，因再上山，至桃源亭，却遇海老在亭中作画。见我到来，他大笑说：你还是走不了！他立即要我在他的画上题字。我怕糟蹋了海老的大作，颇感犹豫，海老却连催带迫，我终于大着胆子，题了三幅。后来我在赠海老的长诗《黄山歌》里说："海翁命我题新图，挥毫我亦胆气粗。题罢掷笔仰天笑，世间痴人翁与我。"就是指的这件事。

从 1982 年黄山别后，我却有长时间与海老没有见面，直到 1988 年 4 月，海老来北京开会，住钓鱼台国宾馆，他忽然给我来信说：

其庸教授友爱，黄岳一别，于今六年，云何不思。得惠书，欣慰无量。山东摄影艺术基金会尽全力支持，贵州人美印《花溪语丝》已经送来，便中掷下看看。我们的好友江辛眉物故，殊可痛怀，人之不可期也如此！政协会议结束，我打算在此休息数天，届时当趋访畅谈，草草具答，余惟珍爱，不宣。

刘海粟　八八年四月三日

我接到了海老的信后，就偕同贵州人美的张幼农同志带了《花溪语丝》一起到钓鱼台看望海老，我还带了我的一部分书画习作，请海老指点。那天海老精神极好，夏师母为我们安排好谈话的地方后，就去处理别的事情，海老先看了《花溪语丝》，非常高兴。接着就看我的画，海老边看边谈，大加称赞，他说从前我只知道你的书法好，今天才知道你的画也那么好，是真正的文人画。当时他说了不少鼓励的话，我自知是老人的眷爱，但他却对张幼农兄说，我说的是实话、真话，我从不说假话、敷衍话！他还约我一起合作画画，而且他还风趣地对张幼农说："是我约他，不是他约我！"那次，他还谈到他小时读《史记》，读《红楼梦》的情况，他还语重心长地劝人要爱护人，要以德报怨，不要记人家对自己的不好，事情过了就不要再记挂了。我们听海老的话，真正如沐春风，如受化雨。我们怕海老太累，不敢让他多谈下去，所以就告辞出来。

到了5月底，我又收到海老一信，同时还收到海老给我画的一幅水墨葡萄。信说：

其庸教授友爱，国际摄影艺术基金会筹备完成，欣慰无量。“艺海无涯”已遵命书就，但笔札荒芜，恐不可用。又水墨葡萄一帧，祝贺老兄访新加坡播扬红学成功。草草具答，余惟珍爱，不宣。

刘海粟　一九八八年五月二十八日

同信又附了另纸写的海老赠我的一首诗，诗云：

一梦红楼不记年。须弥芥子如长天。
饭瓜换得文思健，无痴无怨即神仙。

在那幅葡萄上，海老题曰：“骇倒白杨，笑倒青藤，唯有其庸，不骇不笑。刘海粟乱书，九十三岁。”为什么海老忽然给我画一幅葡萄呢？原因是海老读了我的长诗《黄山歌》，此诗是专门赠给海老的，诗的结尾五句是：“忆昔米颠只拜石，我与海老却拜山。愿乞海翁如椽笔，画取双痴拜山图，留此惊世骇俗之奇迹。”海老真的给我画了一幅山水人物，那是几年前的事。海老在钓鱼台给我发了一信，约我去钓鱼台，我那次恰好不在北京，因此也没有能去钓鱼台。海老就将那幅画托人转给我了，可我根本不知有此事，他也记不起来是托的谁了。有一次他无意中问我是否收到此画，我才知道有此事，也才知道此画不知下落。所以海老又特意为我画了一幅葡萄以作纪念。

这年八九月间，海老又作十上黄山之行，行前并约我同去，我因工作不能脱身，未能如约。到9月9日，我从上海回到北京，始知海老已从黄山回来，并在上海举行十上黄山画展，我连忙写了三首诗寄去祝贺，其一云：

黄岳归来两袖云。人间一笑太纷纷。
多公又奋如椽笔，挥洒清风满乾坤。

当时社会秩序、市场经济、物价等都很混乱，我的诗是有感而发的。

1989年4月，海老又来北京，住丽都饭店。4月20日，我去丽都饭店接海老和夏师母同游南菜园的大观园，当时游人见海老在园中，大家都来包围着他。海老意气风发，谈笑风生，为大观园签名题字，并为“红楼书画社”题额。

当时正值胡耀邦同志去世，首都大学生纷纷起来游行，社会气氛极不平常。海老也极为关心青年，我自己在大学教书30多年，自然与青年学生息息相关。4月26日傍晚，我去丽都看望海老，海老正在作大幅红梅，已将完成，海老说你来题诗罢。这时楼下学生游行队伍纷纷而过，我随即题诗云：

百岁海翁不老身。红梅一树见精神。

丹心铁骨分明在，不信神州要陆沉。

后两句我是有感而发的。我深知广大的青年学生是爱国的，我坚信我们国家是有伟大而光明的前途的，我反对那些社会上的崇外自卑的言论。“丹心铁骨”既指海老，同时也是指广大的青年大学生。海老看了这首诗，大加称赞，让我写在那幅画上，并且说这幅画要自己留着作纪念了，明天再另画一幅，并约我再来另题然后送人。第二天我又去为另一幅红梅另题了几句。

4 月 28 日，海老的好友新加坡的周颖南先生来。周先生也是我的好友，他得知海老在北京，就要我陪他去看海老，所以在当天晚上我们同到丽都。当时海老正在看他的上黄山的录像片，我们等他看完后才进行交谈。周颖南先生曾为海老印了画册，在“文革”最艰难的时候曾关心过海老，所以见面特别高兴，也引起海老的不少感慨和怅触。海老说：与他同辈的人大部都已过去了，念之伤情。他说有时他一个人想想就落泪。他说他在法国曾与傅雷一起去看罗曼罗兰；在国内，当时蔡元培、李大钊、陈独秀、康有为、梁启超、胡适、章行严、张伯驹都是同时人，陈独秀在狱中给他写的信还在，梁任公还给他写过对子——言之慨然！老人一谈到往事，一谈到已故的友人特别情深。那天一直谈到 11 时才辞别而归。

5 月 5 日，我又去海老处，海老兴致甚高，提出要到我的“瓜饭楼”去。我说我住在五层楼上，走上去太吃力。在座的夏师母、赵文量、杨雨澍诸位都觉得海老已经90多岁的高龄，不宜再上高楼了。海老却说我黄山都能上去，还上不了五层楼！大家听了，只好暂时顺着他，商定5月7日下午到我住处去。我们私底下商量换成到恭王府中国艺术研究院我的办公室去，办公室里有大画桌可以作画，又是平地，不需上楼。回来后我就将办公室稍加清理，腾出画案，因为海老说要与我合作画画，所以我只好稍作准备。

5月7日下午5时半，海老、夏师母一行到了恭王府，我极为高兴地陪他先参观了恭王府,然后到我的办公室。海老坐在沙发里，对面墙上正挂着我作的一些画，海老认真地看了这些画，大加赞扬。并说，画只要挂起来看，用不着宣传，画自己会说话，不好的画是挂不住的，挂了也经不起看的。

海老看到我的画案，就对我说，原准备今天合作画画的，现在因临时有事，无法推辞，只好下次再定时间罢。本来我岂敢望与海老合作，这纯粹是老人一片爱护之心，现在另有急事，自然可以改变。

海老又坐了好一会儿，直到来催了两次，才起身告别，当时汽车已停在恭王府嘉乐堂前的空地上，离我办公室只有几步。临上车前，夏师母忽然给我一卷纸，我当时未及打开看，目送着汽车离去。但奇怪的是只有海老和夏师母两人上车，其他同来的人都未随行。等汽车开出去后，他们才告诉我是一位领导请他吃饭，特别是海老竟辞谢了两次，说已经与我约定。不得已海老又要求推迟两小时，让他先到我处如约，并让接他的车直接开到恭王府接他和夏师母。

我听了这个情况，真的感到海老的深情厚爱！等大家散去后，我打开夏师母给我的一卷纸，却发现是海老为我题的“瓜饭楼”匾额，原来先前我曾与海老和夏师母说过，这次海老要到“瓜饭楼”去，居然把匾额都题好了！我拿着这一个长长的横幅，感情和思绪的起伏，几乎不能自持。

5月12日下午5时，去丽都饭店送海老返沪。到丽都送行的人很多，都先后到齐了，海老却忽然转过来对我说：“这次在京，得与你畅谈，是最大收获，非常高兴。”我突然听了海老的这几句话，非常感动，也深深体会到知遇之难，知音之可贵。

此次我与海老分别后，到5月底，海老应西德总理的邀请去西德了。而国内，特别是首都的形势愈来愈严峻，终于爆发了政治风波，我庆幸海老已离开北京，免得老人再受惊骇。

自海老去西德后，我一直没有他的信息，后来又听说到了美国，又听说到台湾开了画展，取得极大成功。种种传闻，包括着一些海外东坡之谣，使我十分想念他，有时甚至是焦念。1990年春，我积想难解，就写了一首怀念海老的长诗，题曰《天末怀海翁》，诗云：

鲲鹏展翅西复东。人间难得有此翁。
百年弹指一瞬间，朝昆仑兮暮穹窿。
九洲万国纷扰扰，此老两袖挟清风。
长安残棋局未终，此老具眼识穷通。

富贵功名何足道，此老白眼未一中。
世间至宝是何物？三寸柔毫酒一盅。
酒浇胸中之垒块，笔写万古之长松。
巍巍太华何其高，其巅尚有摩天蟠屈之长松。
悠悠百年何其哀，一醉能消万古痛。
我识海翁已半世，相对每如坐春风。
去岁长安一为别，悠悠浮云何处踪。
闻道扶桑日生处，此老大笑惊儿童。
归去来兮百岁翁，故园墨池浪汹涌。
待公巨笔一挥洒，扫尽阴霾贯长虹。

这首诗写出后，虽然稍抒我相忆之苦，却无从寄达，我只有盼望他早点回来。到1993年8月26日，忽然收到海老从香港寄来的画页，画面是海老画的两个大桃，上题：

琼玉山桃大如斗。仙人摘之以酿酒。
一食可得千年寿。朱颜常如十八九。
一九九三年五月二十日病臂初平，信笔涂抹，
点画狼藉，如三尺之童。九十八岁老人刘海粟。

在此画页上，海老亲笔题：

其庸老友谌存　　刘海粟

这幅画是为保良局举行海老书画义卖画的。我得到此画后，喜出望外，第二天，我就写了四首诗，诗题是《得海老香港书来，感怀有呈》，诗云：

一

海老书来喜欲狂。相望隔海急挥觞。
愿公健笔如天马，骏蹄倏忽过重洋。

二

翰墨淋漓老伏波。纵横挥笔似挥戈。
平生写尽山千万，未及胸中一点螺。

三

临别依依在草堂。豪情原共作华章。
匆忙一自分携后，梦魂夜夜到海棠。

四

倾倒平生是海翁。范宽马夏即今同。
执鞭若许随骥后，我是奚囊一小童。

事后，我将四首诗写好寄到香港海老住处海棠阁。

到 10 月 28 日，我因举办“红楼梦文化艺术展”去香港，第二日晚间，即由刘才昌兄陪同去海老住处海棠阁拜望。去时海老正在吃晚饭，他穿着大红毛衣，胸前挂着一块洁白的餐巾，坐在椅子上，背后是一幅红地洒金笺大寿字，是海老亲笔所书，我一看这个场景太好了,太富有生活气息和艺术气氛了。连忙拿起相机，为海老连拍了几张照，——其中一张，就是后来海老百岁华诞时放在他房间里的一张。海老见我去，高兴非凡，索性连还有半餐晚餐都不吃了，陪我们坐到沙发上谈话。海老说为什么不上午来，要上午来就好一起作画了。我拿出写好的怀念海老的诗卷，海老看了大加赞赏，说这一卷留给上海的刘海粟艺术馆，请我再写一卷送给常州的刘海粟艺术馆。海老马上告知家人,说一定要请我吃饭，要好好安排。海老依然念念不忘合作画画的事，当时就约定 11 月 4 日下午，再去海棠阁合作画画，10 月 31 日下午，由刘芳小姐来陪我去海棠阁再度与海老会晤，然后同过香港由海老、夏师母主席，举行欢迎我的宴会。当时赴宴的有好多位贵宾，其中还有一位是台湾来的，可惜我没有能记住名字，真是失礼得很。

到 11月 4 日 下午，仍由刘才昌兄陪同我到海棠阁。我们走进海老画室，只见他已先画好了一幅泼墨牡丹。夏师母说，海老已很久不作画，所以先画一张试试笔，可见海老对艺术是多么认真！海老见到我去，非常高兴，让我看这幅泼墨牡丹，并说你就题首诗罢。我遵海老的命，写了一首我题墨牡丹的旧作，诗云：

富贵风流绝世姿。沉香亭畔倚栏时。

春宵一刻千金价，睡起未闲抹燕支。

海老看后大加称赏，接着我就画了一幅泼墨古松，以祝海老百寿，并题句云：

秋风不用吹华发，沧海横流要此身。

这是金代诗人元好问的诗句，我恰好借来祝颂海老。

之后，我们就开始合作画画了，海老见铺在案上的是一张四尺整幅，他说纸太小，换大的来，于是就换了一张六尺整幅的宣纸。海老说：你先画罢。我考虑到海老高龄，不能让他过累，所以就毫不辞让。我想不管好坏，我多画几笔，海老就可少画几笔，省点力气。于是我想起前不久我在新疆和田看到的一棵葡萄王，已经有250年的寿命，当年还结600公斤的葡萄，葡萄的树干，已大如古树。于是我即以此为心中的范本，挥毫作画，画完枝干，又画了些叶子和葡萄，然后请海老命笔。海老端详了一会儿，提笔就添枝加叶地画起来了。画家常说："大胆落墨，小心收拾"，而"收拾"是最难的，经海老巨笔一收拾，居然这幅画就神采奕奕，颇为动人了，这当然都是海老点化之功！

画完葡萄，海老端详了一番，就开始题款。只见他稍一思索，援笔即书，而且行款笔直，下笔流畅，看海老的这种神思，哪里像已近百岁的老人！海老题句云：

泼墨葡萄笔法奇，秋风棚架有生机。

一九九三年十一月四日 冯其庸
刘海粟合作

然后是各自用印。我看到海老把我的名字写在前面时，连忙说不应该把我的名字写在前面。海老说，是我题款，当然应该先写你的名字。可见老人即使是一个细节，也是虚怀若谷，一丝不苟的。实际上海老的一举一动，都是后学的楷模，是一种无声的教育，是直接的身教。

当天，《大公报》、《文汇报》还有香港其他各报的记者都在场，电视台还录了像，所以第二天，各报就纷纷刊出了这个消息，还用显著的地位刊出了这幅画。回忆海老1982年在黄山小白楼与我见面时，就约我留三日合作画画，至今刚好整整十年，这个宿愿终得以偿，这不能不说是我的莫大幸运，也是老人对后辈的眷眷关注。

我与海老的交往，当然也是与夏师母的交往，我深深感到夏师母与海老是同一胸怀，海老的一切，都是在夏师母支持下完成的。海老百年的艺术生涯，光辉的一生，实际上夏师母是默默的贡献者，是在海老伟大的艺术背后辛勤的劳动者，所以海老对中国美术和世界美术的伟大贡献，其中也包含着夏师母的贡献。

我与海老相交整整20年，从未听到海老说过别人一句不好的话，从未听到他有任何埋怨。按理，海老所受的人生折磨是够多的了，但他却始终胸怀祖国，心向人民。我听说他在西德时，西德总理邀请他留居西德，那时国内正是一场政治风波以后，思想比较混乱。但海老却说：我是中国人，我自然要回去，到贵国来作客是可以的，但是我是要回去的。海老的这几句话，真是掷地作金声。当时也有一些人担心海老会留居海外，我却断然相信海老一定回来。我的那首长诗末四句是："归去来兮百岁翁，故园墨池浪汹洫。待公巨笔一挥洒，扫尽阴霾贯长虹。"就是基于对海老坚定不移的信念才写的。

海老去世了！

一代巨星殒落了！

人们心头忍受着巨大的悲哀，世界承受着巨大的悲哀。在送别海老的时候，我专程从北京赶到上海。那正是酷热的时候，我是从友人家里步行往殡仪馆的，整个殡仪馆挤满了人，根本无法进入灵堂。我站在灵堂前的院子里，几乎无立足之地，幸亏被海老的亲属看见了，想法硬是从出口处把我塞进去的，我终于最后看到了海老，也看到了沉浸在悲痛中的夏师母。我没有什么话可以安慰她，我自己也被沉重的悲痛压得喘不过气了。我向大师深深地鞠躬，但我觉得如在梦里；海老可能睡着了，说不定他也是在梦里！我沉浸在悲痛和幻觉里，木然不动。后面的人涌上来了，幸亏刘芳小姐看到了我，赶忙把我扶出了灵堂，并把我交给同我一起来的王运天，请他陪同我回住处。

8 月 8 日我在绍兴，从电视中看到海老逝世的消息后，彻夜未眠，当时曾写了五首哭海老的诗，后来回到北京，痛犹未已，又写了三首悼诗，除开头的两首外，其余一并录在下面，作为这篇悼念海老的文章的结束。

哭刘海粟大师

一

九月去年画竹枝。凌云万丈有余姿。
凭公横扫千军笔，留得清风万古吹。

二

海上相逢已暮春。豪情犹作黄山行。
平生百劫千难后，一片丹心奉赤诚。

三

传来噩耗忒心惊。恐是迷离误姓名。
后约分明依旧在，清秋时节拜先生。

四

记得淞滨话别时。重逢已订菊花期。
岂知小别成长别，更向何方觅大师。

五

晚岁相逢恨太迟。白苏才调作画师。
风流高格何人赏，零落天南笔一支。

六

痛闻海老已仙游。从此江山空蔡州。

最是伤心情未了，文章尚未报白头。

1996年1月8日深夜

2时30分，于京华瓜饭楼

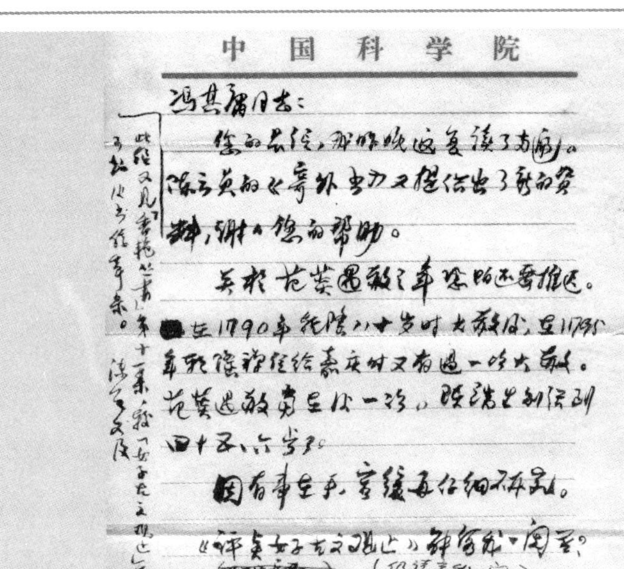

中国科学院

冯其庸同志：

您的来信，我昨晚反复读了两遍。陈云贞的《寄外书》又提供出了新的资料，谢谢您的帮助。

关于范菼遇赦之年恐怕还要推迟。在1790年乾隆八十岁时大赦后，至1795年乾隆禅位给嘉庆时又有过一次大赦。范菼遇赦当在后一次。陈端生那时已经四十五、六岁了。

因有事出国，容后再仔细研究。

《[illegible]》[illegible]（仍请寄我一阅。）

敬礼！

郭沫若 一九六一.五.十.

[illegible]

回忆郭沫若同志

16

回忆郭沫若同志

我与郭老认识，是在1961年5月。那时郭老正在研究《再生缘》并加以校点，他找不到《再生缘》作者陈端生的资料，有一次在文章里说相信国内总有人掌握这方面的资料的。我看了他的文章就想起我从小就熟读的陈云贞的《寄外书》来。我小时候不知从哪里获得一个抄本。这个抄本的小楷好得不得了，凭我的直觉，我认为比当时流行的小楷帖如《星录小楷》，如《灵飞经》等都好，因此我一直以抄本《寄外书》作为我的小楷帖加以临摹，在临摹过程中，我反复读《寄外书》，觉得文章十分动人，久而久之，我竟能全文背诵。特别是书后的八首律诗，我至今还能背诵。这个抄本我一直带在身边，记得1954年我到北京时还带着它，但到郭老提到此事时,我却遍找不见了。但我熟悉《寄外书》的文字，也知道在别种本子里收有此信，所以我很容易地就找到了。当时我们单位的罗髫渔同志是郭老的老同事，我就写了一封长信交罗髫渔同志转交郭老，郭老收到我的信后，就立刻派人来找我。我恰好不在家，来人就留了字条，要我到郭老住处去。我回来见到字条后，立即就去看郭老，恰好又碰上他会见德国友人，我就告诉传达室的同志我先回去了。郭老知道后，立即叫他的秘书留我，说他的会见马上就结束了，叫我不要走。果然不到几分钟，郭老就送客出来，见到了我就同我一起到他的书房，讨论起《再生缘》的作者陈端生即陈云贞的身世来了。那次谈的时间比较长，反复论证的是陈云贞是否就是陈端生，我当时觉得证据不足，郭老觉得可以确认无疑，临别郭老谢谢我为他提供的重要资料，还送我一本他刚出的《文史论集》。他在书上写了“其庸同志指正”，我说郭老是史学前辈权威，“指正”我不敢当。他说：“在学问上不存在前辈和后辈，谁说得对就要尊重谁。”说罢一直把我送了出来。

这次会见，给我突出的印象是郭老平易近人，一点也没有架子，尽管我说的意见是怀疑他的考证，但他仍然耐心倾听，并反复为我申述他的见解，简直就像对平时的熟人一样。

更想不到的是自此以后，郭老就不断给我来信，有一次来信说：我刚从飞机上下来，已写了一篇文章，是驳 ×× 的，很快就发表，请你看看有什么意见(原信已失，大意如此)。还有一次，他写给我一封长信，有好多页，字特别漂亮。他写给我的信，我一直都保存得好好的，但“文化大革命”中，红卫兵抄家，竟将这些信统统抄走了，只留下一个信封和一纸短信，现在连这点劫余也找不到了。

前些时候，天津的魏子晨同志却忽然来信告诉我，他在天津发现了郭老给我的一批信，并且可以帮我复印回来，这当然使我喜出望外了。果然过了些时候，他就把复印件寄来了，一共五页，其中一页是信封，其他四页是四封信。我看到这些信时，又是高兴，又是感慨，想不到在隔了35年后，这些信件居然还能重见。我不仅要感谢魏子晨同志，还要感谢保存者，他不仅保存完好，还同意让复印，真是欢喜无量。这些信当然是研究郭老的重要资料，尽管仍不全，特别是那封长信不见了，还有我上文复述的那封信也不见了，但一下能重见四封信，也够幸运的了。为了便于别人研究，现在就依次抄录在下面：

第一封信：

冯其庸同志：

您的长信，我昨晚返（反）复读了两遍。陈云贞的《寄外书》又提供出了新的资料，谢谢您的帮助。

关于范菼遇赦之年恐怕还要推迟。在1790年乾隆八十岁时大赦后，在1795年乾隆禅位给嘉庆时又有过一次大赦。范菼遇赦当在后一次。陈端生则活到四十五、六岁了。

因有事在手，容缓再仔细研究。

《评点女子古文观止》能假我一阅否？（仍请寄我一阅）

敬礼！

郭沫若

一九六一.五.十.

在信中写到陈云贞的《寄外书》时，在旁边又加了两竖行："此

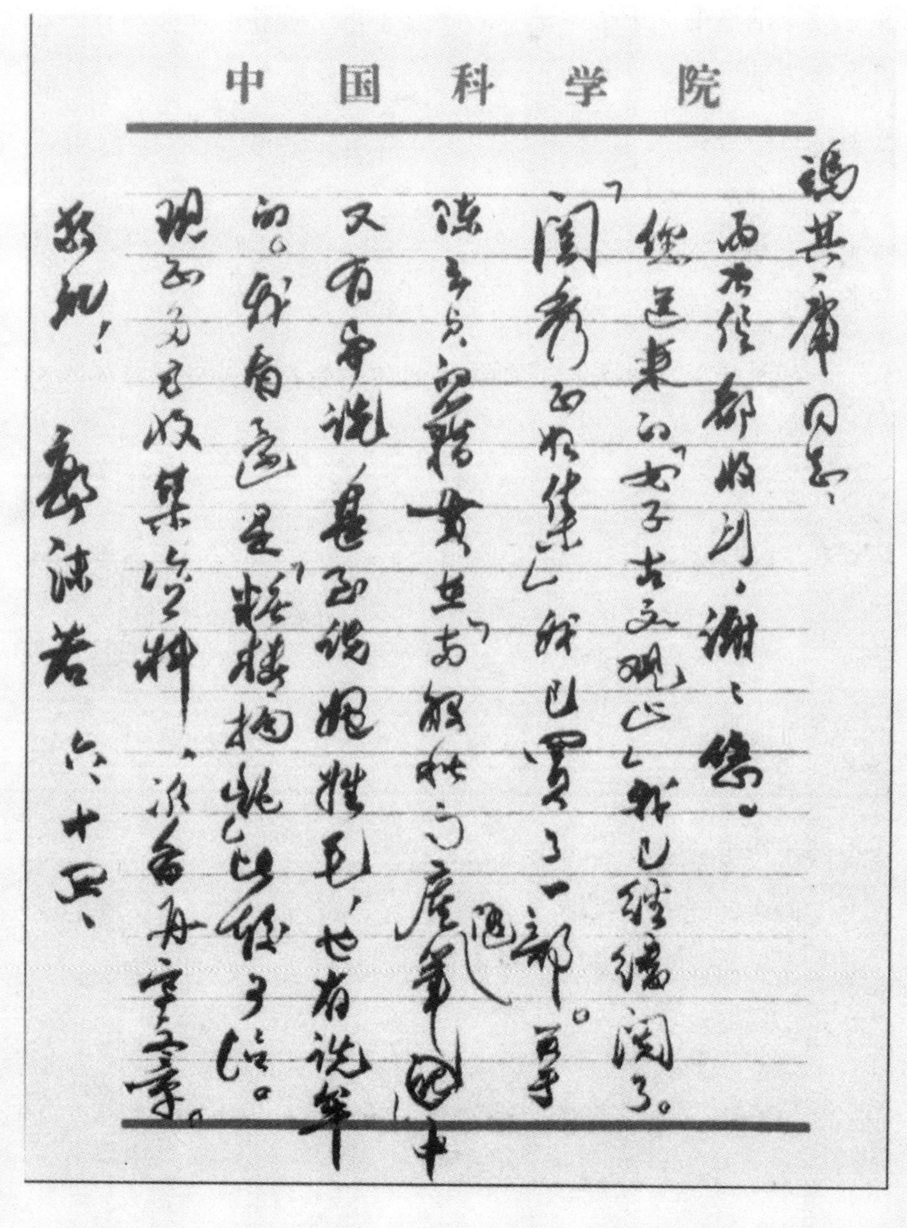

中国科学院

冯其庸同志：

两大作都收到，谢谢您。

您送来的「女子古文观止」我已经翻阅了。

「闺秀正始集」我已买了一部。再

谈到[illegible]女史[illegible]的[illegible]在[illegible]随笔中

又有争论，[illegible]，也有说[illegible]

的。我看[illegible]是「[illegible]」[illegible]已经[illegible]了。

现在正在收集资料，准备再写文章。

敬礼！

郭沫若 六、十五、

信又见《香艳丛书》第十一集，较《女子古文观止》所录更详。可知后书系节录。沫若又及。”

第二封信是：

冯其庸同志：

惠借的两种书奉还。

经过研究的结果，我所得出的结论是：陈云贞《寄外诗》是真的，《寄外书》是假的。将有文在报上发表。

此致

敬礼！

郭沫若

一九六一．六．廿〇．

第三封信是：

冯其庸同志：

谢谢您送来的《铜琶金缕》。我已经看过了，送还您。文章已在光明日报上发表，想已见到，愿听听同志们的意见。

敬礼！

郭沫若

七．一．

第四封信是：

冯其庸同志：

大作看了一遍，奉还。

我的《有关陈端生的二三事》已经写好了。发现了白坚先生的出奇的错误。不久当可见报。

敬礼！

郭沫若

九．廿七．

以上是郭老给我的四封信，我希望还有几封信如还在的话，能把复印件给我，这就非常感谢了。

在“文革”中，我校有同志去看郭老，郭老竟然还关心我，问我的情况，并嘱问候我。那时我正在挨批斗，罪名是写了不少“大毒草”文章。当时我心中非常清楚，就在心头默默地写了两首诗，记在心里，诗云：

千古文章定有知。乌台今日已无诗。
何妨海角天涯去，看尽惊涛起落时。

漫天风雨读楚辞。正是众芳摇落时。
晚节莫嫌黄菊瘦，天南尚有故人思。

“文革”后期，到1975年左右，我为了要弄清郑州博物馆藏所谓的“曹雪芹小像”的真伪，就写信给郭老，问他的意见。他很快回信说,对这个小像“我也是怀疑派”。此信全文已收录在拙著《梦边集》里，我目前手头无此书，不能全引。

后来，郭老又写文章否定王羲之《兰亭序》是真迹，坚持说王羲之的字应如南京出土的王兴之、王丹虎的墓志那样是方笔，当时我非常不同意，并请友人吴君转告郭老。吴君说其中另有原因，你就不要管了。但我当时是非常同意高二适先生的看法的。后来我间接地获交高老，高老还题一首诗书写后赠我。又过几年，高老病重去世前，还让他的亲属将他另一首诗的诗稿交给我，让我保存。

现在郭、高两公都已经去世多年了，郭老对陈端生即陈云贞的考证看来是对的，但对《兰亭序》的真伪的看法，则应该说高二适先生是正确的，尽管高先生当时处于论辩的弱方，但真理是不依地位的高低和权势的强弱为转移的,《兰亭》真伪之辨的意义实在是很深长的！

因为郭老旧信的发现，忽然思绪纷纷，往事如云如烟，涌向心头，信笔书之，亦当山阳笛吹!

1996年11月26日夜1时于瓜饭楼

17

文章尚未报白头

——怀念苏局仙、谢无量、张伯驹、顾廷龙、沈裕君先生

文章尚未报白头

——怀念苏局仙、谢无量、张伯驹、顾廷龙、沈裕君先生

几十年来，我所交往的前辈名公，有不少我已写了文章，但也还有不少，一直没有写过文章，现在趁此结集之际，补上一笔，借酬宿愿。

我认识的前辈中年龄最大的是**苏局仙**老先生，我与他通信交往时，是在70年代末，那时他已将近百岁。事情有点偶然，记得是吴恩裕先生的夫人骆静兰女士，有一天告诉我：中华书局的一位朋友想求我为他的朋友作画，问我可不可以？我当时就答应了，画了几开册页，画的是葡萄，送给了中华书局的朋友。之后不久，就得到苏老先生的来信，信是写给中华书局的朋友的。那封信说：

> 千里先生左右：其庸书画气势磅礴，行笔横辣，非池中物也。承令弟求得，感甚。以后请勿再物色，因箧中填满，

老眼又昏花,传之后人,未必能视如珠玉。埋没名笔,实不敢为,幸勿误会。小诗六绝,拜烦转致,明知不入其目,终算表谢忱也。所用名字,青藤徐渭,吴庐昌硕,齐璜白石,山阴王徽之,痴僧怀素。诗如其画,亦澎湃,天份高,非可强能。敬复。

即颂

教安

养怡信烦面致

弟苏局仙顿首

一.十八日

信中提到的六首诗,是另写的一个小横幅,诗云:

奉酬

其庸大法家惠赠书画

一

天马行空不可羁。气吞河岳逞雄姿。
古人尽扫笔端外,只向阴阳造化师。

二

老来堪笑似顽童。犹识珍奇拜下风。
反快山斋瓦缝薄,宝光直射斗牛宫。

三

英流怀抱不寻常。一掷千金宁望偿。

1979年《红楼梦学刊》创刊座谈会上叶圣陶先生在签名

敢告珍藏传后世，勿轻上市换壶觞。

四

十年错未结因缘。同感蹉跎离恨天。
可是今朝深识面，南田画笔句青莲。

五

天假残年逾九六。幸持晚节不羞竹。
白圭诗句久废吟，毛选五卷日三复。

六

静待无妨再十年。申江重过补因缘。

还丹九转凭君乞，同作长生不老仙。

一九七九年初月中澣

南沙苏局仙

这六首诗是1979年旧历正月中旬写的，我当时有答苏老的两首诗：

局仙老翁九十六。尚运兔毫喷霜竹。
世上岂无谪仙人，此翁便是髯苏复。

闻公名姓十三年。三到申江未结缘。
若识春风云水路，欲从海上拜苏仙。

1980年夏天，我去美国参加《红楼梦》国际研讨会，会前启功先生、朱屺老都应我之请为大会作了画，苏老则应我之请题了一首诗并亲自书写寄我，并寄我一书，云：

其庸先生左右：大札拜读，过誉处愧不敢当，局以入春来雨多晴少，寒气凝结不解，殊感欠适，委写件勉力涂奉，特异常拙劣，不足塞外人目，至期慎于去取，非关一人荣辱已也。局本不善书，不自料偶被选录，世人误采，浮名坌集，函索面乞，苦于应付。现眼已半盲，腕力又弱，从庚申年始拟弃笔墨，然日有数起，真有奈何之叹！拙作素不留稿，蒙

先生见重，欲重行写，请将原稿抄寄，当再录奉，知已前决不作谎。纸暂留下，即请

撰安

这封信未署时间，当是在初春。到了四月末，苏老又来一信，此信是答我的去信的，书云：

其庸先生左右：手书读悉，拙句抄出奉上，字劣有负雅属，殊以为愧。前件至请郑重带出，恐被外人之所轻笑也。江南天气，一直阴多晴少，寒流时下，绝无花明柳暗春色，因之贱躯益见颓唐。先生赴美归来，当在初秋，时暑气未消，南下之约，不妨少缓，或到沪后时间局促，东来把晤，再待机缘。忝属知己，当不以礼俗相待。匆复，

敬请

著安　　　　弟苏局仙顿首　四月廿八日

我从美国开会回来后，因为事忙，未能去上海，但有过通信。此后一段时间，讯息较少，听说苏老不幸跌倒，受了损伤。住院后愈合得很快，完全出乎医生所料。到1982年6月，我又接到苏老的儿子苏健侯先生的来信。书云：

其庸先生大鉴：

岁月不居，疏通音问，倏已逾年。家君时时念及，以为情厚才高者在交友中不可多得。特为上年又遭倾跌，精神更退，眼力又差，小字已难落笔，缺于启候为此也。刻交新夏，蛙声阁阁，闹人夜寝，家君时动于怀，再四命弟仰问起居，务请详告为幸！家君饮食稍减而闭户不出，日看些报刊，怡然自得。客至尚健谈，有兴临写古帖，常说耽误一生，当从头学起，可愧又可笑云云。据以赘及。藉慰悬念，

敬颂　台安　　　　弟苏健侯顿首

这封信的上海邮戳是1982年6月14日。阅信，得知老人对我如此悬念，我立即写信向他问候，并简述我的境况。

之后，有一年冬天，上海突然奇冷，苏老上午还出来会客，中午午睡以后一直睡去，未能起来。享年112岁。

我最大的遗憾是几次到上海，未能到南汇周浦牛桥5队去拜访苏老。现在则是连健侯先生的消息也久已不通了。但愿他能如局老一样，健康长寿！

谢无量先生，是中国最早的文学史专家，出版过中国最早的文学史著作——《中国大文学史》。据知，新中国成立后，毛主席请他吃饭，还说到读过他的《中国大文学史》。我早先也藏有此书，现在也可能仍在。谢老还是著名的大诗人，大书法家。

大概是50年代末，谢老应中国人民大学校长吴玉章老的邀请，

到中国人民大学来任教。那时，人大还没有语文系，只有一个向全校各系开课的语文教研室，那时谢老年纪已很高，学校没有再要他上课，只是在教研室开过几次座谈会，教师们都认真地听谢老座谈。那时，我是年轻教师，负责与谢老联系，我的住处，又与谢老只隔一个楼门,来去都很方便。教研室的同志对谢老都很尊敬，一般都不轻易去干扰他。谢老有什么事，总是叫保姆送一个纸条给我,有时是便信,那时我保存着好几封谢老给我的便信,可惜“文革”中大都丢失了。现在我还藏着他一封信和一把扇面,一个条幅,还有一个空信封,里面的信已没有了。我保存的那封信,信面上开:

内诗　呈

冯其庸同志　斧正 无量　4、29

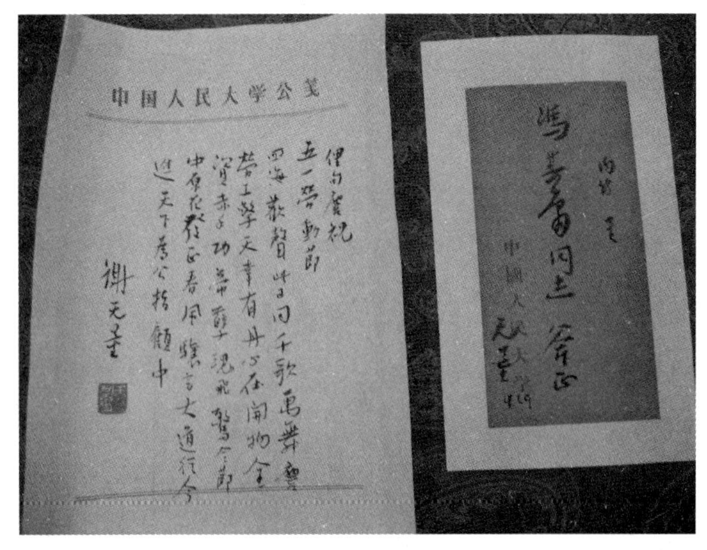

里面的信笺上写着一首诗：

俚句庆祝

五一劳动节

四海欢声此日同。千歌万舞庆劳工。
擎天幸有丹心在，开物全资赤手功。
帝孽魂飞惊令节，中原花发正春风。
骧言大道从今进，天下为公指顾中。

谢无量

这是在庆祝五一劳动节时，他写信给教研室办庆祝壁报用的。

谢老是著名的书法家，外面不少人向他求字，我却始终没有求他写过字，有一次他忽然问我：你不喜欢我的字吗？我连忙说：当然喜欢！谢老说：那你为什么不向我要字？我说：谢老年纪大了，我不好意思再烦劳谢老。谢老连忙说：那不要紧，我给你写。过了几天，他让人送来一幅条幅，是写的黄山谷咏白薯的诗。旁边还有跋文说：今年白薯丰登，因忆山谷山芋汤诗，为其庸同志书（大意）。我当时高兴至极，此件一直珍藏到现在。后来他又给我写过两把扇面，一把是写的一首词。词调是《柳梢青》。词云：

劫外斜阳。凌波何处，空忆霓裳。流水依然，这回重到，瘦了湖光。　　锦鞶霞绉啼妆。掩半面、羞红断肠。梦冷云沈，天荒地老，一寸孤芳。

词下有题记云：

一九三一年金陵大水，后湖荷蕊漂没，有藏其片萼徵题者，为赋此解。写呈

其庸同志正拍　　谢无量

另一把扇面也是写的一首词，扇面已经送给一位朋友了，所写的词也不复能记忆了。

有一次，谢老约我到他家里去。他给我看他的一大本诗稿，都是用鸡毫笔写的，其书法之妙，当时看得我几乎不忍释手。我看他桌上搁着刚用过的鸡毫笔，我拿起来试试，笔毫软如棉花，根本无从着笔，我才知道鸡毫如此之难。但他拿在手里，真是得心应手。之后我也经常用鸡毫，稍稍能举笔而已。

谢老用的笔，轻易不换，我经常看他到琉璃厂修笔。他说用熟的笔不能轻易更换，王羲之的笔传到后代尚能用。

我虽然并不经常去他家，但毕竟每月总有事要去的，因之，无意之间，就得到谢老的熏陶，谢老是一位真正的学问家、大诗人、大书法家。他的词是真正的词人之词，他的书法，我为之倾倒不已！

1964年，我被安排去陕西长安县王曲大队参加“四清”。我被派为工作组的副组长。组长是当地的干部，地点是终南山下的马河滩。当时“四清”的紧张形势是众所周知的，所以我根本无法再与谢老联系了。但我做梦也想不到，隔了一年我回北京时，谢

老竟不幸逝世了！

我未能最后看到谢老一面，这是终生的遗憾！

张伯驹先生，我是很晚才拜识他的，记得是70年代成立韵文学会的时候。我曾应约到他的府上拜见过他。他就住在后海银锭桥畔，后海南沿，开门就是碧波，对岸就是清初明珠相国故居，也就是词人成容若的住处。而我的办公处就在恭王府，而且就是大画家溥心畬的画室，从我办公处到张老住处，步行经柳荫街也不过十分钟,所以我常常下班经过他门口去看看他。他有事找我时，常叫一个女孩送信到我张自忠路的住处，所以我当时还保存着伯老给我的多通便信，现在几经搬家却一封也找不出来了。

伯老是真正的大收藏家，为国家救护了不少国宝级的文物。如西晋陆机的《平复帖》，隋展子虔的《游春图》，唐李白的《上阳台》，杜牧的《张好好诗》等等，都曾经他的收藏，后来无偿地捐献给国家。伯老曾将早年他用珂罗版印的《平复帖》题赠给我，还曾给我做过两副对子。一副的联语是：

其鱼有便书能达
庸鹿无为福自藏

上款是“其庸先生雅属”，下款是“戊午元旦，张伯驹时年八十又一”，图章是“伯驹长寿”，“丛碧八十后印”。这是一副藏头对，把我的名字放在联语的第一个字。大家都知道伯老不但诗词好，而且属对也是一绝，尤擅作藏头对。送我的对子就是一例，后来伯老又送我一副对子，联语是：

古董先生谁似我
落花时节又逢君

上联是用的《桃花扇·先声》的第一句，下联是用的杜甫的《江南逢李龟年》诗。伯老不仅擅于集句，而且这副对子伯老是有深意的，实际上，上句是他自况，下句是指我。这个“落花时节”并非指自然季节，而是指他的晚年。也就是说在他的晚年却遇上了我。我刚拿到对子时，一时还没有琢磨过来，后来才恍然大悟，赶快向伯老致谢，可惜的是撰写这副对子以后不久，伯老就谢世了，从此人天永隔，再也看不到这位高义深情的“古董先生”了！

然而，伯老人虽然走了，他却给我们留下了十分珍贵的永恒的东西，这就是他的崇高的爱国主义精神和对待朋友的高义和深情。

因着这些，后人对伯老，必将千秋永怀！伯老的崇高精神，必将流芳千古！

顾廷龙先生也应该说是我的老师，虽然我没有在课堂里接受过他的教诲，但我从1948年开始，在合众图书馆看书，接受顾老的指导，一直到1998年8月22日顾老逝世，前后整整50年，没有中断过联系。

1948年春我在上海无锡国专读书，王蘧常老师特为我写信介绍顾廷龙先生，让我在他的合众图书馆读书，顾老认真地为我作了安排。我基本上每天都去看书，一看就是一整天。我借的书一律不收回，只存放在图书馆的专柜里，第二天到馆后可以拿出书来就看，无需再办借书手续。我在合众图书馆写成了《蒋鹿潭年谱考略》初稿。解放后，合众图书馆与上海图书馆合并。顾老任上海图书馆馆长。1982年上图写信给我约稿，他们要出纪念性文集，

其庸同志：

昨奉手书，敬悉一一。

承许为敝馆纪念论文集撰文，光我篇幅，至深感荷！

大著蒋鹿潭年谱考略，甚好。希望以此命笔为荷；近阅杨殿珣君年谱目录，鹿潭年谱尚付缺如。尊作出，足弥此憾。

闻京中更热，上海尚不过二十八九度。诸惟珍摄。

匆复，不尽一一。祗请

撰安，

顾廷龙敬上

6/20

顾老指示要我早先写的《蒋鹿潭年谱考略》，我即写信回答上图，很快就得到顾老的亲笔回信，信说：

其庸同志：

昨奉手书，敬悉一一。

承许为敝馆纪念论文集撰文，光我篇幅，至深感荷！

大著《蒋鹿潭年谱考略》，甚好。希望得暇命笔。为荷！近阅杨殿珣君年谱目录，鹿潭年谱尚付缺如。　　尊作出，足弥此憾。

闻京中炎热，上海尚不过二十八、九度。诸惟珍摄。匆复，不尽一一。

祇请　撰安

弟廷龙敬上

6．20

后来这部稿子就先在上图的纪念论文集里发表了，到1986年才由齐鲁书社正式出版。这部稿子的得以写成，追根究底，还是在合众图书馆得到顾老的帮助。

1998年5月，我在中国美术馆举办个人的书画展，想请顾老剪彩，但又想顾老年事已高，能不能出来，我即先打一个电话试试。电话接通后，顾老耳朵有点背，听不明白，他就叫一个年轻的女孩子来接，再由她转告。顾老听了转告，马上拿起电话来就对我说：

“可以,可以！”于是我的这次展览会开幕式,就得到了顾老的光临,而且顾老当时精神极好，略无倦容。

不料到6月9日，就查出顾老患肠癌，已是晚期，虽经抢救，终于8月22日与世长辞。

回顾我与顾老交往的50年，实际上一直是我向顾老问学的50年。我是一直怀着对老师的敬意来尊敬顾老的,现在顾老虽已去世,但我的这份敬意却永远不会消失！

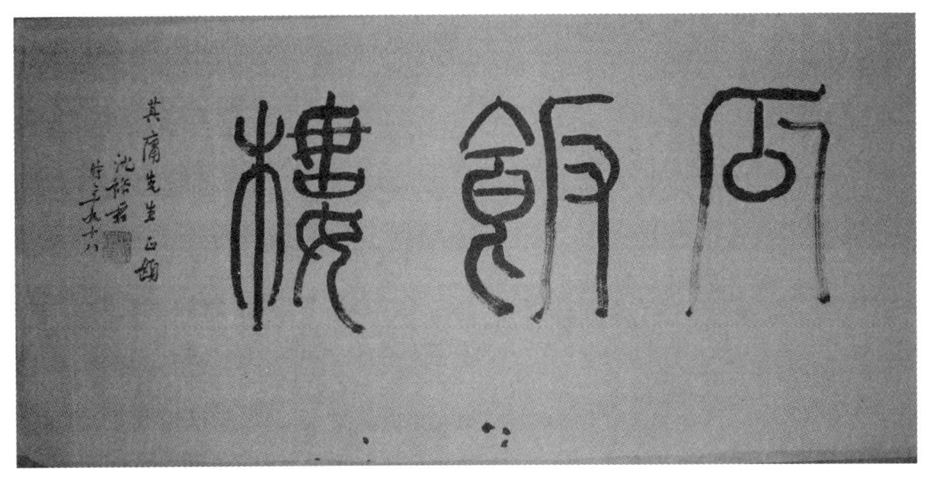

沈裕君老人,我是很晚才拜识他的,大概拜识以后一年多一点,老人就去世了,我未能与他多所请益,真是此生的憾事。非但如此,连对这位老人要作更详细的了解，也还没有做到。

老人写得一手好篆书，潇洒而有书卷气。我去拜访他时，大概已是九十七八岁，老人还为我搬椅子，我连忙接过来，说:“不敢当,不敢当！”老人却说：“你是客，我是主，我当然要为客人设座。”老人家里四壁萧然，十分简朴。记得室内中间只有一张四方桌子，有几张破旧的凳子，但是他却意态自如，怡然晏然。老人的这种精神风貌，就给我以极深的印象。之后，我曾与老人多次通信，老人还给我写过几副对子,二副小匾。有一次我收到他的一封长信，书法写得好极了，我一直珍藏着，但这封信不久，老人即去世了，据说终年 100 岁。

还听说，他喜欢喝二锅头，规定几天一瓶。临终前，让家人将他喝完的空瓶放在他的床前，他眼看着这些空瓶，安然而去！请想想，这是多么高的境界，老人有没有留下什么话，我不知道，但这不是留下的最好的“话”么，其意境的空灵，有几个人能到此境界呢！

我所认识而敬佩的前辈名公，还有不少，尤其是学界的前辈，我还没有写。实际上，一二篇文章是写不了的，只好留下篇幅，等以后再写罢。

2000 年 7 月 24 日

18

哭钱仲联师

哭钱仲联师

12月4日下午两点左右，我因患带状疱疹剧痛后处在半昏迷状态，忽然床头的电话铃把我惊醒了，我拿起话筒一听，是苏州陈国安兄来的电话。他说：今天中午12时18分，仲联先生去世了，他走时很安详，还握着他的手。我听此消息，如受猛雷袭击，不禁失声痛哭。按理按情，我都应该去苏州送别先生，可我当时连在床上翻个身都要剧痛，更不可能下地走路，正在万般无奈的时候，又接到了仲联先生的长公子和钱金泉兄来的电话。金泉兄说，保姆告诉他，先生住进医院后没有几天，就吵着要回来，说："冯先生要来看我，我一定要回去接待。"大家知道，先生的性子是万牛也挽不转的，所以只好送他回来。回来后整整四天，连梦里都在喊冯先生的名字，直到去世。先生的长公子接着说："我们看到你对先父的感情如此之深，令我感激不尽……"我听到说先生疾革时一直在喊我的名字，真令我悲痛万分，只恨我被恶病缠身，不能行动半步。我只好伏枕拟了一副挽联，用电话告诉陈国安兄，请他为我写后放在先生的灵前。联语云："噩耗飞来，正病榻支离疑是梦，梦也难收痛泪；流光倒去，算师恩半世般般真，真情万劫不磨。”之后，我每当疱疹剧痛过后，就思念先生，伏在枕上，陆续写了十首哭先生的诗。

回忆去年6月16日，我还与梦苕师一起去邓尉石壁山参拜吴梅村墓，先生还填了一首《贺新凉》词寄我。那时，先生身体多好！去年9月是先生95岁华诞，我于春末，即请我的学生纪峰到苏州来为梦苕师造像，怕先生高龄不能久坐，每天只工作一个多小时，经过四五天，先生的塑像完成，先生看了极为满意，说形神俱备。纪峰近年来已为季羡林、启功、刘海粟诸大师做过造像，都极成功，所以我请他来为先生造像，以备秋天祝寿之用。我为先生的造像题了一首诗，诗云：“诗是昆仑郁苍苍，文是黄河万里浪；平生百拜虞山路，今日黄金铸子昂。”因为此诗不守律，所以我先寄给先生看看，是否可以？先生随即回答说：

> 其庸学人撰席：久嬾疏候，忽奉五月八日　赐函，欣慰无涯。已入初夏，想　　贵恙当日趋康复。承赐铸铜像并惠诗，诗佳甚，受之实不敢当，感荷　　隆情在心，上月贱体亦卧床两次，挂盐水瓶，幸得痊愈，年事已高，势必如此也。匆匆，复谢。
>
> 并颂　撰安。　　　　　　　　　　　钱仲联顿首
>
> 二〇〇二.五.十三

先生还特意在信上加盖了印章，我收到此信后，知蒙先生许可，即用绢写成一个条幅，裱好后于先生寿诞之期9月25日早晨送到先生家里，先生看后，十分高兴，连说“谢谢”。纪峰所作的铜像，则早已放在先生的客厅里。真是形神兼妙。据保姆说，先生极爱此像，每天晚上睡前，必用毛巾把像盖上，还说：“我去睡觉了，你也休息罢。”可见先生对此像的珍爱。当天同去的还有钱金泉、马骥两兄，马骥带去两册康熙刻本《岭海见闻》，此书已残，首页有藏章，印文曰“楞仙”。马兄说这个藏章可能与钱老有关，请钱老看看，先生接过书后一看，就说：“这是我祖父的图章。”说完，马上问他的长公子说：“这方图章可能还在你那里吧?”学增兄马上就说：“在我那里，在我那里。”接着先生就讲起了一段往事，他说：抗战时日本人轰炸，把先生的老家全炸掉了，事后，对门邻居从瓦砾中拣到这方图章，知是钱家之物，就送还了钱家，他说这是赵之谦刻的。先生说到这里，兴致甚高，就说他幼年时祖父一直让他抄书，抄了有七八部，当时觉得很苦，后来就慢慢有兴趣了，他说他读古书就是从这里开始的。后来这批抄本到了北京，有人从琉璃厂买到了，请先生核对，但已不是先生幼年所抄，而是他祖父另外请人抄的。这次谈话较多，怕先生过劳，我们随即辞别。

第二天，我去参加了先生的祝寿典礼，先生看到全国六十多所院校派人来祝贺，正是满堂佳宾。看先生此时精神矍铄，我心里想，梦苕师如此好的精神状态，真是神明不衰，寿过百年，必然可期。

賀新涼 其庸诗人偕謁吳梅村墓墓爲君新考定 校實頗石壯觀

詩派尊初祖數嬰殊南侵年代梅村獨步姹紫嫣紅歸把筆睥睨漁洋旗鼓彼一逝早如飛羽東澗曝書差把柏問從家高下誰龍虎輸此老自千古

婁東家街吳東旅訴衷情淮南雞犬不隨仙去遺冢重重斜照外今有馮唐頻顧把當日豐碑重樹哉者吳趨同拜謁仰光芒石壁山前路偉業在偉如許

其庸方家兩正 壬午夏安九十五歲錢仲聯未定之草

谁知仅仅过了一年多点，就遭此变故。念之能不心痛！

还记得去年11月27日，我再到苏州看梦苕师，那时他告诉我有胃病，只能吃流汁，精神虽较前差些，但感觉不会有什么问题。此后我就一直保持电话联系，有时是由保姆接，有时由他自己接，有时是金泉兄代我去看望他后打电话给我告知情况。今年10月1日，我又打过一次电话，保姆说：近日还好，还能出来看一会电视，但耳朵全聋了，打电话也听不见了。我想老人耳聋是常事，不一定不好，有时还可减少一点干扰。

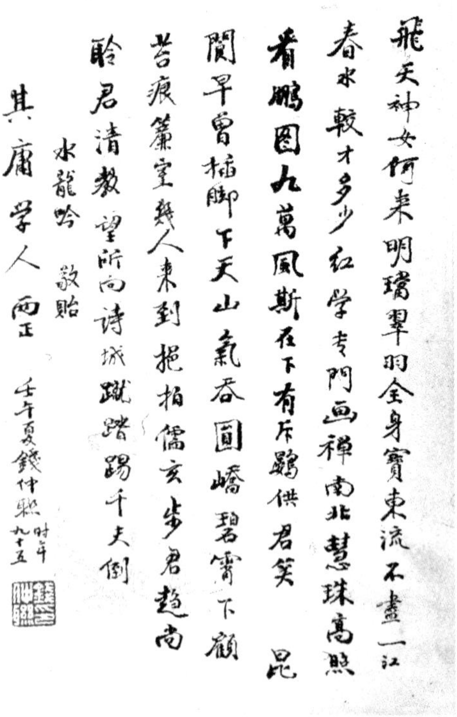

10月21日，我再去苏州看望仲联先生，同去者仍是金泉兄和马骥兄，先生见到我去，非常高兴。我看先生比前是瘦多了，但神气好像还好。说话之间，先生反将沙发让出来叫我和金泉兄坐，自己坐在硬椅子上。我说万万不可，硬将他扶在他常坐的轮椅上，我侧坐着与他说话。他的声音已很低，但大致我还能听清。他说：严迪昌也是癌症，很重。我想把话题引开，就说我已读到先生

钱仲联先生赠冯其庸的词

校理的《钱牧斋全集》，印得很好，资料也极全，完成了一件历史任务。他就说他自己的全集也要出，但量太大，要分几次出版。我问是哪个出版社出，他说是河北教育出版社。我说很好。底下他的话声很低，听不清楚，我就握他的手。他说他的手已经很冷，没有一点热气了，他已穿上棉裤了。我说你是老年人，快百岁了，与年轻人不能比，好好休养就会好起来的。他说："让你这么远来看我，我很感谢。"我说这是我们应该的。说到这里，我看先生的眼里已满含泪水，金泉兄示意我快告辞罢，此时马骥兄拿出带去的先生的书，请他签名，他拿起笔来就写"仲联署"三字，笔力仍很遒劲，字也写得与平时一样。我心头一喜，觉得先生精力尚好，可能会度过此劫。于是向先生告辞，先生仍坚持要送，我们苦辞不得，仍让保姆扶着他送我们到门口，我向先生鞠躬而别。走出来时，我的眼泪已经夺眶而出了。我对金泉兄说：我看先生神气还好，手里还有劲，也许能拖到明年。金泉兄说："不可能了，不可能了。老人已是油干灯尽，说走就会走的。"我听了心里很难过，到了上海，晚上想着梦苕师，实在睡不着，就在枕上写了两首诗：

二〇〇三年十月廿一日，重过苏州，再拜梦苕师。时师患癌症已扩散，甚清癯，犹兀坐待予至，低眉细语，不忍闻也。

一

秋老姑苏又一过。金阊门里拜维摩。
拈花丈室凄然语，使我心头泪暗沱。

二

先生老矣癯且清。兀坐低眉一古真。

拜罢维摩挥泪别，重来能否见先生。

我们拜别先生才一个多月，没有想到先生就飘然而去了。回思往事，如烟似梦，而先生的音容，始终在我的眼前浮动，能不凄然泣下！

我于1946年拜梦苕师为师，到1947年又见到王瑗仲先生，1948年又正式从瑗仲师学诸子学，从此与两位恩师再也没有间断过往来，现在两位恩师都走了，只有此时我才真正体会到“江山空蔡州”的滋味。大家知道，“江南二仲”是学界的泰斗，平时能见一位已不容易，我却有幸早在将近60年前就先后拜两位先生为师了，这是老天对我的恩赐，可惜我资质鲁钝，终有负于两位名师的栽培，真是愧对先生。

也就是从现在起，我的恩师都不在了，从此再也没有如父如兄的长辈来教导我督责我了。我当永远记住恩师的教训，他们的治学和为人，永远是我的榜样，他们的人虽然走了，但他们的典型却会在我的心里永存！

2003年12月30日夜10时草于京东且住草堂，

时疱疹未愈，余痛仍作，不能尽意也

哭梦苕师

自十二月四日下午二时得知梦苕师去世消息后，病中身痛（予患带状疱疹）心痛，转辗不已，积数日，乃为悼诗十章。今病略减，稍加序次，不敢云诗，长歌当哭而已。

一

噩耗传来痛失声。先生从此隔音尘。
师门六十年间事，回首沧桑泪满巾。

二

日寇初降举国欢。先生接我五湖干。
焚香先下深深拜，从此先生刮目看。

三

艰难时势文革年。换米将用陆子笺。
我与先生勤擘划，终留全集到人间。

“文革”中，先生生活困窘，写信给我欲卖掉他笺注的《陆放翁全集》稿，我劝他万万不能卖，终于保存了此稿，今已出版。

四

文革将收又评红。姑苏再拜梦苕翁。
先生指点瑞云石，此是曹家旧影踪。

原苏州织造府花园中的瑞云峰，是曹家故物，今尚存，由先生带领我去参观。

五

天荒地老一梅翁。石壁山前得旧冢。
我与先生同展拜，新词一阕祭诗雄。

吴梅村墓于十数年前查得，后加重修，去岁我偕先生展拜，先生作《贺新凉》词纪实。

六

去岁先生得恶癥。三天住院即回乘。
谁知彻夜挥诗笔，赐我长歌气峻崚。

去岁，先生因癌症手术住院，手术后不数日即坚持回家，竟以一日夜之力，赐我七百字之长诗。

七

今岁先生病益深。秋间相见泪涔涔。
谁知此别竟长别，恶耗传来泪雨淋。

八

归去先生天地哀。江山从此失雄才。
孟公一去蔡州空，五百年间不再来。

九

先生归去天地秋。万木无声只低头。

我识天公悲切意，奇才如此不可求。

十

先生去矣万心春，花圈白幡接素龙。

我在京都缠病榻，南天洒泪送茗公。

未定草

2003年12月30日夜12时，重加抄录于京

东且住草堂，时去梦茗师仙逝已逾兼旬矣

19

先生之风 山高水长

——送别启功先生

先生之风　山高水长

——送别启功先生

我与启功先生认识，回忆起来，已有40多年了。记得最早见到启先生，大概是50年代《红楼梦》批判运动的时候，那时中宣部或作协经常作大报告，各大学的教师、作家协会会员都要去听报告，会后还编组讨论。当时我在何其芳、蔡仪、王朝闻这些老同志的组里，启先生不知在哪一个组，但因为听大报告，全体都在一堂，所以常能碰见。那时我初到北京，才30岁刚出头，启先生比我大12岁，也不过40多岁。不过那时只是认识，并未交往，加上我住在西郊人大，课程多，又是新来乍到，人生地不熟，所以很少出来，只是埋头教书。但启功先生的大名却在这时早已听说了，所以每逢听报告时，总要注意看看启先生有没有来。

我正式与启先生有交往是到1975年了，那年国务院文化组成立《红楼梦》校订组，袁水拍同志任组长，我与李希凡任副组长。当时校订组聘请了一批老专家当顾问，如吴世昌、吴恩裕、周汝昌、启功先生等都是。启先生那时住在小乘巷，校订组在恭王府，离

冯其庸、史树青在启功先生家

得很近，所以有问题时就常去请教。经常是吕启祥同志陪同我去的，因为启祥原是北师大的，与启先生较熟，所以一起去比较方便。

启先生当时就名气很大，但他的住房却十分简陋，甚至可说是破烂。我们去，他更多的是给我们讲讲清代满人的风俗习惯等等，因为这涉及《红楼梦》的注释。

1980年夏天，美国威斯康辛大学周策纵、赵冈等教授发起，召开国际《红楼梦》研讨会，俞平伯先生和我，还有陈毓罴都是被正式邀请的，后来又增加了周汝昌。为了向大会送礼，我请上海朱屺瞻老画家作了一幅画，请百岁老人苏局仙写了一幅字，苏

启功先生进冯其庸家

老还特意为大会题了一首诗。在北京我想请启功先生写一幅字，有一天，我独自去小乘巷看望启老，并说明来意，没想到启先生不仅满口答应，并立即在靠窗的不大的画桌上铺好了纸，然后说干脆咱们合作一幅画罢。我听后吓了一跳，我说我根本不会画，怎敢和先生合作，真是胆大妄为了，我坚辞不能。但启先生却非常热情，而且一定要我先画，我被逼无奈，只好勉强画了两笔，然后由启先生一手完成，居然是一幅非常完美的水墨葡萄，由启先生加了题。实际上这幅画有四分之三是启先生画的，即此一点，也可见启先生之宽厚和奖励后进之心。

1992年我在扬州，车锡伦教授告诉我，他的朋友赵桂芝手里有一部明刻本《书史纪原》，前面有董其昌墨书原叙，有曹寅的楝亭藏书章，书末有“雪芹校字”四字墨书，行楷，书中并有墨笔校定的字。我听后感到此书及“雪芹校字”等墨迹，值得介绍给学界作研究，我就请车锡伦同志写篇详细的文章作介绍，并拍摄相关的照片同时刊登。文章和照片寄来后，我即将照片送给启功先生鉴定，过不久，启先生就给我来电话，说他感到“雪芹校字”四字模糊不清，有水迹，是否有改动的痕迹？过了两天，启先生又来电话，说他用最大的放大镜看了，觉得字迹清晰，无改动痕迹，有水迹。他原来感到有改动等等，是他的眼睛不好，换了好的放大镜，加上隔了几天，眼睛好了些，所以看起来就很清晰了。他说他已写了信给我。不久，我就收到了启先生的信，信说：

冯老：

照片俱看过，午间电话面陈，再看乃有误辨处，“校字”处，实水湿痕迹，并非挖补。至其真伪问题，实不易说，因至今未见其真迹何似。如果前些年双钩书序字作章草者可算真迹，则此四字与彼颇不相似，如果彼双钩本不够真迹，则此四字更无从比较矣。不知　高明以为如何？专此敬颂

新年万福！　　弟启功敬上，廿七日

承惠罐头，无任感谢！

信中所说“前些年双钩书序字作章草者”是指吴恩裕先生撰文推介的孔祥泽钞藏的《废艺斋集稿》的序言，传为据雪芹真迹双钩，当时因无旁证，无可作是否。现在“雪芹校字”四字又作行楷，与前章草体判然有别，故更难定论。启先生是书画鉴定大师，其识见之精，为世所仅见。即论此“雪芹校字”四字，亦重在实证，不务虚空妄测，故雪芹之字，前序后校，都只能并存共研，不能偏面作结论，我相信或者说希望若干年后，有雪芹可信之真迹出现，再作定论，我觉得这种可能性并不是不存在的。

启先生给我的信不多，因为一般情况下都通电话，有特别重要的事我就直接到启先生住处去请教，所以写信的机会很少。但有一封信非常特殊，也很少见，应该介绍一下。事情是这样的，有一次我为了我现在想不起来的一件什么事，写信请教启先生，我在信末具名“晚冯其庸敬上”。启先生收到后，他即复我一信，将我写的那个“晚”字撕下来，贴在他的信纸中间，在下面写了三行字：

尊谦敬

璧

弟启功敬上

其庸同志先生

这封信的内容就是“尊谦敬璧”四个字，意思是退还我自称的那个“晚”字，他不敢当，而具名时却用了一个“弟”字，这实在是令人坐立不安的事。这封信既风趣，更反映出启先生的谦逊和蔼，真正是仁者之风。

2001年2月24日，启先生到我住处来。先是柴剑虹同志告诉我，说启先生要来看我。我与柴剑虹说，我不敢当，且先生年事已高，我又住在通县，路太远，往来费时间，请他无论如何不要来，我去看他就是了。柴剑虹说，启先生坚持要来，你就不要太违背他的盛意了。这样我就不好再辞了。

启先生是上午十时左右到的，我在门口恭候，同来的有柴剑虹、李经国两兄，谭凤嬛也来了。启先生一进门，看到园子里的两块假山石，就连声说好。这时整个园子还是冬天的景色，没有一点绿意，所以看到两块太湖石，特别显眼。启先生喜欢小动物，奇怪的是我家里养的狗，见启先生来都一声不叫，启先生还伸手去摸它，它也很亲和，如对熟人一样，看来动物也有灵性。

进入我的画室，看了乱七八糟放着的东西，启先生反倒说好，说这应该叫“瓜饭楼博物馆”。接着我们就在里间的沙发上坐下来。启先生看着我的一件北魏普泰辛亥（节闵帝元恭年号，二月改，明年四月即废，公元531年）铜造像，说这些东西都要拓拓片，然后照相，尤其是画室里带文字的古陶器、瓦当等都应该拓下来，将来印成书，就可以作为历史资料使用了。我又拿出一张溥心畬的山水条幅，请他看看是真是假。他一看就说，这是溥心畬先生的东西，当时溥心畬的画红得很，来不及画，他有好多位助手，先

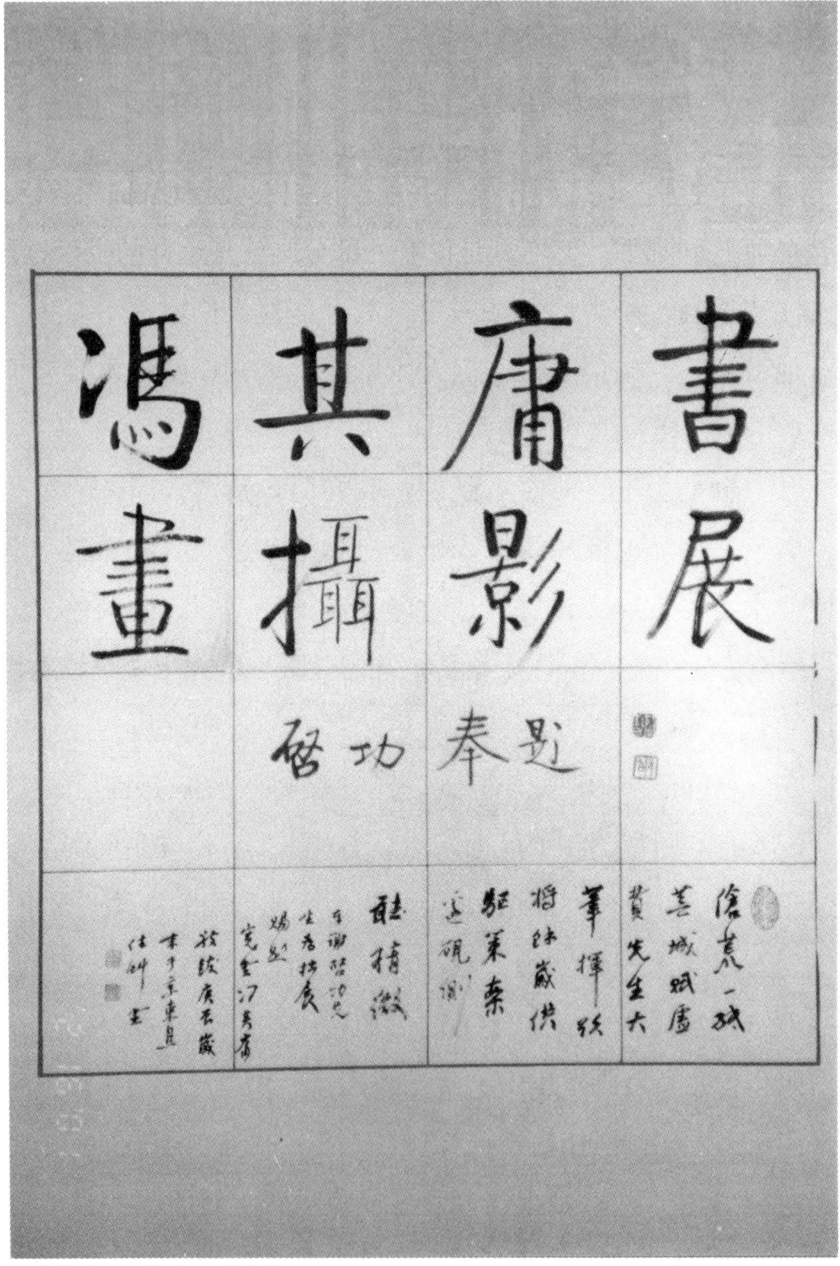

启功先生为冯其庸画展题字

是溥心畬自己画，把主要部分都画出来，然后让助手去加补衬，然后再由他自己添补画定,再由他题诗加款。当时他的画都是这样的，所以有人问他请他画的画画好没有？他往往说：问问他们好了没有？这就是说他画完了交给助手了。当然启先生说的，并不是溥心畬的画每张都如此，不过是说有一部分画就是这样的生产过程。启先生是当年跟溥心畬学画的,所以能了解得如此清楚。这种情况，除了启先生这样与溥心畬有特殊渊源的人以外，外人是无从得知的。非常凑巧的是我在《红楼梦》校订组工作，后来搬到恭王府后花园办公,我的办公室在大假山后面的房子里,房子连接着画廊，我的办公室恰好就是当年溥心畬的画室，而我对溥心畬的画又是极为钦佩的，当年号称“南张北溥”，南张是张大千，北溥就是溥心畬。就我的感悟来说，我喜欢北溥甚于南张，因为我觉得北溥画里宋元的骨子深厚。这当然只能算是我个人的喜好了。

在画室里我特别提到美国波斯顿博物馆新出的一部大画册，印得非常精，价很贵。启先生马上就说，他买了两部，一部送人了。我请教他画册里的一幅山水，郑孝胥题“北苑真笔”，是不是董源的真迹？启先生马上就说，这是一幅金代的作品，郑孝胥的题识是不确的。启先生说这幅画里的炕完全是北方的生活方式。我想到沈阳故宫现在还保留着这样的大炕。启先生说，董源是南唐钟陵人（今江西进贤），在南唐做官，不可能画出北方的炕来，从画的时代风格来看，这是一幅金代的画。听启先生这么一说，后来我细检画册，果见画中室内土炕非常清楚，足见先生精鉴细入毫芒。

启先生还给我讲，传世的《溪山行旅图》，传为范宽真笔，画上有极细字书“臣范宽画”。启先生说，范宽是他的绰号，他原名中正，字仲立，因性情宽缓，人们就叫他“范宽”。世上的画家没有画画而用绰号的，特别有一个“臣”字，是对皇上的称呼。譬如京剧《遇皇后》，包拯见到皇后说：“臣包黑见驾”，岂非笑话。所以启先生说这幅画是范宽的画法，也是一幅好画，但是别人用范宽的笔法画的，不能看作是范宽的真笔。启先生此论，更令人感到他的精鉴，真是烛照无遗。

那天在我处耽了两个多小时，直到饭前，才送先生进城吃饭。

2001 年启先生到我住处时，身体还很好，穿的衣服比我还少，4 月份我在美术馆开画展时，启先生还给我题展标，之后的两年，启先生身体虽然有所下降，但基本上还是好的，后来因为肾脏的问题，腰间穿了孔，装了一个皮囊，又因为走路吃力，用了轮椅，在轮椅前还放了一张小方桌，启先生想往前移动时，先移动小方桌，所以启先生与我说笑说：我现在是赐紫金鱼袋，又用四条腿走路了。我安慰他说，我的老校长，无锡国专的唐文治校长，腰间一直挂着一个皮袋子，还给我们讲课。所以您不必顾虑，慢慢适应就是了。他听了也觉得很有道理。

去年 12 月，我去看他，他对我说，年龄大了，行动不便，他很想念周绍良、王世襄等几位老友。我说干脆我来约一个时间，请几位老人团聚一次，叫做 × 老会如何？他听了很感兴趣，但当时天气太冷，到真要聚集的时候，又遇到种种实际困难，所以未敢贸然举行。今年1月9日，我与他送一种饮料去，这种饮料有一定的保健和治疗作用，是他知道我用这种饮料后一再拜托我代他买的。9号下午我给他送去时，他已经睡了，我就未敢惊动他。

过了几天，听说启先生住院了，柴剑虹同志来看我时，告诉我这个消息，还带来一本书，说是启先生入院前交给他的。启先生说：我现在看不了这个书了（是考证玉门关、阳关的书），你给我送给冯其庸罢，他还能看这个书。当时我听剑虹说时，还只当是以往他常犯的心脏病，想着他在医院里保养比在家里条件要好些，当时我根本没有想到他不能回来，到4月9号我与李经国一起到医院看望他时，启先生已不省人事，在他耳边说话时，也无反应了，我看着他真是痛苦万分，但是只能徒唤奈何而已！

我与启先生相交40年，深深感到：他是一个道德高尚、是非分明的人，对社会，对人们充满着同情心、善心。他幼年当过小喇嘛，有一次我与他一起到雍和宫去时，他对我说，他小时候就是雍和宫的小喇嘛，说罢，还让我看他行五体投地礼。所以启先生从小就有一片佛心、善心，也就是菩萨心肠。我认为这是人向善向恶潜藏在内心的最关键的一点。启先生经常说要做善人，要做与人为善的人，切不要与人为恶。可一场“文化大革命”，却是导人为恶，让不少人向恶了。但恶是对社会没有好处的，社会还是要走向善。我们现在提倡建设和谐社会，这就更须要善，更须要学习启功先生这样的与人为善的热肠善心。

从学问来说，启先生是当之无愧的大学问家，是国学大师。

他在学问上，真正是融会圆通。他当然是书画鉴定大师，他在鉴定上当然是“好眼力”。但这个“好眼力”，不是生理上的而是学问上的。若说生理上的，他的眼力特别不好，晚年眼球上有黄斑，常常看不清。所以他的“好眼力”是学问上的，是功夫上的。正是因为这样,他能看出号称“绝妙好词”的《曹娥碑》的文辞不通，能释读历来无人能释读的陆机《平复帖》，能指出历来无人道出之怀仁集圣教序书经咒部分颇有误字，能对《兰亭序》作出系统而精细的辨析,指出神龙本上历来无人注意的“每”字原是“一”字，后改为“每”字，这样微茫奥妙之秘，能揭出六朝墓志笔法，可于高昌墓砖墨迹中探索得之，他说：“高昌墓志出土以后，屡见奇品，其结体、点画，无不与北碑相通。且多属墨迹，无刊凿之失，视为书丹未刻之北碑，殆无不可。”能释读《快雪时晴》帖中“未果为结力不次”这个历来无人能解的难句。以上这些，都是碑帖鉴定学上历来无解的难题，但经启功先生的辨析，皆能涣然冰释，读后令人顿解千百年疑团。

所以启先生作为国学大师，还有一些特殊情况，就是他既是传统的经史子集方面的一代鸿儒,国学大师。但他又是越出经史子集，在书画鉴定，金石碑帖学方面的顶尖人物，他一生解决了这一范围内的不少疑案，我上面所举的只是少而又少的一部分，所以从这方面来说，他又是最顶尖的书画金石碑帖方面的鉴定大师。我为什么要把这两重大师身份合在一起写，因为这两重身份既有它的共同性，又有它的特殊性，单说其一，不说其二，就把问题简单化和浅化了。所以总括一句话，启先生既是国学大师，又是鉴定大师，这两方面都是他的专长，而具备这种情况的，历史上并不是很多的，所以像启先生这样的博学宏通、显幽烛微的通才实在是很难得的。

启先生不仅是国学大师，是书画文物鉴定专家，而且还是一位杰出的教育家。可以说，他一辈子没有离开讲堂，他的许多专著都是为教学而写的，所以他真是门墙桃李，满园芬芳。作为一个教师，除了自己的业务要特别专精，给学生以正确的指导，而且要循循善诱，使学生乐闻夫子之言而不倦外，老师还必须爱才，爱自己的学生。我几次碰到启先生买了书送给自己的学生。为了研究生的答辩，有一次启先生还亲自跑到我张自忠路的五层楼上请我去主持答辩。非常抱歉，那天我又恰好不在，当然我是应邀而去了。后来有几次答辩，也都是启先生亲自写请帖派专人送来的。启先生自身出于艰难贫困，知道读书之难，这一点我深能体会启先生之心，因为我也是从小就从贫困艰苦中学习的，所以每见清寒的学生，特别是清寒而又苦学、又敏悟精进的学生，就特别同情他们。我与启先生一样，深知天下贫困而有德有才的青年是不少的，就需要有人去发现他、扶持他，使他们感受到温暖，使他们感到自己不孤单，最后使他成为国家的有用人才，使他们有益于社会。启先生的一生，我感到他正是这样做的。

当然，社会上最最知道的是启功先生是一位大书法家、一位大画家。这更没有错，可以说启先生是当今最最著名的书画家，甚至可说无出其右。从历史上来看，有谁的书法能风靡全社会到如此程度，这实在是历史上从未有过的现象。大家知道，当年王羲之的字受到士大夫阶层的极大推崇，后来更受到唐太宗、武则天的宝爱，但这都是上层社会，下层社会喜爱王羲之的字，也有一些记录，譬如题扇桥的故事，笼鹅换《黄庭经》的故事等等，但使全社会为之风靡如启功书法，确是前所未有。启先生的画，我认为绝对是一流的大师，可惜自1957年受到不应受的重大挫折后，启先生愤而不再作画，所以社会上见得较少。直到大约上世纪80年代以后，启先生又重新作画，前几年出了启先生的画册，人们才能普遍地看到他精妙绝伦的画作，我甚至认为更高于他的书法。可惜一场浩劫，使他几十年停笔，使我国的艺术宝库里少了一大批传世名作，这实在是无可弥补的损失。

自从启先生于6月30日凌晨2时25分去世，我于早8时得到消息后，我的心情一直沉浸在悲痛之中，我于当天即写了五首哭启先生的诗。7月1日，我去北师大启先生灵堂吊唁，其心情的沉痛是无法形容的，只觉得似乎这个世界顿时空了，我这才深深体会到王维哭孟浩然的诗："江山空蔡州。"

从师大回来,我一直记着7月7日要去八宝山告别先生的遗体，我早早的约好了车,事先说好7点半就从家里出发，以免路上堵车，耽误大事。6号晚上，我怎样也不能入睡，一直在朦胧状态，好不容易到天亮前，大约是四五点钟的时候，我迷迷糊糊地睡着了，却忽然见先生在我的房门口，仍旧是微笑着。我睡在床上，看着先生一如往常，我也如平常一样说启先生您来了，说完这句话，倏然而觉，只觉得刚才所见，仍在眼前。我不禁失声痛哭，我想这是先生来告别了，因为2001年他曾来过，所以能认路。我含着眼泪，又写了送别先生的三首诗：

七月七日送启功先生大归

一

伤心含泪送公行。从此幽冥隔路程。
梦里纵然来会见，只怕灯昏看不明。

二

先生一路须慢行。遇到崎岖不可惊。
世上风波都历尽，何愁恶鬼再施横。

三

先生归去勿匆忙。手里轻藤莫暂忘。
遇到狂徒竟须打，崎岖暗径要提防。

2005年8月1日于瓜饭楼

尊謚敬璧

弟啓功敬上

其庸同志先生

昔年予與啓功先生通信自稱晚，一日忽得啓先生來信將予所書晚字揭下貼在信紙上寄還，此即此信之來歷也。寬堂記 乙酉仲春

20 从大医裘沛然想到施叔范和秦伯未

从大医裘沛然想到施叔范和秦伯未

11月20日的《文汇报》，刊登了介绍大医裘沛然老先生的文章《大医精诚》。我反复读了好几遍，对裘老的学识和医德、医术备致钦迟之情。裘老对于中国古典医籍的研磨和体会，对于临床经验的总结，特别是把古典医籍的研磨与临床实践紧紧结合起来，反复实践参悟。他既重视古典医籍而又能苦心研磨，深会古医人之心，从而领会古典医籍的真精内涵，他对药性的功能，也从实践中获得真知，从而发挥药性的真功能。裘老对医德之重视，把它列为首要，更是所有医者的必具德业。裘老的这些话，可谓句句从自身的实践和修养中来，无半句浮话，句句是真言。我个人丝毫不懂医道，但却觉得裘老所说的道理，实际上与治学之道也完全一致。苦心钻研和实践印证，心有所悟和反复参稽都是求真求实所必经之途。所以裘老的高论启我良多。

我在读有关裘老的文章时，却意外地发现了60多年来常藏在我心里而不得其详的一个名字——施叔范。事情是这样的，1945年8月15日日寇投降，抗战胜利。国民党的许多接收大员纷纷从后方回到上海、南京，全国沉浸在一片欢腾之中，我当时20岁刚出头，在前洲小学当小学教师。有一天，从上海的《申报》上读到施叔范的四首律诗，题目记得是《过永嘉江心寺哭文天祥》。诗写得极好，我们几个年轻人都读了，大家比赛默读几分钟后看谁能背得出来，我居然全背出来了。自从那时起，这几首诗我一直能背诵，但经过“文革”的一场浩劫，我的记忆力大损，现在只能背第一首和可能是最后一首的下半首了。第一首是这样的：

江流到海故回折，山势浮空欲动摇。
双塔常旋星日月，孤臣独看寺云潮。
生排万劫天仍坠，死近千年虏尚骄。
屠郭洗街新梦过，伏碑无泪哭前朝。

另一首的下半首是这样的：

槛外荒寒鸦泼墨，江心郁怒浪开花。
临归得鉴衣冠影，一棹天清日未斜。

当时我在偏僻的农村教书，虽然心仪此公，却无从打听。好几年前，画家唐云先生来京，并与周怀民先生一起下顾寒舍，唐老除欣赏我藏的曼生壶外，无意中又谈到了诗。他问我读过陈小翠的词没有，我说不但读过，还崇拜得了不得，而且我还认识她，曾到她府上拜见过她，我习作的词，还得到她的鼓励，那次还见到了陈定山先生，还有陈小翠的女儿。唐老听我讲出这么多情况来，大出他的意外。我说当时我认为陈小翠就是当代的李易安。唐老对我的说法，竟大为激赏。接着我忽然想起了积在我心中数十年的施叔范。我就问唐老认识不认识施叔范，他马上就说知道知道，是一位老诗人。正当他说到这里，却来了另一位朋友，话题就此打断，接着唐老就回到了上海，我虽然每去上海总要去看唐老，但却未能旧事重提，而唐老后来又不幸去世了。这样施叔范的线索就算断了。这次读《文汇报》的《裘沛然小传》，竟然说裘老"11岁师从姚江学者施叔范先生"，这一下使我眼目一亮，我又找到了了解施叔范诗人的线索了。当然这位我心仪已久的诗人是不会在人间了，我已不可能像拜望陈小翠一样拜望他了，但我希望能有他的诗集传世，也希望有机会拜望裘老能多知道一点有关诗人施叔范的信息。

《文汇报》的文章里又说，裘老"此后又时常请教海上诸名家，如谢利恒、夏应堂、秦伯未、程门雪诸先生"。如果说施叔范先生我只闻其名，那末秦伯未先生我却是有过交往，较为了解的。秦伯未先生大约在上世纪50年代末调到北京来了，成为北京八大名医之一。上世纪60年代初，我在编《历代文选》，我在写那篇长长的叙论时，有一次突然晕倒在椅子上，经过很长的时间才醒过来。之后，就不断发生这种现象，甚至不太敢拿笔写东西，因此就有朋友把我介绍给秦大医师，当时秦老的诊室在海运仓中医研究院内，这座房子原是人民大学的，我曾在此住过一年，离我当时住的张自忠路只有百步之遥。我见到秦老，问明情况，切脉以后，秦老对我说：你的病我可以试试，但不一定能治好。你先服六服药罢。我心知这是秦老的谦虚，就遵嘱服六服。六服后我又去求治。秦老问我服药后有什么感觉，我说什么感觉也没有。他又问：有不舒服的感觉没有？我说没有什么不舒服。他就说这就好。他说这就说明我的药是对路的。他说治病如理乱丝，一定要找出头绪来，因为我的病情复杂，必须抓住病的主导方面，然后层层抽剥，才能逐步痊愈。你吃了六服药没有什么不舒服，说明药是对路的，只是你病根较深，六服药的药力远远不够，必须继续进攻。所以又将原方略作改动，再服六服，这样我连续服了 72 服，到最后一次我去看秦老时，秦老切脉后，问我有什么想法？我说我感到我身上的病好像都没有了。不仅仅是没有头晕了。我说是否可以不服药了？秦老笑笑说：我也是这样想，你已没有病了，也就不必服药了。

经过这个漫长的治病过程，我对秦老真是既感且佩，我真正感到中医是有很深的医道的，是祖国的一项宝贵的文化遗产。从此我也就与秦老建立了友谊，他开的一大堆药方我也一直珍藏着，作为医学文献。秦老不仅精于医道，而且还精于书画鉴定。据说他特别精研赵之谦。而我也是特爱赵之谦，我藏有赵之谦的原拓印谱三部。由于书画鉴定，邓拓同志常去找他，我当时则被吴晗同志聘为他所主编的历史小丛书的编委。谁想到“文化大革命”一来，邓拓、吴晗、廖沫沙被打成所谓“三家村”反党集团。秦老也因邓拓的关系被造反派抓去批斗，而我则一开始就被打倒，“罪名”很多，因吴晗的关系，“三家村”也成为“罪名”之一。我长期被批斗和监禁，与外界不能通信息，后来才知道秦老竟因批斗去世了，我听到这个不幸消息，心中永远不能平静。屈指一算，至今也已整整40年了。

现在竟有人提出要取消中医，不禁使我想起了这些往事。我们的民族从新石器时代算起，已经有八千年的历史了，西医传入中国最多只有两三百年的历史，我们的祖祖辈辈能够繁衍生息地传下来，能够有瓜瓞绵绵的子孙，完全是靠的中医。吸收西医的长处是完全必要的，但千万不要忘记自己的老祖宗，千万要认识中医的科学性和长期积累的临床实践经验，这是我们的宝贵财富，也是人类的共同财富，我们千万不能“数典忘祖”，忘记了历史，忘记了自己的祖宗，忘记了自己是怎么过来的。

2006年12月12日夜1时半

21

旷世奇人

张伯驹

——丛碧老人诞辰一百一十周年纪念

旷世奇人张伯驹

——丛碧老人诞辰一百一十周年纪念

张伯驹先生离开我们已经整整22年了，文化界凡知道张伯驹的人都在怀念他，怀念这一位旷世奇人。张先生家乡的人更是怀念他，明年是张先生110周岁，张老家乡项城准备出版《张伯驹先生追思集》以资纪念，嘱我写序。我拜识张老，已是张老的晚年，时间是在上世纪70年代初，所以我与张老是最后十年的交往。

那时我在中国艺术研究院工作，院址即在前海西街，我下班从柳荫街走，可以过张老的门口，张老住在后海沿海，所以我经常可以顺道即去看望他，有时张老有事，就叫一位女孩给我送信，所以回想起这十年，实在是非常珍贵、值得怀念的十年。

一

大家知道，张老是一位旷世奇才，他于书画琴棋无所不通，无所不精。而且还精于戏曲，于京昆两途，可谓当行出色。

令人最不能忘的是他的书画收藏。启功先生说他是“前无古人，后无来者，天下民间收藏第一人”。这是最确切的评断。试看他无偿捐献给故宫的书画，有：

一、晋陆机《平复帖》

这是中国历史上第一件文人手迹，作于晋武帝初年，早于右军《兰亭》约百余年，是中国书法由隶变草之始。卷首有宋徽宗金字题签。曾经唐代殷浩、梁秀和宋代李玮等人收藏，后入宣和内府。

二、隋展子虔《游春图》

此是中国山水画最早期的作品。此幅前有宋徽宗题签，宣和内府所藏[①]。

三、唐李白《上阳台帖》

前有宋徽宗赵佶题签，卷后还有宋徽宗和元张晏、杜本等人跋，亦宣和内府所藏。大家知道，李白是中国诗歌史上伟大的浪漫主义诗人，他的墨迹也是希世之宝。

四、唐杜牧《张好好诗》

杜牧也是唐代的大诗人，他的墨迹也仅此一卷，前有宋徽宗题签，亦是宣和内府旧藏。

五、宋徽宗《雪江归棹图》

前有宋徽宗瘦金书题签，后有“宣和殿御制，天下一人”朱文押。

张伯驹先生捐赠给故宫博物院和吉林省博物馆的还有很多，不能一一列举，具见《张伯驹潘素捐献收藏书画集》（紫禁城出版

① 此卷由张老让给国家文物局，由文物局交故宫收藏。

社)，共27件。这27件，特别是我上举的几件，每一件都是无价之宝，尤其是张伯驹先生在集藏这许多书画珍宝的过程中，历尽艰难，变卖房屋还是小事，还经历了绑票撕票的凶险，但当此生死关头，张伯老竟置自己的生死于度外，反而嘱咐潘夫人：宁死魔窟，决不许变卖所藏古代书画赎身！这是两句铁骨铮铮、掷地有声的话。我每次读到这两句话，总觉如读《正气歌》，一种大义凛然，豪气贯空，不向邪恶势力低头的浩然正气令人肃然起敬。然而，张伯老用自己性命保护下来的这批国宝，解放以后，他却无偿地捐献给了国家，正是“分手脱相赠，平生一片心”。这又是一种什么样的境界！对于邪恶势力，寸步不让，一丝一毫也不给；对于自己的祖国，虽连城之宝，也可以脱手相赠，毫不介怀。这样的浩然胸襟，这样的大气磅礴，这样的大手笔、大气魄，求之古往今来的大藏家，能有第二人么？我深深感到张伯老境界之高，胸襟之洒脱不凡，襟期之磊落光明，举世无第二人，正是“素月分辉，明河共影，表里俱澄澈”。遗憾的是张伯老以如此坦荡磊落的胸襟，为祖国的文化事业作出了如此无可估量的奉献，到头来，却给他一顶“右派”的帽子。当陈毅副总理关心张伯老，问起此事时，张伯老回答说：“我老老实实地说：此事太出我意料，受些教育，未尝不可，但总不能那样超脱，做到无动于衷。在清醒的时候也能告诫自己：国家太大，人多，个人受点委屈不仅难免，也算不了什么，自己看古画也有过差错，为什么不许别人错送我一顶帽子呢？……我只盼望祖国真正富强起来！”我读到这段话，总禁不住潸然落泪。一个受了如此之大的冤枉打击的人，却还在为别人解释，还念念不忘祖国的富强。鲁迅说："我以我血荐轩辕"，这句话正好是张伯老崇高爱国精神的真实写照。但是他哪里知道，他这顶帽子，哪里是党和祖国错给他的，这是大奸大恶的康生想攫取他的国宝，他坚决不允，并托周总理去索回，以致后来康生趁反右之机，指令他的单位把他划成"右派"！这真是活生生的一出现代的《一捧雪》。但当时的张伯老哪里会知道这些阴贼的勾当呢？难得陈毅同志在听了张伯老上面这段话后说："你这样说，我代表党谢谢你了。你把一生所收藏的珍贵文物都献给国家，怎么会反党呢？……我通知你们单位，把结论改成拥护社会主义，拥护毛主席，拥护共产党。"这才是真正共产党的声音，国家的声音，总算当时张伯老亲耳听到了这几句金声玉振的话，也勉可稍慰他一颗饱受沧桑破碎的心了。现在我们可以告慰伯老在天之灵的是我们伟大的祖国真正富强起来了，我们的"嫦娥"卫星胜利地到达月球了，欧洲不少国家的民意测验也把我们伟大祖国列为世界第二强国了，我谨以这一消息，并香花醴酒，敬献于伯老和潘夫人在天之灵！

张伯老的书画收藏，还有一个与别的藏家不同之处，他本身就是第一流的书画鉴定家，他眼光锐利，识力之高，为此行之翘楚，他著有《丛碧书画录》，现引录数则，以见他识见之高：

西晋　陆机　平复帖　卷

是帖作于西晋武帝初年，早于右军兰亭约百余岁，证以西陲汉简，是由隶变草之初，故文不尽识。卷首有宋徽宗金字标签。自《宣和书谱》备见著录。入乾隆丁酉，孝圣宪皇后赐予成亲王，后归恭亲王邸，为世传，无疑晋迹。金丝织锦，虾须倭帘犹在。宋缂丝仙山楼阁包首已无存。

隋　展子虔　游春图　卷

绢本，青绿设色。是卷自宣和以迄南宋元明清，流传有绪，证以敦煌石室，六朝壁画山水，与是卷画法相同，只以卷绢与墙壁用笔傅色有粗细之分。《墨缘汇观》亦谓山峦树石空勾无皴始开唐法，合以卷内人物画法皆如六朝之俑，更可断为隋画无疑。按中国山水画，自东晋过江，中原士大夫见江山之美，抒写其情绪而作。又见佛像画背景自以青绿为始。一为梁张僧繇没骨法传自印度。是卷则上承晋顾恺之，下启唐大李将军，为中国本来青绿山水画法也。

唐　李白　上阳台帖　卷

太白墨迹世所罕见。《宣和书谱》载有《乘兴踏月》一帖，此卷后有瘦金书，未必为徽宗书。予曾见太白摩崖字，与是帖笔势同。以时代论，墨色笔法非宋人所能拟。《墨缘汇观》断为真迹，或亦有据。按《绛帖》有太白书，一望而知为伪迹，不如是卷之笔意高古。另宋缂丝兰花包首亦极精美。

略举以上三则，亦足可见伯老识见之精，第一则论《平复帖》以西陲汉简相比，指出是书法史上由隶变草之初，可谓一语破的。

第二则论《游春图》，证以敦煌画六朝山水，更以六朝俑证以卷内人物画法，尤见识见精到。第三则论《上阳台》，以所见李白摩崖笔势、墨色笔法大体作了肯定，更以《绛帖》伪书作为反衬，更加重了此帖是真的分量。但中间说“《墨缘汇观》断为真迹，或亦有据”。著一“或”字，则可见此帖虽大体看来是真，终因旁证不足，不能绝对定谳，著一“或”字，仍留有余地[①]。

即以此数段著录，可见伯老鉴定古字画识见之精之高，文字之精而且要，用字之分寸丝毫不爽。证之当世之收藏家，几人能有此功力！

特别是伯老《丛碧书画录序》，文短而精，可比精金美玉，不可不引录：

> 东坡为王驸马晋卿作宝绘堂序，以烟云过眼喻之。然虽烟云过眼，而烟云固是郁于胸中也。予生逢离乱，恨少读书，三十以后嗜书画成癖，见名迹巨制虽节用举债犹事收蓄，人或有訾笑焉，不悔。多年所聚，蔚然可观。每于明窗净几展卷自怡。退藏天地之大于咫尺之间，应接人物之盛于晷刻之内，陶熔气质，洗涤心胸，是烟云已与我相合矣。高士奇有云：“世人嗜好，法书名画，至竭资力以事收蓄，与决性命以饕富贵，纵嗜欲以戕生者何异。”鄙哉，斯言直市侩耳。不同于予之烟

① 启功先生有论《李白〈上阳台帖〉墨迹》，定为真迹。见《张伯驹潘素捐献收藏书画集》，1998年紫禁城出版社。

云过眼观，矧今与昔异，自鼎革以还，内府散失，转辗多入外邦，自宝其宝，犹不及麝脐翟尾，良可慨已。予之烟云过眼所获已多。故予所收蓄不必终予身为予有，但使永存吾土，世传有绪，是则予为是录之所愿也。

岁壬申中州张伯驹

请看这不足三百字的短序，其含意有多深！一是收录书画要“陶熔气质，洗涤心胸”，使自己的胸襟与烟云相合。这一点，伯老讲得多么精警！我以往教书，常常教导诸生读书首先是改变自己的气质，使自己的见解、志向、学识从不高到高，从不能到能，总之，我认为读书首先是改造自己，不要以为“改造”两字是坏字眼，要善于用在自己身上，是非常好的字眼；只有恶意地对待别人而用这个字眼，才具有不好的含意。不意我的这层意思，伯老早已讲在前头了。这篇序的第二个耀眼之点，就是“予所收蓄不必终予身为予有，但使永存吾土，世传有绪”。这样的思想可说是光芒万丈的思想。大家知道，收藏家的一个共同点是“子子孙孙永宝之”，从古到今是如此，过去人说“烟云过眼”是说自己不可能永远保住它，终要流入别人手里的，所以只是“烟云过眼”，并不是说因为只是“烟云过眼”，就自觉地无偿地去捐赠给国家。当然历史上也有过类似的事情，但也不可能如此之重和如此之多。读了这段话，我们才能十分透彻地看到伯老冰清玉洁的高尚情怀。也更可以看出，伯老之作为收藏家，与历史上的和当今的收藏家胸次境界的区别。

二

伯老毕生第二个重点是他的填词。王国维说："词人者，不失其赤子之心者也。……故后主之词，天真之词也。他人，人工之词也。""不失其赤子之心"一语，真是说到了伯老的关键处。伯老出身于贵胄公子，从军不成，从商又不成，却全身心投入了文学和艺术。人们常说，顾虎头痴绝，又说米颠痴绝，到了《红楼梦》里的贾宝玉，人们又称他"痴公子"，也有说他"似傻如狂"的，什么叫"痴"，用李卓吾的话来解释，就是"绝假纯真"。也就是说张伯老是一个无半丝虚伪造作，是一个纯而又纯的真人。只要想想别人用阴贼的手段把他打成"右派"的时候，他想的却是国家大，人多，难免有搞错。这是何等的善良天真啊！他胸中无半点机心，也就想不到别人会有坏心。当他把自己用家产、性命换来的国宝统统无偿捐献给国家时，别人说他"傻"，他却心安理得地说："予所收蓄不必终身为予有。"这就是王国维说的"不失其赤子之心"，也就是李卓吾说的"绝假纯真"的"真人"。读张伯老的词，首先必须了解这一至关重要的一点。

伯老从30岁开始作词，先后有《丛碧词》、《春游词》、《秦游词》、《雾中词》、《无名词》、《续断词》各集，到85岁临终前还填了一首《鹧鸪天》，所以实际上，从30岁以后他从未停止过他的词笔，50余年间，作词数千首，最后由他亲自删定的《张伯驹词集》尚存千余首，实为精华所存。

从伯老删定的词集来看，伯老的词，出入于五代两宋，而以清真、梦窗、白石的影响较多，其他各家，如李后主、晏小山、秦少游、周草窗、贺方回、史梅淡、柳永、苏东坡、黄山谷也都有沁润。

张伯老的《丛碧词》，起于30岁（1927），止于53岁（1950），历时23年，是他的前期之作。但从他集中的第一首《八声甘州》（三十自述），已可以看出他出手不凡，气势开张，而另一首《八声甘州》则更能反映出他前期诗酒豪纵、裘马清狂的生活。词云：

> 忆长安春夜骋豪游，走马拥貂裘。指银瓶索酒，当筵看剑，往事悠悠。三月莺花已倦，一梦觉扬州。襟上啼痕在，犹滞清愁。　　又是登临怀感，听数声渔笛，落雁汀州。看残烟堆叶，零乱不胜秋。碧天长，白云无际，盼归期、帆影送轻鸥。倚阑处、才斜阳去，月又当楼。

《丛碧词》既是展现他的少年才华，也是展现他少年功力的集子，集中多依韵之作，其中尤以和周清真、吴梦窗、姜白石之词为多，而这三家都是词史上最重音律者。周清真主大晟乐府，于词律更有精研，他的《兰陵王》词是格律派的代表作。毛幵《樵隐笔录》说："绍兴初，都下盛行周清真咏柳《兰陵王慢》，西楼南瓦皆歌之，谓之'渭城三迭'，以周词凡三换头，至末段声尤激越，唯教坊老笛师能倚之以节歌者。”这首词，末句连用六个仄声字，更需功力。而张伯老竟有《兰陵王》“金陵客中，依清真韵”之作。词云：

晚烟直，春草无人自碧。吴门外，官道夕阳，怕见青青柳丝色。红尘望故国，谁识？飘零归客。来时路，天外片帆，不尽江流泪千尺。

萍踪问前迹。又酒剩空尊，花落残席。小楼夜雨过寒食。忆十里迢递，几番寒暖，亭长亭短又一驿。念家在天北。悲恻，恨凝积。叹客意阑珊，归梦沉寂。芳春有尽愁无极。听卖杏深巷，唤饧长笛。寒宵孤枕，更漏断，似泪滴。

这首词，不仅是用周清真原韵，而且是次韵，即依清真原词的韵次，逐句逐韵填押，用韵的次序丝毫不乱。而词作本身，依然一气呵成，浑然天成，无丝毫勉强凑韵之感，这可见他的才气大功力深。这首词凡字旁加重点处，即是押韵处，读者可与周清真原词对读检核，即可见予言不谬。大家知道，苏东坡的《水龙吟》“次韵章质夫杨花词”是一首咏柳絮的千古绝唱，南宋张炎《词源》说：“词不宜强和人韵，若倡者之曲韵宽平，庶可赓歌，倘韵险，又为人所先，则必牵强赓和。句意安能融贯，徒费苦思，未见全章妥溜者。东坡次章质夫杨花《水龙吟》韵，机锋相摩，起句便合，让东坡出一头地。后片愈来愈奇，真是压倒今古。”东坡的和词已经把章质夫的原唱压倒，如今要再和此词，则同一个韵脚，已有两句在先，而且东坡已“压倒今古”，后人确是难乎其难了。但是张伯老不仅和了，而且一和再和，都是用“章质夫、苏东坡唱和韵”，这需要多么大的才气和功力？但是伯老对唐宋诸家的次韵和词，并不仅仅上举几首，在《丛碧词》里可以举出好多，特别是他还专挑古人的名作来次韵唱和，例如他唱和姜白石的《扬州慢》、《淡黄柳》、《惜红衣》、《角招》、《征招》、《暗香》、《疏影》、《琵琶仙》等等，和吴梦窗的《双双燕》、《秋思》、《新燕过妆楼》、《西子妆》、《拜星月慢》、《玉京谣》、《莺啼序》、《夜合花》、《金缕曲》等等，和周清真的《尉迟杯》、《兰陵王》、《西河》、《浪淘沙慢》、《绕佛阁》、《花犯》、《踏青游》、《庆宫春》等等，和秦观的《鹊桥仙》（连和三首），和周草窗的《瑶华》、《一枝春》、《醉花魂》，和柳永的《八声甘州》，和贺方回的《青玉案》等等。这足见伯老的早期，是有意用这种方式来训练自己、考验自己的。

从以上这些和词来看，伯老的词，确是地道的词人之词，是承唐五代及两宋格律派词人的传统，这就显得需要功力和才气。写到这里，我实在不能不再引一组《浣溪沙》咏秋（共六首），看看伯老小词的风致。

浣溪沙　秋意

黯淡云山展画叉。笛声楼外雁行斜。镜中容易换年华。
庭际渐衰书带草，墙阴初放玉簪花。西风昨夜梦还家。

前调　秋梦

砧杵声声万里思。西堂虫语沸如丝。轻随落叶只灯知。
偏是乡遥嫌夜短，多因醒早恨眠迟。刀环盼寄总成痴。

前调　秋心

孤客沉吟意暗伤。春人憔悴况冬郎。客中偏是觉秋长。
碎绿蕉声摇夜雨，怨红草色送斜阳。眼前愁绪太凄凉。

前调　秋声

听到无声更可怜。长宵未许教人眠。客魂销尽一灯前。
风柝怕惊愁里梦，霜钟欲破定中禅。开门只见月当天。

前调　秋影

霜鬓萧萧独倚栏。帘波掩映夕阳前。西风相对总无言。
一夜桐飘穿月破，数行雁过印江寒。画桡不点镜中天。

前调　秋痕

新月掐成爪样钱。海棠欲湿泪阑干。眉峰暗锁小屏闲。
凋碧欲迷烟外路，残青难画雨中山。看来都在有无间。

请看这些短调小令，多有风致，其意境都在五代宋初之间，置之古人集中，何用多让！

通过以上这些介绍，我们基本可以看到作为一位杰出词人的张伯老，他在早期所用的功力和所呈现的才华、气质和境界了。论气质和境界，我认为只有后主、小山、道君、纳兰、梁汾可以气脉相通，但伯老毕竟有自身的经历和特点，所以他在以上诸人之外，还深受格律派词人的熏陶,因此他还有许多依韵之作。所以伯老者,不失其词人之真而又苦经锤炼者也。

伯老的《春游词》始自辛丑(1961),止于乙巳(1965),这是他中期的词作,这已是他在饱受摧残打击,生活上又迭起波折,直到流居塞外之作。他有一篇序言,对了解这一段的词极有裨益,序说:

> 余昔因隋展子虔《游春图》,自号“春游主人”,集词友结“展春词社”。晚岁于役长春,更作《春游琐谈》、《春游词》,乃知余一生半在春游中,何巧合耶!词人先我而来者,有道君皇帝、吴汉槎。穷边绝塞,地有山川,时无春夏,恨士流人,易生离别之思,友情之感,亦有助于词境。彼者或生还,或死而未归,余则无可无不可。沧桑陵谷,世换而境迁,情同而事异。人生如梦,大地皆春,人人皆在梦中,皆在游中,无分尔我,何问主客。以是为词,随其自然而已。万物逆旅,尽作如是观。

这篇《序》,写得多么漂亮,可作晚明小品看,但细味,实伤心人语也。他说,他得了展子虔的《游春图》,遂自号“春游主人”,又结“展春词社”,后来又到了长春,又写了《春游琐谈》、《春游词》,总之,一生离不开一个“春”字;然后又说到词人中先他而来的有宋徽宗,有吴汉槎,有的生还(吴汉槎），有的未归（宋徽宗），他自己是无可无不可。实际上上面这些淡淡的话，却蕴含着多少伤心和凄楚，一直说到道君皇帝和吴汉槎之来北国。但道君是被俘，吴汉槎是被戍。伯老以此自拟，则其心底之苦可知矣。道君说："易得凋零，更多少无情风雨？""凭寄离恨重重，这双燕何曾，会人言语。天遥地远，万水千山，知他故宫何处？怎不思量。除梦里有时曾去。无据，和梦也新来不做。"顾贞观寄吴汉槎的《金缕曲》说："魑魅搏人应见惯，总输他覆雨翻云手。冰与雪，周旋久。"这些话，不也就是伯老心底里的话么？当然这里说的只是比喻，不是说一定是原话。但转过来说，有哪一个词家没有熟读这几首词呢？只要不死板拘泥地理解，又有哪一句不切合伯老的身世遭遇呢？伯老不是自己也在《风入松》（题贯华阁图，阁在无锡，祀顾梁汾、纳兰容若）里说"生死交情金缕曲，飘零涕泪玉关情，词人风义至今倾"吗？总之当时伯老之远赴北国，虽有友人宋振庭之邀，实为万不得已之事，不然何以会把自己与宋徽宗、吴汉槎相比，所以《春游词》实是叙他身世之悲的重要之作。因此词集开头第一组《浣溪沙》四首，就是咏出塞之作，词云：

浣溪沙　将有鸡塞之行，题秋风别意图

野草闲花半夕阳。旧时人散郁金堂。如今只剩燕双双。

明月仍留桃叶渡，春风不过牡丹江。夜来有梦怕还乡。

马后马前判暖寒。一重关似百重关。雪花飞不到长安。

极目塞榆连渤海，回头亭杏望燕山。归心争羡雁先还。

自把金尊劝酒频。骊歌一曲镇销魂。回思万事乱纷纷。

镜里相看仍故我，人间那信有长春。柳绵如雪对朝云。

时盼南云到雁鸿。还将离恨寄重重。孟婆何日转东风。

万里边关鸡塞远，百年世事蜃楼空。天涯人影月明中。

“旧时人散郁金堂。如今只剩燕双双。”“春风不过牡丹江。夜来有梦怕还乡。”“时盼南云到雁鸿。还将离恨寄重重。”这四首词，词意黯淡惨伤，足见他出关时之心情。《玉楼春》说：“垂杨绿遍伤心树，都是前游曾到处，当时争自识生张，今日何人怜小杜。”末两句人情冷暖之况，昭然可见。所以他在同调下一首词里说：“机心常懔人言畏，世路如登鬼见愁。”他真正体会到了世路的坎坷了。辛丑除夕，难得回北京一次度岁，有《定风波》词云：

辽海归来雪满身。相逢容易倍相亲。灯外镜中仍故我，炉火，夜阑灰尽酒犹温。　明岁天涯应更远，肠断，春来不是故园春。几点寒梅还倚傍，才放，也难留住出关人。

北京已没有他的家了，所以“春来不是故园春”了，尽管旧日的几点寒梅还在开放，但是“也难留住出关人”了。他在长春客居，见到了杏花，就想到了道君皇帝的《燕山亭》，填了一首

“长春客邸见杏花和道君”。词云：

> 楼外香融，初见一枝，淡粉浓脂凝注。碧玉盈盈，乍着新妆，羞怯倚门娇女。恨在天涯，恁禁得、黄昏残雨。离苦。忆别后旸台，几经春暮。　　相对惟有斜阳，但独自凭栏，□□无语。青骢紫陌，侧冒垂鞭，忍思旧时游处。倒转东风，还欲倩，梦婆吹去。难据。断肠句，伤心怕做。

词意惨伤，欲语还止，最后是连词也怕做了，因为做起来都是断肠句，更触动伤心。他在北国的生活，词里也有反映，他的《浣溪沙》“出关后，家无能养花者，腊尽归来，盆梅只一花一蕊，憔悴堪怜，词以慰之”。词云：

> 去后寒斋案积尘。庭除依是雪如银。小梅憔悴可怜人。
> 半笑半啼应有恨，一花一蕊不成春。那堪吹笛为招魂。

案上积尘，庭除雪银，小梅也只有一花一蕊，词意凄清冷落，词所慰藉的是憔悴堪怜的小梅，但实际上就是他自己。他在一首《鹧鸪天》“癸卯除夕”里说：“饱经世事梦催梦，痴望人情心换心。”“浮生不必分真假，似醉如醒直到今。”在《庆宫春》“甲辰元旦，和清真”里说：“岁来年去，生别死离，常是牵萦。”在《眼儿媚》里说：“情深千尺，怜春是我，我是谁怜？”这些话，真是椎心泣血，一字一泪，令天下才人读之，能不放声恸哭！再看他的《浣溪沙》：

不是天生故与痴。秋痕春梦总成悲。此情欲诉少人知。
心痛有时非病酒，愁来无处可吟诗。南鸿却更到来迟。
似醉如醒过一春。残莺归去雁离群。浮云白日乱山昏。
味尽始知甘是苦，情真宁视酞如醇。待含眼泪问谁人。
马角乌头一面缘。去如流水又年年。明月那得几回圆。
岂待酒来才更醉，不须花落已先怜。有情只住奈何天。
怕到春来易断魂。满庭芳草立黄昏。落花无语似离人。
九转肠回君念我，万分心痛我知君。红笺忍检旧啼痕。

读这些词，我禁不住热泪盈眶，读这样的词，难道不有点像读后主、道君、纳兰和顾贞观《金缕曲》的味道么？这些词已经无须解释，一字一泪，一声一咽，只要你真正体会到张伯老此时在北国冰天的苦难情景，你是控制不住你的眼泪的。

终于盼到1965年(张老68岁)的时候(一说是1970年,73岁),伯老得到回京的信息了,他的《鹧鸪天》“有入关信,牧石预为治‘龙沙归客’小印以迓，赋此，喜告诸词侣”。词云：

五国边城咽暮笳。斜阳西望是吾家。孟婆倒引船儿转，马上春风入琵琶。　金缕怨，玉关赊。不须细雨梦沙龙。乌头未白人归去，老眼犹明更看花。

前调 有刀环信，愿随秋笳，而情怜道君矣。惜远人不知，词以见怀。

鱼雁多劳为作媒。他生缘种此生胎。贴金愿许偕潘步，留枕情因识魏才。　桃脸笑，柳眉开。看人生入玉关来。胡笳休按文姬拍，青冢犹怜梦紫台。

请看这两首词，节奏轻快，词意欢悦朗畅，一变前调。然而，张伯老自1957年被康生陷害，划成“右派”，受尽折磨。1961年出关到长春，1970年左右回京，戍边也已近十年，真是饱经了人生的苦难和波折，所以，张伯老的《春游词》，实际上可说是他的“断肠集”。古人云：“词穷而后工”，《春游词》确实无论是思想深度、感情深度和艺术的高度，更胜于《丛碧词》。然而这是以他的苦难、眼泪和性命磨练出来的啊！从《春游词》起，以下诸集，应是他的后期词作，因为这篇文章现在的文字已经过长了，所以关于他的后期词作，只能另文再论，但是他在《雾中词》、《无名词》、《续断词》里的几首咏《红楼梦》的词，却不可不录：《雾中词》：

风入松 咏三六桥藏《红楼梦》三十回本，此本流落东瀛，步汝昌韵。

艳传爱食口脂红。白首梦非空。史湘云后嫁宝玉。无端嫁得金龟婿，探春嫁外藩。判天堂、地狱迷踪。宝玉曾入狱。更惜凤巢拆散，西施不洁蒙尘。王熙凤被休弃。　此生缘断破惊风。再世愿相逢。薛宝钗以难产死。落花玉碎香犹在，妙玉流落风尘。剩招来、魂返青松。总括《红楼梦》。多少未干血泪，后人难为弹穷。指后之红学者。

风入松　和邦达答玉言属画黄叶村著书图

写来黄叶两图同。秋意笔偏浓。满林霜色斜阳外，似当时，脂面颜容。玉骨灯前瘦影，金声树里寒风。　是真是幻已全空。难比后凋松。千年窃得情人泪，病相怜，愿步前踪。都是一场痴梦，绵绵留恨无穷。(《无名词》)

浣溪沙

秋气萧森黄叶村。疏亲远友处长贫。后来人为觅前尘。
刻凤雕龙门尚在，望蟾卧兔砚犹存。疑真疑幻费评论。

乙卯八月晦日，往访西郊正白旗传为曹雪芹故居，北屋四间，墙壁上发现书联，书扇面诗，（中略）是日同游者有萧钟美、夏瞿禅、钟敬文、周汝昌、周笃文、李今及室人潘素等。时西风渐紧，黄叶初飘。

前调

象鼻山西有小村。荒凉矮屋掩柴门。旧时居处出传闻。
天外飞霞思血泪，风前落木想神魂。伤心来吊可怜人。

村在象鼻山之西。曹雪芹居处虽出于传闻而思及曹雪芹之身世，对景顾影，殊可怜也。

减字木兰花 和瞿禅同游西山，重访曹雪芹故居

西来秋气。雁影霜痕黄叶里。情意酸辛，梦忆红楼吊恨人。　碧天如浣，衰草连天天更远。南望湖山，销也无金去也难。

临江仙　立冬日，董意适邀游黑龙潭看红叶，并访白家疃传说曹雪芹故居。

西北重峦迭嶂，东南沃野平川。九重阛阓隐云烟。寒鸦残照影，霜叶晚秋天。斯地或非或是。其人疑佛疑仙。痴情千古总缠绵。心花生梦笔，脂砚写啼笺。(《续断词》)

伯老后期的词集里，还有多首咏《红楼梦》的词，这里无法一一尽引。所谓三六桥本，是说流传到日本的一个本子，情节与今传有异，但此本后来一直未见音讯。伯老所填有关《红楼梦》的词，情真意切，而有些话是词意双关，既是咏红咏曹，也关联着自己的心声，如“天外飞霞思血泪，风前落木想神魂。伤心来吊可怜人”。如“情意酸辛，梦忆红楼吊恨人”等等。真是“既痛逝者,行自念也”。为什么这样说,首先张伯老是一位“绝假纯真”的“真人”；二是张伯老也是公子前身，黄金散尽，“落了片白茫茫大地真干净”；三是张伯老是一个“恨人”、“痴人”、

“伤心人”、“可怜人”；四是张伯老是一个真词人。有这许多共通点，难怪张伯老要“对景顾影”了，以自己的身世，到了北国，想到了道君皇帝和吴汉槎，这是极自然的事。那么，面对着《红楼梦》的悲剧情节，面对着曹雪芹的绝世文采，面对着传说中的曹雪芹遗迹，能不发生共鸣吗？我觉得真是因为张伯老也是身经大故，又具有“惊彩绝艳”的才华，所以他对《红楼梦》及其作者会体会如此之深，但是他是通过词，用自己的生活和感情来体会的，不是理论的阐说。

三

大家知道，张伯老是京剧专家，特别是余派艺术的传人，有人说得余叔岩真传者，只有孟小冬和张伯驹。我有幸于1947年在上海杜寿义演时看过孟小冬的《搜孤救孤》，但此后孟小冬就去香港和台湾，绝响于舞台。所以在大陆得余派真传者只有张伯老一人，他学到余派的戏有四十来出，前后从余苦学十年，余过世后，杨宝森、张文涓、李少春等都曾向张伯老学余派的戏。至于1937年为赈灾义演，大轴《空城计》张伯老饰孔明，杨小楼饰马谡，余叔岩饰王平，王凤卿饰赵云，程继仙饰马岱，成为当时的空前盛会，更是戏剧界数十年传颂不绝的盛事。上世纪50年代，张伯老还组织了“京剧基本艺术研究社”，以培养京剧的爱好者和继承人，为纪念余叔岩逝世20周年，还把他与余叔岩合著的《乱弹音韵辑要》

改订为《京剧音韵》出版。他在77岁高龄时，还写了《红毹纪梦诗注》，全书收七绝177首，又补注绝句22首，成为研究京剧史和京剧艺术的必备之书。张伯老对京剧从31岁起，不仅是苦学苦练，还不断演出，积累了丰富的舞台实践经验，而且还不断研究。所以有人说“他是继承余派演唱最准确的人”，还有人说，从研究的角度来说，孟小冬也不如张伯老。这些说法，都不是毫无根据的，所以可以说，张伯老一生的功绩中，振兴京剧，他是有卓越的贡献的。

张伯老对古琴和围棋，也是行家，现存吉林省博物馆的古琴“松风清节”，先为王世襄先生所藏，后经张伯老之介，转与吉林省博物馆。

张伯老还精通围棋，陈毅元帅也有棋癖，所以他们两人成为至交和棋友，陈毅去世前还嘱咐将他的棋盘送给伯老。

张伯老自己的书法和画，也是别树一帜，堪称一绝。对此，刘海粟老人有非常精到的评语，他说：“张伯驹爱画梅兰竹菊。再用鸟羽体写上自己的诗词，别具一番风韵。”他还说：“运笔如春蚕吐丝，笔笔中锋，夺人视线，温婉持重，飘逸酣畅，兼而有之，无浮躁藻饰之气。目前书坛，无人继之。”他还说：“丛碧兄是当代文化高原上的一座峻峰，从他广袤的心胸涌出了四条河流，那便是书画鉴藏、诗词、戏曲和书法。四种姊妹艺术互相沟通，又各具性格。堪称京华老名士，艺苑真学人。”[①]我觉得刘海老的这段评语简而精，

① 见《张伯驹先生追思集》。

是对张伯老毕生成就的最好的概括。张伯老的书法确是前无古人，海老称之为“鸟羽体”也很得其神。大家知道,宋徽宗的书法叫“瘦金体”，这也是他的独创，也是前无古人的。至于张伯老的兰花，我认为上可以继武赵孟頫、文徵明，下可以并肩薛素素。他的梅花画法，也是另辟蹊径，与众不同。总之，张伯老在书画方面也是个性鲜明、成就突出的。现在，哪怕是他的片纸只字，都已成为人们珍藏的文物了。

我拜识张伯老，是在上世纪 70 年代初，那时他已从吉林回来，住在后海南沿。记得是为了筹建全国韵文学会，伯老让两位朋友来看我，与我谈这件事，我表示十分赞成，就随同这两位朋友到后海南沿伯老家里去看他。伯老家住房面积非常小，是一间南北的房子，窗口书桌上堆了一些书，伯老见我去非常高兴，但说话不多，都是同去的朋友闲谈。当时我住在张自忠路，离伯老住处不远，所以有时伯老常叫一个女孩子给我送信。1975 年以后，我调到中国艺术研究院，开始校注《红楼梦》的工作。我下班时从柳荫街走可到后海南沿，所以经常有空时，就去看他，有一次他拿出早先珂罗版影印的《平复帖》送给我，还有一次，他拿出他原藏的脂砚斋的脂砚照片送给我，因那时我正在研究和整理《红楼梦》。

1978 年旧历戊午的元旦，伯老忽然给我写了一副对子叫人送来，对句是：

其鱼有便书能达；

庸鹿无为福自藏。

上款是："其庸先生雅属"，下款是"戊午元旦张伯驹时年八十又一"，图章是"伯驹长寿"（阴文），"丛碧八十后印"（阳文）。这是一副藏头对，我的名字藏在上下句的第一个字。上联的句意是说多通鱼雁，下联是祝福吉祥。我接到这副对子，当然非常高兴和感谢。又隔了一些时候，伯老又送了我一副对子，联语是：

古董先生谁似我；
落花时节又逢君。

上联用的是《桃花扇·先声》的第一句，下联用的杜甫《江南逢李龟年》中的最后一句。我仔细琢磨，这副对子用语更有深意，实际上上句是指他自己，真是贴切之极，下句是指我，但这个"落花时节"并不是指自然季节，而是指伯老的晚年。两句连起来，就是说我这样热爱古董的人（这里的"古董"，当然是广泛的意义，是指传统文化，自然也就包含着古董和文物），到了晚年，又遇到了你。细味伯老这两句话，含有多少深意啊！我每次去看他，进门后我说了几句，一般就相对无言了，有时他翻出东西来给我看看。有时就相对默坐，潘夫人也不大插话，但这样习惯了，也就莫逆于心了，我体会到这副对子就是这种心理的写照。

伯老去世已经二十多年了，我一直未能认真地写一篇文章来追念他，前些年，写过一篇《文章尚未报白头》，总写了几位我交往的老前辈，其中有一节写到张伯老，但未能尽意。这次承伯老的家乡要我写这篇文章，并要作序。作序何敢，应该请现在健在的伯老的知友写，我只能算是敬以此文奠祭于伯老和潘夫人之前，藉抒我二十多年来对伯老和潘夫人怀念之心。

我填了三首词，作为本文的结束。

浣溪沙　读《丛碧词》《春游词》敬题张伯老

绝世天真绝世痴。虎头相对亦参差。人间真个有奇儿。
拱璧连城奉祖国，弥天罪祸判当时。此冤只有落花知。

才气无双折挫多。平生起落动山河。至今仍教泪滂沱。
国士高风倾万世，魍魎魅魑一尘过。春游词笔郁嵯峨。

读罢春游泪满巾。分明顽石是前身。黄金散尽只余贫。
眼里茫茫皆白地，心头郁郁唯情醇。天荒地老一真人。

2007年12月24日至2008年元旦后一日于瓜饭楼

怀念默涵

22

怀念默涵

前些时候，报纸报导林默涵同志去世了。我看到这条消息，顿时思绪翻腾，许多往事一齐蓦上心头，但一时我竟想不起我是什么时候开始与默涵同志接触的了。我记得较为清楚的有几件事。

一是默涵同志让我写批判封建道德的文章。记得是上世纪60年代前期，大约是1963年的下半年，中宣部筹划开一次全国的戏曲工作会议，讨论传统戏的整理问题。那时戏曲表演现代生活的问题已经搞了好长一段时间了，比较成功地表现现代生活的戏曲《红灯记》和《芦荡火种》也已经快上演了，我应阿甲、袁世海、李少春的邀请，多次去看了《红灯记》的排练和参加讨论，还应赵燕侠的邀请，看了她主演的《芦荡火种》，后来我写了第一篇评论《芦荡火种》（后改名《沙家浜》）的文章在1964年6月6日的《文汇报》发表。1963年的下半年，有一次，单位通知我到中宣部林默涵同志处去，我去后，他就告诉我，我与李希凡同志要参加戏曲工作会议，还要担任戏曲表现现代生活的样板戏的评论员。同时告诉我大会要讨论两个重点问题，一个是关于传统戏曲中的封建道德问题，另一个是关于传统戏曲中的鬼魂问题。对这两个问题如何分析，如何处理，要写出理论文章来，准备给大会讨论用。他说让我写封建道德的问题，另一个问题请希凡同志来写。至于如何写，有哪些问题要解决，一概没有提，要让我写出初稿来以后他再提意见。

之后，就安排我住在翠明庄中央组织部招待所。因为时间很紧迫，我对这个问题事先又没有研究，所以从准备资料到写成文章整整写了一个月。文章的题目叫《彻底批判封建道德》。我从甲骨文的“孝”字写起，说到道德的产生，道德的内涵和作用，道德的阶级性，在不同情况下道德内涵的变异，还有如何看待清官问题和廉洁的道德等等。一共写了有三万字。交给默涵同志后，过了几天，默涵就找我，说文章已看过了，文章写得很深入，说理很清楚，但太学术气，而且也太长。他说叫全国的戏曲演员如何能读懂。我被他一语提醒，才恍然大悟，自己只是从学术上和理论上考虑问题，根本没有考虑给谁看的问题。默涵说：你是文章快手，给你三天时间，重写一篇，要尽量通俗化，不能超过八千字，因为文章要交《光明日报》发表，报纸一整版就是八千字，所以最长也只能八千字。因为离开会的时间已经很紧了，我只好再回到翠明庄，大约用了三天时间写了一篇八千字的文章，题目叫《不应当把糟粕当精华》。默涵同志看后，表示满意，就发表在1963年9月14日的《光明日报》上，并与希凡同志写的鬼戏问题的文章一同作为即将召开的戏曲会议的文件发给与会者讨论。

我原先写的那篇三万字的长文，恰好遇到《新建设》杂志来约稿，我就交给了《新建设》。《新建设》拿去后就立即全文发表，我已经觉得很意外了，没有想到还有更意外的事，这篇文章竟让毛泽东主席看到了，并且作了重要的讲话。那时，我已由中宣部借调去参加批判苏联文艺路线的写作组，住在颐和园作协休养所，领导是林默涵和张光年，一起参加写作的有袁水拍、李希凡、谢永旺、李曙光、陈默等人。水拍同志因为事忙，只来了几次。一个星期一的早上，我刚到写作组，谢永旺就对我说：告诉你一个好消息，你的文章得到了毛主席的赞扬。他说一会默涵同志来，你就知道了。不一会，默涵同志到了，果然叫我到他办公室去，坐下来后就告诉我，康生到主席那里去商量写“六评”（《两种不同的和平共处政策》）的事，主席问康生，你看过冯其庸批判封建道德的文章没有？康生说没有看到。主席就说你去找这篇文章看看，这篇文章写得有材料，有观点，有分析，有说服力。文章说，同一个德目，不同立场不同阶级的人就有不同的内涵，比如“忠”，大宋皇帝要求别人忠于他，忠于大宋皇朝，但水泊梁山的好汉却要求忠于梁山起义团体而反对大宋皇朝，所以，同一个“忠”字，就有两种对立的内涵。主席说，可以按照这个方法，来说明同一个“和平共处”政策,马克思主义者与修正主义者的内涵是不同的。

康生找到了《新建设》上我的这篇文章，仔细阅读了，并加了不少称赞的批语，将此事和他批过的文章交给了周扬。周扬再将此事转告了默涵，文章也交给了默涵。所以默涵拿出文章来叫我仔细看看康老（那时还在文革前，大家都还不认识康生的大奸大恶面目）的批语，可以抄录下来，原件仍由他还康生。

之后不久，我在国子监中国书店专家服务部看书，忽然进来了两个人，其中一位就是我很熟的钱杏邨即阿英同志，阿英一见我，就对那个人说，你要找的人就在这里。那人问是谁？阿英说：冯其庸。随即阿英即为我作介绍，说这是康老。康生一听说是我，连忙叫我坐到他一起，就详细地告诉我主席看我的文章这件事，还说主席十分称赞你的这篇文章，接着又问我他的批件看到了没有，我说已经看到了，谢谢你的鼓励。他说你是否参加到"九评"的写作组来，我说我已在默涵、光年同志领导的批判苏联文艺路线的写作组了，他就说那也好。他又说，等文章写完后他把我调到他那里去，我说我的课很重，每周四节课，共十二小时，还要自编两种教材，我调走了，学生上课就有问题了。他说等暑假再调。他还说前不久，他从莫斯科回来，在飞机上看《聊斋志异》，选了几十篇，回来后没有时间了，你是否拿去再选一部分然后加注，算我们合作出一本书。我听后吓了一跳，我怎敢与他合作出书！我连忙用上面所说的课务太重，还要编两种讲义的事婉谢了。当时他还说：我知道你能画画，你给我画幅画。我连忙说我不会画画，但我知道你的字写得很好，想求你写幅字，他说那容易，你给我画画我就给你写字，咱们交换。说完他又问我：看过电影《桃花扇》没有？我说没有看过。他说你看一看写篇批判文章罢，这是妓女文学。那时《桃花扇》还未放映，所以我说等以后再说罢。当时还谈了一些其他问题，我对他的一口山东诸城土话一句也听不懂，都是阿英同志翻译的。当时他给了我电话，要我放暑假就告诉他，他就让秘书去把我调出来。但我喜欢教学和学术工作，不愿到政府部门去，所以一直没有敢再与他联系。

第二件事是默涵同志调我参加中宣部的写作组，写批判苏联文艺路线的文章。上文已经提到，写作组是住在颐和园的“云松巢”。那是作协的休养所。当时中宣部调我的时候是通知人大中文系的，但中文系的领导不愿我出来，就一直没有通知我。后来中宣部急了，就直接打电话找我，问我接到通知没有。我说没有接到系里的通知，只是由李希凡、谢永旺侧面告诉了我。后来中宣部就直接给我一个通知，告知我已通知系里，要我立即按时报到，我拿了这个通知再到系里，系里才同意我去报到。

那时调去的人都住在颐和园，默涵、光年同志也一样，（只有水拍同志没有来住）所以我们朝夕相处大约有将近一年的时间，我们的任务是批判苏联的电影，所以经常要进城去看内部播出的苏联影片，同时也看苏联文艺方面的资料，我们是在一个总题目下分头各写一部分，然后再由光年、默涵同志综合成一篇完整的文章。每到饭后或晚饭后，我们总要坐在一起聊天，聊天的内容非常自由随便，既谈写作的问题，也谈文艺界其他方面的问题，默涵和光年没有一点点架子，有时晚饭后，还一起到颐和园后山山冈上去散步，边走边聊。有时就到昆明湖边或长廊里散步聊天。这样相处一年的过程，相互之间，增加了不少了解。有一次，我在默涵同志房间里谈完文章以后，默涵对我说，调你的时候，你们系里很不愿意让你出来，还说了一些你有名利思想之类的话，其实无非是怕你太突出而已。他要我不要把这些事放在心上，要严格要求自己。他还说我们对你是了解的,所以最后直接通知你来报到了。有一次，大家在室外的一个平台上聊天，光年同志还对我说了不少要我注意的情况，我深深感受到他们对我的关切。

大约到 1964 年的 4 月，由光年署名的那篇大文章写出来了，但由于当时国际斗争的形势发展很快，（中共中央的“九评”已发表到第八评，第九评于同年 7 月 14 日发表，10 月赫鲁晓夫垮台）已不适宜用文艺批评的方式了，随着中宣部其他工作也紧张起来，所以到这年的初夏，小组就停止了，但这一年左右与默涵、光年和其他几位同志的相聚，可说是我平生最难忘的事。

第三件事是“文革”后为祝肇年同志平反的事。“四人帮”垮台后，周扬、默涵同志也得到了解放，后来默涵同志任文化部副部长，主管为“文革”中受诬陷的文化部系统的干部平反的事。

有一天夜里，中央戏剧学院的祝肇年教授来找我，我与肇年都是周贻白先生的学生，但我是 1946 年无锡国专时候的学生，肇年是解放以后周先生在中央戏剧学院的学生，由于周先生的介绍，我们论文谈艺非常投合，但“文革”中，我们都遭了大难，可能他比我还严重，因此他的夫人得了精神病。他告诉了我“文革”中诬陷他的种种“罪名”，他觉得他永世不得翻身了，没有活路了。我告诉他我的“罪名”一点也不轻，现在“四人帮”已经垮台了，上面已经在着手平反冤狱了，对平反一定要有信心。于是他带着几分希望回去了。

过了些时，他又来找我，说果然在开始平反了，而且学校的组织已经在处理他的问题了，但负责此事的还是原先的那些人，只是给他去掉了几条一般性的“罪名”，其他“罪名”还都保留，要他签字。他问我可不可以签，因为他的夫人的精神病就是被这些“罪名”吓出来的，如果先平反掉一点，也许对她的病会有好处。我说这不是办法，而且你如果签了字，不等于承认了未被平反的那些“罪名”了吗？我问他你们学校的平反工作上面归哪里管？他说归文化部林默涵同志管。我一听就说，你不要急，我明天就到文化部找默涵同志。

第二天，我找到了默涵同志，见面后非常高兴，大家已是劫后余生了。我急着就把戏剧学院祝肇年平反的事告诉他，我问他平反的标准是什么？默涵说标准是平反到把诬陷不实之罪彻底平掉，还他原来的真实面目。不到这个标准，就不算平反。他还告诉我，你去给祝肇年说，必须还他本来面目，不把诬陷之罪全部推翻，不要签字。我听了默涵同志斩钉截铁的话，激动得真想为肇年向默涵叩头。回家后，我立即把这话告诉了肇年，肇年当然高兴得不得了，但他又问，真的能做到这样吗？我嘱咐他你要绝对相信默涵同志的话，于是他怀着强烈的希望回去了。

过了几天，他又来找我，说又去掉了一点了，要不要签字？我说彻底干净了没有，他说还有一半，我说你只记住一条，不彻底平反，你就绝对不要签字。于是又这样来回了两三次。有一次，他非常高兴地来找我，说终于全部平反了，背了十年的种种罪名现在一条也没有了，与“文革”前一模一样了，所以他签了字。说到这里，他由衷地说我要去向默涵同志叩头拜谢！又过了一段时间，我见到了默涵同志，他主动告诉我，戏剧学院祝肇年的问题彻底解决了，他亲自看了他的结论。他说戏剧学院是个重灾区，受害的人很多，但只有一个标准，彻底平反！我深深感到默涵同志在十年大劫以后，依旧是那样严正不阿，依然是那样平易近人！

默涵同志离休后，我与吕启祥同志还常常去看他，有一次，我告诉他我们的《红楼梦大辞典》出版了。他看了这部书，非常高兴。因为在1979年《红楼梦学刊》创刊的会上，默涵同志就向我提出三个任务，一是要写一部《红楼梦概论》，二是要编一部《红楼梦辞典》，三是要到北京图书馆去讲《红楼梦》，因为《红楼梦》不是一般读者都能看懂的。至此默涵的嘱咐完成了小一半，后来北京图书馆也去讲了，《概论》也出版了，但他已病较重了。

我的记忆里，有关默涵同志的事还有不少，我希望慢慢地都能回忆起来。因为这是历史，它包括着事业、经验、痛苦、教训和友情，我们经历了十年生死大劫，我们要让我们经历的灾难、痛苦、我们付出的惨痛的代价变成力量，加倍努力工作，庶几不负今天这个伟大的时代！

听说默涵同志有遗言，要把他的骨灰撒在颐和园，说他还提到了光年、希凡、谢永旺和我，可见默涵对我们这一段时间的相聚也是留下了深刻的印象的！

2008年2月5日夜，

旧历丁亥小除夕

文化部文学艺术研究所

文化部文学艺术研究所

文化部文学艺术研究所

怀念冯牧

怀念冯牧

冯牧离开我们转瞬已经13年了，但在我的心里却始终活跃着他的形象。好像他并没有离开我们。我是1954年到北京的，那时《新观察》连载冯至的《杜甫传》，所以我一直是《新观察》的读者。1957年12月，冯牧从云南调到北京，任《新观察》的主编，我的印象里还留着他在《新观察》的印象。那大概是1958年了。但那时并没建交，只是见到而已。我与他真正认识并成为朋友，是他担任《文艺报》的副主编的时候，那是1960年的事。那时，光年是主编。侯金镜是副主编。《文艺报》是当年文学青年最爱读的一份刊物。从中可以学到新的文艺理论，了解全国的文艺动态，而且经常举行座谈会。我每次到《文艺报》，总会遇见冯牧或侯金镜。他们两位，是我当时非常尊敬的人，而他们又特别随和，一点没有架子，真使你有一见如故的感觉。

我与冯牧逐渐更加亲近起来，是因为他对京戏和传统的地方戏很内行，尤其是京戏，因此我们常在《戏剧报》讨论戏剧的座谈会上见面。尤其是有一段时间厉慧良来京演出，差不多是引起了轰动，而我与冯牧一样，特别喜欢厉慧良的表演。他有一篇极为精彩的文章，发在《戏剧报》上，这篇文章我读了好多遍，一直到“文革”才被抄没。我从1959年国庆起，也陆续在《戏剧报》发表文章，最初的一篇是《三看“二度梅”》，是赏析汉剧陈伯华的表演的，这篇文章得到了田汉同志的欣赏，还为此而请我与翦伯赞、吴晗等几位前辈在曲园酒家吃饭。对厉慧良的戏，我也写过一篇短文，发表在《人民日报》上。由于我与冯牧的这种共同爱好，碰到后话就多起来了。记得有一次，厉慧良演出《拿高登》，他在原有的表演里，加进了一段“醉打”，写高登抢了女人高兴得喝得酩酊大醉，这时青面虎等四位英雄打进来了，于是场面上出现了一大段“醉打”，高登带着朦胧的醉意，凭着他艺高胆大，不把四人放在眼里，但开打以后，发觉来者不善，才惊醒呕吐。酒醒后更是拼命挣扎。这一段舞台身段，真是妩媚极了，既符合人物剧情，又丰富了表演。但有的老观众，却觉得无此必要。厉慧良到我家里听我的意见，我极力称赞这段戏的表演，我认为传统戏也是可以发展的，不是一成不变的，这是正当的发展，不是画蛇添足。后来我到冯牧家里，谈起了这出戏，冯牧也看过他的表演，我们的看法完全一样，后来这出戏的演法，就算确定下来了。

早先冯牧住在灯市西口的黄图岗，我住张自忠路，离他很近，所以我常去他家里，有时葛洛同志也过来聊天，因为他与冯牧紧邻。我记不起来他是什么时候搬到木樨地24号楼去的了，虽然远多了，但我也常去，因为那里还有苏一平同志和张君秋。我去一次可以看望三位。

冯牧的星期天也是很忙的，一是看他的人多，二是电话多。我也碰到过他心情不愉快的时候。他是一位非常耿直的人，我与他交往几十年，从没有听他说过一句敷衍别人的话或虚假的话。有时生气，总是为了作协的什么事情，我因为不搞现当代文学，所以不大了解情况，也不便过问，但有时冯牧也会给我说两句，我感到他是正义感非常强的人，真是是非分明。

我永远忘不了的是“文革”中的一幕。“文革”一开始，我在人民大学是最早被“打倒”的，初时还可以回家。有一次，我从西郊人民大学乘公交车回张自忠路，经过平安里拐弯处，看到南墙上一大片大字报，说冯牧“畏罪自杀”。这一惊真是非同小可，我在车上几乎不能自持。回到家里一夜没有睡着，几乎时时想哭。第二天去西郊人大，再过平安里，大字报依然如故，我到了学校关禁我们的地方，因为我去得早，只有王金陵在，别人还没有来。我就问王金陵，你看到平安里的大字报没有，他说是不是关于冯牧的大字报？我说正是。他却说，你太天真了，这完全是造谣，冯牧被他们批斗了，这是事实。但为什么要自杀，有什么罪！你放心吧，千万不要相信他们的谣言。这几句话说得斩钉截铁，让我坚信不疑，这样我也算缓过气来。“文革”后我见到冯牧，首先我告诉他这件事，他说他们造的谣多着呢，他被关在里面，反而不知道。

1975年，我被借调到国务院文化组（即文化部，当时叫文化组）《红楼梦》校订组工作，属当时文化部文学艺术研究所，工作就在前海西街17号。1976年“四人帮”垮台后，我经常参加有关揭批“四人帮”的会议，当时一起参加会议的，有冯牧、光年、周扬、默涵等一批老同志，记得有一次茅盾也来了，因此我常能与冯牧见面。

这一段时间里，有一种谣言，说《红楼梦》校订组是“四人帮”搞的，要解散。弄得人心慌慌。但这个组的成立经过，我和希凡还有组里的人是十分清楚的。是我起草写的报告，由袁水拍同志送到国务院文化组批准后成立的。与“四人帮”毫无瓜葛。那时，冯牧是文化部政策研究室主要负责人。我即去找冯牧，冯牧说，《红楼梦》校订工作是国家的项目，怎么是“四人帮”搞的呢？这个工作不能取消，你快去找贺敬之请他明确指示（当时敬之是“四人帮”垮台后的文化部长）。我立即去找了敬之同志，敬之同志明确说：《红楼梦》校订组与“四人帮”无关，这项工作不能停，而且要加快。我立即把这个指示向苏一平同志报告，一平同志一直是支持这项工作的，有了敬之和冯牧的明确意见，大家也就稳定下来了，工作也就继续下去。

1978年，原文化部文学艺术研究所升格为“中国艺术研究院”，由敬之同志以文化部长兼研究院院长，冯牧同志任常务副院长，苏一平同志任党委书记。这当然是一个天大的喜讯，我当时即给冯牧同志写了一封信，这封信最近承程小玲同志给找出来了，现在引录如下，这信的信封上是写“冯牧同志收”，里面是写：

敬之、冯牧同志：得知部里决定成立文学艺术研究院，并且是由您们两位和一平同志等一起领导，消息传来，十分高兴。我坚信在您们的领导下，这个院是一定能办得生气勃勃的，能作出成绩来的。

随着院的成立，各种机构都要进行调整和重新安排，我建议在这个院里，设立《红楼梦》研究所或室，这样一位伟大作家和这样一部伟大作品，没有一个专门研究的机构，实在与我们的国家不相称。周扬同志最近多次与我谈过要文研所成立《红楼梦》研究组，但听说由于某种原因，至今成立不起来。不管怎样，我认为我们应抓紧时机立即成立，如成立“所”有困难，可以先成立“室”，逐步扩大。人员也仍可先借后调，当然能调的就先调。总之，机不可失，我们一直规划着一整套研究《红楼梦》的书，现将书单及简单的说明附后，其中一半以上的书，都已落实，有两种已出版或正在出版。我们相信在院的正确领导下，大家是可以做出成绩来的。以上建议是否可行，请考虑，致

敬礼！

冯其庸 八月五日

（书单略）

这封信送给冯牧以后，过了一段时间，部里就正式批准成立“《红楼梦》研究所”了。我们的《红楼梦》新校注本于1982年由人民文学社出第一版，前后经过7年。在这7年中，历经艰难和

风雨，但总算完成了任务。然而，要不是当时贺敬之、冯牧、苏一平三位的一贯大力支持，这个任务是不可能完成的。袁水拍同志受“四人帮”的牵涉，有一段时间受到了批判，但他毕竟与“四人帮”不是一回事。《红楼梦》校订组的成立，最初他还亲自看过一部分稿子等，我们不应该忘记他的首创之功。

1979 年 10 月，第四次文代会召开，冯牧任秘书长，与默涵同志等一起筹备大会，我与希凡等当选为代表，我曾向冯牧建议，大会的晚会邀请张文涓来唱《搜孤救孤》，张文涓是孟小冬的传人，后来冯牧与默涵商量后，就邀请了张文涓来演出。我还记得那一场晚会也是盛况空前。不久，冯牧在第三次中国作家代表大会上，当选为中国作协主席团成员、作协副主席、书记处常务书记。

此后，我与冯牧同志的联系，一直比较密切，经常是我去看他，他到了木樨地后，我还经常在他家吃饭。他的老姐姐和九弟冯先铭也都很熟悉，而且还是冯牧特为我介绍的，有时我请冯牧到我家吃饭时，他也欣然就来。那时我住张自忠路宿舍，要爬五层楼，他也不嫌劳累，正是清风故人，一如家常。

冯牧是一直有病的，我与他订交的第一次起，他总是手里要拿着一个氧气的盒子，不时要向鼻孔喷两下，我们看惯了，也不把他当为病了。

1995 年 1 月他高烧住院，初以为是一般的病，住两天医院就出来了,后来他还参加了《中国作家》杂志创刊十周年的纪念活动，而且还讲了话，人们更以为他没有问题了。延至后来，病愈来愈重了，我几次要去探视，都因为我患感冒，不能探视。后来他的病房隔离了，只能从玻璃窗外看望。正好是8月2日，我要去新疆吐鲁番开会，我想回来后再去看吧。也许可以撤除隔离了。

我是8月3日到吐鲁番，会后又去南疆喀什，上帕米尔高原，下山后又去叶城棋盘乡等地调查玄奘取经东归的路线。直到9月6日下午才回到北京。一到家，家人即告知我冯牧同志已于昨日下午2时去世了。这个消息，让我伤痛万分，想不到相交40年，竟未能为他送别，我悔恨没有能早回来两天。

9月20日，是八宝山送别冯牧的一天，我8时赶到八宝山，9时告别冯牧的遗体，他仍然与往常一样，平静安详。

冯牧是一位理论家、散文家、文艺工作的领导人，但他又是一位始终一贯的朴素平淡，与人平等随和，就像一位普普通通的平常人一样的平常人。我觉得冯牧本身,就是一篇最高境界的散文，而他的文境，他的真诚，他的风范却永远令人思慕不已！就像一篇隽永的古典散文一样，永远让人在心头念诵！

2008年8月4日10时于瓜饭楼

忆光年

24

忆 光 年

光年同志是我的前辈,他比我大整整11岁,但我们习惯叫他"光年同志",有时还没大没小地直叫"光年"。当然这不是当面称呼,只是在朋友之间谈论时,说到他有时就直叫"光年"。

我"文革"前的日记,在"文革"中全部被"造反派"毁掉了,我现在记忆力又很差,去年又曾一度患失忆症,所以想起以往的事,真似雾里看花,一片模糊。我记得我最早认识光年,可能是1954年批判俞平伯先生的《红楼梦研究》和胡适的新红学派的时候。那时,经常有大报告,记得杨献珍、孙定国、周扬等都作过报告。报告完后,就是分组讨论。我还记得我是与何其芳同志一组,光年同志也在这一组,我可能就是在这时认识他的。因为批判运动历时很长,所以这种分组讨论的次数也较多,后来就慢慢熟识了。

在未认识光年同志以前,实际上我已对他非常崇敬了,因为我自听到《黄河大合唱》后,我对"光未然"这个名字产生了崇敬之情。觉得"光未然"这三个字是很神圣的,他是中华民族力量的象征。到了北京,也就是在这场运动的学习讨论期间,我才知道"光未然"

就是张光年，当我把这两个名字合而为一以后，自然这份崇敬心情就同样倾注在“张光年”这个名字上了。

我直接与光年同志接触，是1956年的事，那时批判《红楼梦研究》的事已近尾声，光年同志在这之前已调任《文艺报》主编，他收到了一篇读者来稿，是批评俞平伯先生的。光年把稿子寄给了何其芳同志，请他看看能不能发。其芳同志告诉他，这篇文章太粗暴，不讲道理，不能发。这样，光年就把我找去，先让我看这篇文章。看后我也觉得文章太简单化，没有说服力，光年就说那就你来改，你重写一篇都可以，要快。这样我就接受了这个任务，把文章带回家，仔细读了这篇文章，又把俞先生的文章及有关材料，特别是《红楼梦》相关的部分认真读了，最后改完了这篇文章，实际上等于是重写了这篇文章。文章交给光年后，光年又请其芳同志审读，其芳同志告知光年，这篇文章可用，是讲道理的。光年非常高兴。就对我说了其芳同志的意见。他觉得这篇文章等于是我重写的，是否干脆用我的名字发表？当时我觉得不妥，因为我是改别人的稿子，文章中还有一部分是原稿的文字，不应该因为我的改动而变成我的文章。光年觉得我讲得有道理，这样这篇文章就仍用原作者的名字发表了。后来这位作者也很感谢《文艺报》对他的帮助。

1963年，中宣部和作协成立批判赫鲁晓夫文艺路线的写作组。成员是：林默涵、张光年、袁水拍、李希凡、黎之、谢永旺、陈默和我。调我的时候特别麻烦，单位不让我去，初时我压根儿不知道。后来默涵同志直接打了电话给系领导，还给我直接发了通知，让我 × 月 × 日去报到，这才算得到系里的许可，让我去报到。

我们住在颐和园“云松巢”作协的休养所。任务是分小题撰写，然后再由默涵和光年合成一篇大文章。我们的日常工作就是看有关的文艺资料和电影片子、讨论，然后写作。那时我们都住在颐和园，默涵和光年也同住在那里。在工作之余，大家就在宿舍前的一个凉亭式的建筑里坐谈聊天。一般在晚饭后，都会走到后山山冈上散步，因为我们是住在佛香阁的西边，已经在半山以上了，要走上山冈也很方便，有时就沿着湖边散步。我们散步的时候，总是游人已经散尽，偌大一个颐和园，安静得有如深山幽谷。其实这才是颐和园最美的时刻。还有早晨太阳将升未升到初升的时候，有时朝霞满天，配合着蜿蜒的山冈和参差错落的亭台楼阁，再看湖上的十七孔桥，缥缈如带，而西边玉泉山的塔影亭亭相映，真是一幅最美的古典园林佳景。每到这种时刻，想想《牡丹亭》里《游园》的佳句，真正会感到人在画图中。有一次初雪后的夜晚，月亮已经出来了，空气特别新鲜，记得就是光年或默涵提出大家到后山山冈上踏月散步，我们一路谈笑，有时头顶会碰到低亚的树枝，崩下雪来，连宿鸟都被惊飞，我们则溅得满身是雪，又引起哄然而笑。这种情景，让我想到东坡的《承天寺夜游》，其情景何等相似。

别以为我们生活得那么潇洒和轻松，其实我们心头都压着重负，生怕完不成中央交的任务。因为与我们同时，中央正在陆续发表有名的“九评”，我们的写作，是安排在这一系列的评论中的。

“九评”的写作是毛主席亲自主持的，由康生管这个写作班子。文章发表前，都由主席最后定稿，有时主席还亲自修改，有时还画龙点睛地加上几句警句。写到“六评”的时候，毛主席还让康生参考我的《彻底批判封建道德》一文，为此康生还找到了我，要我到他那边去。我告诉他我已在默涵、光年处写批判苏联文艺路线的文章了，所以才作罢。当时我们虽然在这湖光山色之中，虽然有时还谈笑聊天，但每个人实际的心情是颇有压力的。后来由于政治斗争的形势发展很快，赫鲁晓夫垮台了，苏联的局势发生了改变，中央的评论也就停止了，而由默涵、光年同志合成的那篇大文章，也同样停发了。

我们在颐和园整整一年，我不仅在写作上经历了锻炼，更在人事上得到了经验，我最深的感受是感到默涵、光年正是文章和理论的大家，而他们待人的风范，始终平易近人，虽然他们年纪比我们长一辈，但却完全平等相处，没有任何官气，所以我们什么想法都敢说。他们也对我们无话不谈，甚至光年有一次还明确告诉我不要太天真，要注意自己的背后。结合我的经历，我的亲身感受，这样的提醒，真使我感动。

我们写作小组的其他成员，也使我深受教益，他们都是各有专长，值得我学习。所以一年的相处，结下了很深的情谊。我记得中间周扬同志还来过几次，水拍同志因本身的事忙，开头来了几天，后来就一直没有来。我们的工作到1964年的下半年就结束了，隔了一年，“文化大革命”就爆发了。我们各自都被淹没在这场洪涛之中，连各自的消息都完全断了。

我记得“四人帮”垮台后我第一次见到光年时，老远地与他打招呼，他从人群中走过来与我握手。我想不到他第一句话就说：“我要谢谢您的救命之恩！”这句话弄得我丈二和尚摸不着头脑，我问他是怎么回事？他说：在颐和园时你教我做气功，我一直没有断，到“文革”中批斗我时，我就默默做气功，被关禁时，我也默默做气功，正是这样，我逃过了这一劫。所以我说要谢谢你！这样我才恍然大悟。他说他到现在还在做，不过比我教他的方法，根据自己的体会又有了些变化，他觉得这对养生真有用。

“四人帮”垮台后，中央成立了清理江青材料的工作组，我与光年一起参加清理工作。我被派去认检江青的一批东西，这批东西都是从别人处抄来的，我的任务是去辨认这些东西的来历。我去了几天，没有能认出什么来。这件事情被光年记到了他的《文坛回春记事》里了，我原有这本书，现在找不到了，无法查对原话，只好记个大概。在以后一段揭批“四人帮”的过程中，我与光年、默涵又经常见面。周扬被释回来后，我还去看过他，一切都在往正常的秩序转变。

记得是2000年12月27日，我曾专程去看过光年同志，他住崇文门。见面后非常高兴，谈了很长时间。那时他已是88岁的高龄了，身体还很好，也很乐观，尤其是我去看他，他十分高兴，拿出好多种书来送我。这次，他又旧事重提，说多亏我教他做气功。他说他现在已可随时随地做气功，说着他站在窗口就做起气功来。

他说主要是调节呼吸，掌握了要领，就可以不拘形式，自由运作。我觉得他的体会是正确而深刻的，记得郭老（沫若）早年也曾做过气功，而且他连坐在电车里都能做气功，这与光年的体会是完全一致的。古人的所谓“吐纳”，实际上也就是指呼吸。光年现在的做法，是排除了一切神秘和迷信的成分，还气功以纯真的养生之道。所以光年对我说，他没有什么毛病，他对自己的健康很有信心，我当时看了他的身体和精神状态，觉得他到百岁是不成问题的。特别是我去时，带了新做的赠他的五首诗，进门时因为太高兴了，他没有顾得上看诗，这时，他拿起我的诗稿，认真读了一遍，说太好了，又说我太谦虚了。我说你整整长了我一辈，自然应当如此。这样我就告别了。我告诉他我住通县，离得很远，这次是专程来的，过些时会再来看您。哪里能想到这次竟是最后的一次见面，临别时他送我到门口，也竟成了永别！

此别后过了不多久，2001 年 1 月 28 日，光年竟以心脏病不治长逝了，这是谁也没有想到的。因为他一直没犯过心脏病，他自己一点也不知道，他还对我说他没有什么病。想不到竟以此而不治。他的去世，离我去看他整整只有一个月，我是第二天见报后才知道的，面对着这个噩耗，我静静地坐着，只觉得人太渺茫了，人的生命太不可把握了！而光年的去世，中国文坛的损失太大了。司马迁说“死有重于泰山”，光年的去世，真是“泰山之重”啊！我更没有想到，我赠他的五首诗，竟成了最后永别的诗。现在我把它作为这篇悼念文章的结尾。让读者也稍微感受一点光年同志对朋友和晚辈的风仪和真诚吧。

赠光年同志前辈

一

曾共名园把酒卮。清风明月细论诗。
十年浩劫幸同过，老去相逢鬓已丝。

二

黄河一曲动神州。亿万男儿尽寇仇。
誓掷头颅洒热血，中华自古不低头。

三

犹记当年意态真。风生谈笑即成文。
先生直是生花笔，我是程门立雪人。

四

平生遭际实堪伤。射影含沙未识防。
多谢先生为指点，始知身后有魑伥。

五

名园景物最难忘。踏雪松岗意兴长。
月色如霜良夜寂，唯闻佳语大河横。

庚辰十二月初吉未定草

2008年8月5日夜10时于瓜饭楼

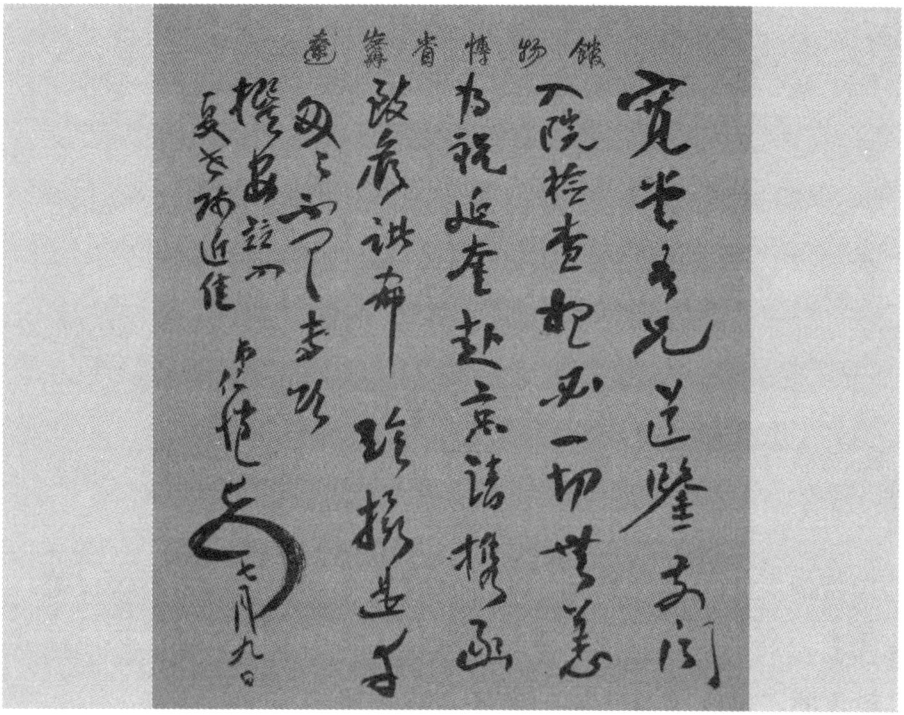

25

云鹤其姿 松筠其品

——我所认识的杨仁恺先生

云鹤其姿　松筠其品

——我所认识的杨仁恺先生

我与杨老相识已经数十年了。在我的认识里，杨老不仅仅是一位闻名遐迩的大鉴定家，更是一位大学者、大研究家，是一位德高望重的先辈，是学界的典范。

今年正值杨老九十华诞，我敬祝他老人家南山之寿，松柏常青。

一

要说杨老对国家和人民的贡献，我这支拙笔是说不尽的，我仍然只能说说我心目中的杨老。

我一想到我对杨老的认识，第一感觉，杨老就是一位读书人，是书生，是大学者，是研究家。

过去我曾写过一篇文章，一开头也是这句话，这回我想换一个说法，但想了好几天，总是离不开这个第一印象，可见他在我心目中的学者地位是不可更改的。

我为什么会有这牢固的认识？那是杨老等身的著作给我逐年造成的，不是凭空一时产生的。

我读他对唐《簪花仕女图》的一系列文章，我纯粹是把它当作最有深度的学术文章来读的，我只注意他论证一个问题所用的大量史料和他的思辨方法。一句话，我以“唯物”和“辩证”两个方面来衡量杨老的《簪花仕女图》的论文和其他所有的文章。

一篇《簪花仕女图》的论文，杨老运用了多少重要的史料，从社会的政治历史背景，经济背景，社会风俗，妇女的妆饰，妆饰品的工艺水平，制作原料，服饰和衣料的品名，以及这些服饰衣料生产的工艺，直到画眉，发髻的式样，脸上的傅粉，以及插鬟的花朵，豢养的宠物珍禽，甚至花开的季节和服饰的节令，画工的手法，敷彩的时代性等等等等，还有画家所用的绢素，画件的装裱等所有画上出现的问题，杨老无不作详尽的考论，而且事事有证，详引史实以为论据。我读这篇论文，使我闭目如置身于中唐贞元社会之中。我真敬佩杨老如此的博识多能，然而在这背后却是杨老的博览群书，杨老的博学、苦学。

读这篇文章，还引起我的回忆，前些年我在读《全唐诗》时，发现了贞元诗人王涯的《宫词》:“白雪猧儿拂地行。惯眠红毯不曾惊。深宫更有何人到,只晓金阶吠晚萤。”王涯的另一首《宫词》:“一丛高鬟绿云光。官样轻轻淡淡黄。为看九天公主贵，外边争学内家装。”王涯是贞元中进士，他写的《宫词》当然是纪实，那末诗里的“白雪猧儿”和“一丛高鬟”无异是对《簪花仕女图》的最好的注脚，也是杨老贞元论的第一手有力证据。另外，我还想到我曾在西安的长安县住过一年，我是秋天去第二年夏天回来的，我初以为陕西是西北地区，一定很冷，没想到它的气候竟与江南一样，它的纬度与我老家无锡是同一个纬度，所以一过春节，就春暖花开，到三月初上巳节，仕女皆竞穿单衫游春，而辛夷花（乡人称紫玉兰）也已怒放。无怪身居辋川的王维有辛夷坞诗，可见这里的辛夷是很普遍的。我无锡老家的隔墙就有一树辛夷，花开时如紫云，所以我在北京现在的居处，也种植两棵辛夷，两棵白玉兰，不过每年开花季节要比老家晚一个多月。由此而看，讨论《簪花图》辛夷的季节和图中人穿单衫的问题，实际上也不成问题，从而更证实了杨老论断之正确。

二

我读杨老《试论魏晋书法和王羲之父子风貌》、《隋唐五代书法艺术演进轨迹》、《晋人曹娥碑墨迹泛考》、《唐欧阳询“仲尼梦奠帖”的流传、真赝和年代考》、《唐张旭的书风和他的“古诗四帖”》、《关于“史可法书札”的考识及其他》等论文，也深深感到杨老立论，首重历史证据，而其方法是用辩证的方法，普遍联系相关的事物，作缜密而切实的历史的分析。这样的分析不仅有根有据，而且鞭辟入里，具有极强的说服力。例如他提出魏晋时期是书法的重要演变时期，演变是从东汉后期逐渐开始的，他还指出真书是从西汉时就逐渐开始的，他列举了不少出土汉简的例子。对此我深有同识。我认为实际上在汉隶里就包孕着真书的结构因素，这从长沙马王堆出土的帛书，敦煌马圈湾出土的木简、简牍、觚、封检，西汉《王杖诏令》册，东汉《居延令移甲渠吏迁补牒》册、《居延都尉府奉例》册，楼兰出土的残纸、木简等都可以看得出来。恰好最近有朋友寄我一件东汉的石刻铭文拓片，其书体已经全无隶书的笔意，基本上是真书，寄拓片的朋友还告诉我，有朋友也提出了西汉已有真书化的问题。我对此并不觉得奇怪，并且与我上面所举的众多例证是能相一致的，这些我觉得都能佐证杨老的论断。杨老还说到章草也是从汉隶中演化出来的，并举出罗布淖尔出土的西汉成帝时期的律令从事、醇酒、薄土三枚木简为例，我认为杨老的见解是完全可信的。我还可举出 1993 年江苏连云港尹湾村西汉墓出土的木牍和竹简，竹简是一篇基本完整的《神乌傅（赋）》。行笔很快，写得较草，已经具有明显的章草笔意。

从杨老对中国书法演变的论述里，我体会到中国书法的发展过程是一个渐变的过程①。从宏观来说，是时代分明、阶段分明，大篆（古籀）、小篆、隶书、楷书（真书）、行草，各有其流行的主要时代，但是从微观来说，各种字体的产生发展变化，都各有其萌生、成长到成熟流行的过程，也即是渐变的过程，各种字体并不是截然终止也并不是突然产生的。古籀里边就包含有小篆的部分，

① 秦始皇时代的书同文，是一种文字改革，也有突变的意义，但从大篆简化成小篆，小篆又往往是从大篆中衍化出来，如石鼓文的[illegible]（吾），被简化为[illegible]，实际上是取大篆的一部分，所以从这一点来说，它又是渐变。

小篆里也蕴含有隶书的某些法则，而章草又是从隶书中衍化出来，真书也是从隶书中化生出来的，尽管其历程较长，但衍化的轨迹还是清楚的。我国的魏晋时期正是书体发生重大变革的时期，所以在同一时期，诸体并存是一种真实的历史现象，并不存在什么奇怪,魏晋时期,更是如此。王羲之所以成为一代书圣,从时代来说,就是处在这个书体由旧向新转变的时期，而他的真行草，都能领时代之新，继传统之醇。所以他就成为推陈出新的典范。至于在同一个时代里，并存着几种书体这是毫不奇怪的，例如当真书流行的时代，又流行着行草，这有什么奇怪呢？现在能见到的传为王羲之的书法，不是真、行、草都有吗？至于隶书盛行的时代，仍有篆书存在，这也是同样的道理，有时为了特殊的文体，为了求古，特意写较古的篆书甚至金文，所以往往碑额是篆书，而碑文是真书或隶书，这是常见的现象。这种书法史上特殊交错复杂的现象，杨老在他的多篇重要论文里，都有精辟的论析，解人之惑、释人之疑。

杨老的这些文章，都是高水平的学术论文，当然从书法史、美术史的角度看，它又分别是书法史和美术史的专题论文，从鉴定学的角度看，它当然更是鉴定学的专论。

三

在这样深厚的学术基础和实践基础上，杨老花了极大的精力，写出了他的《中国书画鉴定学稿》一书，都60万字，图片数百幅。

我国的书画鉴定，是有悠久的历史传统的，最早大约可以上溯到两晋六朝。但是千余年来，只有著录和简略的品评，没有详尽的论证。因为以往的鉴定，主要是靠目验和有关的著录题跋，没有更进一步的科学论证，更没有近现代的科学手段，所以也没有一部专讲书画鉴定的专书，尽管历代著名的鉴家辈出，但却无这方面的专著问世。直至上世纪中期，才有张珩先生的《怎样鉴定书画》一书问世。张珩先生是举世公认的大鉴定家，他在鉴定古书画方面的权威性是公认的，可惜不幸早逝，这部书是他的一次讲演录，而且还是他去世后经老友整理的。所以从篇幅来说只是一本小册子，但从质量来说无疑是他毕生珍贵经验的总结。然而毕竟被过小的篇幅所限制，不能尽其所能述。到了上世纪80年代，又有徐邦达先生的《古书画鉴定概论》出版。徐老是书画鉴定的大家，众所公认，本书文字十多万，附图百幅，比张珩先生的书大大扩充了，可以说是书画鉴定学方面的一大跃进。到了上世纪最后一年的10月，杨仁恺先生的《中国书画鉴定学稿》出版，全书约60万字，附图数百幅，成为鉴定学方面的皇皇巨著。凡鉴定学方面的有关问题，如时代、风格、流派、款识、著录、题记、印鉴、装裱、流传、收藏、真伪等等，无不详细论述，结合插图，读者更觉亲切，如同耳闻目见。这无疑是书画鉴定方面的一部带有阶段性的巨著。

中国的古书画鉴定已经传承了千余年，从古人到今人，积累了大量丰富的经验，可惜一直没有系统地整理并加以科学化、理论化。幸而由张珩先生开头，中经徐邦达先生扩大，到杨仁恺先生总其大成，并定名为“鉴定学”，这是一个划时代的飞跃。

把中国的古书画鉴定作为一门“学科”来看待，来建设，这是完全符合这门“学科”的实际的：一是它已经具有了千余年的传承历史，古代和当代的许多鉴定专家都积累了丰富的文化历史知识和鉴定经验，“鉴定学”的建立，是对古代和当代许多鉴定家的成就、学识和经验的肯定和综合，并非只是个人的成绩。二是我国具有如此悠久的历史文化，需要鉴定的书画还很多，也包括其他文物，都需要鉴定。当然其他文物的鉴定与书画鉴定并不一样，但“鉴定学”的建立，对其他古文物方面的鉴定也会具有积极的意义。三是“鉴定学”这个“学科”建立后，还会不断提高，不断地更加科学化，随着时代的发展，可能还会有更先进的技术手段。所以“鉴定学”这门学科也会继续有所发展。

因此，我认为杨老提出“鉴定学”这个概念，写出具有丰富的鉴定经验和深刻理论的专著，这是对我国文化建设的一项重要贡献，更是对文博事业的一项重要建树。

四

杨老的另一重大贡献是他的《国宝沉浮录》。《国宝沉浮录》是一部专门记载辛亥革命胜利后末代皇帝溥仪从故宫盗取书画珍宝的事。溥仪利用他当时的特殊条件，盗取了故宫所藏的大批书画珍宝，后又勾结日本帝国主义成立伪满洲国，背叛祖国，背叛民族。溥仪又将他盗取的大批珍宝凭借日本帝国主义的势力从天津运抵长春伪皇宫。抗战胜利，日寇投降，溥仪又挟宝潜逃，被我缴获。但大部分留在伪宫小白楼里的大批书画珍宝，被伪满洲国看守士兵哄抢争夺以致撕毁和流散，造成中国历史上最近最重的一次书画珍宝的大劫。

杨老一向关心溥仪盗宝的这件大事，想弄清此事的来龙去脉，并想尽可能地抢救这批国宝，恰好50年代初，杨老由政府派往东北调查清理征集这批流散国宝，因而对这次小白楼事件及溥仪盗宝的前前后后有了最深刻的了解和亲自接触掌握了第一手资料。在这个过程中，杨老还为国家抢救了上千件文物，著名的《清明上河图》就是他在仓库的杂品中发现的，原先被作为北宋张择端《清明上河图》真迹的恰恰是一件后人的画本，经杨老发现真本后，才将这件国宝从杂品冷库中选拔出来重放光彩。杨老还两次在荣宝斋遇到一位从东北来的青年，拿着一包古书画的残卷碎片来卖。杨老竟从残卷中认出米芾《苕溪诗》卷真迹来，从而使这件国宝得以遇救，同时被抢救的还有几十件，国宝巧遇“国眼”，劫中遇救，一时传为佳话。

杨老的《国宝沉浮录》，详详细细地记载了：从溥仪故宫盗宝偷运天津张园，到溥仪本人依靠日本人力量从天津偷逃至长春，甘当“儿皇帝”，又借日寇之力将国宝运抵伪宫，以及后来日寇投降溥仪潜逃被截，伪宫宝物哄抢流散，文物古董商人趁机发财，直到后来国宝部分收回等等，尽皆据实详录。

不仅如此，更重要的是杨老以他卓越的书画鉴定能力，对溥仪盗宝清单上的国宝书画，尽量作了学术性的鉴定和考论，并附有大量的图版，使这部书成为可读性极强而专业水平又极深的好书，从而又使近代史上溥仪盗宝事件得到了最真实详尽的记录。

我国历史上每逢大乱，必有书画国宝的被毁和流失，但以往只有简略的记述，从未有如此翔实的专著。所以杨老这部书，又是我国文化艺术史、文博史上具有创造性的专著，发前人之所未发，作前人之所未作。

杨老另一部著作，就是一百多万字的《沐雨楼文集》，此书收录了杨老有关书画鉴定和艺术研究的大部分文章，是他鉴定每一件古书画的专论。读者可以从他文章中，看到杨老如何运用历史唯物主义和辩证法来研究具体问题的，更可以看到杨老缜密的思辨和分析能力以及他渊博的学识。正是这一部文集，加上前述两种专著，证明了杨老崇高的学人地位。

当然，这几部名著，也同时证明了杨老是卓越的古书画鉴定大家。

五

我们不能忘记，杨老还有《沐雨楼翰墨留真》，这是杨老的书法集。从书法的角度看，杨老当然是当代的书法大家，集中的篆书“竹西”两字何等功力！还有所临汉篆，地地道道的汉篆风味，如无绝顶的功夫，决不能至此。而他的行草，笔法之娴熟，风度之潇洒，一任自然，毫不着意而行云流水，自然天成，令人钦敬不已。先师王瑗仲公曾云：

> 先生于书，初嗜苏长公，喜西楼帖，后及石门颂，龙门二十品，复合汉碑晋帖为一冶，凡数十年，所造益雄奇。

先师是大学问家、大诗人、大书法家，日本书法界称他是当代的王羲之。可见先师之评，一字千斤，不可动摇。

但是我读杨老的书法，却发现杨老的自书诗，不仅仅书法好，诗亦极好，令人读之不厌。例如“夜色苍茫访古寺”一首，“前事不忘后事师”一首，“结伴六十载”一首等等，都情真意深，令人难忘。

我与杨老相识数十年，多次与他在一起，每逢友人出卷轴请他题识，总是见他援笔立就，不假思索，有如宿构。而且并不是一次两次，而是每次都如此。也不是观款短跋，往往是洋洋洒洒的长文。有一次我拿出一卷清初的书法长卷，请他鉴定，他竟拿起笔来一口气把后面长长的拖尾写完，真是文不加点，一挥而就，不能不令人衷心折服。

我知道杨老还有其他著作，但我知之不详，不敢妄说。

杨老这样的大学问、大才气，人们总想了解他是哪一个名牌大学毕业的？得到什么学位？杨老却很风趣地说他是琉璃厂大学毕业的。杨老的回答虽然风趣，却是事实。杨老的学问是从实践中得来的，是靠勤奋苦学得来的，当然他早年在重庆得识许多名家，如郭沫若、沈尹默、谢无量、金毓黻、马衡等，以上诸位，都是名震遐迩的大家，岂能轻易见到，杨老却在青年时期就得到他们的指点，真是人生一大幸！

然而，若不是杨老的勤奋，若不是琉璃厂"大学"的实践，岂能有今天的成就？所以"实践出真知"这句话确是至理名言，不仅如此，我还认为"实践出真才"，出"干才"。离开了实践，一切知识都是空话，所以我一向认为，人才是靠自我培养，自我造就的。从这一点说，杨老就是自我造就的一位大才！

杨老才大，学问大，眼界大，但是待人却极谦和、毫无架子，遇之如春风，接之如冬阳，一切平平淡淡，一点也觉察不出他浑身是"大"，更觉察不出他是一位走遍世界的大学问家、大鉴定家。普天下的书画国宝，不论是国内的或国外的，绝大部分都已经过他的法眼了，他胸中眼中藏有多少书画国宝，恐怕除他自己而外，很难有人能估量。

也因此，我写这篇短文，也只是以蠡测海，最多不过是得其一勺而已！愿意更多地了解杨老的人，还希望直接去读他的书，因为只有观沧海而后能知沧海之大，只有登昆仑而后能知昆仑之高！

2004年8月23日夜12时

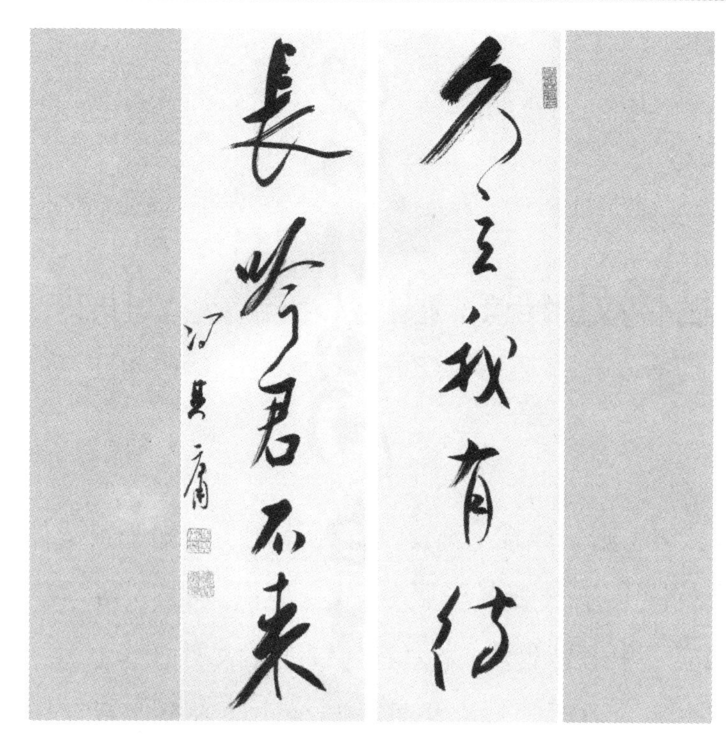

26 记杨廷福、江辛眉二三事

记杨廷福、江辛眉二三事

杨廷福，字士则。原在上海无锡国专读书，受知于王瑗仲师，1947 年春余就读上海，士则转学复旦，故未能识。“四人帮”垮台后，1977 年士则应中华书局邀请，来京参与校注《大唐西域记》。到京，即持瑗仲师书来，谓瑗师嘱来相见，与余快谈竟夕，竟有相见恨晚之感。自此，每周必有两至三次来余舍杯酌相对，有时作长夜谈。士则善饮，余亦能尽数杯，至则家人必治馔以待，酒罢继之以茶，士则于茶事亦甚精鉴。士则复好京戏，于海上名角，如数家珍，故吾二人茶酒之间，亦必及梨园旧事。士则因作《说丑》一文发表。时予方撰《曹雪芹家世新考》成，因请士则作序，以存纪念。越一周，士则即持其万言长叙来，旁征博引，畅论谱牒学为史学之一支，不应废弃，因及拙著，谓曹雪芹上祖之籍贯，确是辽阳而不是丰润，有大量史料证实，从此数十年争论之问题，得到澄清，作出了结论。

一夕，士则忽袖其诗稿来，谓余曰：此“四人帮”横行时吾辈之心声也，辛眉兄已依韵唱和，兄曷不序之，以见吾三人之同心也。余展卷视之，则是《丙辰咄咄吟》六首，辛眉兄依韵唱和，余读其诗，感慨苍凉，几欲泣下，乃为作叙，并加笺疏，录副以存。

余叙云：吾友杨廷福、江辛眉两君，耿介之士也。雄于文，兼工吟咏。杨君精研史学，出其余绪为诗，沉郁苍凉，得杜陵之旨趣。江君浸淫韩黄，硬语盘空，含蓄蕴藉，时有回甘之妙。丙辰之岁，两君同在海上，时“四人帮”推行封建法西斯专政，气焰熏天，人人切齿，而周公总理又不幸长逝，大星殒落，举世震悼，血泪成河，哀声动地。九亿人民，瞻望前途，茫茫难测。廷福激于悲愤，走笔成《丙辰咄咄吟》六章，密与辛眉唱和，虽缇骑满街，勿顾也。

其时余在京师，首都人民先后有百万之众，徘徊啜泣于天安门广场。花如山叠，人似潮涌，同声悼念周公总理。余日予其列，寓于目而接于心者，为悲哀、为义愤、为控诉、为抗议，为贯空之长虹，为澎湃之怒涛。余遥望灵堂，目送灵车，哀哀黎元，如遭天倾，不觉悲从中来，泪如雨下，虽寒风砭骨，犹兀立广场而不自知也。其后，往悼者益增，诗文、标语、花圈积满广场，自清明前三数日起，悼者日达三四十万之众，愤激之余，或朗诵，或演讲，皆欲声讨国贼而逭国运，遂遭“四凶”之疯狂镇压。英雄儿女，血染长街，昂首阔步，联翩入狱。此情此景，皆余所目睹。呜呼！人民运动之惨遭荼毒，稽之史册，近古以来，莫此为甚也！

前岁，粉碎“四人帮”后，两君皆来京任职，师门旧友，春明重逢，回顾十年惊涛骇浪，恍同隔世。杨、江两君因出其所作《丙辰咄咄吟》唱和诗稿见示，余朗其诗，感慨苍凉，泣下沾襟。“悉绝杨、江沧海眼，灯前泪墨谱丹忱”，余以为此即丙辰之史诗也，乃为之序而注释之，借以公之于众云尔。

余既为之序，复为作笺注，笺注过繁，今不录。其杨诗原唱云：

丙辰咄咄吟

一

识字早知忧患始。谋生应自笑支离。
修眉不作新妆好，长袖生憎善舞痴。
栈马嘶凄惟恋豆，桑蚕情断尚含丝。
忧天欲堕身何惜，海鸟移巢风雨知。

二

几丝玄鬓添愁绪，落叶有情终恋林。
方谓千山涵朗照，岂知三伏结重阴。
风波历久功名淡，泉石看多意味深。
呼以牛马吾自惯，年来只愿陆中沉。

三

十载京华道盛衰。思量弥觉蜡成灰。
闲翻故纸忘忧去，细拾残花待酒来。
白发如丝吹更乱，青春似梦唤难回。
更无旧雨谈文艺，一片斜阳过钓台。

四

情怀恶似初中酒，梦入槐柯总不如。
冷眼几人争逐鹿，伤心万姓化池鱼。

风凄柳岸空归锻，月冷松窗罢著书。
骨相虞翻终太劣，劳生只合老江湖。

五

犹抗尘容居傲岸，逢人不党且清狂。
纷华念绝眠无梦，引睡书多久渐忘。
一足怜夔输马陆，六飞附骥看牛虻。
滔滔唯独清流水，犹向前门溯上阳。

六

不堪摩眼伤离乱。短发飘萧影半顽。
双泪曾因知己下，十年不叩故人关。
身逢昏垫才宜敛，人到穷愁语可删。
万古星辰原不废，凭栏依旧见东山。

诗友江辛眉兄次韵云：

一

矛头淅米剑头炊。莫漫行歌动黍离。
槐下功名原是梦，蜗边蛮触竟成痴。
十年忍饮椎心泪，一息危存续命丝。
欲向九天叩阊阖，当关犹恐虎罴知。

二

天涯夸父知何去？遗策终看有邓林。
翘首伐山成大厦，惊心匝地起层阴。

萤灯伴我成形影，蠡勺从人测浅深。
古往今来竟如此，他年心史要钩沉。

三

一春风雨花经眼，看到荣枯百念灰。
消息厌闻乌鹊喜，襟裾时见牛马来。
明知呵壁天难问，终望挥戈日可回。
老病更添儿女恋，梦随冰雪赴轮台。

四

忆从海上盍簪初。肝胆相倾各皎如。
世路悬崖须勒马，生涯缘木尚求鱼。
陬琴惯听将归操，秦火狂燔未见书。
安得凄惶深处隐，共君蓑笠老江湖。

五

未识筲箕字几行。凤歌满地接舆狂。
金縢有策流言急，中冓无端礼数忘。
堂壁鲁书灰劫火，城门秽血点飞虻。
眼穿海宇澄清日，江草衰青卧夕阳。

六

年来钳口是非间。尚觉平生坐傲顽。
四壁已无书可读，一襟唯有酒相关。
狂吟好句心先醉，细和新诗手自删。
愿乞余生无恙在，重看朗旭焕河山。

此十二章诗，缘成于“四人帮”猖獗之时，故语多隐晦而情极沉痛，可当无声之泣，亦嵇生咏怀之什也。故余当时便为一一作注，并每章作通释，藉以使读者知其所指而了然于心，如“忧天欲堕”句是担忧“四人帮”将欲篡权倾国。“一片斜阳过钓台”是骂江青所踞之钓鱼台已是夕阳时候，时间不长了。“遗策终看有邓林”是用《淮南子》和《山海经》之典，指总理逝世后，幸有邓小平在。“襟裾时见牛马来”是用韩愈“人不通古今，马牛而襟裾”句意，骂“四人帮”是穿着衣服的畜生也。“江草衰青卧夕阳”是骂江青终有一天将如枯萎的荒草倒卧于夕阳也。今两君皆不幸先后逝世，诵其遗诗，不禁泫然！

杨迁福兄自发病至去世，余皆经历，今记之如次。

1984 年 8 月士则自沪来访，谓 10 月要去成都开会。约 10 月末，士则复从成都发来电报，告我即日到京，住北大留学生招待所。数日后，当时已是 11 月初，士则忽然到我书斋，兴致甚好而常咳嗽，谓患感冒，问我有无感冒药，我即给他两种。我看他穿衣甚少，问他要不要加衣，他说下午即飞上海，不必加衣了，语罢，即匆匆而别。其实此时咳嗽，已是他的肺癌开始发作，只恨当时无从知道耳。一月后，12 月 6 日，我到上海，住上海宾馆，即去江苏路看望徐定戡词老。徐老见余至，喜极。即电告士则，约他翌日来午餐，结果家中无人，不得通话。7 日，王运天兄在衡山宾馆请吃饭，亦邀士则，后得士则夫人来电话，告我 6 日士则大吐血，正在医院检查，故电话去无人接，现尚不知何病，要到 8 日方有结果。

语次颇忧虑,我还安慰了她。我定8日下午回京,原拟不去士则处了,谁知8日上午突接士则夫人电话,谓检查结果竟是肺癌,已很严重,杨夫人在电话中已语不成声,我亦大吃一惊,如遭雷击,不觉痛泪直下,乃急叫车赶赴士则居处,当时他家人已在门口等候,告诉我他本人并未知道病情,嘱我勿泄,并要我镇静,不能让他觉察。我只得强忍悲哀,咽尽泪水而入。士则见我至,喜极,并谓只是感冒,因咳嗽致出血,我事极忙,何必再去看他。我也只好勉强支吾应付,说养几天咳嗽就好了,但要安心休养治疗,以防转肺炎云云。其实我心绪甚乱,哪有心说话,见了他反倒想早点离开,以免露出马脚,增加他的病情。故只得推说要上火车,匆匆告辞出来,刚出大门,我的眼泪已夺眶而出,因为我担心下次来就不容易见到他了。杨夫人也泪不能止,我们匆匆商量着医疗的措施,并委托了王运天兄代为奔走,不得已我才告别回京。

过了旧历除夕,我又到了上海,为的是想尽可能多看他几次,想能尽力延长他的生命,我还想把他接到北京治疗,中华书局的朋友们也十分热情地愿借房子给他住,以防一时住不进医院。除夕夜里,我哪有心情过年,我特地为他画了一张“士则大利图”,画面上是一株鲜红的荔枝和三只柿子,取其谐音之意。此画立即寄给了他,还有士则自己拟的一副联语,嘱我书写,我也立即写好一并寄给他。到我这次去上海时,字画都已挂了起来,他也已经知道自己的病了,但情绪还好,因为一则他并不知道病已至后期的严重程度,还指望能治好,二则他以为即使难治,也总还能有两三年的时间，还可以做些事情，所以与我谈话之间，反倒劝我保重身体，并且告诫我还会有人造谣整我，千万警惕，要我不要太轻信人，不要太耿直等等。明明是他已危在旦夕，是我含泪去探望他，反而倒让他来安慰我、告诫我，我当时真是如坐针毡，眼泪不能流，脸上要强笑，要装作很轻松，是谈家常，没有任何心事，这有多难哪！就算是演员，只要是他自己身临其事，我想也是演不好的，何况我从来没有经过这样的场面，我只好勉强应付，好容易等到谈得差不多了，这才告辞出来，回到上海宾馆。之后，是杨夫人来与我商量，反复思量，到北京困难也是很多，一时无法决定，我只好再次重托王运天、石童年、朱淡文等同志。我又怀着极度悲哀的心情回到了北京。

4月8日，我第三次到上海，住进上海宾馆后，急忙与王运天一起到医院，见到士则精神似尚好，头发脱落不少，颈部淋巴很大，声音嘶哑。我一进去，他紧握我的手，十分高兴，说：冯兄与我，情胜手足。说话时气喘咳嗽，我连忙不让他说话，略略安慰他，因外面下雨，车子不能等，答应他明日再来，在病榻旁只留了五分钟就出来了。

4月9日，我再去医院，当日开始输血，医生要杨夫人和我去看片子，告诉我情况严重，随时有危险，要做好准备。我听了觉得我的心像是被紧束了起来，简直不知自己该如何才好。正在这时，周谷城老师来了，我连忙陪周老到病房，士则见周老来，忙欠身想坐起，我们连忙阻止了他。周老是得知士则已病危才来的，但对着士则,周老还是殷殷嘱咐认真治疗。周老原是无锡国专的教授,是士则和我的老师。周老对我说:“士则是天才加勤奋,一般人是不容易到达他的成就的,是不可多得的人才!”士则连忙说:这都是老师的教导。周老说:不能这样说,你研究的唐律、佛学都是你自己深钻的结果。周老停留了十多分钟,我们劝他早点走罢,病房里空气不好,周老才殷殷嘱咐而别,我送他到楼梯口时,他还叫我好好照顾他。这一天士则心情很激荡,他告诉我说:“只有一年了,我做不了多少事了,完不成任务了。”我听到这里,实在经受不住这样的悲哀了,眼泪簌簌地掉下来,他的眼泪也夺眶而出。请想想,医生刚刚告诉我,他最多只有一个星期了,并且随时可能出危险,而他却还在想着“只有一年了……”这样的情景叫我怎么能忍受啊!

这天,我到五点以后才离开医院。晚上,杨夫人和同甫侄一起到宾馆商量士则的后事。士则是在1957年被错划为“右派”的,几十年来,尝尽了人间的苦味,直到1977年以后,才算有所好转,由于他在学术上的成就,国内外的同行,无不知晓,无不敬佩,1983年参加在意大利举行的国际法学学术研讨会,他的两篇论文赢得了很高的声望。他在史学界也发挥着重要的作用,因此,我主张要为他开追悼会。后来也是为他隆重地开了追悼会。

4月10日,下午三时,我与王运天、朱淡文同去看士则,我为他拍照,为他全家一起拍照,我与士则也一起合拍了一张。医院正式给了病危的通知,这时,我们大家的心已经不知是什么滋味了。我将事先写好的一张启事贴在病房门上，希望来看望他的人尽量少与他讲话，为的是好让他保留点精力多延长几天。到四时半，我已经不能再停留了，我含泪与士则告别，他仍坐了起来，我看到他的泪水在不停地流下来……这是生离，也是死别，我和他，心里都明白，从此幽明永隔，再也不能见面了。我此时忽然脑子里涌出了杜甫的诗句："便与先生成永诀，九重泉路尽交期！"

此后，我带着研究生，在南京乘江轮到武汉，在船上我面对着滔滔的江水，恨不能再顺着流水回到上海。我到了武汉，又到江陵、宜昌、奉节，每到一处，就生怕有电报来，因为我把到以上各处的日期和停留的地点都告诉了士则的夫人。

5月1日，我从奉节上船去重庆。晚上忽然梦见我回到了上海，先去看了王瑗仲老师。瑗师告诉我士则已病故，我竟然从梦中悲恸而醒。醒时听江声浩荡，轮船在逆流上行，天上星月微茫，我知是梦，但却下意识地觉得是大不祥，心头仍然被梦中的余痛袭击着，良久方睡。睡后复梦，见辛眉兄已来北京，我急问士则病状，辛眉皆不答，似向我回避此事，其余情景则一片模糊，既而复醒。唯觉浪声大作，船身摇晃不已。少顷复睡，睡后又梦，见士则亦到北京，谈笑一如往昔，颈间亦无复肿瘤痕迹。唯较前略瘦，然神采甚好，与我谈笑甚欢，若未曾有病者，又若不以病为意者。我即慰之曰：即如现在已甚好，可不必再虑矣！语罢复醒，则江声依旧，寂无人声，时天尚未晓，余仍苦念不置，只得支颐待旦。

以后我又走了不少路程，一路上我不断写信到上海，询问情况和报告我的行止，我庆幸始终没有急电，我的侥幸心理在滋长着，希望能出现奇迹！

5月26日上午八时半，我回到北京，家人来接我，我急问有无上海来的急电或重要消息，回答说没有。我的侥幸心理如雨后春花勃然怒放，我想谢天谢地，这回该是例外了罢！回到家里，我急忙翻着案上高积的一大堆信件，全部翻过，确实没有一封告急病信，我长长地舒了一口气，我的心好像落到胸腔里了。我稍事休息，即整理书桌，随即午饭，饭后我想稍睡片刻。谁知楼下却在喊取电报，这个不祥的声音，一下把我的心又提起来了，我冲着下楼接电报，拆开一看，士则已于25日下午三时二十分去世，噩耗传来，如晴天霹雳，把我几天来的侥幸心理击得粉碎，我拿着电报，热泪滚滚而下，几乎走不上五层楼。……

如果说士则的去世，自发病到疾革，我清清楚楚的话，那么，辛眉兄的去世，却是一丝一毫的消息、一丝一毫的思想准备都没有。去年10月我到上海，来去只有三天，时间实在紧，他又住得很远，我想就不告诉他了，免得他再赶来，谁知到我临走前一小时，他却来了电话，想约我到他家去吃饭，我告诉他这次时间太紧，我明春一定到沪，再去看他，他也同意了。他说话声音有点沙哑，我嘱他保重身体，问他原来的脚肿是否好了，他说他的肾结石经过了极大的痛苦已排出来了，现在没有事了，说话间非常庆幸，我也为他高兴，约定明春一定见面。

到11月，在苏州大学举行纪念唐文治老夫子的大会，我因有事不能去，同学和师友一定要我写篇回忆性的文章，我写了一篇短文寄给大会，我知道辛眉必定到会，我还嘱咐此文一定请辛眉、振岳几位学长最后审阅，以免差错。辛眉也确实为我看了文章。谁知到今年2月8日，即旧历乙丑年的除夕，却突然接到王运天兄打来的长途电话，告知我辛眉已去世，我简直不敢相信，但电话听得清清楚楚，不是梦境，也没有听错。与士则兄去世相隔只有八个来月，老天就夺去我两位知友，真是“日暮途远，人间何世”？如果说士则是一位标准的历史学家，写诗只是他的“史余”的话；那么，相反，辛眉却是一位标准的诗人，其他都是他的余事。他才气横溢，功力深厚，而且可以七步成诗，诗思之敏捷，确实是非一般人可及的。上面所引的《丙辰咄咄吟》和章，已经可以看出他的诗才，我还记得他和熊德基先生悼念陈毅同志的一首律诗，是一首可敲金戛玉的好诗，现在我把它忆写如下：

神州今日起风雷。父老江东说将才。
飞虎营中辛弃疾，江西图上吕东莱。
九天熊罴摧天柱，十万旌旗照夜台。
掩卷赣南词罢读，唯将双泪滴深杯。

现在一切已成为过去，已成为梦幻。苏东坡说：“梦里青春可得追，且将诗句绊余晖。”梦里的青春是不可追的，诗句也绊不住余晖，时间照样要过去。曹雪芹说：“春梦随云散，飞花逐水流。”

其实是实情。

然而，我总希望，这样美好的又是伤心的惨痛的“梦”，能永远留在我的记忆里，不要水流云散！我也相信，凡是真实的人生，为人们做了好事的人生，凡是创造美好的事物给人们看的人生，纵然他本身水流云散了，但自有不散者在，那么在哪里？答云：在人们深深的记忆里，在金石般的友情里。

一九八六年七月十七日为悼念杨廷福、江辛眉两兄而作宽堂记

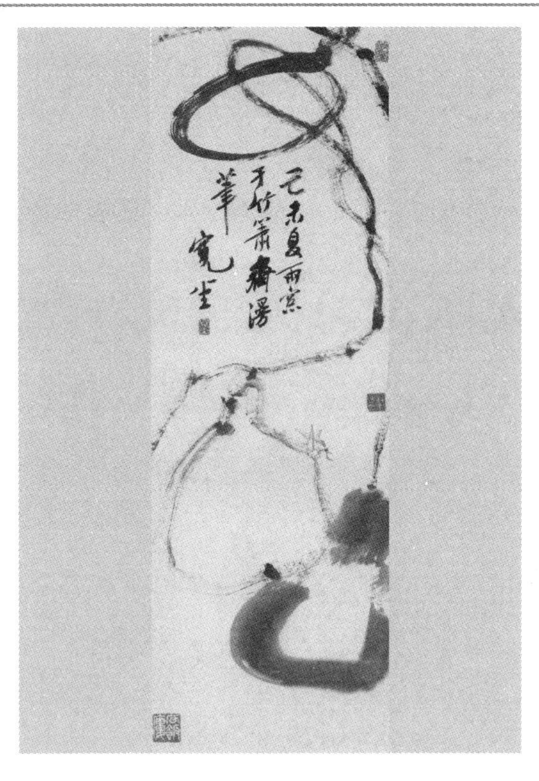

27

无限沧桑哭慧良

——我与「武生泰斗」厉慧良的四十年交往

无限沧桑哭慧良[①]

——我与“武生泰斗”厉慧良的四十年交往

回忆起慧良与我的交往，已经整整40年了。我是1955年看他的戏，并与他结交的。那次他在北京演出了一段时间，我是每场必看,并且在《人民日报》发表了一篇高度赞扬慧良的文章。有一天，慧良来看我，那时我住张自忠路3号人民大学宿舍五层楼上。慧良来畅谈甚久,他向我提出了一个问题,就是关于《拿高登》里的“醉打”的场面。他说有的老专家、老观众认为传统的《拿高登》原无“醉打”，没有必要增加这些场面。他问我，我是什么看法。我认为这出戏里增加“醉打”的许多身段和场面,是这出戏的创新和发展，既丰富了表演，也丰富了人物性格，而且完全符合情节。高登是个恶霸，也是个酒色之徒，既有了色，岂可没有酒。有酒有色，而且至于大醉，这才是高登，以前没有让他喝醉，这正是不足之处。岂可因为过去没有而不准现在新创？何况演出的效果特别好，观众的情绪热烈。慧良听了我的分析后，觉得非常有理，就决定这样定下

① 这是作者为魏子晨撰写的《慧良传》而写的序。

来了，而我们的交往，也从此开始了。以后每逢慧良来京演出，必通知我，我也一出不落，总是全看。

我记得1962年慧良来京演出，在慧良之前，武汉高盛麟来京，剧目中有《洗浮山》、《长坂坡》、《连环套》。这几出戏我都看了。高盛麟是有名的杨派武生，常在南方，此次来京，形成了北京戏剧界的一个高潮。我对盛麟，也是十分钦佩的。记得1947年我在上海时，就非常喜欢他的戏。所以盛麟这次在京演出，对后来慧良的演出，既是增加了气氛，更是增加了“压力”。

慧良这次演出的剧目，有《长坂坡》、《挑滑车》、《拿高登》、《闹天宫》、《嫁妹》、《火烧望海楼》等。后一出是现代戏。尽管《长坂坡》已由盛麟示范在前，几乎是崔颢题诗，难以为继。但慧良自有自己的戏路和绝招，“枕戈待旦”一场，赵云“主公且免愁肠，保重要紧”一句道白，于苍凉遒劲中饱和着一腔忠贞的感情，真是声情并茂。当时即有人评价：“深得杨小楼神韵。”后来在“糜夫人投井”一场中，赵云于措手不及之际，抓帔、倒插虎等一连串连续性的高难度身段动作，慧良演来，依然节奏紧凑而动作利索干净、清楚洒脱，如行云流水，真是神来之笔。看过盛麟这出戏的老戏迷，无不称赞，有的则直认是杨派神韵！慧良的《拿高登》，出场就与众不同：背向观众，反手握大纸扇贴背拍扇，一足独立，一足弯举，踩着锣鼓点子一足移步，自帘门口直到台口，然后大转身亮相，慧良这一亮相，每次都全场彩声轰然。后面“醉打”的身段，更是淋漓尽致，层次分明。开始是目光斜视，用眼神来表示对敌人的轻视和鄙视。

继而交手之后，突觉来者不善，大敌当前，一惊而吐，随即酒醒。其呕吐、理须等细节，简练而传神，平添不少生活真实，接着再开打，便是一番生死搏斗，从眼神到动作，都贯串着一股拼死挣扎的狠劲。所以看慧良这出戏，并不是单纯看他的身段动作和开打的种种架势，更重要的是让你看到角色的心理，随着情节的变化而发展。到80年代慧良再演这出戏时，其背向观众独步出场一段，已改为正面出场，我很为此惋惜，曾问过他。慧良笑笑说，已经30多年过来了，体力毕竟不如当年了！然而，我看他“逛庙”一场，在帘门口大喝：“闪开了！”一声，如闻惊雷，然后趟马，几个大圆场，其慑人的气势，简直如同猛虎下山，依旧不减当年之勇。

慧良的《嫁妹》，同样是他的杰作，甚至可说是戏中的“神品”。这是一出悲剧中的喜剧，于凄惨苦楚之中深含着人情味，这出戏，处处透露着矛盾的对立而又统一：一群“鬼”而充满着人情味；在一副丑陋甚至可怕的面貌下却深藏着一颗善良的心；是一副粗犷凶狠的架势而却动作妩媚天真，惹人喜爱；在表面的鬼气森森下却给人送来了琴剑书箫、平安吉庆……所以这出戏旧时常在岁首迎春时演出，以示吉庆。慧良这出戏，重在舞蹈身段和场面的安排，每一个场面都是一种塑型的美，装饰的美，而每一个身段，都是姿态横生，妩媚动人。要说中国戏剧中的塑型美，这出戏恐怕是很突出的。犹记得1955年慧良演这出戏时，有一个场面，众鬼簇拥并高举钟馗，这时台上暗场，一束灯光打在钟馗身上，钟馗高举牙笏，穿一身大红袍，灯光下帽翅摆动，两眼炯炯有神，远看宛如悬挂在大厅中的一幅朱笔写意大钟馗，神彩飞动，栩栩如生。慧良的这些精彩场面还有不少，不能一一缕述，而这些都是慧良的新创造，与原有的传统程式，有显著的不同。

1962年慧良在京演出后，戏剧界的评价是很高的，尤其感到每一出戏，都有他自己的神韵，给人以有余不尽之意，而这一点正是武生戏最最难能可贵之处，也正是这一点，标志着厉慧良在长期的博采众长、不宗一派的实践中，已经自然而然地逐渐形成了自己的艺术流派——厉派。

1964年全国京剧现代戏会演，慧良来京演出了现代戏《六号门》。之后，过了不知多少时间，我就得不到他的消息了。1966年，那场空前的风暴席卷天下的时候，我听到不少有关他的可怕的消息，以后不久，我自己也受到了意想不到的风暴的席卷，之后就再也无法听到他的消息了。有一天，忽然慧良的儿子——厉钢铁来找我，我这才知道慧良因事入狱，但并没有死；还知道钢铁考取了戏校，又因为他是厉慧良的儿子被取消了入学的资格。我真为他可惜，他的身材和嗓音是多么好啊！他到我家来，我就爱听他说话。然而就连他，后来也没有了消息！

1978年，慧良终于出狱了。是由冯牧首先就告诉我的，而且在将要出狱之前冯牧就告诉我了。因为我们只要见面，就常常会想到慧良。1984年，慧良重新在北京登台，剧目中有《长坂坡·汉津口》。我们大家为他担心，20年不演，这次重登舞台，能否拿得下来。但演出的结果，却比较满意，除了嗓音已大不如前外，其他功夫没有搁下，依旧拿得起来。当时我看过他的《长坂坡·汉津口》后，非常高兴，曾题了三首诗：

一

二十年来不见君。
依然蜀汉上将军。
秋风匹马长坂上，
气压曹营百万兵。

二

豪气多君犹似云。
沙场百战见精神。
当阳桥下秋风急，
跃马横枪第一人。

三

熟读春秋意气高。
汉津渡口待尔曹。
莫愁前路风波险，
自有青龙偃月刀。

这三首诗写出后，我用毛笔写成条幅送给了慧良，但寄给几家报刊都不敢发表，一直过了很久，大约有一年多，才在上海一家报上发表。

1985 年，我因事到上海，恰值慧良在上海演出，那天恰好又是演《长坂坡 · 汉津口》。关良先生的学生曲章富来告诉我，关老也去看戏，问我是否一起去，我当然非常高兴，特别是关老特为慧良画了一幅他的《长坂坡》的赵云,同时也为我画了一幅《拿高登》里的高登。那天我们到剧场晚了一点，只见剧院门口挤满了等退票的人，戏演得十分精彩，彩声满堂而且不断，比起 1984 年出狱后初次在京演出，可以说是一次极大的跨越，我看他的《长坂坡 · 汉津口》，实在应以此次演出为典范。到谢幕时，竟谢了 30 多次，有的观众送上去的软匾是“武生泰斗”，慧良连声道谢，有几位观众一起送上去的软匾却是“空前绝后”。慧良看了，连忙请他们拿下来，说决不敢当，而且也决无此理。在慧良的坚决要求下，终于把这幅软匾收了起来，没有挂出。这时我与关良先生和曲章富同志一起上台，向慧良赠画并一起拍照，慧良见关良先生和我到了台上，特别高兴，但那天实在太拥挤了，关老身体又不大好，所以没等慧良事完，我们就告辞出来了。

之后，慧良与我一直保持着密切的联系，他每到北京，不是用电话告诉我，就是直接来看我，但经常是先来电话，跟着人也来了。1994 年他去安徽拍电视剧《程长庚》，临行之前给我来了电话。到这年的 4 月 14 日，他寄给我一张他饰米喜子的剧照。这年的 10 月 1 日，他又寄给我他在上海为梅、周两位大师纪念演出的《战宛城》

的剧照，照片背后写着是这年 9 月 18 日演出的。特别是 1995 年春节前，他来京参加春节联欢节目，打电话告诉我住西直门宾馆，我随即去看望他。见面后非常高兴，他说等任务完成后再去看我。到了旧历的年初二，他真的与他的夫人一起来了，因为以前他曾与他夫人一起来过，所以很容易就到我住处了。那次我们一起拍了好多张照片，因为正是春节，来客很多，所以坐了不到一小时，就辞别了。行前还谈到他的身体情况，他说还好，我看他精神很足，兴致很高，所以根本没有想到会有什么意外，他与我是同年，反倒是他嘱咐我保重身体。谁知这次分别，竟然成了永别！

我是 3 月 1 日读《新民晚报》才得知这一消息的，我看了报纸，实在不敢相信。我给他拍的照片还刚刚洗出来，还没有来得及给他寄去，照片上他多么有精神，我哪里能相信呢？我立即拿起电话，给他家里挂了一个电话。电话是他儿子接的，告诉我他父亲是 2 月 27 日去世的，现在正在给我寄讣告。我听了这话，再也不能不相信了，我怀着巨大的悲痛，打电话告诉冯牧，谁知冯牧也在医院里，小玲告诉我，冯牧已经知道了。我在悲痛之余，拿着刚刚取回的照片，久久不能平静。我在照片背后题了一首诗：

匆匆过客喜盈门。
摄得梅花已断魂。
无限浮生沧海意，
为君一展一泪零。

3月2日我去辽阳开会，我在沈阳给慧良家里发了一个唁电，送了一首挽诗：

霹雳惊雷报，伤心泪雨纷。
从今长坂上，不见汉将军。

我多么想赶去天津送别慧良，但我在辽阳正主持会议，无法分身。事后我听说，全国和国外去的唁电就有成千份，送的花圈也上千，特别是沿路送殡的队伍愈走愈长，不断有人自动加入，竟达数里！这实在是“空前”的。在上海演出时，慧良不准观众用“空前”的词来形容他，但是现在这“空前”两字已是事实，而丝毫也不是形容了。我认为这么多的唁电，这么多的花圈，这么长的送殡的群众队伍，这就是对慧良的最崇高的评价，慧良塑造的艺术形象永远活在人们的心中。

前些年，我曾写过一篇短文评价慧良的艺术。我说第一是新。慧良的艺术，充满着创新精神，一出传统剧目，到了他的身上，就会推陈出新，放射出前所未有的新的光辉。第二是美。慧良创造的角色，他让观众欣赏的，不仅仅是他的功夫、架子、身段，而更是他所塑造的完美的艺术形象。任何人看了他的戏，无论是赵云、无论是高登、无论是钟馗，留在脑子里的首先是完美的艺术形象，而不是他的一招一式。第三是神。慧良所演的这些角色，这些艺术形象，没有一个不是神完气足的，而且没有一个不是给你留下无穷的韵味的，这一点，其实就是艺术的最高境界。我曾经用王羲之的书法为比喻，来形容慧良的艺术，诗云：

字到钟王有几人。
纵横挥洒见神均①。
为君一语千秋评，
君是右军劫后文。

王羲之世称“书圣”，他的书法，不仅有神，而且有韵。他的书法，尤其是以《丧乱帖》、《二谢帖》、《孔侍中帖》等为极致，因为它纵横挥洒，不拘绳墨，而皆臻极致。这个极致是什么，就是神极而韵！

我曾经说过，厉慧良是我们时代的杨小楼。什么叫“我们时代的杨小楼”？这就是说，不是原来杨小楼的翻版。如果说以当年杨小楼的一招一式去绳墨厉慧良，那就失之千里。每一个时代的艺术，总是有自己的时代精神和美学内涵的，唯其如此，艺术才能日新又新，不断发展。即使杨小楼在今天，也绝不会墨守成规！理解了这一点，那么再来欣赏、思索慧良的艺术，把他称作是“我们时代的杨小楼”，就是顺理成章的事了。

现在广大观众和戏迷们又为慧良起了一个别号，叫“当代武王”。仔细品味，这句话的意思，也与“我们时代的杨小楼”是完全一致的，

① “均”即古“韵”字，平声。此处必须押平声韵，而“韵”字是仄声，故用“均”字而不用“韵”字。

实际上是一个意思。但平心而论，“当代武王”四个字，更富有现代精神，“当代”，当然就是“我们的时代”；“武王”当然是“武生之王”，也就是武生的泰斗，武生的极致，这不等于是说武生中的杨小楼吗？

王羲之的书法，到了晚年是神极而韵。厉慧良的艺术，到了晚年，同样是潇洒自在，神极而韵。所谓“不着一字，尽得风流”。

总结厉慧良一生的艺术，到了晚年，确实可以说是“尽得风流”、“神极而韵”了！

28 陈从周《园林谈丛》序

陈从周《园林谈丛》序

我与从周兄相交已经30年了，他是我国著名的古建筑专家、园林艺术专家。我与从周相识，是由于另一好友诗人严古津的介绍。古津是一个热心肠人，凡是他所钦佩的朋友，必使之相互都成为朋友，就这样我与从周真正一见如故，30年来相交无间。除了他的古建筑学的专长我一无所知外，差不多他所爱好的也大都是我所爱好的，因此，我们俩不见面便罢，见面后就有说不完的话头。

“文化大革命”中，我们各自天南地北失去了联系，而古津在无锡也不知道我们的信息，古津写诗忆从周，后来把诗寄给了我：

伐木丁丁鸟自呼。湘兰楚竹画相娱。
别来几见当头月，望断长天雁字无？

因为从周不但是古建专家，而且是书画家，所以古津诗里第二句及之。我看到这首诗的时候，正是1966年秋末的一个风雨之夕，当时感触很多，随手写了一首怀念从周和古津的诗：

漫天风雨读楚辞。正是众芳摇落时。
晚节莫嫌黄菊瘦，天南尚有故人思。

现在古津已经去世两年，而这些诗却成了不可磨灭的梦痕。

从周比我年长，我对他是十分尊敬和佩服的，唯其如此，我们相处从不拘形迹，可以倾心谈吐。他本来是学文史的，后来转入了古建筑的研究，而且卓然成家，仆仆风尘，几乎跑遍了整个中国。凡是著名的园林古建，绝大多数都经他的调查研究。去年春天，我到扬州开会，当天晚上，就与朋友举行了一次座谈会，到 10 时毕。忽然得知从周也在扬州，住天宁寺旁西园宾馆，这真是意外的喜讯。我急欲看望他，当夜即踏月往访。到天宁寺，已将近 11 时，门者说不能会客了，已经睡了。我说我从北京来，有急事要见他。门者不从，我坚持要见，我说你只要说我的名字，他就会起床的。门者无奈，通报后，果然从周跃然而至。原来他根本没有睡觉，而是与钱承芳等几位朋友一起在作画。我到后大家喜出望外，索性放下画笔畅谈起来了。从周告诉我，这座天宁寺，就是曹寅当年刻《全唐诗》的地方。门前的水码头和石阶，就是当年康熙南巡时由三叉河口船行到扬州停泊的码头。后来乾隆南巡，也到此停舟。码头一直保持着原貌，未经改修。经他这一番指点，更为这次夜访天宁寺增添了不少趣味。因为夜太深了，不能久留，他送我出来时，穿过天宁寺的园林，当头一轮明月，银波轻洒，地上树影婆娑，有如水荇交横，此情此景，恍如东坡承天寺夜游。

与从周相处，常常免不了谈到古建筑，谈到园林艺术。他常谈起建园要因地制宜，有实有虚，有借景，有对景，有静观，有动观，有山脉，有水源。有时要竹影参差；有时要花香暗度；有时要春水绿波，池鱼可数；有时要绿荫满院，莺声初啭。我听他谈园林艺术的这些讲究，简直如赏名画，如读游记。有一段时间我住在颐和园半山的“云松巢”,常常在茶余饭后,在长廊里或昆明湖畔闲步。每到夕阳西下、暮色苍茫的时候，抬头见西边一抹青山，玉泉山塔影倒映入湖，下面是长堤翠柳，玉带桥隐现于柳影中，真是园内园外融成一片佳景，这时我体会到了古人造园时的借景之妙。

从周还常常谈游园要注意春夏秋冬四季不同。春宜观花；夏宜赏荷；秋则老圃黄花，枫叶流丹；冬则明月积雪，四望皎然。有一次大雪后，我和另外几位朋友在晚上写作到10点多钟，大家游兴顿发，一起在颐和园后山冈上踏雪赏月。这时，偌大一个颐和园，悄无人声。我们一路谈笑，月光与白雪相映，正是四望皎然，如同白昼，空气虽然寒冷，但却特别新鲜清冽。俯视前边昆明湖，只是白茫茫一片，唯有十七孔桥瘦影如带，龙王庙树影幢幢掩映而已。我们都被这“明月照积雪”的清景迷住了，简直留连忘返。有的同志大声谈笑，却不料惊起了头顶上的宿鸟，扑棱棱飞起，把树头的积雪碰落下来，弄得大家身上脖子里都是雪，又引起了一阵哄笑。这时我们仿佛置身于《山阴夜雪图》中。

不久前，从周赴美筹建“明轩”经瑞士回来，在北京逗留，我们又欢聚了几日。我正在校注《红楼梦》,住在恭王府里面的“天香庭院”里，过去有人曾考证这里就是曹雪芹写大观园的取材处。十多年前，从周曾调查过这些建筑，这次，我请他再实地查勘一遍。我们边查边谈，他说像恭王府的东路第一进三间大厅，建筑规格完全是康熙时期的，中路和西路则都是乾隆以后的。花园部分，他指出东面大围墙毫无疑问是康熙时期或较先的建筑；花园最后面的一座假山，其向阳部分用黄色土太湖石堆砌者，是康熙时旧建；山洞用石过梁，洞腹小，都是乾隆以前的旧制。在太湖石堆里，还长有两棵古老的大树，更证明这是堆山时植下去的，否则不能使树与石长成一体。至于花园的其余部分，皆是后来的建筑，叠山的手法也判然有别，都用青色云片石堆砌，四周山冈皆无古树。经他这一语道破，我们外行看来也就觉得历历分明，没有含糊了。所以我又深深体会到从周从事的古建筑研究的学问，都是脚踏实地的实学，是从实践中得来的真知，不是泛泛之论，更不是空洞无物的空论。

从周的散文，有晚明小品的风味，这从他的集子中可以看到。他又是一个诗人，他的诗、词均极清丽可诵。他的《羊城杂咏》云：

一

高楼百尺水沉沉。花市羊城动客心。
人影衣香来异国，老夫依旧汉儒生。

二

西园一曲尚泠泠。人远江南入梦痕。
佳话荔湾成影事，千年功过向谁论。

他的《临江仙·勘查广州花塔，应广州文化局之邀》云：

不信我来花事过，画堂依旧芳芬。午阴嘉树覆浓荫。蝉鸣门外柳，人倚水边亭。　漫道此生还似梦，老怀未必堪惊。名园胜迹几重经。浮图高百尺，健步上青云。

从周常称自己是“梓人”，赵朴初翁赠诗有“多能真见梓人才”之句称之。他已刊的著作有《苏州园林》、《扬州园林》、《苏州旧住宅》等多种及古建园林论文、调查记数十篇，风行海内，为治古建筑学者所宝。此外，他尚著有《梓室余墨》若干卷，仍秘行箧。他还喜爱制砚和制杖，他知我爱此二物，曾为我制一砚，并乞海上王瑗仲师为书铭。他又知我爱杖成癖，每到一地，遇有佳材，辄制杖以赠。去春又为我制缠枝杖，并请吴门矫毅为刻题记，其多才多艺复多情辄如此。往岁，他曾制杖赠苏州钱梦苕先生，梦老报之以诗云：

一

寒碧西湖记不真。孤山桥路梦成尘。

飞来纸帐横斜影，却抵江南万树春。

二

飘然灵杖万峰还。起我沉疴一夕间。

绝胜谢家团扇上，碧云只画敬亭山。

三

清闳狮林在下风。胸中丘壑扫雷同。

拿云心事何人识，曾上天门小岱宗。

从周的画自出手眼，所作兰、竹、山水小品，极清逸之致，亦如其诗、文、小词之隽永有味。叶圣陶先生曾赠诗云："眼明最爱从周画，笔底烟波洵石湖"，可见其画为前辈见重如此。

我爱读从周的园林著述及古建论文，常苦散处报刊，欲索无从，今喜结集，正可以手此一卷，以当卧游了。但从周要我作序，这却把我难住了，无可奈何，我只好讲些老实话，也就是外行话。读者在欣赏过他的园林小品及论文以后，再看看我介绍他的一些其他方面的成就，或许也不算是多余的吧，所以我大着胆子写了这些。

1979 年 1 月 8 日夜 2 时半，

写毕于京华瓜饭楼

29

无尽的怀念

——《漱石集》后记

无尽的怀念

——《漱石集》后记

编完了这部集子，一时思绪纷繁，纷至沓来，不可自止。这个集子所收的文章，刚好自1982年到1992年，整整十年。

在这十年里，我的师友，弃我而去者，何止五六位。回想当时，我的文章，或写作时或发表后，总会得到他们的反应，或者是所见相同，或者是有所商榷，他们在写作时，我也同样如此。现在当这些文章结集的时候，他们却已经不在了。我对着这些文章，不禁有人琴之叹。

当年与我相知甚深的是上海的杨廷福。他被错划为“右派”，历尽了人世的坎坷，后来又取得了学业上的极大成就，他因校注《大唐西域记》借调到中华书局数年，所以我们得以朝夕相见，谈艺论文，无有虚日。当时我们自谓人生之乐、朋友之乐无过于此矣！最近我忽然翻到一张他给我的诗笺，有诗云：

旅居日下，挚友瓜饭楼主每招饮，

欢若平生，偶得四韵以奉

鸟鸣胡嘤嘤，出谷为求友。风雨欢同群，淡泊一尊酒。
变更反掌间，自恃每思危。鼎鼎百年里，志定期无亏。
鲰生百不识，于世如微虫。感激炯丹悃，浮誉非所崇。
当途富才杰，经世岂遗算。纡回念时艰，坐语独颜汗。

廷福呈稿

这四首诗，反映了我们当年论文之乐，所谓“风雨欢同群，淡泊一尊酒”，也反映了我们对时世艰难的感慨。我们自以为此乐方殷，百年可恃，谁知好景不长，癌症竟活生生地把他夺走了。1984年除夕前，已经告知他是癌症了，他在病榻上给我写了一封信，这封信书、辞俱好，但是却成了他的绝笔，我捧读这封信，泪涔涔下，不能终读，书云：

宽堂我兄尊右　弟致疾(现已确诊为肺癌)荷　兄雅厚殷殷，胜于骨肉，铭诸五内而已。弟素达观，枕上默诵禊帖，于石火电光之身，一笑置之。惟五伦之中，朋友第一，此谭浏阳已先我言之矣，固不能忘情也。枕上拟一联语：

向明独卧情怀远
忍疴自扶滋味辛

春节后弟家迁居南市新寓，弟住院现在化疗中（第一疗程已了，进步不大），尚需住几何时，尚不可知。所拟联语，恳

兄挥毫（三尺对联）示下，弟即付装池。俟弟出院后，病榻朝夕相晤何如？言不尽意，

即颂

著安，并祝

春节新禧

阖第迪吉

弟杨廷福于病榻

癸亥岁不尽二日

这封信以后，我又到上海去看了他一次，已是病极之状，见我去几乎相持痛哭，我除拭泪长叹外，竟无言可以慰他，延至5月25日下午3时20分，终于与世长辞。我现在写这篇文章时，离他七周年的忌日，只有两个月了。

我的另一位好友，就是诗友江辛眉。辛眉兄的酒量诗怀都是第一流的，而他的诗尤其快而且好。我们相聚，廷福常常与他打赌，他可以出题立就，毫不夸张。他悼念陈毅元帅的那首名作，我已在早先悼念他的文章里引用过了，日来捡旧札，竟找到了一张纸片，是他在一次会议上递给我的，上面写着一首诗，是悼念吴晗同志的。确是一首难得的好诗：

题吴晗同志遗札次程应璆兄原韵

感旧山阳笛，悲深向子期。

十年天下事，百丈镜中丝。
河尽槎回日，山空斧烂时。
春风鹃口血，能唤几人归。

与辛眉在一起，他的诗可以随口吟出，真是咳吐之间成珠玉。辛眉去世后不久，刘海粟大师给我写信时，也叹惜他的逝世。海老的信说：

其庸教授友爱：

黄岳一别，于今六年，云何不思！得惠书。欣慰无量……我们的好友江辛眉物故，殊可痛怀，人之不可期也如此！政协会议结束，我打算在此休息几天，届时当趋访畅谈，草草具答，余惟珍爱不宣。

刘海粟

1988年4月3日

辛眉是在廷福逝世不久就去世的，当时我哭廷福的余痛未尽，根本没有想到辛眉兄会接踵而去，当时王运天兄自上海打电话告诉我，我几乎不相信自己的耳朵，一时急痛相加，差一点不能自持。现在就连海老也远在天边，不能相见，真是情何以堪。前年，我在上海，忽传海老有海外东坡之谣，我为之大痛，连作数诗，事后知道是宵小之辈的造谣，为之既愤且慰，当时有诗云：

海阔天空老画师，江山万里一挥之。
今来古往谁能似？只有富春黄大痴。

不知为什么，近来常常梦见海老，去年12月24日夜，梦见海老端坐抬椅中，虽华发飘萧，而豪气干云，意态如昔，醒后，我在枕上苦忆不止，口占一绝云：

云山烟水苦难亲。昨夜三更梦见君。
华发飘萧清瘦甚，先生豪气却干云。

我深深盼望和等待海老归来，以尽平生之欢。

我还有一位好友是祝肇年。肇年与我是先后同门，都是周贻白先生的学生，我比肇年早得多，我是1947年从周先生学的，肇年已经是新中国成立之后了，就是因为周先生之故，我们遂成为莫逆之交。肇年也是吃尽了苦头，真是一言难尽。他往往晚上很晚来找我，一谈就是到深夜。他是戏曲名家，与他谈自然都是梨园新事或旧事，有时也为世情而慨叹。肇年论事往往容易激动，完全是诗人本色，而且善良天真到令人吃惊，但是我感到他直感得多。他病极时，我去看他，他倒反而平静安详。他对我说，他的病已不起，但他无所留恋。他说得那么平静，但我深深感到他的内心是多么悲苦啊！知道他坎坷一生的人，是更会理解他的这句话的。去年秋天，我在湘西吉首开会，遇到他的学生，我急忙打听他的病情，说较前有好转，我当时听了如闻妙音，如聆仙乐，真是心情为之一宽，岂知到我回京的第二天，不幸的消息就传来了。我在悲痛之余，写了三首悼诗：

十年夺我三知音。痛哭苍天太不仁。
坎坷平生祝季子，一生受苦到终身。

论文促膝到论心。季子胸中太不平。
拔剑长啸忽然起，恸哭神州要陆沉。

文章掷地有金声，身世悠悠草一茎。
一曲西厢妙能解，君是王郎再世人。

肇年是《西厢记》的专家，他曾与我多次深夜长谈《西厢》。他对《西厢》曲文的赏析，既深且透，而又无穿凿饾饤，我一直劝他写一部论证和赏析《西厢》的书，以飨世人，他也一直有此意，可恨天不假以年，还是连他和他胸中的《西厢》一并夺走了。

1984年12月15日，我受国务院、外交部、文化部的派遣，与周汝昌、李侃两先生一起到苏联列宁格勒鉴定《石头记》抄本。后来，李侃与我一起在我驻苏使馆宿舍起草了中苏联合出版《石头记》的文书，传真到国内获得批准，再译成俄文本完成了此行的任务。后来此书终于得以出版，流落域外的《石头记》抄本终于得赋归来，此事的前前后后，实际上皆是李一氓丈的操劳谋划。此书归来后，李一氓丈曾赋一诗，并请沈锡麟兄将诗稿交我，诗云：

《石头记》清嘉道间钞本，道光中流入俄京，迄今已百五十年，不为世所知。去冬，周汝昌、冯其庸、李侃三同志亲往目验，认为颇有价值。顷其全书影本，由我驻苏大使馆托张致祥同志携回，喜而赋此。是当急谋付之影印，以飨世之治红学者。

1985年3月20日

李一氓

泪墨淋漓假亦真。红楼梦觉过来人。
瓦灯残醉传双玉，鼓担新钞叫九城。
价重一时倾域外，冰封万里识家门。
老夫无意评脂砚，先告西山黄叶村。

得诗稿，我即次李丈原韵奉和一首，诗云：

世事从来假复真。大千俱是梦中人。
一灯如豆抛红泪，百口飘零系紫城。
宝玉通灵归故国，奇书不胫出都门。

小生也是多情者，白酒三杯吊旧村。

1984年12月予赴苏联，鉴定《石头记》乾隆抄本，归后李一氓丈赐诗为贺，即次原韵。

宽堂冯其庸

此诗除了抄呈李老外，我还特意请丁山宜兴紫砂厂工艺师周寒碧制成大型曼生提梁壶，我将此诗写刻在壶上，以作永久的纪念。当时一共做三把，其中一把已流入海外，成为珍品收藏。此壶的图版，也已在近年出版的大型紫砂壶画册上不断刊登，成为紫砂佳话。可是李一氓丈却不幸于前年冬天去世了，当时我正在新疆吐鲁番调查伯孜克里克、吐峪沟千佛洞和高昌、交河古城。消息传来，我不能相信，我说我一定要到乌鲁木齐见到报纸报导，才能相信。话虽然如此说，可心里已经在忐忑不安了，到了乌鲁木齐，找到《人民日报》，李老去世的讣告赫然在目，我嗒焉若丧，一种莫名的痛苦向我袭来，我感到我又失去了一位师长和挚友。犹记不久前，李老在钓鱼台宴请台湾学者潘重规先生，通知我作陪，当日在座的记得有张光年、任继愈、周绍良、王蒙和我。李老对着客人和我们说，在这里大家可以无所不谈，我不是官，没有那么多麻烦，只管自便。因此大家散坐着交谈，十分亲切。

李老平时处理事情，非常果断，绝无官场习气，依然书生本色。虽然已 80 以外的高龄，仍旧手不释卷。我们校注的《红楼梦》刚出不久，他就看过，并发表了热情鼓励的文章。我们刚从苏联回来，他就喜极而诗。他对国家和人民的文化事业充满着热情，在他领导下的古籍整理工作是有突出成绩的，我也是因为整理古籍，才与他有较多的接触。现在已经是人天永隔，不可再见了，细思前事，宁不令人痛煞！

十年中我失去的还有永生难忘的一位，就是我的老师王蘧常瑗仲先生。还是抗战胜利那一年(1945)，无锡国专复校后，我在教务长冯振心先生的书房里，见到瑗仲师的章草条幅，是写的他自作的《再望长江》律诗。瑗师的章草是当世的一绝，就是放在中国书法史上，也可以说是前无古人的，所以无怪乎日本书法界称瑗师为当代的王羲之。瑗师晚年也刻有一章曰："王蘧常后右军一千六百五十二年生"，可见瑗师对自己的书法也是十分重视的，我当时既无比地倾倒于他的书法，又无比地欣赏这首诗，可以说是不减杜律。诗曰：

春草扁舟眼暂明。江涛还似旧时清。
曾留故国山河影，似带中原战伐声。
直下何辞千折尽，长驱会有万峰迎。
天回地转终填海，莫再呜咽意不平。

这首诗是抗战中写的，所以词意呜咽慷慨，而"直下"、"长驱"，爱国之情溢于言表。从此以后，我40余年来一直未与瑗师失去联系，尤其是在社会的种种变动中，一直是相互忆念和信任的。前年，瑗师还特意为我写了《十八帖》长卷送给我，这所谓的《十八帖》，完全是我和王运天兄缠着他写出来的，我们说王右军有《十七帖》传世，瑗师应该有《十八帖》，我们吵着要他写，隔了几个月，谁知他竟给我写了十八封信，一信谈一事，如第一封信说：

十八日

书悉。屡欲我书十八帖，何敢续右军之貂。但以足下情辞恳款，又不忍拒。此书首有十八日字，置之卷前，即谓之十八帖可乎？一笑。

其庸弟　兄蘧

第六封信说：

运天弟言

足下有米癖，得之黄河两岸及秦陇，大至数十斤，小亦数斤。古人所作归装，无此伟观，令人欣羡。

《十八帖》完成后，瑗师特地写信给我，要我到上海去取，我为此特意到了上海，拜见瑗师后，欢逾往日，饭间，瑗师还能吃肥肉，饭量还比我大，满以为百年可期，谁知我拜别后第五天，瑗师去世的噩耗就到来了，从此我失去了我最尊敬和慈爱的老师，这几年我每到上海，总觉茫茫然若有所失……

从此我也更加体认到师生感情和朋友感情的珍贵。

昔黄山谷悼东坡诗云：

有人夜半持山去，顿觉浮岚暖翠空。
试问安排华屋处，何如零落乱云中。
能回赵璧人安在，已入南柯梦不通。
赖有霜钟难席卷，袖椎来听响玲珑。

我现在才认识到山谷的这首诗写得多么好啊!“夜半山去”、“浮岚翠空”，真是我现在的实感，而“乱云零落”也真是这些已故知友的境遇。现在是赵璧难回，南柯已入，人天永隔，邈若山河矣！我现在当然没有石钟可敲，但面对着这本结集，面对着这些曾与知友们推敲过的文章，也犹如重听霜钟了!

1992年3月28日于京华瓜饭楼

30

《瀚海劫尘》序

《瀚海劫尘》序

我向往祖国的大西部，可说由来已久。最早是抗战时失学，在家种地，读到了李颀、高适、岑参等描写西域风光的诗，使我大为惊异。从此在我的心里就一直存着一个西域。那时我14岁。

抗战胜利后，我读到了《大慈恩寺三藏法师传》，玄奘追求佛典精义而万死不辞的勇气，实实震撼了我的心魂。私心窃慕，未有穷已。窃以为为学若能终身如此，则去道不远矣；为人若能终身如此，则去仁不远矣！此时我正在临《圣教序》，《序》文描述玄奘西天求经所历艰难说：

> 乘危远迈，杖策孤征；积雪晨飞，途间失地。惊砂夕起，空外迷天。万里山川，拨烟霞而进影；百重寒暑，蹑霜雨而前踪。

对照着《大慈恩寺三藏法师传》里写到玄奘所经种种艰难，我更深深敬佩玄奘排除万难的伟大意志力!所以我得出一条启示：不有艰难，何来圣僧?我认为这种种艰难，恰恰成为了造就这位伟大佛学宗师的条件。因为世间的事物，往往是相反而又相成的。

抗战胜利后，我得到了读书的机会。我酷好文、史、地，也喜欢哲学，还有其他一些相关的学问。我发现原来这许多学问，实际上都是相通的。之后，我读书与年俱增，1948年毕业后，我仍像在校的学生一样，勤读不辍。我渐渐地悟到，读书就是追求真理，这就与玄奘的追求佛典精义道理上是相通的；我还悟到任何真理都是实在的，而不是虚幻的，那些说得天花乱坠而空洞无据的东西，是否是真理，首先应该怀疑，至少应该求证，而不能轻信，更不能盲从。

在读书中，我特别喜欢与实地调查结合起来，有些从字面上无法确知的东西，往往实地调查后就明白了。所以从中年以后，我就注重实地调查。在干校期间，我利用每年一个月的假期，去“游山玩水”，我自己称这是读天地间最大的一部大书。

我向往中国的大西部，还有一个重要原因，是我坚信伟大的中华民族必定会强盛！而强盛之途，除了改革、开放、民主、进步而外，全面开发大西部是其关键。从历史来看，我们国家偏重东南已经很久了，这样众多的人口，这样伟大的民族，岂能久虚西北？回思汉、唐盛世，无不锐意经营西部，那么现在正是到了全面开发大西部的关键时刻了！因此我们应该为开发大西部多做点学术工作，多做点调查工作。

1986年秋天，我终于得到了去新疆的机会，于是玄奘的身影又蓦上我的心头。这次，我调查了在天山以北的唐北庭都护府故城，城在吉木萨尔以北，过去称金满城。我也调查了吐鲁番交河、高昌故城，在这些地方，我都尽情地拍摄了不少镜头；尽管我并不精通摄影，但我不愿错过这个机会。尤其是我从乌鲁木齐乘长途汽车经达坂城去库车时，要经过几百里的旱沟。两边皆高山，寸草不生，中午烈日，如在火胡同中行走，此种奇景，虽然行程艰苦，但确是见所未见。经焉耆,也就是《大唐西域记》里所说的“阿耆尼”国。玄奘当年曾在此渡开都河。我等汽车一停，立即奔到河边，借着落日的余晖，拍得一景。半分钟后，太阳就沉下去了，我能留此一景，实感侥幸！

我在库车，尽情地饱览了古龟兹国的风光。玄奘西行途中，曾在此停留 60 余日，以待凌山雪消。龟兹古盛伎乐，至今我们还可以从克孜尔千佛洞得到印证。龟兹最令人惊叹的是它的特异的山水，有的似惊涛，有的似巨刃，有的似仙宫。其色彩则五色斑斓，要不是去亲自观看，就不会知道世界上有如此奇特的山水，我曾题诗云：

看尽龟兹十万峰。始知五岳也平庸。
他年欲作徐霞客，走遍天西再向东。

在龟兹停留一周，因急事赶回北京。但从此我的心中又多了一处放不下的地方。我年年都想再去，因为我觉得龟兹这部大书，我刚打开，还没有细读。

最痛快的是 1990 年秋天，我因拍摄“中国古丝绸”电视片的任务，9月25日从西安出发，到第二年1月8日才回北京，大半个严冬我都在祖国大西部的戈壁沙漠中度过，虽然有时“惊砂夕起，空外迷天”，有时“积雪晨飞，途间失地”，但是我却“心中别有欢喜事”，一切的“苦”反成为我的“乐”。例如我们在敦煌，要去玉门关，没有交通，连道路都没有，一入戈壁，就是四顾茫茫，不知东西南北。但我却觉得这是难得的机会，是奇遇。在唐诗里，在古书里多少次读过了玉门关，但不知是何模样，现在可以饱看究竟，纵有万难，也要看看这座“春风不度”的古关。终于我真正看到了这座“秦时明月汉时关”的汉代最西的边防关，

冯其庸在却勒塔格山前

而且它更是玄奘西行出“关”的“关”。玄奘当时西出玉门关后，要过五烽。在第一烽偷渡时就射来了飞箭，把他捉了回去。经过交谈，玄奘的伟大精神终于感动了烽上的“守捉”，反而帮他备足了水、粮，送他上路。为此我也出玉门关往西，走了一段，想看看这第一烽在何处，当然现在是渺不可得了。①

再例如我们离开敦煌的前夕，忽然一夜漫天大雪，天气严寒，真是“忽如一夜春风来，千树万树梨花开”。早晨起来见此情景，不顾严寒，我立即决定再去莫高窟拍外景，不管冷到何种程度，只要手指能动，就要把这座圣洁的莫高窟和三危山拍下来。因为这是上帝的赐予，岂可不取？于是我这本书里就有了难得的月牙泉的雪景。

尤其使我惊心怵目的是莫高窟这个艺术宝库，那些栩栩如生的彩塑和壁画让你如登仙界，你如对“他”凝神谛视，久而久之，你会觉得他们也在向你拈花微笑。那些佛、菩萨、迦叶、阿难和力士、飞天，一个个神情专注，内心是那样坦诚、祥和、虔诚，这当然是举世无双的艺术；但这更是我们民族、人民的

① 按：玄奘取经所出的玉门关，不是此处的玉门关。唐时，玉门关已内移，关址在今安西双塔堡，双塔堡后筑水库，唐玉门关遗址已沉入水库。数年前我曾专程去调查，经当地博物馆同志告知，唐玉门关确已沉入水库，并带我到水库去实地考察，只见一片碧波，唐关已付泽国。据当地居民讲，附近确有瓠卢河，即玄奘出玉门关时偷渡之河。故附近榆林窟尚存西夏壁画，玄奘渡河出玉门关的故事，我也曾去亲自看过，壁画共有六幅之多，可证唐玉门关即在此处。又唐岑参诗中的苜蓿峰，尚存水库北侧，因时间不够，未能去调查。

以上都是我后来考察所得，我写这篇《序》时，尚不知唐玉门关已内移，误以汉玉门关为玄奘所出之关。特此补正。

善良心性的写实，我感到它已经超越了宗教的界限，仿佛让你感到人应该具有这样美好善良的内心世界！

冯其庸在瓦罕通道，背后右边远处即公主堡，中间有大河阻隔

这样卓越的艺术境界，我在麦积山、炳灵寺得到了同样深切难忘的感受，我联想起大同云冈、洛阳龙门等地的石刻，又何尝不是如此！

当我在这座艺术殿堂里面对这些呼之欲活的艺术杰作时，我禁不住内心欢呼着：伟大的中华民族！伟大的中华文化！

去年秋天，我

第四次到新疆，从伊宁翻越天山去库车。这两天翻越天山的行程，等于是我钻入天山的肚子里仔仔细细地看了一个够。尤其是在巴音布鲁克过夜，这是一个高山之夜，九月的天气，夜里已经冻得发抖。海拔4000米,月光亮得如白昼。半夜里我独自冒着严寒,走出院子，在大门外走了一圈儿。万籁无声，觉得严寒如两只巨臂，把我抱得紧紧的，而且越抱越紧。我挣扎着举目环顾，只见冰峰罗列，千形万状，我忽然想起东坡《宿九仙山》诗：“困眠一榻香凝帐，梦绕千岩冷逼身。”我没有想到竟在此处得到东坡的诗境，心中的欢喜，莫可名状！

翻过天山，我终于重到了库车。这次最难忘的是我在驻军的帮助下，穿过了原始胡杨林，找到了塔里木河。过去我只是在地图上看到一条线，现在我总算看到这条著名的内陆河了。河水依然是这样莽莽苍苍，一望无尽，更有意思的是河边系着真正的独木船。这时我似乎感到历史又把我们拉回了多少个世纪。

我们好容易出胡杨林时，已经是月在中天，挂起了银色的纱帐。想不到四五个维族小伙子，煮好了羊肉，还在林子里等我们。见我们车到，欢呼雀跃，立即铺上了地毯，抬来煮肉的大锅，真是大碗吃肉，其味之美，是我做梦也想不到的。于是胡杨林里的这顿晚餐，就成为我永远值得夸耀的佳话了。尤其是那头顶上的月色，身畔的树影，还有比羊肉味更鲜美醇厚的维族同胞的纯情，虽然因为语言不通，不能交谈，大家只是默默地意会，但“常恨言语浅，不如人意深”，到此，似乎语言确是多余之物。分手已快一年了，我至今仍想着这片胡杨林，想着这一次胡杨林里的晚餐，想着这几位维族同胞，还有滔滔的塔里木河！

我依依惜别了库车的朋友，惜别了库车的山水，但在我的心里仍然与他(它)们订了后约。

我到喀什住在疏勒，据说这就是当年定远侯班超的驻地。历史往往会发出迷人的芬芳，我又一次闻到了这股醉人的气息。我又调查了从印度传过来的第一批佛教石窟——三仙洞，据说这是东汉的遗迹，可惜位于绝壁悬崖上，可望而不可即。

我在和田远望了昆仑山，还饱赏了和田的美玉，玉门关的名字就是因为这里的美玉而命名的。我在民丰进入了塔克拉玛干大沙漠的边缘，看了尼雅河的落日。中秋之夜，我是在洛浦与和田两处过的，先在洛浦，当夜又赶回了和田。

我原计划是从民丰再向东到且末、若羌，然后再到敦煌，这样就把丝绸之路的南道走过来了。可惜时间不够用了，因此我只能再订后约。

我回顾我四次的新疆之行，恰好加起来是走过了玄奘西天取经在中国境内的全部路程，虽然不可能亦步亦趋，因为玄奘当年偷偷出境，不敢全走大路，但大体路线是一致的；特别是出玉门关过五烽到伊吾，大方向仍然是现今的这条路线。此后的路线则更是清晰可辨了。

所以我非常庆幸我能把这条著名的路线走了一遍。我印这本书，也是为了把这一路的足迹留下来。

但我计划走的南线的最后一段还未走完，我仍要继续走完它。我离别和田时，有诗赠雒胜君云：

与君相见昆仑前。白玉如脂酒似泉。
莫负明年沙海约，驼铃声到古城边。

2002年元月5日

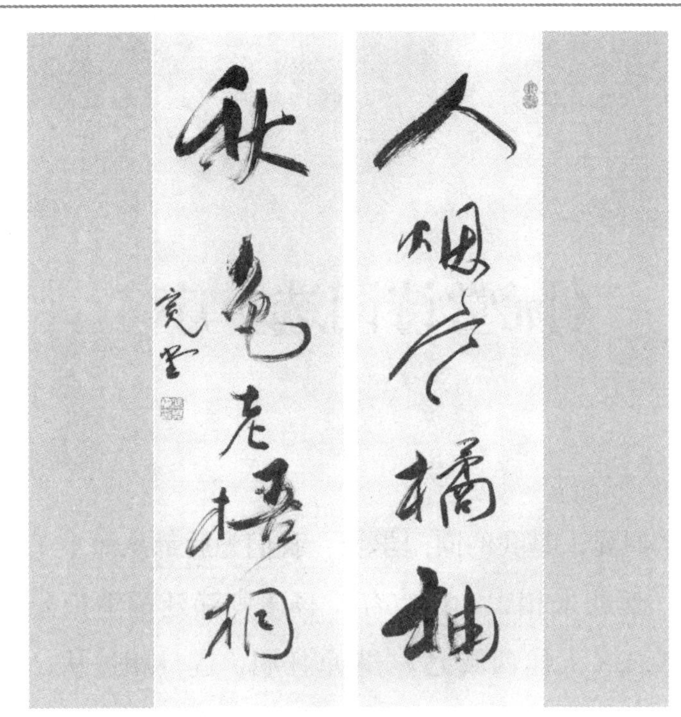

31

《阮堂诗词选》序

《阮堂诗词选》序

阮堂江辛眉兄，是我的同门学长，我们先后都从海上王瑗仲讳蘧常先生学，然初未相识。1977 年，杨士则讳廷福学长兄受中华书局聘参加校注《大唐西域记》，来京任职，遂日相过从，一周而三至以为常也。士则精史学，而复兼擅吟咏，一夕，忽为予言曰：海上有江辛眉兄者，当世之杜、韩，瑗师极重之，惜与予同遭丁酉之难，蹭蹬世途。兄其有以解之。予详问所以，乃大为所动，即荐之于人民大学中文系任教，于是吾三人春明重逢，朝夕相聚矣。

是时，四凶初除，大患方平，举世有复苏之庆，万民解倒悬之危。一日，士则兄忽袖诗来访，予展视之，乃《丙辰咄咄吟》也。士则原唱，辛眉赓和，予读之感慨苍凉，泣下沾襟，乃为之序笺，抄刊而布之，遂传于日下。

未几，辛眉兄又示我以和熊德基先生悼陈毅元帅诗，诗云：

神州今日起风雷。
父老江东说将才。

飞虎营中辛弃疾，
江西图上吕东莱。
九天熊罴摧天柱，
十万旌旗照夜台。
掩卷赣南词罢读，
唯将双泪滴深杯。

是诗戛玉敲金，句句工切，字字跳动，见者无不叹赏，遂盛传于都下。辛眉复有《题吴晗同志遗札次程应璆教授原韵》，诗云：

感旧山阳笛，悲深向子期。
十年天下事，百丈镜中丝。
河尽槎回日，山空斧烂时。
春风鹃口血，能唤几人归。

亦歆动都城之作。

未几，士则、辛眉两兄皆先后归沪上，1984年冬，士则兄突患肺癌，予前后三次去沪探望。病榻凄然，唯有泪眼相对。翌年五月一日，予乘江轮自奉节赴重庆，是夜忽梦辛眉兄重来北京，与予相见，予急问士则病状，辛眉兄蹙额不语，予悚然而觉，唯闻江声浩荡，唯见星月沉沉而已。予虽心知不祥，而犹冀有意外奇迹也。延至是月25日，士则兄终于不幸病逝，予与辛眉兄，皆伤痛不能自已。

是年秋，予再至沪上，辛眉兄电邀予午餐，予已前闻辛眉兄患足疾甚剧，复有肾结石，时复剧痛。是时辛眉兄语声沙哑，几不成音，予闻之惨惨，急问其病状，辛眉兄告予结石已排出，足疾亦渐愈，可告无虑，予乃大慰，约定下次来沪再图欢叙，并云此时足疾当可彻底痊愈，语音亦可恢复矣。岂知是年（乙丑）除夕，予忽得王运天兄自沪来电话，告知辛眉兄已于沪上病逝。予骤闻之下，几不能自持，犹疑误听，询之再三，则确然无误也。

呜呼，士则之逝与辛眉之逝，相隔仅八月。予于数月之内，顿失生平两位知友，情实不能堪也。

岁月飘忽，去日苦多，今辛眉夫人及其令嗣，已编次辛眉兄诗稿，嘱予作序，予自不可辞也。

辛眉兄之诗，超超乎当世之一流，自不待言矣。集中所作律诗，格律精严，所作长歌，则渊雅古拙，可以比之杜、韩、苏、黄。予曾云：辛眉兄诗律精于老僧，酒量可比江海，高情纯于金玉。设使辛眉生于盛唐，则可与少陵游；生于中唐，则可与退之游；生于晚唐，则可与长吉游；生于北宋，则当与苏、黄游也。乃辛眉不生于唐，不生于宋，而生于当世，当世无杜、韩、苏、黄，则其人谁与归乎？

吾读辛眉遗诗，往事如烟，不禁泫然，情何以堪，虽此短文，已数辍笔矣！更何能为长言乎？唯识者谅之，幸甚！幸甚！

1995年11月5日于京华瓜饭楼

32

此情成追忆

——《八家评批红楼梦》重校后记

此情成追忆

——《八家评批红楼梦》重校后记

此书初属稿时，曾承刘海粟大师赐诗赐画，海老诗云：

一梦红楼不记年。须弥芥子如长天。
饭瓜换得文思健，无痴无怨即神仙。

朱屺瞻老人还曾为作《黄叶村著书图》长卷，吾师王瑗仲先生为题引首，老友杨廷福亦曾赞誉其事，美国加州侯北人先生还曾为作《瓜饭楼校红图》。今除侯北人先生仍侨居美洲，望洋相忆外，其余诸公均已溘然逝去，面对陈稿，往事如烟，不胜人琴之叹。

去年8月北京国际红楼梦研讨会期间，美国老友周策纵翁示我以大诗《曹红》(为'97北京国际《红楼梦》研讨会作)，诗云：

平生最服蒙庄达，却为曹红每怆神。

乐极早知悲愈甚，情深翻窘意难真。
东风负尽芙蓉约，北国追迷木石因。
胜会于今过五度，秋声谁共吊荒磷。

诗后自注云：“痛平生所知红学家胡适之、俞平伯、顾颉刚、吴恩裕、吴世昌、王昆仑、吴组缃、张毕来、高阳、端木蕻良、宋淇诸公之不可再得也。”诗意苍凉，令人百感交集。注中所举，除胡适之先生予未能及外，其余诸公，皆曾相接。数年前高阳先生来京，并曾先请约晤。诵周公诗，予即敬步其原韵云：

甴年一会红楼梦，回首沧桑倍怆神。
乔木世家无剩迹，荒冢短碣存遗真。
奇文四海争研析，怪事九京出有因。
愿与诸公勤著述，一篇聊以慰秋磷。

“荒冢短碣”，指通县张家湾出土之曹雪芹墓石。会间宋谋兄亦有步韵之作，诗云：

旧新两赋红楼梦，笔走龙蛇气倍神。
珠玉充怀蒙叟乐，烟云满纸义山真。
人生聚散原无定，世事沉浮自有因。
故国风光今胜昔，凭栏酹酒慰飞磷。

与此同时，我尚有赠辽阳傅克诚兄诗，诗云：

一梦红楼二百春。重来已是隔年人。
感君意气浓于酒，一片高情比紫金。

缘克诚兄两度支持红学会议，故有此作也。会前美国威州赵冈兄原定与会，临时有事未能成行，加拿大叶嘉莹教授则先有他约，亦未能来，澳洲柳存仁先生亦因故未能与会，殊系人思耳。

犹记前岁2月1日参加哈尔滨海峡两岸《红楼梦》研讨会，予亦有感怀之作，诗云：

江城三度话红楼。满眼青山未白头。
雪地冰灯新境界，烹鸡炙鹿旧嬉游。
宏论四海佳宾集，妙义千层细细求。
但教微茫能所见，何妨名列第九流。

此诗第二句指哈尔滨一冬未雪，冰灯所用雪都是从别处运来，末句言予志在求红楼精义，不在名位也。

此书甲戌重校重排时，多得陈瑞虎厂长、姚舞雁先生之助，上海王运天兄特为刻“瓜饭楼校红印记”一巨章，宿州王少石兄则为刻“痴人说梦”巨印，盛情至可感也。

特别是1984年冬，予偕李侃、周汝昌两先生赴前苏联列宁格勒鉴定俄藏《石头记》抄本，签订两国合作出书协议。归国后，李一氓丈特赐诗为贺，诗云：

泪墨淋漓假亦真。红楼梦觉过来人。
瓦灯残醉传双玉，鼓担新钞叫九城。
价重一时倾域外，冰封万里识家门。
老夫无意评脂砚，先告西山黄叶村。

予敬步李老原韵云：

世事从来假复真。大千俱是梦中人。
一灯如豆抛红泪，百口飘零系紫城。
宝玉通灵归故国，奇书不胫出都门。
小生也是多情者，白酒三杯吊旧村。

此列宁格勒藏抄本《石头记》后亦由中华书局影印出版，今李老亦已作古，回首往事，可胜浩叹!

稍忆校红琐事，则往事如梦如烟，纷至沓来，信笔记之，不觉盈稿矣。聊以短笺，永忆故人也。

宽堂冯其庸谨记

1998年7月22日夜于京东且住草堂

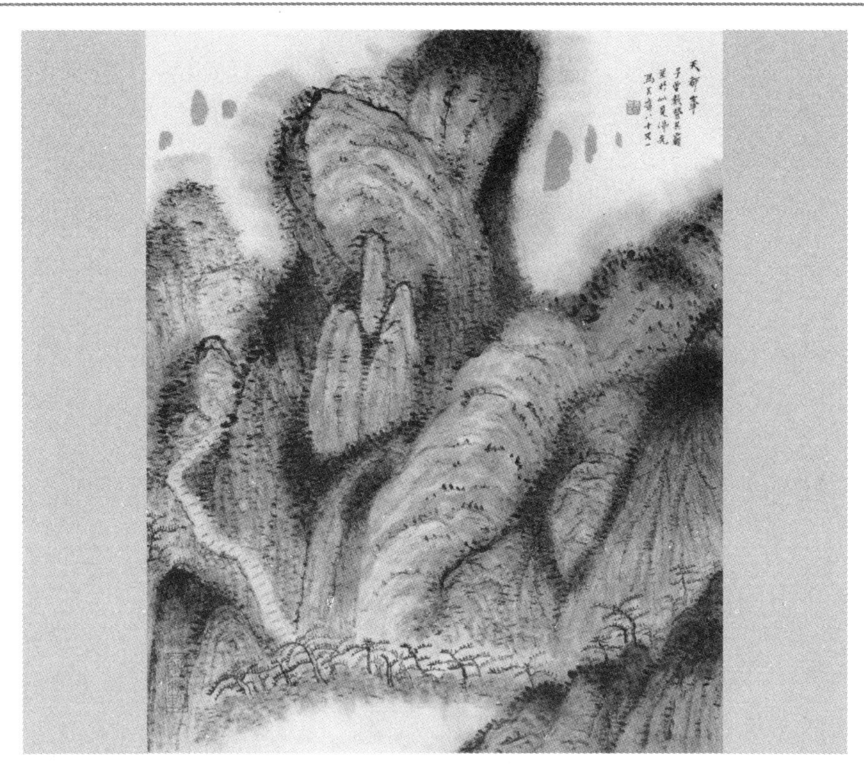

33

庄生晓梦迷蝴蝶

——读杜世禄画的感受

庄生晓梦迷蝴蝶

——读杜世禄画的感受

翻开中国的书法史和绘画史，我们可以看到，无论是书法名家或绘画名家，都有一大排的名字既是大书法家、大画家又是当时的官或大官，甚至还有当皇帝的。

例如大书法家王羲之，世称右军将军，官会稽内史。秦代写篆书的李斯是丞相，现在还流传有他的碑刻。唐太宗李世民、高宗李治也都是书法家；唐代的草圣张旭，官左率府长史；颜真卿是平原太守。宋代的苏东坡、米芾、黄山谷等也是做官的。画家方面，如晋代的顾恺之，当过参军、散骑常侍。唐代的吴道子，当过兖州瑕丘尉；周昉，当过越州长史、宣州别驾；李思训是左羽林大将军等等。其他就不一一列举了。所以在古代,既是书法家、画家，又是官，这是平常的事，而且他们主要的职务是官而不是书法家或画家；当然也有因书画而当官的，那末这当然以书画为主了。

但是到了后代，似乎当官和当书画艺术家完全是两回事了，虽然偶而还有两者得兼的，如国民党时代的于右任、吴敬恒、谭延闿等等，但毕竟是凤毛麟角，难得一见了。到了今天，虽非绝无，也是仅有了。前些时候，有朋友介绍浙江的杜世禄先生。先介绍是画家，到见面再介绍时又是县委书记，我不禁为之愕然。为之愕然，倒没有别的什么原因，只是感到把这两种职能统一在一身，兼而任之，这有点出乎意外。

在见面之后的一些时间里，当然我就注意陆续读他的作品。一读他的作品，无论是书法或绘画，又给我一个突然——我根本没有想到竟有这么高的水平，这么独特的个性和风格。

他的书法，是颜、柳一派，颜的味道稍重一些，也颇耐人细看，但还不像他的画那样教人顿觉耀眼生花。他的画，总体来说，是现今新的一种画法，不是传统画的画法，但是他与现今流行的新派画法又不是一回事，他又是一种别出心裁。要了解他的画，先要了解他对画和画画的看法。他说：

> 我平心思量各种画画态势或说风格，终究还是在无意中形成的，这是自然的本能资赋，犹如人的“走相”，是在无意中形成的，强学起来的只能成为一种表现。不容置疑的是画家在作品中自我本性的写照是任何其他作家都不可与及的，真所谓画如其人是也。

这是说画家的画就是画家自我本性的写照。他又说：

> 画画的最好不要有多大的包袱和目的。即使为了目的也应该仅是因为自己的面貌能久存于世，能多给社会以娱悦。正如法国自然主义文学奠基人左拉所说的“画所给予人们的是感觉，而不是思想”。这是我认同的也是我最基本的画画态度。

这是讲作画的目的，讲画给予人们的是感觉而不是思想。

他还有一句重要的话：

> 画画必须跟着感觉走。

上面这几段话，我认为是理解杜世禄的画的一把钥匙。

我看杜世禄的画，第一个感觉，就是一种全新的感觉，找不到雷同别人的地方，更没有任何模仿的痕迹。真正是杜世禄自己的“走相”。但是，并不是任何“走相”都是美的，而关键还是在于“美”，因为画画本身就是美的创造、美的追求。我看杜世禄的“走相”——杜世禄的画，是美的。

杜世禄的画，初一看是“粗服乱头”，再一看是“不掩国色”，细一看是“风致独呈”。

杜世禄的山水画，构图上都是满幅，或大都是满幅。用笔跳出了传统的方法，基本上是用粗笔的线条和色块来构成画画的种种形象，如树木、房屋、人物等等。因为多用粗笔的线条，而且还给你一种杂乱的感觉——这个杂乱，不是指画家技法上的杂乱，而是指画家所画客观景物，如荒山、丛林等等，杂树的生长都是原始性的，所以第一眼看起来，有“粗服乱头”的感觉。但是再仔细观看，就会发现就像进入原始森林后在茂密的树丛和稀薄的阳光下发现了密林里的种种：破旧的茅草屋，潺潺流水的小溪，生机勃发的灌木和伛偻扭曲满身瘿瘤的千年古树等等。总之，在“粗服乱头”的表象下，却埋藏着一个幽深的天地，真如王维的诗所说：“独坐幽篁里，弹琴复长啸。深林人不知，明月来相照。”把这首诗里弹琴长啸的人去掉，那末这个幽深的境界就仿佛可以从杜世禄的画里找到。为什么要把诗里弹琴长啸的人去掉？因为王维写的是有我之境，而杜世禄画的是无我之境。读杜世禄的画，到这一层之后，你自然会感到他的画，完全是独特的一种表现方法，独特的一种感受和独特的意境。尤其是他的画，在看起来像是稚拙而实际上是率真的、不加修饰的、情绪爆发式的笔触下，又有各种和谐的色块的协奏，然后更加上晕染，甚至是多次的晕染，使画面产生一种模糊感、朦胧感，或者还略略带有一点点神秘感！

“诗家总爱西昆好，独恨无人作郑笺”。李商隐的诗，独有一种朦胧美和隐秘感与神秘感，而他的诗的语言的音节是那么和谐上口，你读他的诗，像有一股清泉从你的齿唇间汩汩流出，那么自然，有如天籁。而李商隐的诗的语言色彩，也是斑驳陆离而又谐和曼妙的，真是锦绣文章和以天籁真韵，再加上温煦的微阳，构成了一种氤氲含蓄、良玉生烟的意趣。“独恨无人作郑笺”，其实并非“无人作郑笺”，而是越笺越不明白。这就是诗家的朦胧美。“朦胧美”的“美”就“美”在“朦胧”，如果揭去了“朦胧”，那末也就是同时揭去了“美”。

读杜世禄的画，自然而然地使我想起了李商隐的诗。那末，看来这两者或许有某些相似之处，否则不会使我产生这种联想。

我读杜画的这种感受，再联系起上面引到的他对作画的感知。我觉得是完全一致的。李商隐的诗，往往题作“无题”，这是因为他的诗，不是一个题目所能概括得了的。标了“无题”，那就索性让人们自己去感受、去领会、去思索了。

杜世禄的画，也往往无题，或许是与李商隐的暗暗契合。但我觉得契合是契合，却都各自由自己的内在因素决定的。

我觉得杜画山水无题，比有题更切合他的画的实际。

“我书意造本无法”。这是东坡自道其书法的底细。读杜画，也使我想到了这一点。初一看，真是意造无法。但再看看，方知不是完全无法，而是法在其中，法在其血脉气韵之中。例如婴儿由小到大，总是吃奶长大的。如果你要从婴儿身上找哪一处是吃奶所长的，那是不可思议的事。杜画是有法乳的，不是无源之水、无本之木。杜画的山水构图喜欢满，不留空隙，或少留空隙。这一点颇近石谿。石谿也是喜欢满幅的，甚至杜画的“粗服乱头”，也有几分像石谿。特别是喜欢用短线，喜欢用点，喜欢用谐和的色调而不是对比强烈的色调，这也有与石谿相近处。

杜画的人物构图，尤其使人感到稚拙天真，与关良先生异曲而同工。重要点是在“异曲”。因为“异曲”，所以人们不会把杜世禄的戏曲人物画误认为是关良的，因为这两者是绝然不同的。但是，杜世禄的人物画，也是有中华文化的渊源的。他与当代或上代的戏曲人物画，我找不出来与哪一位有直接的关系，但我却觉得，杜世禄的人物画，可能与汉画像石有若干渊源。汉画的稚拙、天真、富态势、饶情趣，有丰富的生活味和人情味，而画法上常取变形。我曾看到把两个眼睛画在脸孔的一边的汉画，有人还写文章说汉画的变形，汉画的强调形体的某一部分，或者把人们的意念赋于形态因而形态也随着人的意念而变异，这种类似毕加索的画法在汉画里已经出现了。汉画与毕加索是产生在两个截然不同的时间和空间，有着截然不同的文化历史背景的，因而也有着截然不同的文化内涵的两种不同的艺术，很难用某一点的相似来作整体的比拟。但是汉画的确出现了这种稚拙天真的绘画手法和变形的形象。看来，想把人的意念和意念的随意性与变异性赋以形态这种想法，确是人们早已尝试过的了。现在，杜世禄的人物形态的意念性和随意性、变异性可以从汉画中找到它的底蕴，我想是很自然而合理的。当然，它不是汉画的重复，而是杜世禄的创作，是杜世禄的意念的艺术形态。杜世禄说，画是画家自我本性的写照，我想无论是他的山水、人物、花鸟，都可以归到他的这句话上。

杜世禄，给我们创造了一种稚拙的美，模糊的美，朦胧的美，感觉的美和引人思索的美，甚至于永远不可尽解的美！

“庄生晓梦迷蝴蝶”，究竟是梦，是蝴蝶，是人生？就成为人们永远思索的课题，而杜世禄的画也进入了这个无限感受、无限思索的奇异境界！

2001 年 10 月 25 日，旧历重阳节，

写于京东且住草堂

34

四十年梨园忆旧

四十年梨园忆旧*

我的《春草集》能在台湾出版，这是我非常高兴的事。我很早就向往着台湾，抗日战争胜利那年，我的几位同学都到台湾去了，他们希望我去，寄回来不少照片，但我没有能去。

我喜欢旅游，喜欢对研究的问题作实地的考察和验证，在大陆除西藏和青海两省因为身体条件没有能去外，其他各省我都去了。不少地方我还去了不止一次，例如新疆就去了两次，敦煌也去了两次，今年还准备作第三次的旅游考察。全国我能去而未去的就剩台湾了。现今我虽然还没有能到台湾，但是让书先去，也是一件好事。

我从小就喜欢戏曲，这在本书的原叙里已经说过了。但我还有许多看戏的经历，现在回忆起来，也是挺有味的，写下来给台湾的读者看看，当作谈心，也未尝不可。

记得抗日战争时，我家乡的小镇——无锡县前洲镇上，开来了苏昆剧团(就是后来的浙江昆剧团)。天天演昆曲，一天两场。我当时虽不能说每戏必看，但大部分戏我是都看过的。当时的主要演

* 此文系作者为台湾版《春草集》作的序。

员都是身怀绝艺后来享了大名的，如周传瑛、王传淞、张娴等。现在传淞、传瑛都相继去世了，张娴幸尚健在，前年我到杭州看望传瑛和张娴，回忆40多年前的旧事，还一起拍了照，非常高兴。我为传瑛和张娴各作一幅画，并题诗一首为赠，赠传瑛的诗是：

论交犹是少年时。垂老相逢鬓已丝。
五十年来风兼雨，寒花幸在最高枝。

赠张娴的一首是：

故交零落半秋云。犹记张娴一曲新。
婉转绸缪长生殿，梨花院落最销魂。

哪知我的诗还未寄去，传瑛却忽然去世了，令人无限伤情!记得当年我看得最多的就是他俩的《长生殿》：“惊变”、“埋玉”、“闻铃”、“哭像”诸出，60年代初在北京前门外的广和楼，他们还演出了这几出戏，张娴的唱腔依然那么甜糯，依然具有醉魂蚀魄的魅力，而传瑛的唐明皇，真正是风流天子，儒雅，书卷气，令人难忘。这也是我最后一次看他们合演的戏。非常凑巧的是我最初看他们的戏是这几出，而几十年后最后看他们的戏又是这几出。而今而后，再也看不到这样的风流天子了，实在令人叹惋。

那时王传淞的《活捉》，传淞、传瑛的《访鼠 · 测字》，张娴、传瑛、朱国梁的《哭监 · 写状》等也是常看的戏，后来他们到北京来演出《十五贯》，终于一出戏救活了一个剧种，在北京造成了轰动的效果。可是他们刚到时，还生怕北京人看不惯昆曲，为此发愁。剧团的老领导朱国梁还为此找过我，想不到后来竟有这样大的影响①。

抗战胜利后，看戏生活中最令人难忘的就是在上海看杜月笙祝寿时的名伶大会演，一出《龙凤呈祥》，把全国的名伶都配齐了。那时的阵容，记得是梅兰芳的孙尚香，马连良的孔明，谭富英的鲁肃，周信芳的乔玄，李多奎的国太，郝寿臣的孙权，叶盛兰的周瑜，袁世海的张飞，萧长华的乔福，李少春的赵云……总之，是一次全国名伶大聚会，我原来还保留着那份戏单，事隔将近半个世纪，几经波折，这些珍贵资料，都已散失殆尽，所以上述记忆，也难保毫无差错和遗漏。

1954 年我到北京以后，看戏的机会就很多了。当时的名角，除程砚秋已息影，没有看到，侯喜瑞只看过一次外，其他活跃在舞台上的名角，我基本上都经常能看到。

令人难忘的是两次舞台生活纪念性演出，一次是周信芳，一次是盖叫天。他们纪念演出的戏我全看了，而且有的是看两遍到三遍，加上过去看过的，印象就更深了。周信芳的《乌龙院》、《四进士》、《跑城》和后来新编的《义责王魁》等戏，可以说是他的“极品”。

① 当时昆曲已濒临衰落，由于这出昆曲的演出成功，昆曲又重新复兴起来。当时《人民日报》曾为此而发社论，题目是《一出戏救活了一个剧种》。

我觉得剧本的完美性和演出的完美性合成了一个整体，应该说这是麒派的典范之作，我为这次演出写了分析《乌龙院》的长篇文章。那次还举行了袁世海、徐敏初两人拜周先生为师的拜师仪式，我参加了这次活动。后来还开了讨论周先生的表演艺术的座谈会，周先生还亲自来参加了我们的讨论。

盖老的那次演出，我也全看了，《三岔口》就连看了三场，但有一出《鄚州庙》是小规模演出，恰好我不在，没有看到。盖老的《打店》、《三岔口》、《狮子楼》、《打虎》、《拜山》、《白水滩》等，都是数十年脍炙人口的，这次纪念演出，还演了《英雄义》，这是要穿厚底靴穿褶子的。盖老那时已70高龄了，但到“水擒”时，还照样翻筋斗，身段潇洒边式，美极了，观者无不为之惊叹。就是这一出戏，也可以看出盖老武戏文唱的特色，开打时紧张而不乱，威猛而又优美，后来我为盖老也写了文章。

以上两位老人，两位杰出的艺术大师，他们为人民创造了一系列的不朽的艺术形象，这些形象，可以陈列成一个长长的画廊，然而他们却在十年浩劫中遇难了，每当我想起这两位老人的死，我都抑制不住心头的郁怒。

在北京最有利的条件就是经常能看到这些名家的演出。梅兰芳的《霸王别姬》、《贵妃醉酒》是我多次欣赏过的他的代表作，当时饰霸王的是刘连荣，也看过一次傅德威的霸王。舞剑自然是梅先生的绝艺，而虞姬从巡帐到拔剑自刎，贯穿着一个内心活动：即深知大势已去而为了要安慰项王，却不露声色，然而当她应对进退之际，却不由自主地流露出内心的绝望和悲痛。这种微妙而委婉细腻的神情，梅先生却能传达得恰到好处，真正可以说是惟妙惟肖。梅先生晚年的《百岁挂帅》是借鉴豫剧马金凤的佘太君的，梅先生的表演，让你感到佘太君真是三军司令，是最高统帅的气派。

我看赵燕侠的戏也是很多的，她的唱腔，声情俱美，她的道白能把每个字准确清晰地送到观众耳朵里，使你感到悦耳动听，使你明白剧情，因之，感情也就随着剧情起伏。她后来演《沙家浜》是花了不少力气的，这个戏最初的名字叫《芦荡火种》，公演后，一下就轰动了。当时的北京城里，几乎有“家家‘收拾起’”，“户户‘不提防’”[①]的气氛，人们到处可以听到阿庆嫂与刁德一对唱的一段唱腔。但后来她得罪了江青，几乎遭到大祸。

云南的关鹔鹴，也是常来北京演出的，我们常见面，她的刀马功夫、出手功夫好极了。她可以说是唱做念打样样都好，当时流行着“南关北赵”的说法，这是符合实情的。她的《铁弓缘》脍炙人口，她一直要我看她《白门楼》里反串的吕布和《周瑜归天》里反串的周瑜。《白门楼》我是看到了，她的吕布演得好极了，唱的小生腔也极好，可惜没有看到她的《周瑜归天》。我看上海发表的她的剧照，身段极“帅”，我想像可能比《白门楼》还要好。

在北京当然一定会看到张君秋的戏，近年来他还常作画，给我画过一幅雁来红，极好。我看过他的《望江亭》里的谭记儿，也看

① “收拾起”是传奇《千锺禄》里的唱词，原句是“收拾起大地山河一担装，四大皆空相”。“不提防”是《长生殿》里的唱词，原句是“不提防余年值乱离，逼拶得歧路遭穷败”。以上两支曲子是当年最流行的曲子。

过他的《四郎探母》里的铁镜公主。他的唱腔，是梅先生以后的一大家，于雍容大雅中又透出清新洒脱，目前学他的人不少。

在老一辈的旦角中，我看过荀慧生先生的红娘，他活脱脱地塑造出了一个理想中的红娘形象。他的念白清脆甜糯而又有点上海人说的“嗲”。真是恰到好处，不能增减半分。可是近年来有的学荀的学过了头，显得做作卖弄，反而觉得不真实，缺乏感人的力量。

尚小云先生我看过他的《汉明妃》，这是他的杰作，繁复而又漂亮的身段、做派，显得一副大家气派。也令人感到究竟是汉家威仪，虽然戏的调子是凄凉甚至是凄惨的，但气派和架势仍在，这就区别开了汉明妃并不是落魄潦倒，被贬远谪，而是奉旨和番。在公来说是皇命，是国事，势所难拒；在私来说，是永别家园，情有难舍。从这两方面来说，尚先生的汉明妃，真是大家风范，令人难忘。

程砚秋先生的戏我没有能看到，但我十分喜欢程派的唱腔。程派的传人赵荣琛先生我是看得较多的，值得一提的是1980年我在美国斯坦福大学讲学，赵先生恰好访问美国，并应邀到斯坦福大学来讲演，当时的海报就是我写的。听讲的人十分踊跃，尤其是赵先生一边讲还一边做一些简单的表演，就使得这次讲演格外有声有色。最有意思的是他回国的时候，朋友们为他饯别，我也参加了这次盛宴，末了他竟上错了飞机，飞到了台湾，受到了热情的接待并安排了他飞回大陆，赵先生回来后亲自为我讲了这段美好的插曲。

旦角中言慧珠的戏我看得也不少，最初是看的《贵妃醉酒》，做派与梅先生一模一样，而她毕竟年轻，有些身段如卧鱼、衔杯等，她都能一丝不苟地做下来。她后来与俞振飞先生合演的《奇双会》我也看过，简直如同看梅、俞合作一样。我还有幸看过她一次《让徐州》反串陶谦。言派的《让徐州》是名作，可以说，言菊朋先生故去后，至今还没有十分理想的传人。已故的毕英奇大家认为可以继武言派，但可惜去世得太早，初展才华就凋谢了，令人叹息。现在的言兴朋，是言老先生的令孙，能传家学，但我还未能看到他的舞台演出，只是在屏幕上看到，或许能继祖业。言派的书卷气，言派咬字切音的讲究，确是人所难及的，所以听言先生的唱，如同读唐诗一样的有味道。而言慧珠的反串陶谦，其中两段唱腔颇能得言老先生的韵味，比专门学言的有过之而无不及。所以当天听这出戏的人都感到十分满足，觉得此人毕竟才华横溢。令人无限痛惜的是她也在十年浩劫中蒙难牺牲了！听说她死时还是穿着全副的贵妃醉酒的服装死的，她真正是一位全身心地忠于艺术、献身于艺术的表演艺术大家，我们永远也不会忘记她的。

在已故的表演艺术家中，李少春也是我交往较多的一位。那时他住外交部街，离我住处较近，星期天我常去看望他。他闲时也学作画，所以我们也常谈论书画。他与袁世海合拍的《野猪林》，我也写了文章。后来排演《红灯记》，我几次去看他们的彩排，李玉和这个形象就是他苦心创造出来的。他是文武全才，新旧兼精的一位大家。他的《闹天宫》赢得了国际声誉，令人难忘的是有一次他与裘盛戎合演《连环套》，裘盛戎的窦尔墩，少春的黄天霸，真是珠联璧合。《拜山》一场，双方的做派、台词真是势均力敌，分毫不让。那一场戏，演完后，戏迷们赞不绝口地足足谈论了几个月，至今想起当年的盛况，还令人神往。

与这场戏隔天进行的，还有袁世海和厉慧良的《连环套》，世海的窦尔墩，慧良的黄天霸，这又是一对不可多得的人才。世海的气派不减裘盛戎，裘先生的《坐寨》、《盗马》的唱腔，自然是一绝，其身段之美，边式而又勇武，沉稳而又矫疾，令人观之不足，简直舍不得他下场。但世海自有自己的风范，一出《坐寨》，就把观众吸引住了，接着的《盗马》，真是唱做俱佳，一趟圆场，使你感到剧中人是在深更半夜闯入了龙潭虎穴，而他依然是履险如夷，胆大包天，而又心细如发。特别是《拜山》一场，厉慧良声容两绝。慧良体格魁伟，扮相俊美而又雄武，一上场就是满堂彩，待到与窦尔墩对话，真正是精彩到了极点。慧良的嗓音宽厚滋润，咬字功夫又好，一个个字喷吐而出，有如迸珠溅玉，而世海也是威风八面，稳坐交椅，始而误把他当飞镖黄三太因而引起一阵惊疑，待到知道来者是个年轻人时，就把拜帖往里一掷，显出十分轻视。等到见面以后，一听来者自报“浙江绍兴府黄”时，又顿时引起他的仇恨与警觉，从此开始，两个人的对话一环扣住一环，一浪高过一浪，真正令观众连眼睛都不敢眨,生怕少看少听了哪怕是一点点。这段往事，说起来，距今已是30多年了，可我此际写这篇文章时，往事历历，简直又像是重温了一遍他们的演出，可见这出戏入人之深了。1986年我在上海，碰巧世海在天蟾舞台演出《龙凤呈祥》，世海饰芦花荡的张飞。演出结束后我到后台去，见了面非常高兴，我问他40

年前上海名伶大会演时，记得他也是这出戏里的张飞，世海说确是如此。现在40年后，还是在天蟾舞台，还是这出戏，还是这个张飞，然而当年同台的主要角色除世海外，其余一概都已作古了，因而我题了一首诗：

逝水流年四十春。芦荡又见旧时人。
张飞不与人共老，喝退周郎十万兵。

最近我又看了一次《连环套》，窦尔墩由三位演员轮饰，世海演最后一段《拜山》里的窦尔墩，看前面《坐寨》、《盗马》的两个窦尔墩，觉得也还可以，待到世海的窦尔墩上场，顿时觉得精光四射，雄风逼人，其一举一动，一言一笑的分量，有如千斤坠石，使你感到看了既过瘾，而又有无限的回味。饰黄天霸的一位后起之秀，也不示弱，基本上可以对阵。然而在这出戏里，应该是黄天霸的气势压倒窦尔墩的，但两位演员的修养、功夫、气质毕竟相距较远，虽然在台词上是黄天霸压倒了窦尔墩，但在他们所显示出来的艺术气氛上，却使你感到窦尔墩的气势笼罩一切，甚至使我感到世海这次的窦尔墩，比他30年前的窦尔墩还要好。这丝毫也不是我的主观夸大，事实上那时的世海才40刚出头，而现今已是过了古稀之年了，自然他的修养又大大前进了好几个里程了。

在京戏的文武老生一行中，50年代后期，我最喜欢看厉慧良的戏，当时凡是他在北京演的戏，我都看。他也是每到北京演出，必定事先通知我。1966年以前，他的嗓音还很好，是一条天生的好嗓子，所以武戏文戏一起唱。我看过他的一出《清官册》，嗓音好极了。他的现代戏《火烧望海楼》里的开打，是别开生面的，他以一条大约六尺长的大辫子开打，简直就像长在脑袋上的一条软鞭，开打时身段既美，打得又新颖，而且一点也不勉强。他的《闹天宫》也与众不同，在美猴王据案大嚼，边嚼边掷，把一个好端端的蟠桃盛宴闹得杯盘狼藉，一塌糊涂时，才算出了一口气，心满意足，于是忽然一声长啸，真是虎啸猿啼，把已经闹得不亦乐乎的气氛更加渲染得淋漓尽致。他的《拿高登》别创了醉打的情节，起初老派一点的观众有意见，觉得老的演法是高登没有醉酒，现在这样演是离了"谱"。有一次，慧良问我有什么意见，我说高登抢了女人之后就是吃酒成亲，吃酒吃醉完全合情合理，没有什么不可以的，尤其是因为喝醉了酒，增添了角色的不少酒醉的身段和神态，在表演上显得更加妩媚，身段更加丰富，这有什么不好呢？慧良也深以为是。后来慧良的《拿高登》就一直有醉打的场面了。慧良的《钟馗嫁妹》也是他的拿手杰作，我曾看过多次，总是百看不厌。他的《长坂坡》(带汉津口)我曾多次看过，1966年以后，他停演了20年，1986年我在上海又看了他的这出戏，我是与关良先生一起去看的，在天蟾舞台门口，重重叠叠地站满了等退票的观众，戏在演出过程中，彩声一直不断。戏结束后，我与关良先生一起上台看望慧良，同他合影，关良先生还当场赠他一幅他的《长坂坡》赵云，慧良当然高兴极了。当时有的观众送上的软匾写“武生泰斗”，有的竟写“空前绝后”，慧良赶紧把这些软匾卷起来，连连说不能这样写。我1984年看他演这出戏时，曾赠了他三首诗。

一

二十年来不见君。依然蜀汉上将军。
秋风匹马长坂上，气压曹营百万兵。

二

豪气多君犹似云。沙场百战见精神。
当阳桥下秋风急，跃马横枪第一人。

三

熟读春秋意气高。汉津渡口待尔曹。
莫愁前路风波险，自有青龙偃月刀。

从1986年到现在，又已数年不见了，听说他在天津又演过几场，并曾带信来要我去看戏，我因事没有能去。

在昆曲武生中，北昆侯永奎的戏，我也是看得很多的，尤其是他的《刀会》、《夜奔》看得最多。《刀会》还是唱的北曲，声调激越高昂，使人感到身经百战的这个老将，依旧是烈烈丈夫，气概非凡，明知前途凶险，但却从容赴会，毫不介怀，一种浩然之气逼人而来。他的《夜奔》，虽然写林冲的落难，但却不是落魄，虽然写林冲的“奔”，但却不是一般的逃跑，而是投奔梁山。他的嗓音激越苍凉，身段边式，扮相俊美，这都是人所共赏的。

本来《夜奔》这出戏是四段，四个上下场，近来也有人把四段连在一起，让林冲一气演下来的。有人以为这样很好，剧情紧凑而又紧张，但我却以为不然。我看这一气到底的演法，演员确是了不起，能够一气演到底而且有许多繁复的身段，这实在是重活。但从塑造形象来说,我却以为这样演未必妥当。“夜奔”的这个“奔”字，如前所说，并不是一般的“逃跑”而是“投奔”，过于加强剧中人的节奏，就难免使人产生狼狈“逃走”的感觉。再者节奏太快了，观众来不及品味咀嚼和琢磨，就容易一略而过，倒不如让林冲从容投奔，让观众仔细品味为好。

北昆侯玉山老先生的《钟馗嫁妹》,也是我最喜欢看的。他的《嫁妹》与厉慧良不同，风格质朴厚重，保留了昆曲的传统做法。

北昆的韩世昌、白云生先生，50年代我初到北京时，是常演的。演得最多的剧目自然是《游园惊梦》。此外,我还看过韩先生的《胖姑学舌》，那时韩先生已经是年龄较大了，而且身体很胖，居然还能扮村姑，真是了不起。白云生先生我接触较多，除了《游园惊梦》外，还看过他的《拾画叫画》、《梳妆跪池》、《错梦》、《琴挑》等，他的唱和做，都是令人难忘的。白先生还自己写了分析角色的几本书，这在演员中也是难得的。有一次，他演《西楼记》的《错梦》，约我去看，他说平时很少演这出戏，希望我一定去看。白先生在这出戏里，非常成功地创造了与《惊梦》、《寻梦》、《痴梦》等完全不同的另一种梦境，非常深刻地刻画了剧中人于叔夜梦魂颠倒，迷离惝恍的神情，与前面“三梦”可以互相辉映。白云生先生已经故去了，但愿这样的戏不至于失传。

昆曲的泰斗，自然要推俞振飞先生了，我有幸，看过他与梅兰芳先生合演的《游园惊梦》、《奇双会》等戏，那真是珠联璧合，是戏曲中的典范了。此外，我还多次看他的《太白醉写》，他和言慧珠合演的《奇双会》，以及他独自演的《拾画叫画》、《小宴》等戏。尤其难得的是我还看过一次他的《黄鹤楼》，这是他多少年来没有演过的雉尾小生戏。我看过俞先生这么多的杰作，已经尽够我暇时回味的了。80年代初，有一次我去访问他，闲谈中说到近年来他演《奇双会·写状》一折，没有了弹纱帽的动作，这原本是俞先生的“绝活”，删去了非常可惜。俞老说并没有删去，只是近年来戏装店里做的纱帽是黑丝绒做的，弹起来只有“噗”、“噗”、“噗”的声音，一点也没有味道，有时还能弹出灰尘来，起不到原先的效果。老早的纱帽是硬胎，是真纱帽，弹起来“叭、喇、喇”的声音，非常清脆，可以渲染当时赵宠有意逗弄自己的新婚夫人而佯怒的神情，收到喜剧的效果。当时还说到“文革”以后，有一些戏剧服装的料子换了新的品种了，因此有一些原有的功夫如水袖功等就使不上来，袖子不听使唤了。俞老的一席话，使我懂得艺术评论，不能光看它表现出来的一面，还需要进一步了解造成这种表现的种种主客观因素，才能使你的分析和评论鞭辟入里，切中肯綮。

昆曲的旦角中，南京的张继青，是一个出类拔萃的人物，她不仅驰誉国内,而且已经是国际闻名的人物。她的代表作“三梦”:《惊梦》、《寻梦》、《痴梦》,我曾多次欣赏过。怎么来说我看她的表演以后的感受呢?我觉得她的表演艺术的出色和漂亮,就好比汤显祖《牡丹亭》的文字一样出色和漂亮。如果借用“文如其人”这句话,那末就是张继青创造的杜丽娘这个形象的美,她所产生的艺术魅力,就好像汤显祖的《游园惊梦》的文字一样精致、美丽而动人。张继青的《痴梦》也是百看不厌的。尤其是听到报禄来报朱买臣高中状元后放会稽太守,而他已被她(崔氏)离弃后赶走。这时崔氏受此意外打击,精神开始逐渐失常。张继青的表演是细腻深刻而且层次分明的。当崔氏眼看着报禄离去后,即转身叫“朱买臣!”这一声“叫头”,嗓音就开始变调了,我理解此时角色也就逐渐进入了“痴”的精神状态;她转过身来背靠案子的几个搓身的身段,贴切而深刻地揭示了角色内心的悔恨和痛苦,于是又向“痴”的状态前进了一步;待到她在幻觉中穿上霞帔,戴上凤冠时,霞帔是斜披的,凤冠是歪戴的,于是角色真正进入了“痴”的境界了。这一切,在张继青演来,真是丝丝入扣,事事逼真,几乎令人忘记是在看戏。

在戏曲中,丑角是一个特殊的行当,它有时扮演好人,有时又扮演坏人。近代的丑角一行中,萧长华老先生是公认的泰斗。由于他的戏艺高,更由于他的戏德、人品高尚,所以梨园界都尊称他为“萧圣人”。50年代以后,我看过他的几次演出,他常与梅兰芳配演《女起解》中的崇公道,他的一口京白,念得既漂亮而又有浓厚的生活味和乡土味。他演的崇公道,是一个人情味十足的老人,令人喜爱。

他在《群英会》中演的蒋幹，也是一个脍炙人口的典型形象，以至于到今天任何人演蒋幹时，如果不是萧老先生创造的形象，人们就会觉得不像。他也在《审头刺汤》中演汤勤,这就是一个反面角色。此外，我还看过他的《连升店》和《请医》，充分发挥了丑角幽默、讽刺、滑稽诙谐的特色。

在丑行中，马富禄也是有影响的丑角，我看过他演《法门寺》里的贾桂,《失印救火》里的金祥瑞,《女起解》里的崇公道等角色。他的嗓音特殊的脆亮，吐字发音特别清脆，听上去如击铙钹，给人以极为深刻的印象。

在文丑中，我还看过刘斌昆。他在《活捉》中饰张文远，我曾三次看他这出戏,一次是在上海,时间是 1947 年。另两次是在北京，60 年代初。特别是最后一次，是与筱翠花（于连泉先生）合演的，地点是在吉祥戏院。那时戏剧界正在讨论“鬼戏”，当时于先生早已息影了，为了让大家讨论这出戏，所以特请刘、于两位老人登台合作。于先生饰阎惜姣的“鬼魂”，踩跷。当这个“鬼魂”上场时，场内灯光突然熄灭，一团光束打在他身上，随着就是急速的跑圆场，阎惜姣全身衣带飘飘欲飞，而且愈跑愈快，真像一阵旋风。这种跷功，现在已经没有人能达到这样高的水平了！

刘斌昆饰的张文远，则随着这阵旋风围绕着舞台正中的一张桌子，走矮步倒退着旋转，也是愈转愈快，而且还两次变脸。刘老的这种矮步功夫，也是一绝，尤其是倒退着走，更为难能，观众习惯称这段表演叫“磨台角”，因为它是不断地围着台子急转的。最后是由阎惜姣抓着张文远的领子将张文远轻轻提起，张文远在阎惜姣手里随风摆荡，衣领被提盖顶，双袖下垂，好像轻飘飘地没有一点重量，真使人感到有点阴风惨惨，鬼气森森。末了是阎惜姣用一条白绫套在张文远的脖子上，娇滴滴地说声“来嘘！”就把张文远“捉”去了。这出戏原来是禁演的，所以在一般情况下很难看到，尤其是于、刘两位的合作，更是千载难逢。

40多年的梨园旧事，实在太多了，一时写不完。京剧方面我还看过谭富英的《问樵闹府》、《打棍出箱》，看过他与裘盛戎合演的《将相和》，马连良的戏我看得更多。1947年在上海开始看他的《胭脂宝褶》、《十老安刘》、《苏武牧羊》等戏，50年代我到北京后，还多次看他的《失空斩》、《群英会》、《借东风》。“文革”前夕，还与吴晗一起看他们新排的《海瑞上疏》,后来也终于以此遭祸。那时，我与老舍先生一起在北京文联，马连良先生也常来开会，所以经常见面。吴晗先生当时是北京市副市长，又是明史研究专家，他主编一套“历史小丛书”,请我担任他的常务编委,所以也经常要见面。“文革”前，他写出了《海瑞上疏》的剧本并付排练，后来请我们去看彩排，这些活动，当时我都参加了。还有周信芳先生排演《海瑞罢官》,到北京来演出,并召开座谈会,这些活动,我当时也都参加了。孟超先生写了昆曲剧本《李慧娘》，由北昆李淑君他们排演，我不仅多次看了这出戏的演出，还应孟超的约，写了《从〈绿衣人传〉到〈李慧娘〉》的长篇文章,在《北京文艺》发表。后来以上三出戏，也都成为了三大戏案，周信芳、马连良、孟超连同吴晗自己，也都为此遭祸，我同时也遭到了批判，这一切，真正是说来话长，也令人伤情，只好暂时不谈。

另外，我到北京以后的36年，看过大量的地方戏，如蒲州梆子、川剧、秦腔、河北梆子、豫剧、汉剧、徽剧、绍剧、越调、粤剧、黄梅戏、梨园戏、高甲戏、晋剧、吉剧、目莲戏、莆仙戏、楚剧、湖北花鼓、湘昆、川昆、湘剧、桂剧等等，以上这许多剧种，我可以回忆出它们来京演出时我看过的一些主要剧目和主要演员，如蒲州梆子阎逢春的《出棠邑》，杨虎山的《闹朝扑犬》、《通天犀》，张庆奎的《三家店》，王秀兰的《窦娥冤》、《杀狗劝夫》等；川昆李文杰的《醉皂》；潮剧洪妙的老旦戏《太君辞朝》，蔡金生的扇子丑《胡琏闹钗》；汉剧陈伯华的《二度梅》、《柜中缘》、《梅龙镇》；湘剧徐绍清、彭俐侬的《扫松下书》、《描容上路》；越调申凤梅的《卧龙吊孝》、《收姜维》；豫剧马金凤的《百岁挂帅》；常德汉剧邱吉彩的《祭头巾》；徽剧刘奎官、张其祥的《水淹七军》和《淤泥河》；黄梅戏严凤英的《天仙配》；吉剧的《包公赔情》、《燕青卖线》等等，以上我看过的这许多地方戏(还有许多，不能尽举)，可以毫不夸张地说，都是光彩照人的艺术精品，其艺术上精彩之处，与上举的许多京剧来比，可以说毫无逊色，这许多演员也都是出类拔萃的第一流的表演艺术家。可惜的是纸短情长，这篇文章已经不允许再无限制地写下去了。我希望将来有机会再写续篇。

人们常说中国是一个诗国，但我认为还应该认识到，中国还是一个戏国。我们的戏剧历史的悠久和丰富，是一般人难以想像的。前几年，我在安徽阜阳参观博物馆，在他们的仓库里意外地发现了一件大型的东汉陶戏楼：三面勾栏，正面有大幕，两边是鬼门道（上下场的帘门），两扇门还是活动的，可以推开和关闭。舞台台口有一人在表演拿大顶，大幕前四个演奏者在奏乐。这是一件珍贵的戏曲文物，它反映出在东汉时期，我国已经有完整的与近世基本上一样的舞台表演了，这一历史事实是何等令人神往啊！那末，我们可以理解，我国至今还保存有如此丰富的戏曲剧种和戏曲剧目，就不是偶然的了。应该看到，如此丰富的戏曲遗产是我们的一大笔取之不尽、用之不竭的财富，我们是戏曲遗产的百万富翁、亿万富翁！前几年，有人竟然大叫戏曲要灭亡了，而且是希望它灭亡，而不是害怕它灭亡，这种对待戏曲遗产的态度，至少也是浅薄和无知的表现。我敢断言，中国的传统文化（包括戏曲）只会发扬光大，只会更新和发展而不可能灭亡。可以说，它是与我们伟大民族共存的。应该认识到日本帝国主义之所以没有能把中国灭亡，首先是我们有伟大的民族文化在，有伟大的民族精神在。我们的全民抗战也是在这一民族文化和民族精神的背景下进行的，没有了伟大的民族文化和民族精神，也就失去了民族的凝聚力量，也就不可能用人民的意志和精神力量来筑起民族的钢铁长城！

当我在写这篇回忆文字的时候，我既为我们丰富的戏曲艺术而感到自豪，感到高兴；也为我们经历的种种曲折道路而感到痛苦和伤情。我特别缅怀那些我曾经交往过的、师事过的前辈艺术大师，他们为民族文化和民族艺术作出了卓越的贡献，他们的艺术是永远永远青春长在的，是永远属于我们民族和人民的！

祝愿我们的民族文化和民族精神把我们伟大的中华民族团结得更紧密，让我们共同来继承这份遗产和发展这份遗产！

35

乾坤清气 一鸿儒

——《饶宗颐先生书画集》序

乾坤清气一鸿儒

——《饶宗颐先生书画集》序

选堂饶宗颐先生，是当代最卓越的学术大家之一。我对饶公心仪已久，也曾多次拜会，但是别长会短，难以倾怀。

饶公首先是以学术声闻天下，他治学广博而专精。从广的方面来说，他于甲骨学、古文字学、上古史、敦煌学、艺术史、诗词学、音乐、古琴等等都能博通。从精的方面来说，他所治之学，都能独辟奇径，独造奥区，发人之所不能发，道人之从未曾道，就是佶屈聱牙的古文和骈四骊六的骈文与辞赋，饶公也是一代作手，求之当世，恐难得第二人。至于诗词，更是饶公的文章余事，信手拈来随口吟成，更无须含毫拈须。

饶公还长于书法和绘画，我曾读过他的画册，参观过他的展览会，令人感到钦敬无已。

从学问来说，饶公是国内数一数二的鸿儒，其声望之高，学术界无不衷心钦佩。但从书画来说，他又是地地道道的书画大家，并不是世人习惯所说的“文人画”、“游戏笔墨”。倒是真正的大书法家、大画家。而且出世之书画家而上之，足以与当代以书画名家的大师相并驰。

要说“文人画”，饶公才是真正的文人画，我前面所说的“不是世人习惯所说的‘文人画’”，是指饶公丝毫也不是近世所流行的本人半点文采也没有而强作“文人画”的那种“文人画”。他们把“文人画”当作是一种品种，似乎只要照这式样画就算是“文人画”了，与本身是否是文人毫无关系。其实这种“文人画”只是徒有其名而已，与真正的文人画丝毫无关。

而饶公的画，才是地地道道的文人画。因为饶公首先是大文人，是一代鸿儒，而他又精通绘事，更不蹈袭前人，率以自出手眼，从心所欲，随意挥洒。可以说书画是其文章余事，又是其文章之别途，凡文章未发之精华逸气，悉藉书画以发之，所以饶公之书画，实亦饶公之文章别体也。以故，饶公的书画才是真正的“文人画”，才是传统意义上的“文人画”。

这样的“文人画”，历史上虽有，却不世出。例如唐朝有王维、郑虔。郑虔老早就号称“三绝”，王维则是有名的“诗中有画，画中有诗”，且又精于音律，妙于禅理。再如宋代的苏东坡，人人知道他也是诗书画三绝。王维、郑虔的作品已很难见到，东坡的墨迹，存世尚不算少，我曾看过他的《人来得书帖》等真迹，令人低徊景慕，他的《挑耳帖》、《黄州寒食诗》等也是我梦寐钦迟之作。所以在历史上这样的人代或有之，然代不过一二人或三数人而已。数之当世，饶公当在三数人或四五人之列。此非夸饰，实才之难，特立独出之人难也。

我最重饶公的白描人物，有人认为饶公之白描人物，直接李龙眠。李龙眠固然是一代大家，但龙眠与东坡同时，斯已晚矣。细读饶公的白描人物，大部从敦煌卷子中来，当与吴道子有所渊源。吴道子当玄宗之世，身经天宝之乱，至肃宗初尚存人间，其画风影响甚大，所谓“吴带当风”。且其主要是画白描佛像，故敦煌卷子中之佛像，当与吴道子画风有密切关系。吴道子的《送子天王图》今存日本，虽亦为后人临摹之作，但可见其画风。今以此来印证饶公之白描佛像，则其画风逼近吴道子可以无疑。

当然如要溯中国线画之渊源，画史上称东晋顾恺之，杜甫说：“虎头金粟影，神妙独难忘。”可见顾恺之的佛画，令杜甫赞叹不已。实际上顾恺之的线画，是吸收民间画家之长，我曾两次进入汉末建安时代的安徽亳县曹氏家族墓，最令我惊叹不已的除墓砖上的行书字体外，还有墓门上的石刻人物画，其线条之流丽繁复，造型之伟岸庄美，真是前所未见。我幸得两件拓本，所以前数年常常拿出来观摹，因而深悟顾恺之的线画，实自汉末至魏晋间的民间线画来。后来又见到洛阳出土的北魏石棺上的石刻线画，其精妙程度，一如曹氏墓门，因此，更使我坚信此点：从汉末经魏、晋至北魏、东晋，遂有顾恺之，后又有张僧繇、吴道子。故饶公虽取法敦煌卷子佛画，而其画法之渊源有自，自非后来李公麟所能限也。

当然，我只是说饶公的白描佛画其渊源并不始自李公麟，而是远在吴道子及吴道子以前，并不是说他不能撷取李公麟之长。

作者与饶宗颐先生在浙江图书馆古籍部书库

不仅如此，饶公于书画是广取博采的，所以才能成其大。就如后来的陈老莲，饶公也有所吸取，其《十六应真图》，在形式上与老莲自可联系，但其用笔，则又非老莲，老莲的人物构图奇古而线条刚劲，这与明代的木刻有关。而饶公的《十六应真图》，其造形更似敦煌佛画，而用笔缥缈有逸气仙气灵气，绝非刚硬一路，可见饶公能取能化，足证饶公笔墨之灵且通也。

饶公的山水画，可借用“瘦骨清相”四字来形容。此四字本来是用以称赞南朝的人物画和受南朝文化影响的佛像雕塑的，但我觉得借来说明饶公的山水画，也较合适。中国的山水画，自唐五代两宋以来，大体以写实为主，故无论荆（浩）、关（仝）、董（源）、巨（然）、李（成）、范（宽），都极尽其崇山峻岭、雄伟博大、闳远幽深的气势。至元代的倪云林，独以清逸瘦劲为骨，而其用墨又极腴润滃郁。至清初程邃、弘仁、查士标等则又在倪云林的基础上有所变化发展，特别是渐江学人（弘仁），深得云林笔意而有所创新。今读饶公的山水画，我觉得其秀在骨，其清在神，深得云林、渐江的笔意，但又并不是照搬，而又自有取舍，融化生发，其所作《溪山清远图》长卷、《潇湘水云》图卷、《万点恶墨图》、《山水清音》册等等，最能显示他胸中逸气和笔下的灵气，这些画笔，可以明显地看出来自传统而又自出新意，全是自家面目。

饶公的书法，更是独具面目，无人可以比傍。昔年吾师王瑗仲（蘧常）先生，精于书法，尝为予言，他作书不作唐以后人一笔，我追随先师40余年，所得书札今尚存六七十通，虽道家常，而字字晋唐。今读饶公法书，使我自然想起先师此语。当然饶公的法书，与先师又各自成体，各具风范。饶公精于甲骨古文篆隶，而其隶书又时有章草及北魏笔意，甚至有时亦化篆入隶，古趣盎然，此类书自非唐后人书。至于其所作行草，更不能辨其是碑是帖，是南是北，唯觉随意挥洒，浑然天成，而方圆兼施，不加修饰，

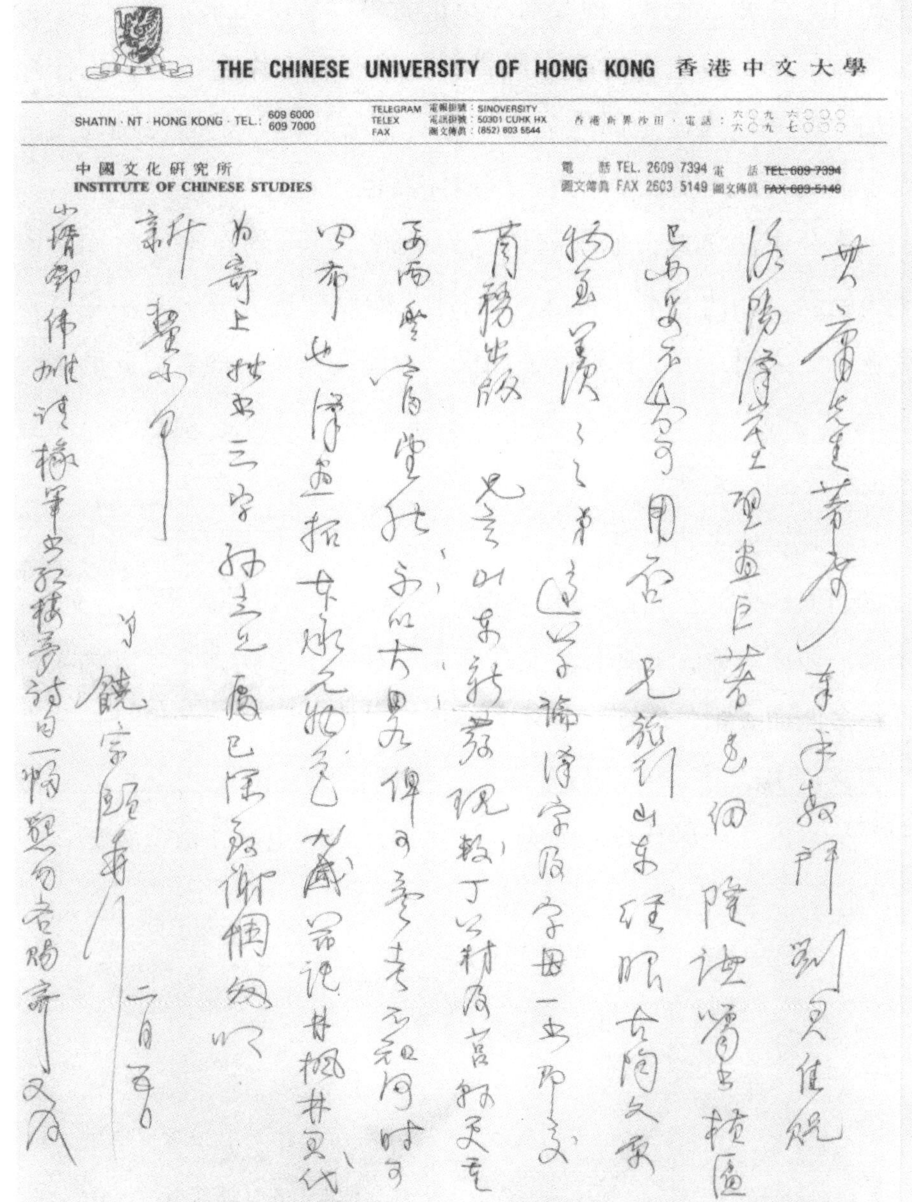

THE CHINESE UNIVERSITY OF HONG KONG 香港中文大學

SHATIN · NT · HONG KONG · TEL.: 609 6000 609 7000
TELEGRAM 電報掛號：SINOVERSITY
TELEX 電訊掛號：50301 CUHK HX
FAX 圖文傳真：(852) 603 5544
香港新界沙田 · 電話：六〇九 六〇〇〇 六〇九 七〇〇〇

中國文化研究所
INSTITUTE OF CHINESE STUDIES

電 話 TEL. 2609 7394 ~~電 話 TEL. 609 7394~~
圖文傳真 FAX 2603 5149 ~~圖文傳真 FAX 603 5149~~

饶宗颐致作者信

纯是自家性灵之流露。但是有一点读者可以看得出来，他的行草，深得倪元璐、黄道周的凛凛风骨，虽然有时也作金冬心，也作邓顽伯，但我以为这是偶一为之，他真正的味道，是深得倪、黄清奇古拙之气，此或秉赋所近，气质使然也。

饶公书法之奇，他既能作蝇头小楷，点画均在毫厘之间，而笔笔精劲，如读右军《黄庭》，而他又能作擘窠大书，一字之巨，竟在方丈之间，可见其真巨笔如椽，力能扛鼎也。他竟以此巨笔，写成《心经》全文，闻已刻木，不作摩崖，将树之大屿山，为写经简林，创意尤新。

综观饶公之艺，岂止书诗画，亦岂止经史子集而已，实古今文化之通人，古今艺术之巨匠，古今一鸿儒也。所以他的书画与文章，实为一体而殊途，书画乃其文章之别体耳。予历观古今才大之人，往往多能而专精，何则？其才大其识广其胸次高远，若仅赋一艺，则何以展其宏才，何以写其高怀？何以发天地清灵之气！故必博通专精，庶几能尽其长才而见天地化育之伟功也。予故有诗云：

苍茫浑朴更深醇。万卷罗胸偶写真。
赋得山川灵秀气，飞来笔下了无尘。

2004年8月10日，旧历甲申年
六月二十五日写于双芝草堂

36

清气满人间

——读《马凯诗词存稿》

清气满人间

——读《马凯诗词存稿》

日前，友人赠予《马凯诗词存稿》一部，并嘱为题句，予适有海南之行，遂置之行箧。至海南三亚，予住三亚湾蓝海花园十六层高楼，楼外数十米之遥，即为大海。故夜夜海声入梦中也。

予住定后数日，即取《马凯诗词存稿》，开窗面海，凭栏而读。已而窗外海声如潮，澎湃不息，予读诗如故；复已而，觉诗中隐隐有风雨澎湃之声，予读之复如故。有顷，读将尽卷，而觉海潮汹涌澎湃之声与诗中所隐之声似相应和，而莫能辨彼此矣！予因而于马君诗词有所感焉。

夫诗之大者，莫大于天地宇宙、社稷生民也。而马君诗词中，时时以社稷生民为心，其“望远篇”《山坡羊》咏“红日”云：“东来紫气盈川岳。最是光明洒无界。升，也烨烨；落，也烨烨。”咏“明月”云：“悄悄来去静无价。祇把清辉留天下，来，无牵挂；去，无牵挂。”咏“自在人”云：“胸中有海，眼底无碍，呼吸宇宙通天脉。伴春来，润花开，祗为山河添新彩。试问安能常自在？名，也身外；利，也身外。”其七绝《寻访杜甫草堂》云：“人间寒士犹多在，心底诗人当永存。”七绝《难眠》云：“头虽落枕且翻身，总有竹声绕在心。但助难题得破解，何妨晓镜又添银。”其《沁园春》词云：“从来民铸春秋，信水可载舟亦覆舟。”“心有苍生，身无挂累。坦荡胸怀总自由。”其《古风》云：“得来真知由实践，扫去空谈借东风。事就无不靠群众，业成惟有投工农。三世而斩犹可训，警钟隆！”“千古治国大计何为第一宗？得人心者得天下，道循脚底，民立心中。”“愿将满腔血，飞天化长虹。”马君以上诸诗，以及“抗洪”、“抗非典”诸篇，皆篇篇以生民为心，以社稷为念也。故其语虽近而意实深也。

夫诗之所以感人者，以其情真而意切也。马君身在高位，与之接，诚朴如乡人；与之遇，衣饰在众人之中；与之叙谈，虽初识亦温煦如坐春风，故其为诗也真而且醇。如五绝《沐雨》云：“洗绿轻梳柳，滴红细润颜。尘埃一扫尽，清气满人间。”《劲草》云：“遍野无声长，悬崖有隙生。雪压根不死，春到绿乾坤。”如七绝《难眠》（见前引），五绝《淡泊人生》云：“显贵浮云去，虚名逐浪沉。淡泊心守静，抱璞我归真。”五绝《气节赞》云：“梅碾香犹在，丹磨赤自存。石焚洁似雪，玉碎质还真。”五绝《学诗》云：“水淡能收月，毫柔也纵龙。真情流笔下，大气溢胸中。”以上诸诗，皆能见其丹诚，见其抱璞归真之高致。

夫诗词曲诸体，皆有韵有律，古今作者皆所遵循，实非易事，马君于此亦用心良多。然吾国之旧体诗词,已历千数百年之累积,其积也厚,其蓄也深,故必积以时日,久于其道,始可尽得也。马君其勉乎哉!

马君尽瘁国事,于其《难眠》诗可以见之,故吾读马君之诗,时时见其忧劳之心,是更令予钦且佩也,是更有异于世之诗人也,岂可以琐屑求之哉!

予读马君诗,得二十八字,今即书之篇末为赠。

奉题《马凯诗词存稿》

高楼海沸感君吟。与世为怀赤子心。
难得拳拳寒士意,春来会见绿云深。

丙戌岁朝于海南三亚蓝海花园寓所

37

问苍茫大地 浩劫几千秋

——丁和西域摄影集《流沙梦痕》序

问苍茫大地　浩劫几千秋

——丁和西域摄影集《流沙梦痕》序

从1986年到2005年，20年间，我去新疆十次，时间长则达数月，短则半月到一月。我曾三上帕米尔高原，两越塔克拉玛干大沙漠，并绕塔里木盆地整整走了一圈。至于玄奘取经之路、丝绸之路，以及西域的重要历史文化遗址，南北疆的特异地貌、特异风光，我也大都走过了。前年无意中上海的老友汪大刚告诉我，上海也有一位新疆的爱好者，并且是摄影家，与我有同好，何不一见。我听了，如闻空谷足音。不久，我们真的见面了，他就是丁和。他带来了他拍的西部的大片子，他说日本人吹他们用4×8的片子，这算什么了不起，我偏要用8×10的片子，超过他们。我听了这话，真是心胸大快！及至我看了他的片子，更是奇光异彩，令人赏心悦目，爱不释手。交谈间，我更知道他去新疆也已不下七八次了，而且有的地方我还未去，如罗布泊、楼兰等地，他却早已去过了，这更使我艳羡和佩服。

我们随意谈到我将于2005年与中央台一起去帕米尔高原、罗布泊、楼兰等地拍摄，目的是探索玄奘归国的故道。他听了十分感兴趣，希望能同行。他说他上次去罗布泊和楼兰，觉得没有过瘾，意犹未足，还想拍一点更理想的镜头。于是我们在 2005 年 9 月 25 日，开始从库尔勒出发，作大漠之行。我与他从营盘开始，经米兰、罗布泊、楼兰、龙城、LE 遗址、白龙堆、三陇沙，入玉门关到敦煌，整整 17 天。我看着他整天背着几十斤重的摄影器材，爬上爬下，有时在危峰之顶，有时又隐没不见，不知躲到哪个角落去寻找拍摄点了。我真佩服他的坚强毅力和吃苦精神，特别是他的求真求实、精益求精、一丝不苟的精神，真是大艺术家的风度。

我们完成了此次考察玄奘归路的楼兰、罗布泊之行，大家都自然地回去休整了，谁知道他却不顾疲劳，连续作战，立刻又回到民丰，进入尼雅，又到热瓦克、安迪尔等地拍摄。回到上海大概已是 11 月了。更想不到的是隔了不久，12 月底，他又到了哈密，拍了哈密的魔鬼城、大河唐城等奇景，特别令人艳羡的是他竟拍到了交河城的雪景，而且不是飘两点雪花，而是雪压交河，这真是奇闻奇景。我曾去过交河五六次，并且我还围绕着交河城在城下的河底绕交河城走了一圈，把交河从上到下连四周围都看了个够，我还从悬崖爬上交河东边的台地寻找古车师贵族墓葬，至于交河城里的衙署、地下密室等也曾反复琢磨过，我还寻到交河城西边一个山坡，走到山的半高台地，刚好可以略有俯视角度拍到交河城的全景，共用了 11 张底片衔接，放大后长 11 米，堪称交河城的一张最大照片了。但我想不到在火焰山下的交河城，竟还有大雪覆盖的奇景，这实在值得为丁和庆祝，有时老天爷对于苦心人是会特赐钟情的，所以丁和拍摄交河城的大雪，任何人不用忌妒，这是他的虔诚的回报。

他的摄影画册快要付印了，他的摄影大展也迫在眉睫了，前不久，他寄来一大卷照片，其中还有长卷，要我写序言。我打开来一看，简直是惊心动魄，真正是“忽魂悸兮魄动，恍惊起而长嗟”。我的这种惊喜和震动是无法形容的。我想紧紧地拥抱这些惊彩绝艳的画卷，因为拥抱它就是拥抱我们伟大祖国西部的奇山异水、西部的兄弟民族、西部的历史文化、西部的民情风俗。我曾为之发出傻想，我想，丁和啊，你如果早生一百年，你就可以把斯坦因他们未能做的事加以完成，即在一百年前，当斯坦因他们劫夺我国西部的历史文化宝藏时，他们挖掘的挖掘，切割的切割，骗取的骗取，恣意所为，任情掠夺，他们也拍了一些镜头，但那是极为局部的外部环境，还有是他们掠夺的宝物。当时，要能像丁和那样把整个或重要地区的外部环境较完整地拍下来，那末现在我们来看一百年前的西部，楼兰、罗布泊、米兰等等的外部环境，该有多好啊！我这当然是傻想。但是我这傻想换一个角度，往未来想想，就不见得是傻想了。十多年前我曾去过米兰，去年9月我再去米兰时,米兰已完全是另一个样子。十多年前我们去米兰时，许多古迹都被一个个沙柳包包围着，除了佛塔高耸外，其余古迹都淹没在沙柳包之间。这次我再到米兰，最大的变化是米兰成为一片沙丘，寸草不生，一丝半点沙柳包的痕迹都没有了。所以我初到时以为搞错地方了，经询问向导，才知道，那些沙柳包都被老百姓挖去当柴烧了，所以仅仅十年之间，米兰就完全变了一个样子。还有我最早看到的阳关、玉门关、河西走廊、敦煌的月牙泉，也与今天都不一样了。幸好我还有当时拍的照片而且已印成书，可以对照。由此而看，丁和的这部摄影集，是21世纪初西域人文历史地理的外部环境的卓越的真实记录，是具有划时代的意义的。我相信，再过二十或三十年来看这部书，后人就会感谢丁和，就会感谢他把历史、地理、风光、民俗的外貌，用最真实而又最艺术的手段定格下来了。不管以后的山川地理如何变，被定格在这部书里的现实世界是永恒不变的了。这就是这部书的第一个珍贵价值。当然我希望丁和继续不断地拍下去，把应该拍而尚未拍的地方统统拍下来，以这个主题，完成他的一代巨著。

我细读丁和的这些照片，正是浮想联翩，思接千秋。可以说丁和所拍摄的这许多地区，绝大部分是我去过的。有的地方我还反复去过多次，所以特别容易引起我的共鸣，甚至引起我的激动。例如他拍的《雪压交河》是多么难得的历史镜头啊。交河是西域的一座特殊城市，它从原始时期起，经历了无数次的历史变迁，至今虽然城内房屋衙署、佛塔、作坊等都已是遗迹，但它特殊的像一艘大军舰式的独特的台地地貌还在，它也曾一度是西部军事政治的重心。它处在火焰山下，最大的特点是“热”。历史上也曾经有过冬天下雪的记载，但那是千载难逢的机遇，但这个机遇被丁和遇上了，拍下了“雪压交河”的奇景。是的，历史上交河曾有过下雪的记录，但历史上又有谁把这一记录真实地拍摄下来了呢？以往只是空白，填补这个历史的空白的是丁和，所以我说丁和是天之骄子。

我前面说，丁和的摄影把西部的历史、文化、宗教、民俗、山川形胜的外部风貌定格下来了，这句话是强调了摄影的特点和共性。但丁和的摄影并不仅仅止于此，他的摄影还有另一特色。

例如上面提到的交河城一景，它隐括了多少历史内涵。尤其是楼兰古城，孤处在罗布泊深处，汉晋时代，它是一个多么重要的西域邦国，但后来突然消失了，自从百年前重现，至今对它的研究仍旧未完，关于它的照片，自然也包含着丰厚的历史内涵。还有塔什库尔干的“石头城”，这是处在帕米尔高原上的一座古城，据《大唐西域记》的记载，玄奘归来，曾在此停留20多天，这又是一处激动人心的文化遗址，我曾为它上去三次。这不仅仅是一座古城，它联系到中印文化的交流，联系到佛教传承史的一页，看了这张照片，也会使你浮想联翩。

还有古龟兹国（今库车）的“昭怙釐寺”。此寺分东西两寺，两寺中间有一条河隔开，西寺是在平地上，东寺是在山上，因为有河道阻隔，所以我去过五次，都只能到西寺。为什么我一直想去那里呢？因为这也是玄奘到过并在《大唐西域记》里记载过的地方，而且现在来对照玄奘的记载，其基本情况仍相符合。我直到第六次去库车，朋友告诉我有一条可以绕行的路，可以绕过那条河，从另一面过去，这样我总算了结了这个心愿，尽情地饱看了这个汉唐的遗迹，也拍过照片。但丁和的这张照片太理想了，基本上把东寺的全貌拍下来了，而且利用光照和当地红色土壤的特点，感觉效果也特别好，当然丁和也没有放过西寺，这也是必要的镜头，所以看这类照片，它会引发出更多的历史背景和遥远的历史感。你如在读《大唐西域记》时能看到这些实景，也自然会帮助你理解该书的叙述。还有一幅“草原石人”，也引起我的联想，我在上世纪80年代，曾去过昭苏，这里是古代的乌孙国。这是一个天然的地理环境，偌大的一个大平原，四周都被山包围着，仿佛是这个国家的城墙。到昭苏最引人注目的就是这个草原石人，图片里的石人是最典型的一件，据说是突厥王的像。我曾专门到像前仔细看过，还为这个像题过诗。这里还有一个特出的景点就是一个个排列有序，而且面积很大的乌孙墓，我从昭苏去怪石沟再到克拉玛依的魔鬼城时，一路见过不少乌孙墓，有的墓还有墓碑。所以丁和的这一张典型的“草原石人”，又会自然牵动深厚的历史文化积淀，使我们看到突厥文化的遗存。尤其是那幅穿着红色衣服的墓室壁画，那是在龙城土垠附近的一个楼兰贵族墓的壁画，墓室不大，仅能容二三人进去，因为面积小，很难拍摄，丁和能拍得如此完整且色彩鲜艳，更是难得。这幅照片，就进一步地涉及西域楼兰文化的具体内涵了。

总之，丁和的摄影，有着丰富的历史文化内涵，如果要一幅幅解释下去的话，恐怕要写一本书，这当然不是这篇短文所能承担的了。

丁和的摄影还有一个独特之点，也不妨趁此说一说我的感受。

丁和是一位卓有成就、卓有构思的摄影家，但我觉得他的摄影构图和用光大胆而创新，毫不受约束。我是一个摄影爱好者，只知道拍，对摄影的许多理论一窍不通，我自己说，我只是“跟着感觉走”，觉得这个景点好，立刻就拍，构图与拍摄差不多是同时进行的，因为我不懂摄影的许多理论和规矩，所以也就无所拘束。我看丁和是明知许多摄影的规矩和理论的，但我常感到他似乎不守规矩，只以画面的需要为准，也有一点“跟着感觉走”的味道，所以我读他的摄影作品，特别能投入，能共鸣。由此我要说，从摄影最基本的要求来说，从画面的构图、风光、色彩来说，丁和的摄影也是独具特色的。他的摄影，并不是干巴巴的尽是历史或文化，如果作这样理解，那是大错而特错。上面我说的他的摄影的地貌形态、历史文化等等独特的方面，都是融合在他的完美的构思和超人的效果之中的。读他的摄影，第一感觉是“美”！这是最根本也是最引人之处。然而当你津津有味地欣赏他的“美”时，你会感到他“美”得与人不一样,他不是仅仅给你看一点风光的美，而是引起你的深思，甚至引起你的激情，引起你的叹息。例如那罗布泊仅剩的一点积水，在浓重的暮色中，画面却闪着一点亮色，与天上的晚照互应。人们都以为罗布泊滴水不存了，但是丁和告诉你还有这一点点水,而画面是那样凝重,似乎充满着历史的忧虑。又如罗布泊的龟裂地貌，画面突出地显示着有如龟背一样宽大而连接不断的裂缝，让你感到这就是干涸到如此龟裂的罗布泊。但是还有一幅像火烧一样的罗布泊，那是在夕阳照射下罗布泊的盐碱地貌，让人感到地面正在燃烧似的，这就是艺术家别具慧眼的取景。还有那幅“日月经天，江河行地”，真是尺幅千里，这是在天鹅湖的特写，这使你感到新疆不仅仅有无边无际的沙漠，而且还有浩瀚无际的湖泊。特别是那湖水像蓝宝石一样透明晶亮的“赛里木湖”，湖边是连绵的雪峰，这是一个神话一样的世界。画册中那些奇妙得不可思议的镜头画面，那种鬼斧神工般的造形，那种绚丽无比的色彩，那历经千年风霜苍老的胡杨树，仿佛是天上下来的神龙。那矗立地表的克孜尔尕哈的烽火台，忽然周围向四面放射出宛如灵光一样的云彩，简直像是佛陀的灵光。那克里雅河深处的沙漠人家，它让你知道在这个世界上，还有这样的居住环境和生活方式的地方，那青年人头上的黑帽子，据说已是他们的唯一标志了。我在南疆还见到过妇女除挂上黑面纱以外，头顶上还有像倒扣着的黑色小酒杯一样的小帽子，这据说也是稀见的装饰了，我还特意向她们买了一顶回来。还有那幅“虬龙潜行”，画面上一条条的红色长龙，仿佛在奔腾回翔，这真是一个龙的世界。

要从风光的角度来说，丁和照片的风光艺术也是说不完的，而且各人有各人的体会，无需我噜苏。最后我赠丁和一首词，作为本文的结束。

八声甘州

赠丁和

对茫茫瀚海、问苍天，浩劫几千秋。看营盘残骼，楼兰废堑，罗布龟丘。处处繁华猝歇，百代风流休。惟有白龙堆，依旧西游。　　我到流沙绝域，觅奘师圣迹，江河恒流。纵千难万险，九死不回头。有良朋、危途险峰，历巉岩，犹似御轻驺。终尽把，山川灵秀，珊瑚网收。

2006年6月20日于瓜饭楼

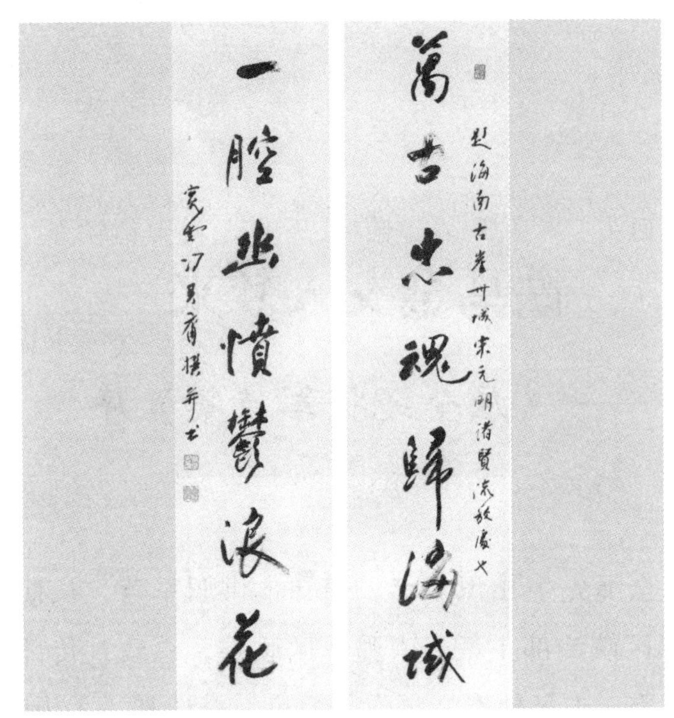

38

铁马金戈入梦来

——《屈全绳将军诗集》序

铁马金戈入梦来

——《屈全绳将军诗集》序

我与屈全绳先生相识多年。谨知他供职军营，长期戍边，曾任新疆军区政治部主任、南疆军区政委、总政宣传部长、成都军区副政委，未见他有文学作品面世。今读其《关山远行》、《关河远望》两本诗集，品味其中“金戈挑明月，铁马啸深涧”、“梦中乡关几回路，不知此身在天涯”、“投鞭当断长河水，挥师敢扫千丈霾”等铿锵诗句，不禁有士别三日当刮目相看之感。屈诗质朴凝重、气势开阔、充满哲理性的思考，又透出一种军人的阳刚之气，强烈的爱国主义、英雄主义情怀。我自觉其特点有三：其一，题材广泛。既有对大漠边关军旅生涯之生动描述，亦有对亲身经历之重大事件的忠实记录，还有对祖国和人民的殷殷深情。如此广泛的题材，得益于作者40余年风雪边关、春雨京城以及多个军队领率机关工作之经历，亦得益于其南亚、欧美、拉丁美洲数十国之行之阅历，还得益于其出身农家、荷锄垅亩之情结。其二，思想深刻。屈诗状物言志，借景抒情，每每触及事物本源，人性深处多有顿悟，一些精彩语句或可传世。其三，表现形式多样。入集诗词两百多首，既有诗、词、曲，又有民歌、歌词，且引古使典，为我所用，使整个集子活泼灵动，异彩纷呈。

此外，我还想到，在我国的文学史上，素有边塞诗之称，其中的高适、岑参，尤以边塞诗著名于世，以其诗歌内容，皆写边塞异域风光而气象辽阔，风格雄健也。在宋代也有边塞词，如范仲淹的《渔家傲》就是一例，而辛稼轩有不少名词，都是写军旅生活，其中也不乏边塞的内容①。我读屈先生的诗词，自然而然地想起唐宋的边塞诗词来，我感到说屈先生的不少诗词，是当代的边塞诗词，也无丝毫夸张。如他的《自度曲 · 登嘉峪关》："大漠落日飞尘，不见阳关路。催马追星月，卧沙枕秋露。"《昆仑雪》："昆仑冰山齐天高，大漠号角惊飞雕。铁甲碾碎熊罴梦，万里关河竞妖娆。"《临战》："边塞暮秋滚狼烟，男儿热血沸关山。莫道书生戎装新，腰下犹悬三尺剑。"《诉衷情 · 大漠秋点兵》："祁连山岭秋来黄，大雁唱苍凉。河西路上风紧，暮色罩沙场。装甲响，土飞扬，炮衣张。兵从天降，西望阳关，先取敦煌。"《雪夜野营》："正月飞雪漫昆仑，寒透帐篷战马喑。夜来枕戈卧兵川，晓看红柳报早春。"此外他的《戈壁行》："催马走沙洲"，《神仙湾感怀》："驱车昆仑上高原。"《戍边二题》："日出昆仑莽"，"天山飞雪急"。《库车行》："龟

① 按：辛弃疾时代的"边塞"与唐诗里的"边塞"在地理位置上是完全不同的，不能误会。这里只是取其边塞的意思。

兹老城旧戍楼，古道飞尘草木秋。将军策马登高台，英姿不让定远侯。”《轮台宿营》：“南出天山百里峡，轮台城上飞黄沙。梦中乡关几回路，不知此身在天涯。”读这些诗，真正使我感到“铁马金戈入梦来”。这样的诗，在他的集中很多，甚至占诗集的主要部分，我不可能都引出来。我们读以上所引的诗，说它是新的边塞诗，是我们时代的边塞诗，难道有什么夸张吗？说它是新的边塞诗，当然与古代的边塞诗不同了，根本不同的是主观的精神境界不同和客观的时代环境不同，至于边塞的地理风貌，气候条件和边境时有的紧张形势，应该是大致相同的。但就是因为前两者的不同，所以屈先生的新边塞诗显得壮志凌云、浩气贯空，显得雄风千秋而没有古代边塞诗萧瑟的一面。此外他的《读史》“吕后谋称制”、《访贾谊故居》等咏史诗，也是意味深长、发人深思的。一位戎马倥偬的将军，怎么会变成一位下笔千言、放怀长吟而且动人心魄的诗人呢？集中有一首《夜读》给我们透露了一点消息：“夜来吟读不觉晓，浩月清灯两相照。窗外画眉啾声近，朝霞一片天际烧。”诗人给我们透露了他刻苦夜读的情景。古往今来的大诗人，无一不是从刻苦中来的。我们从李白、杜甫、陆游等大诗人的经历中都可找到这一点。诗人屈全绳也是同样的情景。诗人还有一首《秦川吟》：“梦回秋塞望秦川，故国一别四十年。铁马冰河疏勒城，电闪雷鸣玉门关。燕山脚下读孙武，金沙江畔再紧鞍。老卒自知夕阳红，风雨兼程不偷闲。”这首诗，可以让我们看到这位将军兼诗人的高尚情怀，依旧是“风雨兼程不偷闲”，这种自始至终的刻苦勤奋精神，军功累累而依旧刻苦自励的襟怀，多么令人敬佩！这首诗与另外一首《元旦抒怀》“为官莫做弄权人，解甲重读千字文”对读，更能感受到他高尚的情操。

正因为屈诗具有这许多动人心魄的内涵和玉壶冰心的高尚情怀，所以才引发了钟开天先生极大兴趣。钟先生系军内外颇有影响的书画艺术家。幼承家训，临书作画，弱冠之年即发表作品。后携笔从戎，戍边云南，凡四十五载。初为战士，继而班长、排长，直至昆明军区文艺创作室专业创作员。20世纪80年代，大型国画《走进阿瓦山》一经面世，便震撼京城，使其一举成名。90年代，《瓦山部落图》在美国夏威夷展出，引起轰动。此后多次出国举办画展，开展学术交流，并受聘夏威夷大学、乔治亚大学讲授中国书画。本世纪初，为中央军委八一大楼外宾厅创作巨幅工笔重彩丙烯壁画《绿色瑰宝》，其独特的构思、宏大的场景、绚丽的色彩、高超的艺术技巧，赢得军内外交口称誉。绘画大师关山月评价其为难得的艺术珍品。钟先生书画兼长，擅以书入画，又能以画入书，尤以楷书、行草名世。

共同经历往往造就共同思想及情感。在数十年军旅生涯中，二位先生分别于祖国西部和西南边疆走过相同的巡逻小道，体验过相同的戍边生活，感受了丰富多彩的西部多民族历史文化。同一时代的相同经历奠定了其共同的思想基础。当屈诗浓烈的边关情怀和蕴涵其中的岁月印记展现在钟先生面前时，巨大的震撼和强烈的共鸣油然而生，于是便有了以书法艺术表现屈诗的创作欲望和艺术冲动。在这种创作激情推动下，钟先生调动其所擅长的各种书法和绘画手段对原作进行二度创作，或整体全书，或重点节录，或特写名言警句，将诗词中的意境、个性气质修养表现得淋漓尽致，使原本情感浓烈、语言隽美的诗词更加雄逸苍劲，赏心悦目。钟书以行草为主，兼及楷书、行书、草书诸体，体势多变，随意生态，凌厉劲健又婀娜多姿，洒脱开张又沉稳厚重。其楷书能从汉隶魏碑和爨字中脱颖而出，从结体到用笔皆别开生面，古拙典雅又生动活泼；深厚的绘画构图功力渗透于书法之中，使书之章法错落而有节奏，和谐而又大气。在表现形式上，长卷、信札、斗方、对联、中堂、条幅应有尽有，附之以宣纸、麻纸、撒金、过渡色底纹处理和折页、绘画、印章等艺术点缀，最后由钟先生亲自编排组合，使书法和诗词意境完美结合在一起，内容与形式有机统一。

珠联璧合，相映生辉，是我对《钟开天手书屈全绳诗词集》的基本感受。当然诗与书都是无止境的，屈诗有极为丰富的生活为基础，有他独到的意境，今后在铸辞、遣韵上更加锤炼，还能更进一步，更上层楼；钟书在起伏变化的同时亦可从钟、王及后世古人的书法中吸取其内蕴而使书风于飞动中更趋沉稳凝重。不断地自我否定乃艺术走向完美的必由之路。我衷心祝愿两位先生在诗书结合领域开辟出新的天地。

最后，我谨题小诗三首，为两先生志贺。

赠屈全绳将军（二首）

昆仑一别十三年。又到诗城拜杜仙。
怪道诗思清似水，原来心底有灵泉。

横刀跃马儒将风。壮志如山气似虹。
屈大夫和辛弃疾，雕弓词笔一般同。

赠钟开天先生

天岸开张气势雄。千钧笔力挽雕弓。
为因儒将诗词好，赢得钟王腕底风。

2007 年 4 月 1 日

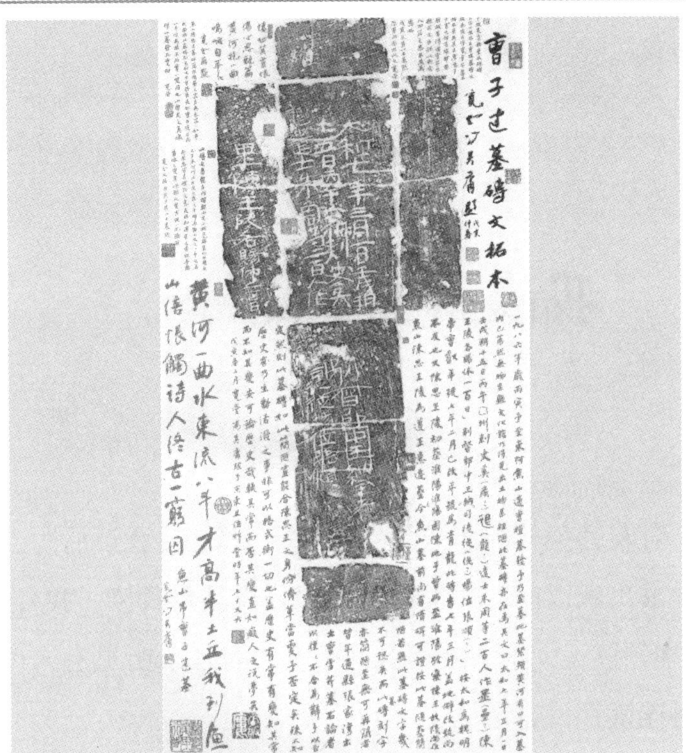

39 我读懂了《天书》

我读懂了《天书》

最近，老友韩美林同志送我一部《天书》，要我读后写点意见。我想起来此书出版以前，他也曾送来部分作品要我读，我自知资质鲁钝,哪有本领读《天书》？何况《天书》是从未听见有人读懂的，所以我当时连读都没有敢读。

前些天，我到陕西白水县，主要是去调查杜甫的诗迹，却参观了当地的仓颉庙，看到了仓颉书碑，顿时给了我灵感，想到了美林给我看的《天书》的书稿，碰巧回来后，厚厚的一大部《天书》已放在我面前了。说也奇怪，原先我看不明白的东西，这回翻开来就有不同的感应，也许真是仓颉给了我灵感。

感悟之一，是美林的天书，虽然不是古文字，但是它的渊源却是古文字。我觉得他是把最早的、尚未成字的符号性质的原始“文字”和逐渐成形的古字和甲骨、钟鼎还有各地的岩画等等，作为他的创作依据，因此你细读他的这些美不胜收的天书，感到既熟悉而又陌生，既新鲜而又如旧识。

感悟之二，是这些天书，既具有文字的形式而又更富有美感，如果你多从形象的角度、造型的角度、艺术的角度去读它，你就会豁然顿悟，这是一个艺术的海洋，思维无穷变化的幻境，你会觉得它千变万化如大海之波澜无穷无尽。甚至你会惊叹一个人的创造力会如此地像火山爆发一样地释放出来；转过来我又悟到当年仓颉造字是否也类似这种情景呢？当然，这只是比喻，仓颉当时是更原始的时期，没有这么多资料可据，可现在仓颉碑上却只有二十八个字（见图），也未免太少了一点，或许是因为原创吧？也或许是时代久远散失了吧？

我们对照着看看美林的《天书》,难道不觉得两者太一致了吗？我从仓颉的造字悟出并解读了美林的天书，明白它是一种艺术，是一种变化无尽的造型，是一种思维的痕迹，是人的形象思维创造力的记录和证明……转过来我又从美林的《天书》，悟到了仓颉当年的造字。

感悟之三，是我感到美林是一座时时在喷发的活火山，在他并不高大的个体里，却不知蕴藏了多少能量。他画马可以一口气画上百张不同的马，他拿起画笔可以彻夜不停通宵达旦地画。拿这部《天书》来说，全书不知有多少字我没有统计，但只让我感到如面对着汹涌的大海，我是站在海边，望不到对岸。或许美林是一个特殊材料，常人是无法与他比拟的。但我自己的感受是觉得他投身于事业，投身于艺术的精神太感人了，他可以说是只要艺术不顾自己。面对着他只觉得自己远不如他的拼搏精神。

这一点 ，或许也是这部《天书》对世人的鞭策和鼓励。人的能量也许自己并不清楚，只有忘我地去发掘它，它才会源源不断地喷涌出来！人不要太爱惜自己了，太爱惜了自己可能会扼杀你自身蕴藏的能量！

人们，努力去发掘自己吧，努力为社会多作有益的贡献吧，千万不要把你自身的能量封闭了！

这是我读懂了这部《天书》后的感想！

2007年12月1日夜12时于瓜饭楼

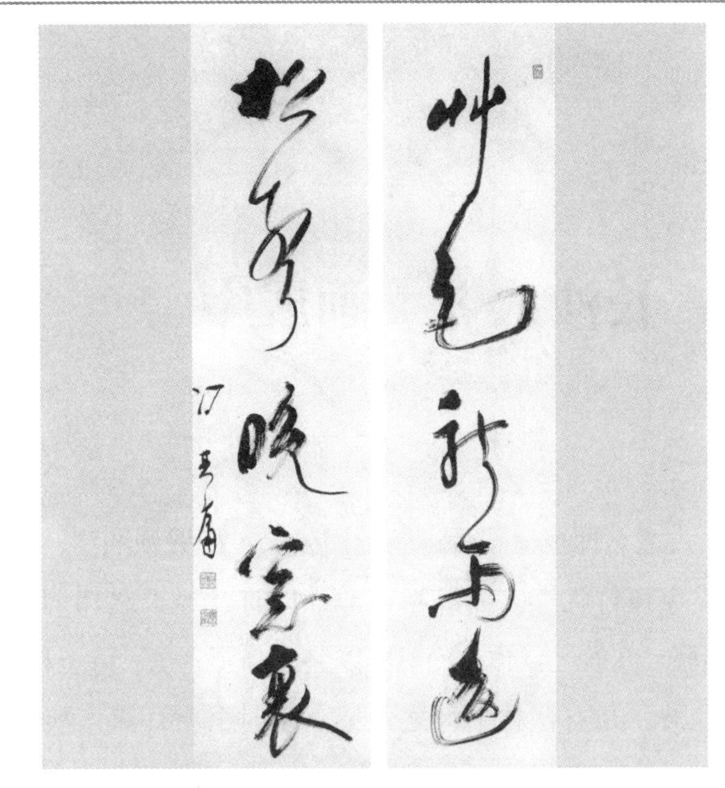

40 长沙八老书画展序

长沙八老书画展序

长沙者，古之名郡也。昔舜巡苍梧而殁，二妃哭殒湘江，泪洒湘竹成斑，至今斑竹犹存。而辞祖屈原，以日月经天之伟词，行吟湘水，成离骚、九歌之巨作，沉汨罗以终。降及有唐，诗圣杜公，扁舟飘摇于湘波，乃有伏枕书怀之绝笔。于时书僧怀素，挟如椽之笔，作龙蛇之书。而北海李邕，勒铭麓山，遂与素师行草相映，留书史之奇迹，证云山之翰缘。至于宋代，更有岳麓书院之建，传圣贤之古训，扬中华之文明，迄于近世，毛泽东以百世之雄才，换日月之新天，军旅之余，复奋椽笔作狂草。如麓山之松风，如洞庭之波澜，实继素师而新之；而其词笔，则指点江山，激扬文字，北国风光，何减大江东去，视汉祖之《大风》，魏武之《短歌》，彼乃未免气短，而此则雄视千古，举众志以扫寇，抛长缨而缚龙，成万世之伟业，留百代之篇章。故长沙者，实间气之所钟，而灵秀之所毓也。而今乃有八老书画展之盛举。八老者：虞逸夫、杨应修、刘迪耕、胡六皆、练肖河、何光年、史穆诸老也。虞老以九五之高龄，书入汉魏，文章辞赋，继史汉而熔唐宋者也。其余诸老，皆胸罗万卷，笔含灵珠。翰墨所挥，实才气书馨之所播也。况当今之世，书风浮躁，竞夸疾走，而不事蕴蓄。故八老之展，实移世风而树高标之举也。昔少陵有《饮中八仙歌》，夫饮而称仙，则翰苑才耆，人间宿儒，不更仙乎？是故八老者，实书中之八仙也，而八老书画展者，何啻八仙书画展乎？庸远处京华，病躯不堪趋走，仰望南岳，云山迢递，不胜低徊仰慕之思。乃勉操病笔，缀以芜词，聊申仰瞻之诚，未尽区区私怀，惟颂典范与南岳长存，风仪共湘水同流云尔！

戊子长夏宽堂冯其庸拜手于京东石破天惊山馆

和其庸兄見惠三絕句

東望吳頭不見家，寧栖何敢想長沙。
羨君如在衆香國，坐看瓜廬擁百花。

老得康強勝得仙，劉元長技愧前賢，
嶽麓名碑今破碎，待君補寫復當年。

高咏南天第一樓，半為吳楚掌中浮。
何時相約君山住，管領烟波狎白鷗。

昨得吳君電話，知兄病情甚有好轉，已離杏林返寓。我聞其語，如釋重負，為之歡喜者三。吾年將望九，平昔交遊，零落殆盡。知我愛我，堪稱德隣者，今世間，唯兄一人而已。急寫小詩三章，以博一粲。

順頌
康泰

弟 逸老附白

大文已拜讀，讀來句句知心語，篇篇晶瑩，字字珠。

筆此拜謝

书天遗老
人法书后

41

书天遗老人法书后

常州虞逸夫先生，别号天遗老人，又号万有楼主，今年已是95岁高龄，我比他小9岁，他是我的前辈。我们虽然隔着一个县，但实际是同乡，从我县无锡到常州，以往步行也只需二三小时。可惜虞老早早就离开家乡，何况我还比他小9岁，所以虽是同乡，却直到老年才欢然相识。

虽然我们很晚才相识，但在早年却有两件事是有点间接关系的。一是常州有位名士叫钱名山，诗文书画名动当时。抗战开始我失学在家种地，却酷嗜诗词，久闻名山先生大名，屡欲去常州拜见他，但当时我是一个不满20岁的农家孩子，哪敢贸然去拜见当世名士！但虞老却得天独厚，于青年时即受名山先生之教，授以诗法和书法，而且称赞虞："下笔如倒三峡，真名世之杰，诗有干莫气，将来主持阳湖（常州古称）风雅，我不及见矣！"名山先生不仅是位大诗人，而且是位狂士，从不轻易许人，但对年轻时的虞老，即作如此推重，可见青年的虞老，已显露出他的不世之才。我到后来，才获见名山先生的诗卷及书法，确可称是无双国士，可惜我已不及见其本人了。

第二件事是抗战胜利后我在无锡国专读书，当时马一浮、熊十力先生在杭州创办《学原》杂志，讲唯识之学。我于马、熊二老极为倾倒，《学原》杂志我每期都读，共出十期，我至今尚全。当时极想去杭州拜见二老，尤其是见到马老的书法，更想去拜见。但我当时是一个穷学生，无力远行，只好作罢。而虞老却早在上世纪40年代即能日从其游者达数年之久，且尚未识面就得马老的佳评，称虞老“论诗甚有见地，虽未识面，如接清辉”。“见示尊稿，蔚然成家，但有赞叹，岂可妄加评骘。”可见虞老无论是青年或是壮年，都得到当代第一流名家的赏识，则可见其人确是荆山之璧，不待剖而已见其温润宝光矣！

在我与虞老近十年的交往中，我当然知道他是一位全能的书法大家，尤其是他融汉隶、章草和魏晋简牍于一体的行草，既古拙而又儒雅，既凝重而又洒脱，实开行草的新面。但是在我的总体感受中，我总觉得他第一是一位大诗人、文章家、大学者，而不是单纯的书法家。为什么构成我的这一印象呢？因为数年前，我画了一幅近20米的山水长卷，我将长卷的复印件寄他，求他赐题，不料他竟寄来一首将近30韵的长诗，这首诗，气势磅礴，奔腾澎湃，构思玄妙，诗句流畅多姿，而波澜层出，令人百读不厌。这首诗的书法，就如前面所说的既典雅而又洒脱，既飘逸而又凝重，我的卷子连同虞老的长诗寄到上海博物馆去装裱时，装裱国手孙坚先生来电话说，这个卷子画好跋更好，他说他展卷一看，疑是一卷元明的古画古题，他说已经几十年没有裱到这样的卷子了。末了他又再三讲，这个卷子的诗跋实在太精妙了，可说是诗书两绝。之后我又得到虞老的一封长信，是用四尺对开的宣纸写的，除信以外还附三首诗，祝我80岁的生日，又是一件诗、书、尺牍三绝的极品，去年8月，我在病中想念他，写了两首律诗，诗云：

寄怀长沙天遗老人

望断长天一纸书。故人消息近何如。
草书长想僧怀素，新句还思老杜居。
岳麓山前叶黄否，洞庭湖上浪高无。
何时共挈耒阳酒，同醉汨罗酹大夫。

再怀天遗翁

茫茫尘世几知音。尚有天南老逸襟。
闭目尽知三代事，开门不识歧路深。
身縻缧绁三十载，心在昆仑最上岑。
练得冰天傲骨在，挥毫犹挟搏风临。

此诗写好后，我因病不能书写，只存了一个打字稿，也没有寄出，直到今年前些时候，长沙有人来，才托他带去。谁知老人收到此诗后，立即寄来和诗并信，诗云：

宽堂兄见怀七律二首

满园芳草一房书。博综多能愧不如。
白玉堂中尊大老，黄金台畔卜新居。
楼名万有吾何有，道本虚无佛亦无。
安得相携归陇亩，细分五谷问田夫。

病起初闻金玉音。天风送月一披襟。
独扬古路逢人少，乐得新知惠我深。
为写林泉明素志，每思诗酒会高岑。
枫丹桔绿清湘岸，秋色正佳肯一临。

逸夫初稿，时年九五
戊子年七月初三日

宽堂兄道右：惠诗大妙，气盛言宜，余韵悠悠，令人味之不尽。奖饰过情，愧不敢当，谨酬二律，聊答雅贶，幸勿见哂！今国运当昌，而海内耆硕无多，继往开来，任重道远，责在兄辈，千万珍爱，长乐永康！　逸夫顿首

嫂夫人均此问好

这封信及诗是用硬笔书写的，但其风致一如毛笔所写，足见虞老用笔如神，新旧兼通。

不久前虞老来电说他即去南岳避暑，我仍卧病，不堪行走，

我又写了怀念他的四首绝句，诗云：

长沙怀天遗老人

一

万里情深似一家。移居悔不到长沙。
应共岳麓山灵语，莫负天翁笔放花。

二

孤碑岳麓已成仙。北海清冷待后贤。
尚阙名山峻天赋 ，闲居王粲三十年。

三

昔年曾上岳阳楼。万顷苍波碧玉流。
最是朦胧湘女髻，银山堆里觅浮鸥。

四

回雁峰头一老翁。诗书满腹笔如风。
霜髯布履千山过，竹杖啸吟响万峰。

这几首诗写就，恰好长沙有人来，即请带去。前两天，我接到虞老电话，说他已上了南岳在那里休养，离开长沙时，已收到我带去的诗，非常高兴。他的和诗也已写好，要等他南岳回来，才能寄来。九五老人，诗思如此敏捷，实在令人钦敬！由于此，所以我必须说明，虞老第一是一位大诗人、大学者，而不是单一的书法家。

从历史来看，古代的不少大诗人，也是大书家。远的不说，就是唐代的李白，他的《上阳台》法书，多么神妙；杜牧的《张好好诗》也是一件诗人的名迹；尤其是苏轼的《黄州寒食诗》、《挑耳帖》、《天际乌云帖》、《人来得书帖》等等，无一件不是书家的无上妙品；而江西诗派的开山鼻祖黄庭坚，既是大诗人，又是宋代的第二大书家。其实东晋的王羲之，何尝不是一位诗人、文章家，所以从传统来看，我国书史上文人而兼精书法的实在是居多数，可说是传统正脉。当然历史上也有专门以书写为业的，也有极好的书法流传后世，这就是战国以来那些简牍帛书的书家，还有那些汉碑的书家，专门从事写经的书家等等。他们大都不署姓名，以书写为业，其中也不乏高手。但他们不是诗人、学问家，而是书吏。如单从书法论，他们也留下了一批书法的精品，我们也不能轻视它，可以说这是另一个传统。作书法史者，自不当置此不论。但书法史上长期流传的，都是文人书家为多，所以我在谈虞老的书法前，必需先谈他的诗、他的文章学问，因为他是文人书家传统的最好的传承者。

说到虞老的书法，虞老得天独厚，他很早就得到大诗家、大名士、大书法家钱名山（振锽）先生的指授。名山先生的书法，我见到很多，现在我还藏有一卷他的诗卷，是他赠一位京剧艺人的一组诗，可以说诗书俱是绝品。虞老从年轻时期起，在名师的指点下，他的识见悟性又高，他在童蒙时即不喜馆阁体，而且自觉地究心于书法的源流，所以他从甲骨、钟鼎、古籀到汉隶行草，无不攻习。我瞻仰他的书法。感到他的金文、篆隶的功力极深，尤其是他的行草，结合近世出土的魏晋简牍、帛书，融入他的行书，使人感到古朴与流丽并存，开一代行草的新貌。特别是他的金文篆书和汉隶，一反近世吴昌硕、何绍基以来的书风，力求金文汉隶的历史韵味，忠实于金文汉隶的真面目、真精神，而无一笔故作倚侧，故求姿势，使人感到堂堂之阵，正正之旗，无丝毫假借。读虞老的金文汉隶，自然会觉得如见古人。我昔年在山西离石，见到一批刚出土的尚未刻完的汉代画像石，其中有一块正中间有一行墨书的隶书，因为刚出土，因为石头还有点潮湿，所以看这一行隶书，真好像刚刚写完，墨犹未干，而神采奕奕，格外有神。我又在吐鲁番看过一批朱书和墨书的北魏书风的墓志铭，是写在砖上的，所以无论是朱是墨，都被深深吸入砖内，极具神彩。可见古人的原迹，都极自然洒脱，都极富神韵，如今看虞老的汉隶和金文，又使我产生了如对古人的感觉。

吴昌硕和何绍基，都是近代大家，功力都很深厚，我并无半点不敬之意，不过他们的篆隶，都极富自己的个性，特别是吴昌硕的篆书，颇多倚侧，有失古意。若纯从书法来说，自是独创，未可厚非。但就我个人的欣赏角度来说，我觉得虞老的篆书隶书，依然古人风度，特别是那件临“五凤”刻后，渊雅浑厚，令人久看不厌。此石现存曲阜孔庙东庑，我曾多次专为看此件刻石而去曲阜孔庙，在孔庙东庑还看到了《孔宙碑》等原石，同时还多次去邹县孟庙看《莱子侯刻石》。但《莱子侯刻石》后来原件不陈列了，幸亏我多次看到原石，还拍有照片，所以对《莱子侯刻石》的神采，印象特别深刻。总之，虞老的汉隶，直逼汉人神髓，他所作的隶书，皆存古意。他所书的“海内皆臣，岁登成熟，道毋（无）饥人”汉砖篆文，有跋云：“秦篆乃书同文之楷式，不容任意改动。故不若汉篆之穷极变化，较多情致也。”虞老的意思是说汉初的篆书还是秦篆，故“海内皆臣”砖文篆书，实际还是秦篆，不若后来的汉篆富于变化。这是从书法的历史变化来讲的，讲得极为深刻，所以他所书的“海内皆臣”砖文，仍存秦篆古意。特别是虞老所书金文，他 90 岁时所写的《虢季子白盘铭》，还有用金文所书的《礼运》篇，皆古雅可喜，不失原作的历史气息和韵味。尤其是用金文写《礼运》篇，这纯是创作，不是临摹，这比临摹还要难多少倍。但读虞老的这件书法，真是古而又新，雅而又韵，为以往书金文者所少见。

至于虞老的行草，因为他篆隶的功力深，又有章草的基础，然后融入新出土的帛书、简牍，使他的行草，真正是与古为新，既是行草，而又带有章草和隶意，所以他的行笔，潇洒与古雅并存，流畅与凝重兼有，为以往行草所未有。所以如单从这一点来说，他又是一位精研书法流变、刻苦临习书法各体，并且精于书法各体的书法家。如果专从书法一面来说，他比单一的专业书法的书法家还要专一。然而他又并非单事书法，恰好相反，他还首先是一位诗人、学者、学问家。他是集两方面的专精于一身的专家，不是只专其一的专家，这样的专家，求之当世，实在是太难了。也可以说，他正是书家的楷模。

他现在正在南岳祝融峰下，我以即将送他的一首新诗作为本文的结尾。

寄怀南岳天遗老人

九五高龄到祝融。南天迎得老诗翁。
群山应向髯仙拜，巨笔遍题七二峰。

2008年8月31日夜12时，于京东
石破天惊山馆，时年八十又六

学人之书 格高韵古

——读张颔老《侯马盟书》及其书法

42

学人之书　格高韵古

——读张颔老《侯马盟书》及其书法

前些时候，太原薛国喜同志来电话，要我为张颔老的书法集作序。张老是学术大家，他毕生从事考古发掘，精通古文字，精研古史，并精于天文历法、古地理学，而且还精于音韵训诂之学。他的《侯马盟书》一书，为考古界、学术界的一颗耀眼的巨星。郭沫若先生称赞说："张颔同志和其他同志的努力是大有贡献的。"日本学者东京大学教授、古文字学家松丸道雄先生于1999年庆贺张颔老从事文物考古工作50年暨80华诞的贺信中说："欣闻先生迎接'从事文物考古工作50年暨80华诞'之喜，衷心为您祝贺。由于从1978年日中两国恢复国交，中国学术界的消息渐渐开始流传到我国，先生的令名立刻就以代表中国古文字学界的研究者传到我国，受到日本古文字学者的注目，普遍著称于我国的学术界。其研究范围以商周青铜器铭文为首，涉及泉币文字、玺印、镜铭、朱文盟书等许多方面，可谓充分掌握一切古文字资料，环视斯学，几乎无人能完成如此全面的研究，而且先生的贡献不限于学问，在书法、篆刻等与古文字关系甚深的艺术方面，先生精妙入神，这一点亦是现代学者所未能企及也。”郭沫若先生对张颔先生的赞扬，特别是松丸道雄先生这封贺信对张颔老治古文字学的概括，应该说是毫不夸张而又极为精到的，但若论张颔老的学术领域和学术成就来说，我还略有补充，这准备放到后面来谈。

我认为要谈张颔老的书法，必须首先谈他的学术，因为他不是专业的书法家，而他是真正的学问家，特别是古文字和古史专家。我拜读了他的《侯马盟书》，对他钦佩无已。他从五千多件纷乱的玉片石片盟书中，梳理出盟书的六大类加以条理区别，并对这六大类一一加以笺释，既考定了主盟人赵鞅，也考出了他的敌对者“赵稷”、“中行寅”等，既考出了盟誓的确切地点，更考出了盟辞的确切时间。我读《侯马盟书》中的前六考和后五考，简直如看他斩关夺寨，层层攻坚，也如看他破解难题，好比抽茧剥蕉，步步深入，最后得出结论。他每解一道难题都是旁征博引，四面贯通，每作一个结论，都是步步为营，敲钉转脚，不可动摇。从他这前后十一考中，可以看到，张颔老的学识，是立体化的而不是平面化的。何谓立体化？这当然是我杜撰的新词，我的意思是说，读书不能单识书面文字，还要知道文字背后的史实，要四面贯通，而不能只知其一。张颔老在作这些论证时，不仅仅是识读这些古字，而且与相关的古籍贯通起来，在识读古字时，又运用了音韵学、训诂学，有的求之读音，有的求之字形，特别是那些一字多形的字，有的多到六七个甚至七八个字形，最后还是被认定它就是某一个宽堂先生大鉴：

大函奉悉，久未能复，歉甚。近日国喜来舍下，得知先生突失记忆，殊为不安，惟希注意调护，早日平复。颔自离休迄廿年，闭门艺废，绝于公门，淡于世务，终日惟钻故纸，以读书识字为乐。虽无大病，但衰朽难堪，艰于执笔，想能谅及。相隔千里，晤面不易，炎夏将至，极希珍摄为幸。敬祝

康祉

愚 张颔 拜

丁亥五月廿五日

字，这真是只有具大法眼，才能见真如。我有时想，这简直是孙悟空识妖魔变相，不管你有多少变相，最后还是被孙悟空一眼看出它的原形。不识别这些多形的异体同字，就不知春秋战国文字之紊乱，更不知秦始皇统一文字之必然、之万世大功。特别是那篇《历朔考》，张颔老竟通过一条盟辞所载“十又一月甲寅朏，乙丑敢用一元 × 告于丕显晋公”的辞句，考出这条盟辞记录的时间是“晋定公十六年（公元前 496 年）十一月十三日”，而证以史实，这个结论完全与史实相符。读张老的《丛考》和《续丛考》，使人感到张颔老似乎就是生活在那个时代，目击着那些史事，甚至连当时的天象历法、地理交通、盟誓仪规、语词特征、文字异同、“国际”亲疏等等，都了解得清清楚楚，了如指掌。读书精博到如此程度，这不是任何考古学者或古文字学者所能做得到的，这也就是我说的立体化的意思。我曾多次说过，历史是圆柱形的而不是平面形的，因为是圆柱形的，所以它面面相连，面面相通，形成立体，所以你必须了解整个圆柱，才能准确了解历史，了解诸种历史事件、历史现象的交叉关系。张颔老恰恰是把历史立体化了，把他所考订的事件立体化了，这是他治学的一大特色，也是他能够创造种种奇迹的一大原因。

我还拜读了张颔老的《张颔学术文集》，其中如《“赢簋”探解》、《寠孳方鼎铭文考释》、《庚儿鼎解》、《陈喜壶辨》、《山西万荣出土错金鸟书戈铭文考释》、《匏形壶与‘匏瓜’星》（其余文章还未读完）等等，均贯穿了他一贯谨严的学风，不仅仅是地下出土文物与文献的对证这种双重证据法，而且连青铜器制作的工艺流程都细致地考察到。他对陈喜壶的考辨，可说是独解众疑而又对“喜”字的识读提出了存疑，这种一丝不苟的实事求是的精神，更显出他对学术极端严肃的态度。他对错金鸟书的识读，固然已独具只眼，但更见其功力和匠心的是他考出了器主是吴王僚，而且是分析了大量的相关文献而得出的这个结论，只要认真读他的论文，就会一步步跟着他的指引和辨析而信服他的结论。他的《“蠃簋”探解》，由这件青铜器上的一个图形，而考出“骡、驴、駃、騠”等动物的形态功能区别及传入汉族地区的最早时间以及中间很长一段时间失载的原因等等，真是事事有据，令人信服无疑。而且即使是没有文字记载可据的分析（失载的原因），也是逻辑谨严，事理昭昭，使人心许首肯。他对“匏形壶与‘匏瓜’星”的考析，由一件青铜器的器形而涉及天文星座以及《诗经》等古文献，直到老百姓的日用器具，给人意想不到地展现了另一个从天上到地下到人间的学术境界，叫人无法不心悦诚服。张颔老的思路之敏捷宽广，是来自他学识的宽广，进一步还来自他读书的博而精研深究，万事不仅仅求其然而且还求其所以然。所以张老的这些文章，不仅教人以可靠的新知，而且示人以金针、指人以径路、度人出迷津。张颔老的《古币文编》，则是展现了另一个文字天地，全书“所收字目三百二十二条，字形四千五百七十八字，合文字目六十六条，字形二百零三字，附录字目五百零九条，字形九百四十一字，总共收入字目八百九十七条，字形五千七百二十二字。其中取之于出土

张颔先生在看冯其庸写的诗卷

实物拓本者三千九百三十六字，取之于谱籍著录者一千七百八十六字”。（见此书《叙言》）此书不仅收录精严，取材宏博而有据，收字之富，至今无出其右，为研藏古钱币者必备，而且此书全是张颔老手书，字字精整可据，可说下真迹一等。于此，更可见张颔老治学之精审。凡他的学术领域，考察之精博，可说毫发无遗。

治学至此，亦可以说至矣尽矣，无以加矣！

此外，张颔老还有对秦诅楚文的考订和临摹，也值得一提。张老说：“诅楚文是公元前三一二年即楚怀王十七年亦即秦惠文王后元十三年秦国发兵击楚祭神时对楚国之诅咒文辞，世传诅楚文有巫咸、湫渊、亚驼三石，其文辞雷同，唯所祝告之神号不同，……余以为三石文字残泐互见，字形亦互有差异，……三石文中之婚姻字皆作婚，由此可知三石悉为唐显庆二年以后避讳之作，况秦在统一文字之前，惯用籀文。籀文婚字作[illegible]而不作婚，故知今传之拓本，均非来至原石，悉为唐宋人所作。”张颔老的这一论断，自是卓见，他举婚字为例，尤足说明问题。这里我还可以补充一例，按秦石鼓文吾字作[illegible]，今“湫渺”、“巫咸”两石，各有吾字三个，共六个，皆作[illegible]，很明显这个吾字，已是后世简化的吾字，不是古籀文字，足见张老所论，牢不可破。

张老除对考古发掘、古文字、古历法、古史地、秦汉及先秦古籍、音韵训诂学、古钱币学等等，皆有精深的研究而且能融会贯通外，还能自做仪器，如他曾自做测算天象的仪器“旋机”、“司南”（指南人）、“太原授时塔”（无影塔）、“天文指掌图”等等，2006 年我去拜访他时，还见到他所制“旋机”，不想后来被人偷走了。他据自制的仪器测算天象，完全能与历史记载相吻合。1974 年 4 月 14 日，他还收到著名天文学家席泽宗先生的来信，说“今年 1 月 20 日到 28 日春节前后，您在日面上观测到的现象，的确是黑子，这几天，只有云南天文台和北京天文馆有观测记录，您就是第三家了，实属难能可能贵！有些观测资料可补两台之不足”。以个人的研究力量，竟能观测到太阳的黑子，就是天文台也只有两家能看到，这样的奇迹，真正是“难能可贵”！

还有一点，张颔老除上述广阔的学术领域外，他还能诗、能画、能书法、能篆刻，他还把普希金的小说《射击》改写成长诗《西里维奥》，由此，我们更可以看到他由学术领域又跨到了文学领域和艺术领域。

以上这些，就是我说的“还要略加补充”的部分。

了解了张颔老在学术上的巨大成就，我们就可以来谈他的书法的成就和特色了。

第一，张颔老不是专业的书法家，我们在上面费这么多篇幅来介绍他在学术上的巨大成就，就是为了说明他是一位具有杰出成就的学人，学人才是他的本色，如果不认识他是一位杰出的学人，而是把他仅仅看作是一位书法家，那就根本错了，或者说错了一大半。正因为他不是专业的书法家，所以他的书法不入“时流”，也无半点媚俗之气，甚至他只用来自娱而不求人知，他在书法里说：“但有诗书娱小我，殊无兴趣见大人”，他还在《汾午宿舍铭》中说：“斗室三间，混沌一片，锅碗瓢盆，油盐米面，断简残篇，纸墨笔砚。闭门扫轨，乐居无倦，主人谁何，淳于曼倩。金紫文章，蒙不篏辩。”还有一件书法说：“平生多幼稚，老大更胡涂。常爱泼冷水，惯提不开壶。”从这些书法的词句来看，张老是一位淡于名利，品格高尚，不喜欢张扬，可以说是隐于市、隐于学的人。他连自己的学问都不愿多加张扬,更何况于他的书法。所以他从来不承认自己是书法家,更从不会以书法骄人。这是张老做人的特点，也是他个性的天然呈露，恰恰是这些，形成了他个人的个性特点，从而也形成了他书法的个性特色。

第二，书如其人。张老是古文字专家、古史专家、考古专家。由于他的专业，也使他的书法呈现了与众不同的特色，他的学术传世之作是《侯马盟书》及精研古器物、古史的文章。他写的这一类的古篆文，直接逼近原物，可说下真迹一等。他有一些摹写在原石上的作品，几乎可以乱真。因此他写的《侯马盟书》一类的古篆,用笔都是出锋的,无论是起笔还是收笔都出锋。我细看《侯马盟书》原件的照片，也都是出锋的。《侯马盟书》的时代是春秋晚期，也是我们现在所看到的用毛笔书写文字的最早原迹，这是真正的真迹，没有经过镌刻。由于这一启发我又查阅了不少秦汉时的简牍，发现那简牍上的字也是出锋的。由此可见我国最早时期的毛笔书法从古籀到汉隶（写在简牍上的），也都是出锋的，有别于后来的逆笔藏锋。当然各地出土的此类简牍，书写风格有差异，出锋程度不相同，但大体上都是出锋而不是逆笔藏锋却是相同的。所以我认为张颔老所写的《侯马盟书》的古篆,是最近真迹,他没有为了书法美而改变古人的笔法。而张颔老所写的这类古篆,其用笔之圆熟流利，结体之繁复而又端秀，令人越看越爱看，越看越有内涵。

第三，书法中蕴含着文化、历史、文采。他与有些专业书法家临写古篆、汉隶或楷行，只是照帖摹写，依样画葫芦，没有自己的文采者完全不一样。特别是张老写的那首《僚戈歌》，使人想到了韩愈的《石鼓歌》和苏轼的《石鼓歌》，真是可以后先辉映。还有那副自撰的合文对联："三千余年上下古，七十二家文字奇。"此联三处用合文，使人觉得古意盎然，别开生面，为以往对联所未见。

张老所写的别种书体，也都脱俗耐看，别具新意。综合以上各点，概括起来，可以说张老的书法，是："学人之书，格高韵古。"

我这一段时间在拜读张老的大著和书法时，受益非浅，因效黄山谷赠半山老人诗体，作了一组赠张颔老的诗，这里先录五首以为此文之殿，并敬请张颔老教正。

效庭坚赠半山老人诗体呈张颔老

一

半世风狂雨骤，功成侯马盟书。

若问老翁功力，穿透千重简疏。

二

一篇陈喜笺证。思入精微杳冥。

举世何人堪比，雨花只此一庭。

三

读公巨著难眠。历法天文洞穿。

学究天人之际，身居陋室半廛。

四

一双望九衰翁。案上难题百重。
公已书山万仞，我正步步景从。

五

念公早失慈亲。我亦童年苦辛。
检点平生事业，无愧依旧清贫。

2008年5月24日夜12时于瓜饭楼

附录

翰墨结缘　诗书名家

李经国

1999年，我受冯其庸先生之托，请周一良先生为“冯其庸发现考实玄奘取经路线暨大西部摄影展”题词。一良师有些惊讶：只知道冯先生是著名的红学家，不知他还研究中国的西部，多次作玄奘取经之路和丝绸之路的实地调查，并精研摄影、绘画。细细品赏过冯先生的作品后，一良师执意要参加在美术馆举办的先生书画摄影展，而其时他因患严重的帕金森病，已多年未出门参加社会活动。记得开幕当日，一良先生坐着轮椅逐一观看冯先生的作品，兴味甚浓地了解冯先生去西部考察的情况，赞叹不已，后又一再让我代向冯先生转达他的敬意。

冯先生的红学研究固然为世人所熟知，同时在中国古典文学、古典戏曲、中国文化史、中国绘画、紫砂工艺、书法、摄影、中国汉画像、武侠小说、西域史地等领域也建树良多。2007年6月，先生在《中华文史论丛》上发表《项羽不死于乌江考》，9月，93岁高龄的王世襄先生特为此新说题诗云：

下相英豪盖宇寰，奈何残骑突围难。

楚中子弟来凭吊，泪洒东城四溃山。

项王自刎误作乌江由来已久，宽堂先生遍稽古籍，详征博引，复经实地勘查，确定其地在定远县南东城之四溃山，一扫千古迷霾，厥功甚伟。爰赋小诗以志钦佩。

12月，香港的饶宗颐教授欣然为先生题识：

冯其庸兄承王蘧常先生之学艺，发扬光大，颛志于文史，世人多称其红楼梦说部之擘究，此仅其治学之一端耳。观其去岁所刊布论垓下地望，考证详确，足见功力之深。比岁以来，不殚风沙万里跋涉之苦，仆仆于西北，蹈玄奘法师取经之路，入于画幅，是其能综学艺于一途。谨识数言以表我敬佩之私。

同年7月，南京大学的卞孝萱教授也致信先生：

宽堂先生道鉴：

顷接特快专递，内有墨宝二张，论丛一册，拜领拜谢。法书秀逸清雅，富有神韵，见者无不赞美，已寄出版社影印，为拙著增光，出版后邮呈诲正。

大作二篇，认真研习，正确的结论，源于先进的方法，具体表现在：（一）将《史记》中有关项羽败、死的文字，全部录出，排比梳理，如陈垣所云竭泽而渔。（二）进行实地调查，纠正古籍讹误，发展了王国维的双重论证法。（三）又从文章学角度，解读《史记》，文史结合，使结论立于不败之地。（四）指出《史记》原文叙述上之矛盾以及各家疏解上的矛盾，对项羽“欲”渡乌江得出正确理解。（五）考出乌江自刎之说，源于元杂剧。二十年前虽有文章，绝不如大文之面面俱到，有说服力，大文出而后项羽死于东城，可为定论。先河后海，信矣！又详论九头山之有名无实，归结到项羽死于东城的主题，相辅相成，毫发无遗憾矣！欣佩之余，略抒胸臆，环堵私言，敢以质诸天下学人。

耑此。敬颂

暑祺。

教弟卞孝萱拜上

七月十七日

2005年，中国人民大学聘请冯其庸先生为新成立的国学院首任院长，由校长纪宝成专程登门送上聘书。

冯先生毕业于无锡国专。其时无锡国专人才荟萃，周谷城讲授中国通史，周予同讲授经学通论，童书业讲秦汉史，蔡尚思讲授中国思想史，钱萼孙讲诗学研究，夏承焘、吴白匋讲授词学，朱大可、顾佛影教授诗学，顾廷龙、王佩琤讲授版本目录学，谭其骧讲历史地理学，葛绥成讲中国地理，朱东润讲《诗经》、《史记》、

季羡林先生赠书给冯其庸先生

《杜诗》、《传叙文学》，刘诗荪讲《红楼梦》，胡曲园讲授中国通史和逻辑学，赵景琛讲戏曲学，王蘧常讲授《诸子概论》、《庄子》，张世禄讲音韵学，冯振心讲文字学。正是在国专期间，冯先生打下了深厚的国学基础，多年后他主编的《历代文选》广为人知，并受到毛泽东主席的称赞。

南、北方的学习、工作经历，特别是渊博的学识和对中国书画的嗜好，使先生与众多书画界前辈名公、当世才彦结下翰墨因缘，宽堂先生的友朋来鸿记取了他一生的儒林风雅。

一

冯先生是一位考据型学者，治学伊始即崇尚王观堂倡导的“二重证据法”。上世纪80年代初，先生指导叶君远撰著《吴梅村年谱》，为验明吴氏葬地，曾远赴苏州探查，终于梅村落葬三百余年后找到了已平为梅林、但墓基砌石依然如故的墓地，使淹没百年之吴氏墓重现人间。后经先生呼吁，有人出资在当地政府的支持下重新修缮了梅村墓，一代大诗人又可为后人所凭吊矣。

中国文人自古有“读万卷书，行万里路”的传统，司马迁“年十岁则诵古文，二十而游天下”，李白25岁离开蜀地，“仗剑去国，辞亲远游”，而冯先生则以20载的春秋考察西域，十次入疆，翻越天山险途老虎口，到达著名的一号冰川，三次登上帕米尔高原最高处，直抵海拔4900米的红其拉甫和4700米的明铁盖达坂山口，历尽艰难，终于在1998年找到了1355年以前玄奘从印度取经回国入境的山口古道，引起国内外学术界的轰动，其时先生已年届75岁高龄。作为一名考据型学者，他绝不限于在史料典籍之中皓首穷经，而信奉“纸上得来终觉浅，绝知此事要躬行”的治学态度，其亲身跋涉、以求实据之执着，浑然忘我、笑傲艰险之达观，与先人共旅、纵天下一行之豪放，在而今众多习惯于文山会海、游山玩水的学者文人中实属异数。冯先生说：“我在年轻读书的时候，就对祖国的西部特别感兴趣，这可能是受了高适、岑参、李颀等人诗歌的影响，但更是受到张骞、班超、玄奘精神的影响。尤其是玄奘，我读过《大慈恩寺三藏法师传》后，对他艰苦卓绝的伟大精神产生了无限的崇敬。”正是这样一份由衷的崇敬与痴心的追随，才让这位学者穿越千余年的历史风沙与高僧玄奘的足迹重合，也才有了一部亦史、亦诗、亦画的《瀚海劫尘》大型摄影集的问世。仁者乐水，智者乐山，从冯先生的一首游历诗中我们可以真切地感受到他耄耋不减的豪情：“看尽龟兹十万峰，始知五岳也平庸。他年欲作徐霞客，走遍天西再向东。”

1999 年 1 月 8 日，佛学大师赵朴初得知冯先生发现玄奘取经归途消息后，即致信先生，约请将《玄奘取经东归入境古道考实》一文于《法音》杂志转载，朴老书札云：

其庸先生：

承惠大作《玄奘取经东归入境古道考实》，具见跋涉艰辛，考察周详，不胜感佩。窃拟转载佛协会刊《法音》，不知能见许否。如荷慨允，更愿赐予有关照片，以满足佛教信众之瞻慕，功德无量。

顺颂

吉祥如意，并贺

新禧

赵朴初拜状

其庸先生：

承惠大作《玄奘取经东归入境古道考实》，具见跋涉艰辛，考察周详，不胜感佩。窃拟转载佛协会刊《法音》，不知能见许否。如荷俯允，更祈赐予有关照片，以满足佛教信众之瞻慕，功德无量。

顺颂 吉祥如意，并贺

新禧

赵朴初 拜

1999.1.8.

二

在国专师从王蘧常先生时，冯先生便因慧心独具，为王老所钟爱。王氏是草书大家沈曾植的弟子，所书章草名冠于世，日本有“古有王羲之，今有王蘧常”的说法。王羲之传世有《十七帖》，冯先生与师弟王运天提议王老书写《十八帖》。1989年11月，《十八帖》书就后数天，王老遽然仙逝。冯先生挥泪撰联泣挽恩师：“五十年相随左右，是师是父是长兄；十八日忽然永别，如梦如幻如惊雷！”

冯先生不仅继承恩师之学，亦擅长书法，书宗二王，尤擅行楷题跋。2005年，我受黄苗子先生委托，请冯先生为黄老藏韩羽所绘《傅青主听书图》题跋，黄老看到先生题跋后，连连赞叹“文、字俱佳”。先生素以擅长书法而著称，以后又专注于绘事，因而结识周怀民、唐云、谢稚柳、许麐庐、刘海粟、朱屺瞻、苏局仙、启功、侯北人等书画名家。

上世纪70年代末，经江辛眉介绍，国画大师刘海粟请冯先生为其画展撰写序言，先生得以结识海老，此后往来不断，时常合绘丹青，并应海老邀请多次为海老画作题诗。1988年5月底，海老致信先生：

其庸教授友爱：

国际摄影艺术基金会筹备完成，欣慰无量。“艺海无涯”已书就，但笔札荒芜，恐不可用。又水墨葡萄一幅，祝贺老兄访新加坡播扬红学成功，草草具答，余惟珍爱不宣。

刘海粟

并随信赠诗一首：

一梦红楼不记年。须弥芥子如长天。

饭瓜换得文思健，无痴无怨即神仙。

几乎同期，先生结识了朱屺瞻，遂引为知己，《屺瞻老人画册》序言即由先生撰写。朱老致先生书札云：

其老大鉴：

前日在医院寄上一信，定已收到。我于前天出院，回家休养，接得蒙赐《红楼梦学刊》一册，敬谢。

前函中拜恳在林老为我编写《画谭》一书之内，将拙绘看法，赏赐宏文编进书中，此系林老的意见，嘱为恳请，乞不吝赐教，林老说今岁六七月间去美讲学，他是专门研究“沙士比亚”者，那时或能与你老在异地作朋也，我体力尚未完全恢复，草草上书，顺颂

春安。

弟屺瞻顿首

三月三日

在冯先生相识的书画前辈中，年龄最大的一位是与孙墨佛一起被称作“南仙北佛”的百岁书法老人苏局仙。70年代末，一位中华书局的工作人员请吴恩裕先生的夫人骆静兰女士代其朋友辗转向冯其庸先生求画，冯先生以所绘葡萄册页相赠。不久，苏老

即以六绝句回赠：

天马行空不可羁。气吞河岳逞雄姿。
古人尽扫笔端外，只向阴阳造化师。

老来堪笑似顽童。犹识珍奇拜下风。
反快山斋瓦缝薄，宝光直射斗牛宫。

英流怀抱不寻常。一掷千金宁望偿。
敢告珍藏传后世，勿轻上市换壶觞。

十年错未结因缘。同感蹉跎离恨天。
可是今朝深识面，南田画笔句青莲。

天假残年逾九六。幸持晚节不羞竹。
白圭诗句久废吟，毛选五卷日三复。

静待无妨再十年。申江重过补因缘。
还丹九转凭君乞，同作长生不老仙。

冯先生尝因书画事致信启功老，信中以晚辈自居，落款带有“晚”字。启老回信时却将“晚”字撕下，贴到空白笺纸上，并郑重地写“尊谦敬璧”一语。寥寥数字，道出了启老的谦逊，也道出了启老对冯先生的敬重。

三

先生从学生时期即好填词，后又结识钱仲联、夏承焘、潘景郑、杨宪益等词学、诗学大师。

钱仲联先生尝致信先生，书札云：

其庸同志史席：

前奉手札，知已到历史研究所，已着手工作否？

恩裕先生南来，下榻敝寓，恨未尽东道之谊。与同游织造局旧址，即曹家曾住之地，作《买陂塘》一词，今录以求正。

《中国古代文学》第三册已印好，今寄上一册。其中胆大妄论，必多错误。最近看到一月二十七日中央领导同志讲话纪录稿，其中报道主席指示颇多，因书已印好，亦不及一一照改矣。审阅后，请指出谬误，俾在教学实践中改正。

古津游杭，大发病，住院数日后即返锡，近闻已勿药矣。匆上，即请

撰安。

弟仲联顿首

二月十七日

目录上所载《中西历简明对照表》已停印，因最近看到文物出版社《中国历史年代简表》大致相同。

信后附《买陂塘》一阕：

甲寅初夏，恩裕先生过访吴门，因同游织造局。旧圃地有奇峰一，花石纲故物也。

葑门西，苍烟乔木，余春和梦归早。七襄当日机声里，曾记补天人到？钗凤杳，剩一角红楼，妆点沧桑稿。云荒地老。看水涸方塘，尘封败碣，何况不周倒。

畸笏叟，逢尔定呼同调。零编收拾多少？飘然青埂峰头过，犹有幻尘能道。歌好了，为稗史旁搜，踏遍吴宫草。巢痕试扫，正燕子飞来，不应还问，王谢旧堂好。

其庸诗人正

仲联呈稿

词学宗师夏承焘时与先生赋诗唱和。有夏老致先生书札云：

其庸兄：

手教欣悉。小文承兄允为仔细批改，甚望再请两位同志指谬，不胜感荷！时间不必亟亟。古津前日有书来，谓已出院，体气甚弱，嘱其小郎代笔，但附来一词二诗。即复一函，其庸兄：手教刚来。小文承 兄为仔细批改，已坐再读 两位同志指谬，不胜感荷！时间不允逐逐。古津前日有书来，谓已出院，但体气尚弱，嘱其小郎代笔。但附来一词二诗。即复一函，嘱其病后切勿枉抛心力，应好好养病。两同志将中诗 兄代改润！专此，复承

著安。

弟承焘上

一月九日

近夕读评红大著，钦佩钦佩！！ 无闻附候

嘱其病后切勿枉抛心力，应好好养病。

两同志晤中请先代致谢悃。专此。复承

著安。

吴闻附候。

连夕读评红大著，甚佩，甚佩。

弟承焘上

一月九日

杨宪益先生是中国红楼梦学会的顾问和《红楼梦学刊》的编委。据冯先生回忆，1980年，《红楼梦》英译本出版后，先生听国外有关学者评价杨译本是公认最权威的《红楼梦》英译本。先生也非常认同杨老对曹雪芹祖籍及家事的观点。杨老爱石、擅诗、嗜酒，先生却是在杨老最困难的时候，专门托人捎去两瓶陈年佳酿，其情其意尽在不言。

2008年，95岁高龄的学者虞逸夫致信先生，并赋诗唱酬：

和其庸兄见怀三绝句

东望吴头不见家，寄栖何敢怨长沙。
羡君如在众香国，乐有瓜庐拥百花。
老得康强胜得仙，别无长技愧前贤。
岳麓名碑今破碎，待君补写复当年。
高咏南天第一楼，平看吴楚掌中浮。

何时相约君山住，管领烟波狎白鸥。

昨得吴君电话，知兄病情大有好转，已能下床送客，我闻其语，如释重负，为之欢喜不已。吾年将望百，平昔交游零落殆尽，知我爱我，堪称德邻者，今日世间，唯兄一人而已。急写小诗三章，以博一笑。顺祝
康泰。

弟逸夫附白

大文已拜读，读来句句知心话，看去晶莹字字珠。敬此拜谢。

四

先生还与文物鉴定大师杨仁恺、古籍目录版本学家顾廷龙、收藏家周绍良交谊甚笃。

先生与顾老初识于1948年，在顾老认真细致的安排下，先生得以顺利地完成《蒋鹿潭年谱考略》初稿。至顾老去世，前后50年往来不断，顾老曾致信先生，为上海图书馆纪念集约稿，信云：

其庸同志：

昨奉手书，敬悉一一。

承许为敝馆纪念论文集撰文，光我篇幅，至深感荷！

大著《蒋鹿潭年谱考略》，甚好。希望得暇命笔，为荷！近阅杨殿珣君年谱目录，鹿潭年谱尚付缺如。尊作出，足弥此憾。

闻京中炎热，上海尚不过二十八九度。诸惟珍摄。匆复，不尽一一。

祇请

撰安。

弟廷龙敬上

六月二十日

1998年5月，顾老又光临中国美术馆，参加先生书画、摄影展开幕式，其时身体甚健，不意到8月22日即仙逝。

上世纪50年代，京城雅好藏墨赏墨的诸君子，若叶恭绰、张絅伯、张子高、尹润生、李一氓、周珏良及周绍良先生，经常不定期举行墨会。聚会时，大家各自拿出珍品，观摩品评、探本究源、去伪存真。从而成就了墨史研究的一个辉煌的时期，为世人留下了许多明清墨的研究资料，墨学珍籍《四家墨录》即刊行于其时。当时冯先生刚刚调到北京不久，虽然不曾专门藏墨，然对“墨”学亦甚感兴趣，且为以上诸先生所知，即应邀参加“墨会”。绍良先生为著名红学家，同好之故，先生与周老数十年往来不断。2004年，冯先生曾致信绍良先生，内中即言及墨事，札云：“前承赐墨录大著，受教良多。顷得孙渊如墨、曼陀罗花阁墨两枚，后者为秀水杜文澜。

杜曾刻蒋鹿潭《水云楼词》两卷，版口署‘曼陀罗华阁’，刻甚精，好用古字，晚藏有此本。昔年撰《蒋鹿潭年谱》，曾考及杜文澜多事，惟未及其制墨。此墨形亦古雅，暇当并孙渊如墨一并奉呈鉴定。先此奉闻。”

多年来，冯其庸先生以他那独特的鉴赏力致力于艺术品的集藏。走进瓜饭楼，仿佛进入了一个小型艺术展览馆：陶器、瓷器、造像、书画、古籍、古墨、瓦当、紫砂壶、雕塑，满目琳琅，令人羡叹。但与世人的市值考量不同，先生的集藏更多的是从学术性和艺术性的角度取舍，以为其研究所用。2001 年 2 月，我与柴剑虹老师陪同启功先生专程走访瓜饭楼时，启老感慨而又郑重地对先生说：“一定要将藏品拍照结集出版。”

冯先生书赠韩国李东泉的一首长诗中有这样四句：“十年一碑何足论，腹有诗书气自华。江山满目钟灵秀，笔参造化神始足。”这正是先生以风神为骨，以学养为肌的书法艺术的审美结晶。先生认为，好的书法作品不仅仅是书家之书，更应是学者之书、诗人之书。好的书法作品是从学问中来，从诗境中来，只有这样，才能气韵独具、不染尘俗。为世人垂范的书法大家，古如王羲之、颜真卿、苏东坡，近如王蘧常、启功等，无一不是大学问家。

冯其庸先生潜心于学问，寄情于诗书，结缘于翰墨，放旅于天下，任持自性，不拘一格，70 余载，水到渠成，终成一代诗书名家。

作者与编辑正在看本书稿件

后　记

收在这本集子里的文章有三个内容，一是我童年生活的回忆，二是我对游历过的地方的怀念，三是我对师友的眷念。这些文章，都是用散文写的。我国传统的散文概念是很宽泛的。除了诗、词、赋之类的韵文和特殊的文体外，都可以称之为散文，辞赋到了后来，也发生了变化，如苏东坡的前后《赤壁赋》、欧阳修的《秋声赋》都已经是散文了。

我上述三方面内容的文章，并非尽在于此，这只是一部分，特别我对师友怀念的文章，还有很多，已收入《师友集》了。谢谢老友柴剑虹先生为我编辑了这本书，谢谢海英、海风为我检搜这些文章，我现在记忆力衰退，视力也模糊，要编这本书实在太困难了，如果没有他们的帮助是编不起来的。

我还要谢谢商务印书馆和江远同志，能为我出这本小书。

2008年9月14日旧历中秋节